HEYNE <

Das Buch

iAm Latimer hat die letzten Jahrhunderte seines Lebens damit zugebracht, seinen Zwillingsbruder Trez zu beschützen: vor der Rache der s'Hisbe und vor einem Leben voller Sex und Drogen. Doch nun haben die Brüder bei den Vampirkriegern der BLACK DAGGER Schutz gefunden, und Trez ist endlich mit seiner großen Liebe, der Auserwählten Selena, zusammen. Zum ersten Mal in seinem Leben ist Trez wirklich glücklich, und auch mit iAm scheint es das Schicksal gut zu meinen: Bei einem Besuch im Territorium, dem Königreich der s'Hisbe, hat er die bezaubernd schöne Magd *Maichen* kennengelernt und sich in sie verliebt. Endlich, nach all den Jahren der Einsamkeit und der Aufopferung für seinen Bruder, kann sich iAm ganz dem Rausch der Leidenschaft hingeben. Doch *Maichen* hat ein Geheimnis, das nicht nur ihre Liebe zu iAm auf die Probe stellt, sondern auch die Bruderschaft der BLACK DAGGER in tödliche Gefahr bringt …

Die Autorin

J. R. Ward begann bereits während des Studiums mit dem Schreiben. Nach dem Hochschulabschluss veröffentlichte sie die BLACK DAGGER-Serie, die in kürzester Zeit die amerikanischen Bestsellerlisten eroberte. Die Autorin lebt mit ihrem Mann in Kentucky und gilt seit dem überragenden Erfolg der Serie als Star der romantischen Mystery.

Ein ausführliches Werkverzeichnis aller von J. R. Ward im Wilhelm Heyne Verlag erschienenen Bücher finden Sie am Ende des Bandes.

J. R. Ward

Entfesseltes Herz

Ein BLACK DAGGER-Roman

WILHELM HEYNE VERLAG
MÜNCHEN

Titel der Originalausgabe:
THE SHADOWS (Part 2)

Aus dem Amerikanischen
von Corinna Vierkant

Der Verlag weist ausdrücklich darauf hin, dass im Text enthaltene externe Links vom Verlag nur bis zum Zeitpunkt der Buchveröffentlichung eingesehen werden konnten. Auf spätere Veränderungen hat der Verlag keinerlei Einfluss. Eine Haftung des Verlags ist daher ausgeschlossen.

MIX
Papier aus verantwortungsvollen Quellen
FSC® C014496

Verlagsgruppe Random House FSC® N001967

Deutsche Erstausgabe 04/2016
Redaktion: Bettina Spangler

Printed in Germany
Umschlagbild: Dirk Schulz
Umschlaggestaltung: Animagic, Bielefeld
Autorenfoto © by John Rott
Satz: Buch-Werkstatt GmbH, Bad Aibling
Druck und Bindung: GGP Media GmbH, Pößneck

ISBN 978-3-453-31701-0

www.heyne.de

In Liebe gewidmet:

Euch beiden.
Denn es ist unmöglich,
den einen von dem anderen zu trennen.

Danksagung

Ein großes Dankeschön allen Lesern der Bruderschaft der Black Dagger!

Vielen Dank für all die Unterstützung und die Ratschläge an: Steven Axelrod, Kara Welsh und Leslie Gelbman. Danke auch an alle Mitarbeiter von NAL – diese Bücher sind echte Teamarbeit!

Alles Liebe an das Team Waud – ihr wisst, wer gemeint ist. Ohne euch käme die Sache gar nicht zustande.

Nichts von alledem wäre möglich ohne: meinen liebevollen Ehemann, der mir mit Rat und Tat zur Seite steht, sich um mich kümmert und mich an seinen Visionen teilhaben lässt; meine wunderbare Mutter, dir mir mehr Liebe geschenkt hat, als ich ihr je zurückgeben kann; meine Familie (die blutsverwandte wie auch die frei gewählte) und meine liebsten Freunde.

Ach ja, und meinen WriterAssistant Naamah.

Glossar der Begriffe und Eigennamen

Ahstrux nohtrum – Persönlicher Leibwächter mit Lizenz zum Töten, der vom König ernannt wird.

Die Auserwählten – Vampirinnen, deren Aufgabe es ist, der Jungfrau der Schrift zu dienen. Sie werden als Angehörige der Aristokratie betrachtet, obwohl sie eher spirituell als weltlich orientiert sind. Normalerweise pflegen sie wenig bis gar keinen Kontakt zu männlichen Vampiren; auf Weisung der Jungfrau der Schrift können sie sich aber mit einem Krieger vereinigen, um den Fortbestand ihres Standes zu sichern. Einige von ihnen besitzen die Fähigkeit zur Prophezeiung. In der Vergangenheit dienten sie alleinstehenden Brüdern zum Stillen ihres Blutbedürfnisses. Diese Praxis wurde von den Brüdern wieder aufgenommen.

Bannung – Status, der einer Vampirin der Aristokratie auf Gesuch ihrer Familie durch den König auferlegt werden kann. Unterstellt die Vampirin der alleinigen Aufsicht ihres *Hüters*, üblicherweise der älteste Mann des Haushalts. Ihr *Hüter* besitzt damit das gesetzlich verbriefte Recht, sämtliche Aspekte ihres Lebens zu bestimmen und nach eigenem Gutdünken jeglichen Umgang zwischen ihr und der Außenwelt zu regulieren.

Die Bruderschaft der Black Dagger – Die Brüder des Schwarzen Dolches. Speziell ausgebildete Vampirkrieger, die ihre Spezies vor der Gesellschaft der *Lesser* beschützen. Infolge selektiver Züchtung innerhalb der Rasse besitzen die Brüder ungeheure physische und mentale Stärke sowie die Fähigkeit zur extrem raschen Heilung. Die meisten von ihnen sind keine leiblichen Geschwister; neue Anwärter werden von den anderen Brüdern vorgeschlagen und daraufhin in die Bruderschaft aufgenommen. Die Mitglieder der Bruderschaft sind Einzelgänger, aggressiv und verschlossen. Sie pflegen wenig Kontakt zu Menschen und anderen Vampiren, außer um Blut zu trinken. Viele Legenden ranken sich um diese Krieger, und sie werden von ihresgleichen mit höchster Ehrfurcht behandelt. Sie können getötet werden, aber nur durch sehr schwere Wunden wie zum Beispiel eine Kugel oder einen Messerstich ins Herz.

Blutsklave – Männlicher oder weiblicher Vampir, der unterworfen wurde, um das Blutbedürfnis eines anderen zu stillen. Die Haltung von Blutsklaven wurde vor Kurzem gesetzlich verboten.

Chrih – Symbol des ehrenhaften Todes in der alten Sprache.

Doggen – Angehörige(r) der Dienerklasse innerhalb der Vampirwelt. *Doggen* pflegen im Dienst an ihrer Herrschaft altertümliche, konservative Sitten und folgen einem formellen Bekleidungs- und Verhaltenskodex. Sie können tagsüber aus dem Haus gehen, altern aber relativ rasch. Die Lebenserwartung liegt bei etwa fünfhundert Jahren.

Dhunhd – Hölle.

Ehros – Eine Auserwählte, die speziell in der Liebeskunst ausgebildet wurde.

Exhile Dhoble – Der böse oder verfluchte Zwilling, derjenige, der als Zweiter geboren wird.

Gesellschaft der *Lesser* – Orden von Vampirjägern, der von Omega zum Zwecke der Auslöschung der Vampirspezies gegründet wurde.

Glymera – Das soziale Herzstück der Aristokratie, sozusagen die »oberen Zehntausend« unter den Vampiren.

Gruft – Heiliges Gewölbe der Bruderschaft der Black Dagger. Sowohl Ort für zeremonielle Handlungen als auch Aufbewahrungsort für die erbeuteten Kanopen der *Lesser.* Hier werden unter anderem Aufnahmerituale, Begräbnisse und Disziplinarmaßnahmen gegen Brüder durchgeführt. Niemand außer Angehörigen der Bruderschaft, der Jungfrau der Schrift und Aspiranten hat Zutritt zur Gruft.

Hellren – Männlicher Vampir, der eine Partnerschaft mit einer Vampirin eingegangen ist. Männliche Vampire können mehr als eine Vampirin als Partnerin nehmen.

Hohe Familie – König und Königin der Vampire sowie all ihre Kinder.

Hüter – Vormund eines Vampirs oder einer Vampirin. Hüter können unterschiedlich viel Autorität besitzen, die größte Macht übt der Hüter einer gebannten Vampirin aus.

Jungfrau der Schrift – Mystische Macht, die dem König als Beraterin dient sowie die Vampirarchive hütet und Privilegien erteilt. Existiert in einer jenseitigen Sphäre und besitzt umfangreiche Kräfte. Hatte die Befähigung zu einem einzigen Schöpfungsakt, den sie zur Erschaffung der Vampire nutzte.

Leahdyre – Eine mächtige und einflussreiche Person.

Lesser – Ein seiner Seele beraubter Mensch, der als Mitglied der Gesellschaft der *Lesser* Jagd auf Vampire macht, um sie auszurotten. Die *Lesser* müssen durch einen Stich in die Brust getötet werden. Sie altern nicht, essen und trinken nicht und sind impotent. Im Laufe der Jahre verlieren ihre Haare, Haut und Iris ihre Pigmentierung, bis sie blond, bleich und weißäugig sind. Sie riechen nach Talkum. Aufgenommen in die Gesellschaft werden sie durch Omega. Daraufhin erhalten sie ihre Kanope, ein Keramikgefäß, in dem sie ihr aus der Brust entferntes Herz aufbewahren.

Lewlhen – Geschenk.

Lheage – Respektsbezeichnung einer sexuell devoten Person gegenüber einem dominanten Partner.

Lhenihan – ein mystisches Biest bekannt für seine sexuelle Leistungsfähigkeit. In modernem Slang bezieht es sich auf einen Vampir von übermäßiger Größe und Ausdauer.

Lielan – Ein Kosewort, frei übersetzt in etwa »mein Liebstes«.

Lys – Folterwerkzeug zur Entnahme von Augen.

Mahmen – Mutter. Dient sowohl als Bezeichnung als auch als Anrede und Kosewort.

Mhis – Die Verhüllung eines Ortes oder einer Gegend; die Schaffung einer Illusion.

Nalla oder Nallum – Kosewort. In etwa »Geliebte(r)«.

Novizin – Eine Jungfrau.

Omega – Unheilvolle mystische Gestalt, die sich aus Groll gegen die Jungfrau der Schrift die Ausrottung der Vampire zum Ziel gesetzt hat. Existiert in einer jenseitigen Sphäre und hat weitreichende Kräfte, wenn auch nicht die Kraft zur Schöpfung.

Phearsom – Begriff, der sich auf die Funktionstüchtigkeit der männlichen Geschlechtsorgane bezieht. Die wörtliche Übersetzung lautet in etwa »würdig, in eine Frau einzudringen«.

Princeps – Höchste Stufe der Vampiraristokratie, untergeben nur den Mitgliedern der Hohen Familie und den Auserwählten der Jungfrau der Schrift. Dieser Titel wird vererbt; er kann nicht verliehen werden.

Pyrokant – Bezeichnet die entscheidende Schwachstelle eines Individuums, sozusagen seine Achillesferse. Diese Schwachstelle kann innerlich sein, wie zum Beispiel eine Sucht, oder äußerlich, wie ein geliebter Mensch.

Rahlman – Retter.

Rythos – Rituelle Prozedur, um verlorene Ehre wiederherzustellen. Der Rythos wird von dem Vampir gewährt, der einen anderen beleidigt hat. Wird er angenommen, wählt der Gekränkte eine Waffe und tritt damit dem unbewaffneten Beleidiger entgegen.

Schleier – Jenseitige Sphäre, in der die Toten wieder mit ihrer Familie und ihren Freunden zusammentreffen und die Ewigkeit verbringen.

Shellan – Vampirin, die eine Partnerschaft mit einem Vampir eingegangen ist. Vampirinnen nehmen sich in der Regel nicht mehr als einen Partner, da gebundene männliche Vampire ein ausgeprägtes Revierverhalten zeigen.

Symphath – Eigene Spezies innerhalb der Vampirrasse, deren Merkmale die Fähigkeit und das Verlangen sind, Gefühle in anderen zu manipulieren (zum Zwecke eines Energieaustauschs). Historisch wurden die Symphathen oft mit Misstrauen betrachtet und in bestimmten Epochen auch von den anderen Vampiren gejagt. Sind heute nahezu ausgestorben.

Trahyner – Respekts- und Zuneigungsbezeichnung unter männlichen Vampiren. Bedeutet ungefähr »geliebter Freund«.

Transition – Entscheidender Moment im Leben eines Vampirs, wenn er oder sie ins Erwachsenenleben eintritt. Ab diesem Punkt müssen sie das Blut des jeweils anderen Geschlechts trinken, um zu überleben, und vertragen kein Sonnenlicht mehr. Findet normalerweise mit etwa Mitte zwanzig statt. Manche Vampire überleben ihre Transition nicht, vor allem männliche Vampire. Vor ihrer Transition sind Vampire von schwächlicher Konstitution und sexuell unreif und desinteressiert. Außerdem können sie sich noch nicht dematerialisieren.

Triebigkeit – Fruchtbare Phase einer Vampirin. Üblicherweise dauert sie zwei Tage und wird von heftigem sexuellem Verlangen begleitet. Zum ersten Mal tritt sie etwa fünf Jahre nach der Transition eines weiblichen Vampirs auf, danach im Abstand von etwa zehn Jahren. Alle männlichen Vampire reagieren bis zu einem gewissen Grad auf eine triebige Vampirin, deshalb ist dies eine gefährliche Zeit. Zwischen konkurrierenden männlichen Vampiren können Konflikte und Kämpfe ausbrechen, besonders wenn die Vampirin keinen Partner hat.

Vampir – Angehöriger einer gesonderten Spezies neben dem Homo sapiens. Vampire sind darauf angewiesen, das Blut des jeweils anderen Geschlechts zu trinken. Menschliches Blut kann ihnen zwar auch das Überleben sichern, aber die daraus gewonnene Kraft hält nicht lange vor. Nach ihrer Transition, die üblicherweise etwa mit Mitte zwanzig stattfindet, dürfen sie sich nicht mehr dem Sonnenlicht aussetzen und müssen sich in regelmäßigen Abständen aus der Vene ernähren. Entgegen einer weit verbreiteten Annahme können Vampire Menschen nicht durch einen Biss oder eine Blutübertragung »verwandeln«; in seltenen Fällen aber können sich die beiden Spezies zusammen fortpflanzen. Vampire können sich nach Belieben dematerialisieren, dazu müssen sie aber ganz ruhig werden und sich konzentrieren; außerdem dürfen sie nichts Schweres bei sich tragen. Sie können Menschen ihre Erinnerung nehmen, allerdings nur, solange diese Erinnerungen im Kurzzeitgedächtnis abgespeichert sind. Manche Vampire können auch Gedanken lesen. Die Lebenserwartung liegt bei über eintausend Jahren, in manchen Fällen auch höher.

Vergeltung – Akt tödlicher Rache, typischerweise ausgeführt von einem Mann im Dienste seiner Liebe.

Wanderer – Ein Verstorbener, der aus dem Schleier zu den Lebenden zurückgekehrt ist. Wanderern wird großer Respekt entgegengebracht, und sie werden für das, was sie durchmachen mussten, verehrt.

Whard – Entspricht einem Patenonkel oder einer Patentante.

Zwiestreit – Konflikt zwischen zwei männlichen Vampiren, die Rivalen um die Gunst einer Vampirin sind.

1

Die Zellentür schloss sich hinter iAm und *Maichen*. Sie waren in die Falle getappt. s'Ex saß auf dem Bett und sah sie gelangweilt an. iAm riss sich den hellblauen Schleier seiner Verkleidung als Dienstmagd vom Kopf, warf ihn von sich und stellte sich schützend vor *Maichen*. »Lass sie gehen.«

Gemächlich schob der Scharfrichter seine mächtigen Beine vom Bett und stand auf. »Weißt du, was meine größte Schwäche ist? Ich lasse mir nicht gern befehlen.«

»*Maichen* hat nichts mit dieser Sache zu tun. Diese Angelegenheit betrifft nur dich und mich.«

»Tja, du verstehst es noch immer nicht. Du und ich, wir sind nur Nebenfiguren in diesem Drama, aber darum geht es nicht.«

Der Scharfrichter kam auf sie zu, doch iAm breitete die Arme aus und schirmte *Maichen* ab. »Keinen Schritt weiter.«

»Sonst was?«

»Sonst töte ich dich.«

s'Ex blieb vor iAm stehen und blickte von oben auf ihn herab. »Ach wirklich?«

»Ja.« iAm ballte die Fäuste und spürte, wie seine Fänge ausfuhren. »Wenn es um die Entscheidung geht, wer von euch beiden lebend hier rauskommt, garantiere ich dir: Sie ist diejenige, die noch steht, sobald sich diese Tür hier öffnet. Und wenn ich dabei draufgehe.«

s'Ex verzog das Gesicht und wandte sich an die Dienstmagd: »Euch ist bewusst, dass er der falsche Bruder ist, oder?«

iAm verstellte s'Ex die Sicht auf *Maichen.* »Also, kann's losgehen?«

»Es wäre dumm von dir, gegen mich zu kämpfen. Wo ich doch hier bin, um dich zu befreien.«

iAm ließ sich nicht beirren. »Teilst du den ersten Schlag aus oder ich?«

»Hast du nicht gehört? Ich bin hier, um dich zu deiner beschissenen Bibliothek zu bringen – aber vermutlich kommst du da gerade her, habe ich recht? Oder legt ihr hier nur einen Abstecher ein auf dem Weg nach draußen?«

Schweigen. iAm ließ sich die Worte des Scharfrichters mehrfach durch den Kopf gehen und klopfte sie auf ihre Bedeutung ab. Dann runzelte er die Stirn. »Ich verstehe nicht.«

»Wenn es dir nichts ausmacht, wir müssen uns beeilen. Ich soll in zwanzig Minuten wieder am Hof sein.«

Was zum Henker?, dachte iAm.

s'Ex verdrehte die Augen. »Ich habe doch gesagt, dass ich dich hier raushole, oder?«

»Aber du warst es doch, der mich in diese Zelle gesteckt hat! Du hast mir eins über den Kopf gezogen …«

»Nein, Arschloch, das war einer meiner Wachen. Seitdem arbeite ich daran, dich wieder rauszuholen – das mit der Zelle war nicht geplant. So war es nicht vereinbart.«

iAm blinzelte.

»Wir waren in der Bibliothek«, mischte sich nun *Maichen* ein. »Aber wir haben nichts gefunden. Ich begleite euch. Ich möchte sichergehen, dass er lebend rauskommt.«

»Nein!«, bellten s'Ex und iAm im Chor.

»Siehst du?«, meinte der Scharfrichter und ging zur Tür. »Wir können uns ja doch einig sein. Also, kann's jetzt losgehen?«

Und er redete diesmal nicht von einer Prügelei.

Heilige Scheiße. Es sah aus, als hätte iAm ihm doch nicht zu Unrecht vertraut.

iAm sah *Maichen* an. Leise flüsterte er: »Bitte, folge uns nicht.«

»Sie lässt sich nichts verbieten«, tat s'Ex dies ab und öffnete die Zellentür. »Gehen wir – es sei denn, du möchtest in dieser Zelle verrotten.«

iAm warf dem Dienstmädchen einen warnenden Blick zu: »Komm nicht mit.«

»Ich warte«, sagte s'Ex.

»Maichen …«

»Ich folge Euch, wenn es mir passt«, war ihr einziger Kommentar, damit huschte sie an ihm vorbei zu s'Ex hinaus auf den Gang.

iAm rang um Fassung, während er den beiden folgte, immer noch in der hellblauen Robe, in der ihn *Maichen* unerkannt zur Bibliothek gebracht hatte. »Ich kann es nicht mit meinem Gewissen vereinbaren, dass du für diesen Blödsinn dein Leben aufs Spiel setzt.«

Doch *Maichen* hörte nicht auf ihn. Offensichtlich hatte sie den Verstand verloren.

Allerdings war er selbst auch nicht besser … denn er stellte fest, dass er sich nicht von ihr trennen wollte.

Was verrückt war.

Wieder ging es durch Korridore, diesmal auf einer

anderen Route, und die ganze Zeit über rechnete iAm damit, dass sich ihnen jemand in den Weg stellen oder sie überfallen oder irgendetwas Grässliches passieren würde.

Doch eine Viertelstunde später hatten sie den Palast verlassen, die Behausungen der Diener passiert … und standen vor der Mauer, die das Territorium von der Menschenwelt trennte.

iAm sah den Scharfrichter an. »Du lässt mich gehen?«, flüsterte er.

»So war es vereinbart, oder etwa nicht?« Als iAm schwieg, schüttelte s'Ex den Kopf. »Hier endet das Abenteuer für uns drei. Zumindest bis zum Ende der Trauerzeit, wenn ich deinen Bruder holen muss.«

»Werden sie nicht merken, dass ich fort bin?«

»Wen sollte es kümmern? Ich beseitige regelmäßig Gefangene – und die Erinnerung an deine Markierung habe ich aus den Köpfen der Wachen gelöscht.« s'Ex warf *Maichen* einen Blick von der Seite zu. »Obwohl die Sache einfacher gewesen wäre, wenn Ihr keinen Möbel-Ausstellungsraum aus seiner Zelle gemacht hättet.«

iAm streckte s'Ex die Hand entgegen. »Ich hatte nicht erwartet, dass du Wort hältst.«

»Selber Arschloch.« s'Ex schlug ein. »Und jetzt geh.«

Ehe er sich's versah, stand die Tür für ihn offen. iAm musste sich noch nicht einmal über den Wall dematerialisieren.

Er zögerte und sah sich nach *Maichen* um.

Schweigen breitete sich aus, und s'Ex stieß einen derben Fluch aus. »Ich bin gegen diese Sache zwischen Euch, aber Ihr wisst, wie Ihr das Tor verschließt, wenn er weg ist.«

Damit stapfte er davon, und sein schwarzes Gewand flatterte hinter ihm.

Es war wirklich merkwürdig, dachte iAm, als er mit

Maichen alleine war. Der Weg in die Freiheit lag offen vor ihm, doch er konnte sich nicht rühren.

»Kann ich dein Gesicht sehen?«, hörte er sich fragen. »Bevor ich gehe.«

Als sie schwieg, streckte er die Hand nach ihr aus und strich über den Stoff, der ihren Kopf bedeckte und auf ihre Schultern fiel. »Ich muss wissen, wie du aussiehst, sonst wirst du mich in den Nächten verfolgen.«

Doch er ahnte schon, dass sie das ohnehin tun würde.

»Ich …« Ihre Stimme zitterte. »Ich bin mir nicht sicher.«

iAm nickte und kam sich total mies vor. »Tut mir leid, ich weiß, es geht mich nichts an.« Einem plötzlichen Impuls folgend, verbeugte er sich vor ihr, als wäre sie viel mehr als eine einfache Dienstmagd. »Nochmals danke.«

Damit drehte er sich um und trat durch das Tor in der Mauer.

»Morgen Nacht«, platzte sie heraus. »Trefft Ihr Euch mit mir?«

Er erstarrte, ein Fuß schon außerhalb des Territoriums. »Wo?«

»Ich weiß nicht. Irgendwo. Irgend…wie.«

iAm runzelte die Stirn. Er dachte an die Hütte, in der er Trez gefunden hatte, auf dem Berg zwischen dem Territorium und der Kolonie der *Symphathen.* Sicher gab es sie noch, sie war schon über hundert Jahre alt gewesen, als Trez damals Schutz gesucht hatte.

Und Rehv hatte keinen Bedarf mehr dafür.

»Kennst du den Black Snake Mountain?«

»Ja«, flüsterte sie.

»Auf halber Höhe an der Ostflanke, am Einstiegspunkt zum Lightning Strike Trail steht eine Hütte. Ich werde etwas früher da sein und den Kamin anschüren, dann kannst du dich von hier dematerialisieren und nach dem Feuerschein Ausschau halten. Sei um Mitternacht dort.«

Er stellte sich vor, wie sie auf der Unterlippe kaute, während sie überlegte.

»Ich würde dir nie etwas antun«, schwor er.

»Ich weiß.«

»Ich muss los.« Er sah sie durchdringend an und versuchte, durch ihre Robe ihren Körper auszumachen. »Denk darüber nach. Ich werde eine Stunde auf dich warten. Wenn du es nicht schaffst, verstehe ich das.«

In den Augen der s'Hisbe war sie nicht »von Bedeutung«, und doch taten auch Frauen ihres Standes gut daran, vorsichtig zu sein, wenn sie das Territorium verließen.

Erst recht dann, wenn sie keinen Einfluss besaßen.

»Lebt wohl«, sagte sie und schloss das Tor.

Als er sich ein paar Sekunden später dematerialisierte, wusste er, dass er sie nie wiedersehen würde. Trotzdem würde er in der nächsten Nacht zur Berghütte kommen.

Zum vereinbarten Zeitpunkt.

Selbst zynische Jungfrauen wie er hatten anscheinend eine romantische Ader.

Mitternacht war längst vorüber, als Trez und Selena aus der Toilette im Erdgeschoss kamen. Überrascht stellte Trez mit einem Blick auf sein Handy fest, dass es schon nach drei war. Sie hatten sich über drei Stunden in dieser Toilette vergnügt.

Er konnte sich keinen besseren Zeitvertreib vorstellen.

Die Ersten waren schon heimgekehrt, aus dem Billardzimmer drangen Stimmen.

»… der reinste Kugelhagel«, sagte Rhage. »Es wollte einfach kein Ende nehmen!«

»Mein armes Rettungsmobil.« Manny klang alles andere als begeistert. »Das war die Jungfernfahrt. Und jetzt? Total verbeult!«

Wie es aussah, waren ihre beiden Beschützer heil nach

Hause gekommen. Scheiße, sie hatten den Abend lang vor dem Circle the World Wache gehalten, und er hatte mit keinem Gedanken an sie gedacht. Was war er doch für ein Egoist.

»Und dieser Wichser behauptet, es wäre keine Polizei in der Nähe«, unterbrach V. »Ich solle sie einfach an der geheimen Garage abholen. Unglaublich – es war wie eine Großversammlung der Bullen.«

Trez legte den Arm um Selena. »Möchtest du dich zu den anderen gesellen?«

»Wir müssen unseren Teil erzählen!«

Trez küsste sie auf die Stirn und führte sie durch die Eingangshalle und durch den Bogendurchgang in den Billardsalon mit seinen Pooltischen, Sofas und dem Flachbildschirm von der Größe einer Autokino-Leinwand.

»Seht euch das an, wir sind auf CNN«, rief jemand, als der Fernseher anging.

Und tatsächlich liefen gerade die Aufzeichnungen einer Überwachungskamera auf Dauerschleife: Man sah den Mercedes von Fritz wie in einer Szene aus *Die Hard* durch die Fensterscheiben der Lobby brechen. Darauf folgte der Kommentar eines Polizisten, der an der Verfolgungsjagd beteiligt gewesen war, und dann noch der Bericht irgendeines anderen Zeugen.

Trez nickte Rhage und Manny zu. Winkte V und Butch. Stellte sich zu Selena, die neben Z und Bella stand.

»Ganz schön viel Material«, meinte jemand betreten.

»Scheiße«, murmelte ein anderer.

Selbst Selenas Hochgefühl wurde gedämpft, als würde die wilde Verfolgungsjagd durch diese Aufzeichnungen erst real.

Ein kalter Luftzug kündigte an, dass jemand ins Haus gekommen war, und im nächsten Moment legte sich eine Hand auf Trez' Schulter.

Als er sich umdrehte, stand iAm vor ihm.

»Oh, hallo.« Er wollte seinen Bruder umarmen, doch dann stockte er. »Nach was riechst *du* denn?«

»Neue Flüssigseife im Sal's.«

Trez nahm ihn in die Arme. »Wirf das Zeug in die Tonne. Du riechst wie eine alte Dame – ist das Lavendel?«

»Was ist mit dem Mercedes vor dem Eingang passiert? Der ist ja total verbeult.«

Trez deutete auf den Fernseher. »Sieh selbst.«

Aber iAms Blick war an Selena hängen geblieben. Schnell verbarg er seine Überraschung über ihre gestylte Frisur und das knappe Kleid.

»Wir waren essen«, brach es aus Trez hervor.

Selena bemerkte iAm und streckte ihm die Arme entgegen. »Hallo«, sagte sie und umarmte ihn. »Ich befürchte, wir haben die Innenstadt von Caldwell verwüstet.«

Schon komisch, sein Bruder war der einzige Kerl, dem Trez nicht an die Gurgel springen wollte, wenn er Selena berührte. Wahrscheinlich wusste er einfach, dass iAm nie im Leben auf dumme Gedanken kommen, geschweige denn, etwas anstellen würde.

iAm lächelte. »Jetzt weiß ich wenigstens, was dem Benz so zugesetzt hat. Ich hole mir einen Drink, willst du auch einen?«

Trez schüttelte den Kopf. »Nein, danke.«

Doch als sein Bruder zur Bar ging, entschuldigte er sich bei Selena und folgte ihm. »Hey, hör zu, ich hoffe, du verzeihst mir, dass ich mich gar nicht mehr gemeldet habe … wow!«

Trez fing die Wodkaflasche auf, die iAm entglitten war, bevor sie auf dem Boden zerschellte. Erst da bemerkte er, dass die Hände seines Bruders zitterten.

»Verdammt, iAm, ist alles in Ordnung?«

»Oh, ja, absolut.«

»Hier«, sagte Trez und gab ihm den Wodka zurück. »Willst du dir den Drink sicher selber machen?«

»Ja.«

»Warte, ich hol dir ein Glas.« Trez trat um die Bar herum und nahm ein niedriges, weites Glas aus dem Regal, während iAm die quadratische Flasche entkorkte. »Cranberry-Saft?«

»Nein.«

»Pur? Du trinkst ihn doch sonst nie pur.«

»Effizienz, mein Bruder. Effizienz lautet heute die Devise.«

Trez hielt das Glas und sah zu, wie iAm einschenkte. Als sein Bruder die Flasche gar nicht mehr absetzen wollte, konnte Trez seine Besorgnis nur mühsam verbergen.

iAm war nämlich sonst der Besonnenere von ihnen beiden.

Mit diesem Glas würde er sich sofort abschießen in Richtung Koma. Andererseits hatten sie auch verdammt lange vierundzwanzig Stunden hinter sich.

»Wie lief's im Restaurant?«, fragte Trez und reichte ihm das Glas.

»Äh, gut. Alles in Ordnung.«

»In den Clubs?«

»Auch.«

iAm stürzte den Wodka hinunter, in einem einzigen langen Zug, als wäre er Wasser.

Trez fluchte. »Es tut mir so leid.«

»Warum?«, brummte iAm.

»Du weißt warum.«

iAm antwortete mit einem Grunzen, das alles Mögliche bedeuten konnte. »Hör zu, ich geh schlafen. Ich bin vollkommen erledigt.«

»Ja, ich glaube, das machen wir auch.«

»Wie geht es ihr?«

Trez sah zu Selena hinüber. Eigentlich sollte es nur ein flüchtiger Blick werden, bevor er sich wieder seinem Bruder zuwandte, doch seine Augen verweigerten den Befehl und folgten stattdessen der anmutigen Rundung von Selenas Rücken. Und wieder sah Trez vor sich, wie sie auf der Bank in der Toilette vor ihm gelegen hatte, nackt, die Beine gespreizt, die schweren Brüste an seinem Mund, in seinen Händen. Dann dachte er an ihr ausgelassenes Lachen während der Verfolgungsjagd im Mercedes und wie sie beim Essen im Circle the World in die Nacht hinausgeblickt hatte.

»Sie ist unglaublich«, sagte er heiser. »Absolut unglaublich.«

»Das ist gut, Bruder. Das ist gut.« iAm steckte den Korken auf die Flasche und klemmte sie sich unter den Arm. »Hör zu, ich leg mich hin. Aber wenn etwas ist, ich bin nebenan, okay?«

»Danke.«

Als iAm ging, ohne sich noch einmal umzusehen, spürte Trez überdeutlich, welche Last er für seinen Bruder war.

Eines Tages, das schwor er sich, würde er eine Möglichkeit finden, sich bei ihm zu revanchieren.

2

Es gab kein Entrinnen.

Layla stand inmitten der Versammlung im Billardzimmer und wusste nur zu gut, dass man ihr peinliche Fragen stellen würde, wenn sie jetzt versuchte, sich zum Auto zu stehlen, um eine kleine Spritztour zu unternehmen. Aber vor allem befand Luchas sich noch immer in einem ernsten, wenn auch stabilen Zustand. Qhuinn war unten in der Klinik, zusammen mit Blay, sie war nur hochgekommen, um einen Happen zu essen.

Es wäre falsch, das Grundstück zu verlassen.

Insbesondere um jemanden wie Xcor zu treffen.

Wahrscheinlich war es besser so. In der letzten Nacht hätte sie beinahe eine Grenze überschritten und sich damit – das war ihr nach reiflicher Überlegung klar geworden – auf gefährliches Terrain begeben. Gütige Jungfrau der Schrift, sie wusste nicht, was in sie gefahren war. Diese erzwungene Trennung war gut – obwohl es ihr natürlich leidtat, dass es Luchas so schlecht ging.

Auf dem riesigen Fernseher über dem Kamin sah man

filmreife Bilder untermalt von Schüssen und quietschenden Reifen.

Unglaublich, was in der Innenstadt passiert war. Zum Glück hatte sich niemand verletzt.

»Wo steht dein schickes Fahrzeug jetzt?«, wurde Manny gefragt.

»Immer noch am Fluss. Wir mussten es in Vs Garage lassen.« Der Arzt rieb sich das Gesicht, als hätte er höllische Kopfschmerzen. »Es ist komplett durchsiebt – außerdem ist mir irgendetwas Großes vor den Kühler gelaufen.«

»Ein *Lesser?«,* erkundigte sich ein Bruder.

»Nein. Ich habe rotes Blut an Scheinwerfern und Kühlergrill entdeckt. Also entweder Mensch oder Vampir. Aber nachdem wir vollzählig sind und niemand hinkt, war es wohl Ersteres.«

»Oder einer von Xcors Leuten.«

»Kann sein. Aber was es auch war, derjenige muss sich ganz schön wehgetan haben.«

Layla runzelte die Stirn. »Jemand wurde angefahren?«

»Keiner von uns, keine Sorge«, antwortete jemand.

Eine merkwürdige Vorahnung ergriff von ihr Besitz.

Ohne weitere Worte zog sie sich unauffällig aus dem Billardzimmer zurück, holte ihr Handy aus der Fleecejacke, die sie sich von Doc Jane geliehen hatte, und schickte eine kurze Nachricht. Sobald sie versandt war, löschte sie den Text aus dem Speicher und prüfte, ob das Handy auf »stumm« gestellt war, ehe sie es wieder wegsteckte.

Dann lief sie vor der Eingangstür auf und ab, das schmale Handy in der Tasche umfasst, und wartete auf eine Antwort. Als sich zehn Minuten lang nichts tat, überprüfte sie, ob sie ihr Handy vielleicht versehentlich ausgeschaltet hatte.

»Hallo Layla.«

Sie wirbelte herum. Qhuinn und Blay waren aus der Tür unter der Treppe gekommen.

Errötend sagte sie: »Ich wollte gerade wieder runterkommen.«

»Er schläft jetzt. Doc Jane sagt, seine Werte werden besser. Im Moment besteht keine akute Gefahr.«

Blay schaltete sich ein: »Wir legen uns jetzt auch hin. Bevor wir umfallen.«

Qhuinn gähnte und riss den Mund so weit auf, dass die Kiefer knackten. »Doc Jane legt sich unten hin. Ich glaube, sie hat seit zwei Tagen nicht geschlafen. Sie gibt uns Bescheid, falls etwas ist.«

»Sagt ihr mir, wenn ihr mich braucht?«

»Ich glaube, im Moment ist alles in Ordnung. Danke für alles.«

Sie umarmten einander und wünschten sich einen guten Tag. Offensichtlich gelang es Layla dabei, einigermaßen normal zu wirken, denn kurz darauf machten sich Qhuinn und Blay auf in den ersten Stock.

Ohne ihre Unruhe zu bemerken.

Layla warf einen Blick zurück zum Billardzimmer. Zog ihr Handy aus der Tasche und sah nach der Uhrzeit.

Nach drei.

Immer noch keine Antwort.

Ohne lang zu überlegen, ging sie durch das Esszimmer und die Küche nach draußen. Die *Doggen* waren mit den Vorbereitungen für das Letzte Mahl beschäftigt, und Fritz sah nur kurz auf und nickte, als sie an ihm vorbeihuschte.

Niemand bemerkte, wie sie in die Garage schlüpfte und zur verschlossenen Tür auf der anderen Seite lief. Sie gab die Kombination ein, und das Schloss öffnete sich mit einem Piepen. Kurz darauf saß sie hinter dem Steuer und startete den Motor.

Das *Mhis* verlangsamte sie, als sie den Hang hinunterfuhr, und ihr Herz schlug nur noch wilder. Doch dann erreichte sie den Fuß des Berges, bog auf die Landstraße ab und trat richtig aufs Gas.

Sie hatte nicht viel Zeit.

So musste sich Sucht anfühlen, dachte sie benommen, während sie das Lenkrad so fest umklammerte, dass ihr die Knöchel brannten.

Die Anziehungskraft von Droge oder Alkohol – oder Xcor, was sie betraf – war übermächtig, doch es bereitete kein Vergnügen, sich ihr zu ergeben, sondern nur Schuldgefühle. Und Hass auf sich selbst, wenn man wider besseres Wissen einem Trieb nachging, der einen umbringen konnte.

Oder zumindest in den Ruin führen.

Aber beim Schleier, sie konnte nicht anders. Sie musste sich einfach vergewissern, ob es Xcor gut ging.

Im königlichen Audienzhaus lächelte Paradise dem älteren Vampir vor ihrem Schreibtisch zu. »Gern geschehen. Ich bin froh, dass wir Sie heute Nacht noch reinnehmen konnten.«

»Sie haben mir sehr geholfen.« Er verbeugte sich vor ihr, die Kappe in der Hand. »Ich wünsche noch eine angenehme Zeit bis zur Dämmerung.«

»Ihnen auch.«

Als er weg war, lehnte sie sich zurück und schloss die Augen. Er war der letzte Termin für diese Nacht gewesen. Wrath hatte acht Stunden lang zwischen zwei und vier Audienzen pro Stunde gehalten, also zwischen sechzehn und dreißig Gäste empfangen. Und für jeden einzelnen hatte Paradise die Anweisungen ihres Vaters befolgt: Sie hatte die Gäste begrüßt, sie registriert, wenn sie zum ersten Mal mit dem König sprachen, und ihnen eine Erfrischung angeboten, bevor sie aufgerufen wurden. Nach ihren Gesprächen hatte sie die Gäste wieder verabschiedet und die Mitschriften ihres Vaters in eine Datei eingepflegt, in der auch Entscheidungen oder erteilte Erlaubnisse erfasst wurden.

Erschöpft war gar kein Ausdruck für ihren Zustand, sie war vollkommen ausgelaugt. Es gab so viel zu lernen, so viele Namen und Problemstellungen, Familien und Blutlinien, und sie durfte sich keinen Fehler leisten.

Außerdem musste sie sich mit den Gästen unterhalten, während sie warteten, besonders, wenn sie alleine kamen.

Nicht weil ihr Vater sie dazu angehalten hätte, sondern weil es ihr einfach wichtig erschien.

Vielleicht lag es an ihrem Stewardessen-Outfit.

Vermutlich aber an ihrer Erziehung.

»Ganz schön viele leere Stühle hier.«

Sie fuhr zusammen. »Peyton! Kannst du nicht anklopfen?«

»Das habe ich. Ein Bruder hat mich reingelassen – ich hätte mir fast ins Hemd gemacht.« Er schielte zurück zum offenen Bogendurchgang. »Da ist keine Tür, sonst hätte ich natürlich geklopft. Entschuldige, dass ich dich erschreckt habe.«

Sie stupste die Maus an und verscheuchte damit die bunten Blasen auf ihrem Bildschirm. »Was willst du?«

»Du hast nicht auf meine Textnachrichten geantwortet. Oder meine Anrufe.«

»Weil ich sauer auf dich bin.«

»Ach, komm schon, Parry. Sei nicht so.«

»Ich muss dich etwas fragen.« Sie löste die Augen von dem Excel-Spreadsheet, an dem sie gearbeitet hatte, und sah in seine blauen Augen. »Was würdest du sagen, wenn du nicht selbst entscheiden dürftest, bloß weil deine Haare blond sind?«

Er warf die Hände in die Luft. »Was soll das, ich habe keine Lust, über Haarfarben zu …«

»Ich meine es ernst. Streite nicht mit mir, sondern beantworte meine Frage.«

»Ich würde in die Drogerie gehen und mir eine schwarze Tönung kaufen.«

Paradise schüttelte den Kopf, nahm den Block mit der To-do-Liste zur Hand und hakte ein paar Punkte ab, die sie bereits erledigt hatte.

»Ich verstehe den ganzen Wirbel nicht«, brummte Peyton. »Warum willst du dich unbedingt ins Gemetzel stürzen? Dort sterben Aristokraten ganz genau wie alle anderen. Was hast du dagegen, in Sicherheit zu sein …«

»Hinter einem Schreibtisch, ja? Oder in einem Kleid in einem großen Haus? Ja?«

»Es ist nicht falsch, das schöne Geschlecht zu beschützen.«

»Musst du nicht zurück zu deiner Bong?«

Sie spürte, wie er sie von oben herab anfunkelte. »Erinnerst du dich nicht mehr an die Plünderungen, Parry? Hast du vergessen, wie das war? Vampire wurden in ihren Häusern abgeschlachtet. Gliedmaßen wurden ihnen bei lebendigem Leib abgehackt. Die Eltern von Lash haben sie am Esstisch gefunden, ihre Leichen auf den Stühlen drapiert wie zu einem Festmahl. An so etwas möchtest du teilhaben?«

Paradise sah ihm fest in die Augen. »Will ich nicht!«

»Aber warum streiten wir uns dann?«

»Weil ich *selbst* entscheiden will. Ich möchte das Risiko eingehen können, wenn ich will – und erzähl mir nicht von den Plünderungen, als würde ich mich nicht selbst an jedes Detail erinnern. Auch in meiner Familie gab es Tote. Darf ich mich nicht nach Rache sehnen? Das ist reine Männersache?«

Er stützte sich auf ihren Schreibtisch und beugte sich zu ihr. »Männliche Vampire können keine Kinder gebären.«

Sie stand auf und war nun dicht vor ihm. »Da hast du recht. Ich würde gerne sehen, wie es euch dabei erginge. Ihr würdet doch nach zehn Minuten nach Mama schreien.«

Überrascht bemerkte Paradise, dass Peytons Blick ihre Lippen streifte.

So etwas hatte es in all den Jahren ihrer Freundschaft nie gegeben.

Nicht einmal andeutungsweise.

»In Ordnung«, sagte er wütend. »Dann steh zu deinem Wort.«

»Wie bitte?«

»Melde dich an.« Er deutete auf ihren Schreibtisch. »Komm hinter dem Tisch hervor, und füll die Anmeldung aus. Versuch, den Eignungstest zu bestehen.«

»Vielleicht tue ich das …«

In diesem Moment kam ihr Vater herein. »Oh, hallo, Peyton. Wie geht es dir, mein Sohn?«

Sofort war Peyton wie ausgewechselt. »Danke, Sir, es geht mir gut.«

Die beiden schüttelten sich die Hände, und Paradise war sich sicher, dass ihr Vater die Stimmung nicht bemerkte. Ganz anders als Peyton. Seine Schultern waren angespannt, als würde er in Gedanken mit ihr weiterstreiten.

»… wie aufmerksam von dir vorbeizuschauen und Paradise zu unterstützen.« Ihr Vater lächelte. »Besonders an ihrem ersten Abend. Ich muss sagen, du hast meine Erwartungen übertroffen, meine Liebste. Das hier ist eine wundervolle Betätigung für dich vor deiner Einführung.«

»Danke, Vater«, sagte sie mit einer Verbeugung.

»Gut, ich muss jetzt gehen. Peyton, vielleicht leistest du ihr bis zum Sonnenaufgang Gesellschaft?«

Peyton musterte sie scharf. »Du wohnst nicht mehr zu Hause?«

»Keine Sorge«, schaltete sich ihr Vater ein. »Sie ist mit ihrer Dienstmagd hier und wohl behütet. Also, wenn ihr mich jetzt entschuldigen wollt, ich muss los.«

Um nach ihrem »Gast« zu sehen, kein Zweifel.

»Die Brüder haben den König zu seinem Anwesen eskortiert«, sagte ihr Vater, kam um den Schreibtisch herum und umarmte sie. »Die *Doggen* werden noch mindestens eine Stunde sauber machen. Ruf an, wenn du etwas brauchst.«

»Das werde ich.«

Und damit war er weg.

»Ich fasse es nicht, dass er dich hier wohnen lässt«, sagte Peyton.

»Er tut es nicht ganz freiwillig.«

»Was meinst du damit?«

»Ach, nichts.« Sie griff in ihr Haar und schüttelte die Locken auf. »Du musst mir nicht Gesellschaft leisten. Genauer gesagt möchte ich, dass du gehst.«

Sie spürte seinen Blick auf sich ruhen, und als er nicht antwortete, wurde sie wütend. »Was?«

Seine Lider waren schwer. So hatte sie ihn noch nie erlebt. »Du warst noch nie so …«

»Aufmüpfig?«

»Nein«, murmelte er. »Das nicht.«

»Was dann?« Doch er antwortete nicht. Sie schüttelte den Kopf. »Geh nach Hause, Peyton. Geh einfach heim, zieh dir einen Joint rein und bereite dich darauf vor, den großen Macker beim Trainingsprogramm zu markieren. Das ist deine natürliche Rolle.«

Damit stolzierte sie an ihm vorbei aus dem Salon. Es war ihr egal, was er machte, ob er ging oder an ihrem Schreibtisch stehen blieb, bis ihn die *Doggen* mit den Wollmäusen nach draußen fegten.

Sie war fertig.

Mit dieser Nacht. Und mit Männern im Allgemeinen.

3

»Nein. Hierher. Bringt ihn zum Kamin …«

Xcor riss sich von seinen Männern los. »Ich bin kein Krüppel.«

Er humpelte durch das kleine Cottage, das er für Layla erstanden hatte, und behielt für sich, wie sehr er fror und sich über das Feuer freute, das um die Scheite im Kamin tanzte.

»Dein Bein ist gebrochen«, bemerkte Zypher.

Als Xcor sich auf das Sofa sinken ließ, wurde ihm so schlecht, dass er sich beinahe übergeben hätte, doch er schluckte die Magensäure hinunter. »Das heilt wieder.«

»Wir haben zu essen.«

Er wusste nicht, wer das gesagt hatte, und es war ihm auch egal. »Wo ist der Schnaps?«

»Hier.«

Jemand reichte ihm eine Flasche irgendwas, und er hob sie an die Lippen. Der Inhalt entpuppte sich als Wodka, der brennend durch seine Kehle floss und ein zweites wärmendes Feuer in seinem Inneren entfachte.

Er hatte einen langen, langen Heimweg hinter sich, bei dem er sich Meile für Meile dematerialisieren musste, weil sie über kein Fahrzeug verfügten. Jetzt wollte er einfach nur noch allein sein. Doch da seine Männer so besorgt um ihn waren, würden sie vermutlich nicht gehen, und ihm fehlte die Kraft, sie zu vertreiben.

»Sie hätten dich fast umgebracht«, meinte Balthazar, der an der Tür stand.

Xcor trank noch einen Schluck. »Dich aber auch …«

»Da kommt wer«, meldete Syphon vom Fenster. »Ein Auto.«

Sofort zogen alle ihre Waffen und richteten sie auf das Fenster. Alle außer Xcor. Sein Arm hing schlaff unter der dünnen Jacke herab. Wahrscheinlich war die Schulter ausgekugelt.

Und den Wodka gab er nicht aus der Hand.

»Wer ist es?«, fragte er barsch. Er tippte auf die *Doggen,* die er anstellen wollte.

»Eine Vampirin«, hauchte jemand. »Aber keine aus der Dienerklasse.«

Xcor riss den Kopf herum und bleckte die Fänge. Doch er wusste auch so schon, wer es war. Es gab nur eine Vampirin, die dieses Cottage kannte und mit dem Auto kommen würde.

»Lasst uns allein«, befahl er. »Sofort.«

Doch seine Bande stand im Halbkreis vor dem Fenster, gebannt von Laylas Anblick. Xcor knurrte wie ein Löwe: »Lasst uns allein!«

Zypher räusperte sich. »Sie ist wirklich hübsch anzuschauen, Xcor …«

»Sie ist das Letzte, was du je sehen wirst, wenn ihr nicht verschwindet!«

Murrend dematerialisierten seine Soldaten sich … sodass Xcor allein war, als Layla klopfte.

Er stärkte sich mit einem weiteren Schluck aus der Flasche, dann rappelte er sich auf und öffnete ihr die Tür.

Layla sah ihn an und rief: »Ihr seid verletzt!«

Sie wirkte so erschrocken, dass er an sich und seinen blutigen Kleidern herabsah. »Ja, es macht ganz den Eindruck.« Merkwürdigerweise spürte er seine Verletzungen gar nicht mehr, jetzt da sie vor ihm stand. »Wollt Ihr nicht reinkommen und Euch am Kamin wärmen?«

Als wäre nichts gewesen. Als hätte sie ihn nicht versetzt, obwohl sie um Mitternacht kommen wollte – um ihm mitzuteilen, ob sie bei ihrer Entscheidung blieb.

Doch das war überflüssig. Ihr Fernbleiben war Antwort genug. Offensichtlich war sie zur Besinnung gekommen.

Layla trat ein und ließ den Blick unaufhörlich an ihm auf und ab wandern. »Xcor, was ist passiert?«

»Nichts.« Er schloss die Tür. »Hattet Ihr nicht angedeutet, dass Ihr Euch nicht freimachen könnt?«

»Ich habe von den Ereignissen in der Stadt gehört. Ich musste einfach …«

»Musstet was? Nachsehen, ob ich tot bin und Euch auf diese Weise von Eurer Verpflichtung entbunden habe?« Als sie schwieg, lachte er leise und kehrte zur Couch zurück. »Entschuldigt bitte, ich muss mich setzen.«

Er merkte deutlich, wie sie ihm mit dem Blick folgte. Und sicher hörte sie auch das Stöhnen, das er zu unterdrücken versuchte.

»Ihr solltet einen Arzt aufsuchen.«

Xcor lachte und hob erneut die Flasche an den Mund. »Ihr meint, ich müsste mich behandeln lassen? Die Bruderschaft der Black Dagger hat vermutlich einen anderen Standard der medizinischen Versorgung. Mir ist im Laufe der Jahrhunderte schon viel Schlimmeres widerfahren. Das hier ist nur ein Kratzer, morgen Abend ist er wieder heil.«

»Wann habt Ihr Euch das letzte Mal genährt?«

Xcor erstarrte. »Bietet Ihr es mir etwa an?«

Als sie den Blick zu Boden senkte, lachte er noch einmal leise auf. »Das heißt wohl nein. Außerdem habt Ihr mir schon einmal geholfen und damit den Feind unterstützt. Wir alle wissen, wie das ausging.«

»Warum verspottet Ihr mich?«

Er trank noch einmal. »Weil es mir Spaß macht. Ich bin ein Bastard, schon vergessen? Ein Bastard, der Euch gezwungen hat, sich Nacht für Nacht mit ihm zu treffen, obwohl Ihr das Kind eines anderen im Bauch tragt.«

»Ihr leidet Schmerzen.«

»Seit Ihr hier seid, spüre ich sie nicht mehr.«

Das verschlug ihr offenbar die Sprache.

Und dann stellte er mit Entsetzen fest, dass sie auf ihn zukam ... und dabei den rechten Ärmel hochschob.

»Was macht Ihr da?«, fragte er barsch.

»Ich werde Euch nähren.« Sie blieb vor ihm stehen. So nah, dass er nur zuzugreifen brauchte. So nah, dass er sie auf seinen Schoß hätte ziehen können. Ihre Brüste berühren, mit den Händen, mit dem Mund. »Euer Zustand ist ernster, als Ihr glaubt.«

»Aye«, stieß er heiser hervor. »Das stimmt. Aber nicht wegen meiner Verletzungen.«

Sie hielt ihm das Handgelenk hin. »Ihr wurdet angefahren. Von einem großen Gefährt der Bruderschaft, habe ich recht?«

»Dann glaubt Ihr, mir etwas zu schulden? Woher der Sinneswandel?«

»Ihr streitet es also nicht ab.«

»Ich verstehe nicht, was Ihr damit bezweckt, Frau. Es war Euch doch sonst nicht angenehm, verräterisch zu handeln. Was sollte sich geändert haben?«

»Ihr habt die Brüder heute Nacht nicht angegriffen. Ihr

hättet ihnen nachstellen können, doch anstatt Eure Soldaten auf Manny und Rhage oder auf die anderen zu hetzen, die in der Nähe waren, habt Ihr den Schauplatz verlassen, ohne einen von ihnen zu verletzen.«

Aye, dachte er. Er hatte schon vermutet, dass dieses fahrbare Ungetüm zur Bruderschaft gehörte. Er hatte registriert, wie sich jemand aus dem Wageninneren heraus dematerialisiert hatte – und wer außer der Bruderschaft konnte sich derartigen Luxus leisten.

Er lachte rau. »Habt Ihr noch nie von Selbstschutz gehört? Wenn ich so schwer verletzt bin, wie Ihr glaubt, bin ich geflohen, um meine Haut zu retten.«

»Unsinn. Ich kenne Euren Ruf. Ihr hattet heute Nacht Gelegenheit, Euren Feind zu schwächen, doch Ihr habt sie nicht genutzt. Im Grunde könntet Ihr seit einem Jahr unser Anwesen angreifen und habt es nie getan.«

»Muss ich Euch an unsere Abmachung erinnern?«, fragte er gelangweilt. »Ihr kommt zu mir und erfreut mich mit Eurem Anblick, dafür schlachte ich nicht alle ab.«

»Was Ihr einer Vampirin geschworen habt, könnte Euch niemals binden. Ihr seid der Sohn des Bloodletter.«

Der Schwur an Euch schon, dachte er bei sich.

Ihre Stimme gewann an Kraft. »Ihr habt nicht vor, die Bruderschaft anzugreifen, nicht wahr? Nicht heute Nacht. Nicht morgen. Nicht in einem Jahr. Aber nicht, weil ich mich mit Euch treffe – sonst hättet Ihr heute nicht gezögert, sie in den Gassen zu töten. Denn das würde unser Arrangement nicht antasten, habe ich recht?«

Als er zu ihr aufsah, war ihr Blick so durchdringend, dass er sich plötzlich ganz klein vorkam – und das nicht, weil er saß und sie vor ihm stand.

»Aus irgendeinem Grund wollt Ihr gar nicht mehr angreifen, nicht wahr?«, sagte sie. »Nicht wahr?«

Was Layla da aussprach, war die Erkenntnis, die sich auf der Fahrt vom Haus der Bruderschaft zum Cottage in ihrem Kopf geformt hatte.

Es war, als hätte sie nach einem steilen Aufstieg plötzlich eine Lichtung erreicht, auf der sich zum ersten Mal der Blick über die Landschaft eröffnete, von der sie Teil gewesen war.

»Antwortet mir«, befahl sie.

Er zog eine Braue nach oben. »Ihr sagtet doch, ich sei kein Mann von Ehre und meinem Schwur sei nicht zu trauen. Warum wollt Ihr Antworten von mir, wenn ihnen nicht zu trauen ist.«

»Was hat sich geändert? Ich weiß, dass es nichts mit mir zu tun hat, aber irgendetwas ist anders.«

»Nachdem Ihr so gut darin seid, Euch die Antworten selbst zu geben, werde ich mich zurücklehnen und Euch die Unterhaltung allein überlassen.«

Er saß auf dem Sofa und blickte zu ihr auf, sein Gesicht so ruhig und gefasst wie eine Maske. Ihr war klar, dass er nichts mehr sagen würde, und vielleicht hatte er recht: Seinen Worten war nicht zu trauen.

Doch mit den Taten war es etwas anderes.

»Nehmt von mir«, sagte sie und streckte ihm das Handgelenk entgegen. »Zur Genesung.«

»Was seid Ihr nur für eine Frau. Was ist mit Eurem Kind?«

»Auch Schwangere können Vampire nähren, es ist kein Problem, solange sie nicht zu viel nehmen.«

Bis vor einem Monat hatte sie Qhuinn und Blay genährt, dann waren sie zu Selena gewechselt, aber nur aus übergroßer Vorsicht heraus. Außerdem hatte sie sich selbst erst vor zwölf Stunden genährt, sie war gestärkt.

Im Gegensatz zu ihm.

»Ihr habt Euch nicht mehr richtig genährt, seit Ihr das erste Mal von mir genommen habt, habe ich recht?«

Sein Blick schweifte zum Kamin. »Natürlich habe ich mich genährt.«

»Ihr lügt.«

»Bitte setzt Euch in Euer Auto und fahrt zur Bruderschaft zurück.«

»Nein.«

Seine Augen wurden schmal, und er sah sie wütend an. »Ihr strapaziert meine Nerven.«

»Weil ich die Wahrheit erraten habe …«

Mit einem Satz war er auf den Füßen, und trotz seiner Wunden gelang es ihm, sie zu bedrängen, sodass ihr die Wahl blieb, entweder zurückzuweichen oder hintüberzukippen. Sie trat einen Schritt zurück. Und noch einen.

Bis sie mit dem Rücken an die Wand stieß.

Er rückte nach.

»Vielleicht überdenkt Ihr Eure Schlussfolgerungen noch einmal, Auserwählte.«

Layla konnte kaum atmen, doch das lag nicht an ihrer beengten Position. »Ich weiß noch viel mehr.«

»Was könnte das wohl sein?«

Sie hatte ein Gespräch zwischen Blay und Qhuinn über die vergangene Nacht mitgehört, darüber, wie Rhage und die Zwillinge das ehemalige Lager von Xcors Bande inspiziert hatten.

»Ihr habt noch eine andere Gelegenheit verstreichen lassen. Ich weiß, dass die Bruderschaft Euer altes Haus durchsucht hat und Ihr ihnen keine Falle gestellt habt. Ihr hättet ihnen auflauern oder Sprengstoff verstecken können, doch das habt Ihr nicht getan.«

Bei diesen Worten wich er zurück.

Es versetzte ihr einen Stich, dass er humpelte, die blutige Kleidung, seine Erschöpfung.

Grimmig sagte sie: »Mir scheint, ich nähre gar keinen Feind, oder?«

Endlich blieb er vor dem Kamin stehen, stemmte eine Hand in die Hüfte und starrte in die Flammen. Er wirkte niedergeschlagen.

»Geht«, sagte er schlicht.

»Warum wollt Ihr mir etwas verheimlichen, das mich doch freuen würde?« Die Vorstellung, dass er davon ablassen könnte, Wrath oder die Bruderschaft zu töten, wäre eine unglaubliche Erleichterung für sie gewesen. »Warum?«

»Würdet Ihr Euch auch ohne unsere Vereinbarung mit mir treffen?«

Seine Worte erfüllten Layla mit Wärme, doch sie merkte, dass sie sich erneut einer schwierigen Weggabelung näherten.

Bisher waren ihre Rollen klar verteilt gewesen: Er war der Erpresser, sie das Opfer.

So traurig es war, ihre Rolle hatte ihr Sicherheit gegeben. Sie hatte so tun können, als würde sie nur ihre Pflicht gegenüber der Bruderschaft erfüllen.

Sie hatte so tun können, als würde Xcor sie zwingen, ihn zu treffen.

Die Wahrheit aber war … viel komplizierter.

Sie dachte an die letzte Nacht, als sie ihn durch das Fenster beobachtet hatte. Er hatte am gleichen Fleck gestanden wie jetzt auch, vor dem Kamin. Gern hätte sie ihre Fleecejacke abgelegt. Ihr war schon vorher warm gewesen, doch jetzt kochte sie bald über.

Xcor warf einen Blick über die Schulter. Der flackernde Feuerschein aus dem Kamin betonte sein entstelltes Gesicht. Doch obwohl er den meisten hässlich erschien … galt das nicht für sie.

Sie versuchte, ihn sich ohne die Kleidung vorzustellen.

»Also«, sagte er voll Spott. »Würdet Ihr trotzdem zu mir kommen? Nur zu, sorgt Euch nicht, meine Gefühle zu verletzen. Ich wurde bereits von meiner Mutter verstoßen. Ich bin die Verachtung der Frauen gewöhnt.«

Als ihr Schweigen anhielt, schlug er mit dem Arm durch die Luft. »Ich deute das als ein …«

»Ja«, sagte sie laut. »Ich würde zu Euch kommen.«

Unwillkürlich fasste sie sich an den geschwollenen Bauch. Sie wünschte, sie hätte ihren ungeborenen Kindern diese Wahrheit ersparen können.

Erschrocken riss er die Augen auf. Dann kniff er sie wieder zusammen. »Warum?«

Sein Ton war scharf, als wollte er noch ein anderes Eingeständnis von ihr hören.

»Ich weiß es nicht.« Sie zog die Schultern hoch. »Aber die Gründe ändern nichts daran, dass ich es tun würde, oder?«

Es folgte längeres Schweigen.

Die nächsten Worte von Xcor kamen so leise, dass sie ihn kaum verstand, doch es klang wie: »Ich wollte nicht verwandelt werden.«

Sie bat ihn nicht, sie zu wiederholen. Hätte sie ihn verstehen sollen, hätte er sicher lauter gesprochen.

»Trinkt von meiner Ader.«

Nach dieser Aufforderung gab es kein Zurück mehr. Sie konnte sich nichts vormachen, sie handelte aus freien Stücken. Aber wenigstens hatte sie ihr Schicksal selbst bestimmt, nicht irgendein Zufall.

Es war eine bewusste Entscheidung. So bewusst, dass ihr das gemütliche Cottage plötzlich grellbunt erschien und voll intensiver Gerüche, die ihre Nase überforderten. Auch ihr Gehör war so geschärft, dass es fast schmerzte, und jedes Knacken im Kamin, jeder Atemstoß aus ihren Mündern hallte wider wie das Echo in einer Schlucht.

Als er diesmal auf sie zukam, tat er es langsam und ohne Aggression.

Dabei sah er sie an, doch sein Blick war wachsam, als fürchtete sich das Raubtier mit einem Mal vor seiner Beute.

Dann stand er neben ihr und bot ihr den Arm an.

»So habe ich es einmal gesehen«, beantwortete er ihren fragenden Blick. »Bei einem Gentleman und einer Frau von Wert.«

»Ja«, sagte sie heiser. »Auf die Weise ist es üblich.«

Sie hakte sich unter, und er führte sie zum Sofa und setzte sie auf das abgewetzte Polster. Dann wandte er sich ab und verschwand aus dem Zimmer.

»Wohin geht Ihr?«, rief sie ihm nach.

4

»Du hast wunderschöne Hände.«

Trez und Selena lagen nebeneinander im Bett, nackt und vollkommen gelöst. Sie hatten sich so wild geliebt, dass die Laken auf dem Boden lagen und ihre erhitzten Leiber nur langsam im leichten Luftstrom des dunklen Zimmers abkühlten.

»Das hast du schon einmal erwähnt«, meinte sie lächelnd.

»Mm-mm«, machte Trez. »Ich mag es, wie sie sich anfühlen. Ich mag es, sie anzuschauen. Ich mag es, sie zu berühren.«

Er drückte seine Handfläche auf ihre und spürte die Berührung am ganzen Körper. So friedlich, dachte er. Im Moment war alles so friedlich.

»Ich betrachte so gern die Sterne«, sagte sie nach einer Weile. »Durch das Fenster da drüben.«

»Ja.«

Es war kurz vor fünf, die Jalousien würden sich bald schließen. Doch der Herbst bestimmte nicht nur das Wetter, sondern auch die Länge der Tage, und es dämmerte mittlerweile später.

»So etwas habe ich noch nie erlebt«, hörte er sich sagen.

Sie drehte sich auf die Seite und stützte den Kopf auf die Hand, mit der er gespielt hatte. Zum Ausgleich reichte sie ihm die andere.

»Was?«, wollte sie wissen.

»Diese Art von Ruhe.«

Er wünschte, er hätte in all den Jahren der sinnlosen sexuellen Abenteuer gewusst, dass irgendwo diese tiefe Verbundenheit auf ihn wartete. Er hätte sich die ganze unbefriedigende Vögelei sparen können.

»Möchtest du Musik hören?«, fragte er unvermittelt, besorgt, dass er vielleicht der Einzige war, der diese Ruhe genoss.

»Nein, es ist wundervoll, wie es ist.«

Für diese Bemerkung musste er sie auf den Mund küssen. Dann legte er sich zurück in die Kissen und spielte erneut mit ihrer Hand. Er fuhr ihre Finger nach, streckte und spreizte sie, spielte mit den Kuppen.

»Ich liebe die Sterne«, sagte sie wie zu sich selbst.

»Ich habe eine Idee für heute Abend.«

»Ja?«

Wieder machte er *Mm-mm.* »Es ist eine Überraschung. Aber du müsstest die Bootsfahrt verschieben.«

Und er würde vermutlich Valium dafür benötigen. Aber für sie wäre es die Krönung.

»Trez?«

»Ja?«

»Ich möchte, dass du etwas für mich tust.«

Er lächelte. »Hat es vielleicht etwas mit meiner Zunge zu tun? Sag einfach wo, meine Königin.«

»Nein.«

Ihr veränderter Tonfall ließ ihn verstummen. Einen kurzen Moment lang wollte er sagen: *Bitte nicht. Wir können heute Abend darüber sprechen. Gönn uns die Tagesstunden für die Illusion der Ewigkeit.*

Doch natürlich konnte er ihr nichts verwehren. »Was soll es sein?«

Es dauerte einen Moment, bis Selena antwortete. Offensichtlich wählte sie ihre Worte mit Bedacht.

Er versuchte, ruhig zu bleiben. »Lass dir Zeit.«

»Meine Schwestern.« Sie zögerte. »Meine verstorbenen Schwestern sind oben auf einem Friedhof. Ganz nah bei der Stelle, wo du mich gefunden hast, erinnerst du dich?«

Die Hecke, dachte er. Durch die er die Marmorstatuen gesehen hatte … die, wie er jetzt fürchtete, gar nicht aus Marmor waren.

»Ja, ich entsinne mich.«

»Lass nicht zu, dass sie mich dort aufstellen.« Sie entzog ihm ihre Hand und setzte sich auf, und ihr wundervolles schwarzes Haar ergoss sich über ihre Schultern, bedeckte ihre Brüste, berührte ihre Schenkel. »Denn sicher haben sie das vor. Man sucht sich eine Position aus … denn wenn es so weit ist, können sie einen in jede beliebige Haltung bringen. Dann überziehen sie Haar, Gesicht und Körper mit Gips. Es ist ein Ritual. Deswegen stehen meine Schwestern in den unterschiedlichen Posen auf dem Friedhof.«

Trez rieb sich das Gesicht. Was nicht gegen das Stechen in seiner Brust half. »Selena, lass uns von etwas anderem …«

Sie packte seinen Arm. Fest. »Versprich es mir. Ich kann nicht für mich selber sprechen, wenn es so weit ist. Das musst du für mich tun.«

Nein, er konnte ihr nichts ausschlagen. Das war vollkommen normal für einen gebundenen Vampir und auch gesund, wie er fand. Doch was für eine Bitte! Es brach ihm das Herz, als er nickte.

»In Ordnung.« Er räusperte sich. »Okay, ich sorge dafür.«

Sofort entspannte sie sich und atmete auf. Dann legte sie sich neben ihn und schüttelte den Kopf. »Ich weiß, es widerspricht allen Glaubenssätzen und Traditionen, die man mich mein Leben lang gelehrt hat … aber manchmal fürchte ich, dass sie in ihren Körpern feststecken.«

»Wie bitte … was? Du meinst, deine Schwestern?«

Sie nickte. »Woher wollen wir wissen, ob es den Schleier wirklich gibt? Was, wenn es nicht stimmt, was man uns immer erzählt. Ich habe diesen Friedhof stets gemieden, so wie alle Auserwählten – ich hasse es, wie still und reglos es dort ist. Ich kannte einige dieser armen Frauen, ich habe mit ihnen gegessen und der Jungfrau der Schrift gedient.« Sie fluchte verhalten. »Sie sind auf diesem Friedhof gefangen, nicht nur, weil sie erstarrt sind, sondern auch, weil sie vom Rest von uns vergessen werden, weil wir ihre Nähe nicht ertragen. Was, wenn sie uns sehen können? Was, wenn sie uns hören? Was, wenn sich die Zeit für sie in ihrer Gefangenschaft endlos dahinstreckt …« Selena erschauderte. »Ich will das nicht. Wenn ich gehe, möchte ich frei sein.«

Wieder schweifte ihr Blick zum Fenster ab, zu den funkelnden Sternen am Himmel.

»Jede Spezies hat ihre eigene Version vom Jenseits«, sagte er. »Für die Menschen ist es der Himmel. Für die Vampire ist es der Schleier. Wir Schatten glauben an das Ewige. Wir können uns nicht allesamt irren – all diese Vorstellungen sind Versionen von ein und demselben. Es erscheint also nur logisch, dass nach dem Tod noch etwas kommt.«

»Aber es gibt keine Garantie. Gewissheit hat man erst, wenn es zu spät ist.« Sie schien sich in sich zurückzuziehen. »Ich höre weiter, wenn mich die Starre befällt. Auch wenn sich mein Körper meiner Kontrolle entzieht, kann ich hören, riechen und sehen. Ich bin bei Bewusstsein, ich bin da, aber ich kann nichts ausrichten. Wie gesagt, es gibt nichts Schlimmeres als einen wachen Geist in einem reglosen Körper.«

Nicht weinen, mahnte er sich. *Fang jetzt bloß nicht an zu weinen. Du reißt dich zusammen und stehst ihr bei. Hier. Jetzt.*

Als sie verstummte, versuchte er sich auszumalen, was sie beschrieben hatte: Wenn man alles mitbekam, aber nicht darauf reagieren konnte.

Er strich ihr über das lange schwarze Haar und küsste sie zärtlich, intensiv. Bald darauf wälzte er sich auf sie und schob sich zwischen ihre Beine. Als er in sie eindrang, als ihn die vertraute und doch immer noch erschreckende Enge umfing, besiegelte er sein Versprechen durch den körperlichen Akt.

Manchmal kämpfte man gegen einen Feind an, den man weder schlagen, noch erschießen oder zerstückeln konnte. Manchmal konnte man ihm nicht einmal etwas zuleide tun.

Das war schrecklich.

Während er die Hüften wiegte, schlang sie die Arme um ihn, und er liebte sie so zärtlich und behutsam, dass er sie die ganze Zeit über küssen konnte.

Nach einer Weile nahm er den Geruch von Regenwasser wahr.

Sie weinten beide.

Unten im Trainingszentrum rannte Rhage, als würde ihn seine eigene Bestie verfolgen.

Das Laufband protestierte. Vermutlich signalisierte das Gerät mit seinem Kreischen – laut genug, um T. I. zu übertönen, den er sich wie Heroin in die Ohren pumpte –, dass es jeden Moment den Geist aufgab. Aber Rhage wollte seinen Rhythmus nicht unterbrechen, um auf das Nachbargerät umzusteigen.

Als das Ding allerdings anfing, nach *Lesser* zu stinken, blieb ihm keine Wahl. Er sprang auf den Seitenrand und zog den roten Sicherheitsclip. Augenblicklich blieb das Band stehen, entweder wegen exzellenter Bremsen, oder weil es genau in diesem Moment das Zeitliche segnete.

Rhage keuchte atemlos und wischte sich das Gesicht mit einem der fiesen kleinen Handtücher ab, die rau wie Sandpapier waren. Aber so gehörte es sich für einen Kraftraum. Fritz versuchte von Zeit zu Zeit, sie durch flauschigere Exemplare zu ersetzen, doch das führte jedes Mal zu Protest unter den Brüdern. Sie bevorzugten die dünnen, kratzigen Biester, die Kojoten unter den Frotteewaren.

Wenn man schwitzte wie ein Schwein und die Fußsohlen dampften, wollte man sich doch nicht mit einem Angorahäschen abtrocknen.

War er wirklich vierundzwanzig Meilen weit gelaufen?

Scheiße, wie lange war er schon hier unten?

Er nahm den Kopfhörer ab und merkte, dass nicht nur seine Füße lahm waren, sondern auch die Muskeln in den Beinen brannten und er sich die Schulter verzogen hatte, die gerade frisch verheilt war.

Er setzte sich auf eine Holzbank an der hinteren Wand des Kraftraums. Während er langsam wieder zu Atem kam, fühlte er sich wie von seinen Brüdern umgeben, obwohl er allein war. Da war die Drückerbank, die noch auf die 600 Pfund von Butch eingestellt war, die Hantel, die Z gestern gestemmt hatte, die Reckstange, an der Tohr seine Klimmzüge gemacht hatte. Rhage hatte jeden der Kämpfer vor Augen, hörte ihre Stimmen, sah sie an sich vorbeilaufen, spürte ihre Blicke, während sie sich unterhielten.

Eigentlich hätte ihm das Geborgenheit vermitteln sollen, statt sie ihm zu nehmen.

Aber im Moment hätte er sich auch einsam gefühlt, wenn sich all seine Brüder mit ihm im Kraftraum getummelt hätten.

Er wischte sich wieder übers Gesicht und schloss die Augen. Sofort befand er sich an einem anderen Ort, zurückversetzt in eine andere Zeit, zu einer Erinnerung, die in letzter Zeit immer häufiger bei ihm anklopfte, sosehr er sich mühte, sie zu verscheuchen.

Bellas weißes Bauernhaus mit der rundum verlaufenden Veranda, so einladend und typisch für Neuengland, dass man sich kaum entscheiden konnte, ob man sie zum Kotzen fand oder ein Stück Apfelstrudel darauf essen wollte. Er, wie er aus der Tür taumelte, mit hängendem Kopf, sodass die Nase fast auf der Erde schleifte.

Seine geliebte Mary oben im Schlafzimmer, nachdem sie ihm gerade den Laufpass gegeben hatte.

Was sie natürlich sehr höflich formuliert hatte.

Es war das Ende für ihn gewesen, das Aus. Äußerlich mochte er gesund erscheinen, doch er war ein wandelnder Toter …

… bis sie barfuß aus dem Haus gerannt kam.

Es geht mir nicht gut, Rhage. Es geht mir nicht gut …

»Warum quälst du dich mit diesen Erinnerungen.« Er rieb sich mit dem harten Handtuch durchs Gesicht. »Vergiss den Scheiß … komm schon, denk an etwas anderes …«

Doch es ging nicht. Die nächste Erinnerung war nur noch schlimmer.

Ein Krankenzimmer, aber nicht im Trainingszentrum, auch nicht bei Havers.

Scheiße, er erinnerte sich ganz genau an die Farbe ihrer Haut, die nicht nur blass, sondern schon gräulich gewesen war.

In seiner Not hatte er nach dem einzigen Rettungsanker gegriffen, der ihm in den Sinn gekommen war, und sich an die Jungfrau der Schrift gewandt. Er hatte die Menschen-Klinik verlassen, sich auf sein Zimmer zurückgezogen und auf geschliffenen Diamanten gekniet, bis seine Knie blutig waren.

Und um ein Wunder gebetet.

Fluchend streckte er sich rücklings auf der Bank aus, die Füße ließ er rechts und links auf dem Boden stehen.

Mary kam heute nicht nach Hause. Sie blieb im Refugium.

Die kranke Mutter war mittlerweile bei Havers. Sie war ins Koma gefallen.

Ihre Tochter sollte tagsüber im Refugium bleiben, so hatte es die Belegschaft beschlossen. Mary wollte bei ihr sein.

Rhage erinnerte sich an die Angst vor dem Sonnenlicht, als Mary im Krankenhaus gelegen hatte. Tagsüber war es im Krankenhaus zu gefährlich für ihn, und er litt unter der panischen Angst, dass sie starb und er nicht bei ihr sein konnte.

Das Mädchen konnte immerhin zu Havers gefahren werden, wenn sich der Zustand ihrer *Mahmen* verschlechterte. Als Prätrans war sie gegen Sonnenlicht immun.

Rhage starrte zur Decke und dachte an Trez und Selena. An ihr Date. Ihre Flucht aus der Stadt. Wie viel Spaß es ihnen gemacht hatte, der Polizei zu entwischen.

Für so etwas lohnte sich der Kampf.

Mary kam heute nicht nach Hause, und er wusste nicht, wie er die nächsten zwölf Stunden überstehen sollte. Dabei konnte er sie jederzeit anrufen oder mit ihr skypen.

Das kleine Mädchen verlor vermutlich ihre *Mahmen*.

Trez verlor vermutlich Selena.

Bestimmt beteten jetzt auch diese beiden um ein Wunder, dachte Rhage. Vielleicht machte ihm das so zu schaffen.

Warum war das Wunder für ihn geschehen? Und nicht für Tohr? Sicher, Tohr hatte mittlerweile Autumn gefunden, und das war ein Segen, aber sosehr er sie auch liebte, der Tod von Wellsie hatte ihn fast umgebracht.

Rhage kapierte es nicht. Wenn die Jungfrau der Schrift nicht erneut eingriff oder jemand ein Heilmittel entdeckte …

Warum waren er und Mary verschont geblieben?

Ihm platzte fast der Kopf. Gewaltsam vertrieb er die Gedanken. Er hatte keine Lust, hier unten still und heimlich dem Wahnsinn zu verfallen.

Ja, dachte er verbittert, so etwas teilte man doch besser mit seinen Lieben.

Finstere Zeiten.

Wenn es stimmte, dass immer drei Todesfälle aufeinander folgten, dachte er wie betäubt, wer war dann der Dritte?

5

Als Xcor durch die Tür verschwand, wollte Layla ihm schon nach draußen folgen und ihn wenn nötig auf dem Rasen nähren. Doch als sie sich vom Sofa hochwuchtete, hörte sie … das Rauschen der Dusche.

Also bog sie vor der Haustür ab und blieb vor dem Badezimmer stehen.

»… fuck …«, hörte sie ihn auf der anderen Seite fluchen.

»Xcor?«

»Lasst mich in Frieden. Ich komme gleich wieder.«

Als ein zweiter Fluch zu ihr drang, griff sie kurzerhand zum Knauf und öffnete die Tür.

Xcor stand in verrenkter Haltung vor dem Waschbecken, das Hemd halb über den Kopf gezogen. Offensichtlich versuchte er, sich daraus zu befreien, ohne an die Schussverletzung an seiner Seite zu kommen.

»Was macht Ihr hier?«, blaffte er durch den schwarzen Stoff, in dem er feststeckte.

Einen Moment lang starrte Layla ihn einfach nur an.

Seine Bauchmuskeln waren so ausgeprägt, dass es an eine Landschaft mit schattigen Tälern erinnerte. Doch seine Hüftknochen standen hervor, und seine Kampfhose wurde nur von den mächtigen Muskeln der Oberschenkel gehalten.

Er war unglaublich stark. Aber ausgezehrt.

Sie riss sich von ihren Betrachtungen los und sagte: »Ich helfe Euch.«

»Ich komme allein zurecht, ich muss nur …« Er drehte und wand sich und stöhnte schmerzerfüllt.

Layla ließ sich nichts sagen und schloss die Tür zum Flur, um das bisschen Wärme von der Dusche im Bad zu halten. »Hört auf. Ihr tut Euch nur weh.«

»Ich schaff das schon«, herrschte er sie an.

Doch als sie die Hand auf seinen Arm legte, versteinerte er.

»Lasst mich helfen«, flüsterte sie.

Zum Glück steckte er mit dem Kopf im Hemd, sonst hätte er ihre zitternden Hände gesehen, als sie es am Saum fasste und vorsichtig nach oben zog, Zentimeter für Zentimeter über die Arme, den Bauch, dann über die breite Brust.

Sein Atem ging stockend, sein Brustkorb hob und senkte sich immer schneller, als sie seine Arme befreite.

Kräftige Arme. Muskulöse Arme, die sich an Ellbogen und Handgelenk verjüngten, sonst aber prall bepackt waren.

Als sie ihn befreit hatte, dachte sie: *Er ist ein Killer. Ein knallharter Killer, dem man seine Tätigkeit ansieht.*

»Wartet draußen auf mich.« Er mied ihren Blick. »Ich trinke nicht von Euch, solange ich nicht sauber bin.«

»Das ist eine schlimme Wunde.«

Als sie die warme, helle Haut unterhalb der feuerroten Schramme an seiner Flanke berührte, zuckte er zusammen. Doch seine Stimme war kräftig. »Sie ist bis morgen verheilt.«

»Nur, wenn Ihr Euch nährt.«

Sein Grunzen klang abweisend. Dann fügte er hinzu: »Wenn Ihr nicht bald geht, bekommt Ihr mehr als meine Brust zu sehen.«

»Euer Bein ist noch schlimmer verletzt.« Sie musterte den wachsenden Blutfleck in seiner Kampfhose.

Hastig schlug er die Hände über den Reißverschluss. »Also?«

Als würde er ihr eine letzte Chance geben.

»Also?« Sie zuckte die Schultern. »Glaubt Ihr allen Ernstes, ich lasse Euch ohne Hilfe unter das heiße Wasser steigen? Ihr seid ganz bleich. Euch könnte schwindelig werden, Ihr könntet stürzen.«

»Wenn Ihr darauf besteht …«, sagte er entnervt, blickte ihr in die Augen – und öffnete mit geübten Fingern seine Hose. Sie klaffte auf und blieb an den Oberschenkeln hängen.

Aber er hatte etwas befreit.

Und es … stand senkrecht empor.

Xcor wölbte eine Braue. »Ihr könnt aufhören zu starren. Ich kann mir kaum vorstellen, dass Euch der Anblick erfreut.«

Sie versuchte, den Blick abzuwenden. Wirklich. Doch ihre Augen wollten nicht gehorchen.

»Ihr seid so groß«, hauchte sie.

Perplex wich er zurück, und als er sprach, hatte sich seine Stimme verändert.

»Layla …«, flehte er, »Auserwählte Layla … bitte geht.«

Xcor stand halb entblößt vor dieser Auserwählten und konnte sich nicht rühren – und das lag nicht daran, dass seine Kampfhose über den Knien hing und eine Fußfessel bildete.

Laylas grüne Augen waren tellergroß, als sie sich auf sein Geschlecht hefteten – und nicht mehr weichen wollten.

Konnte diese Situation eigentlich noch weiter aus dem Ruder laufen?

Aber halt … vielleicht sollte er das Schicksal besser nicht herausfordern.

Sein Schwanz dagegen sonnte sich in der Aufmerksamkeit und zuckte, wie um sie zu ermutigen, ihn mit Handschlag zu begrüßen und Freundschaft zu schließen.

Er bedeckte den Sturkopf mit den Händen und drückte ihn flach gegen seinen Bauch. »Layla.«

Statt vernünftig zu sein und angewidert das Weite zu suchen, beugte sie sich vor, griff nach dem Bund seiner Hose und zog sie an seinen Beinen herunter. Ehe er sich wehren konnte, schlackerte sie um seine Knöchel.

»Kommt, wir schaffen Euch unter die Dusche.«

Sie gab ihm keine Gelegenheit zu protestieren. Im nächsten Moment stand er unter dem warmen Wasserstrahl, und sein geschundener Körper heulte gleichzeitig auf und seufzte erleichtert.

Sie zog den Vorhang zu und verschaffte ihm endlich die gewünschte Privatsphäre. Doch leider signalisierte ein lautes Klappern aus der Ecke, dass sie nicht gegangen war, sondern vermutlich den Toilettendeckel geschlossen und sich daraufgesetzt hatte.

Er schickte sich an, sich einzuseifen und zu shampoonieren. Leider brannte der Streifschuss, der seine Lunge knapp verfehlt hatte, als hätte man ihn mit Batteriesäure überschüttet, und die Seife machte es nicht besser.

Der zweite Grund für seine Eile war, dass er sich seiner Nacktheit und Erregung überdeutlich bewusst war. Je eher er fertig war, desto schneller konnte er sich wieder anziehen.

Nur was sollte er anlegen? Er hatte keine saubere Kleidung hier.

Entmutigt schloss er die Augen und legte den Kopf in

den Nacken, um das Shampoo aus dem Haar zu spülen. Ein Fehler. Der Wasserstrahl traf auf seinen Schwanz, und er sollte verdammt sein, wenn sich das nicht wie Hände anfühlte – ihre Hände.

Oder ihr Mund …

Der Erguss kam nicht unerwartet. Aber ungelegen. Als seine Erektion zuckte und der Orgasmus über ihn hinwegfegte, biss er die Zähne zusammen …

»Ihr müsst es nicht verbergen«, sagte sie mit rauchiger Stimme. »Ich sehe Euren Schatten.«

»Dann seht woanders hin«, stöhnte er, während seine Hüften bebten.

»Ich kann nicht.«

Er sank gegen die Kacheln. Er wusste, dass ihm die Situation endgültig entglitten war. Layla hatte die schreckliche Wahrheit erkannt. Sie wusste, dass er seinen Kurs geändert hatte, und schien nicht willens, ihre Beziehung zu Bedingungen weiterzuführen, unter denen sie ihr Gesicht wahren konnten.

Wenigstens wusste sie nicht, dass sie der alleinige Grund für all diese Veränderungen war.

Dass sein Leben … so erbärmlich es war … sich mittlerweile ganz um sie drehte.

Wenn das ans Licht kam, war er geliefert.

Xcor drehte energisch das Wasser ab, entschlossen, der Sache ein Ende zu setzen und sie wegzuschicken, damit er sich einen neuen Schutzschild aufbauen konnte. Doch als er den Vorhang herunterreißen wollte, um sich damit zu bedecken, flog ihm ein dickes Handtuch entgegen.

»Damit Ihr Euch bedecken könnt«, kam es von der anderen Seite.

Machte sie sich über ihn lustig?

Er sparte sich die Mühe, sich abzutrocknen, sondern schlang sich stattdessen das Handtuch um den Unterleib und zog den Vorhang zur Seite. Sie saß tatsächlich auf der Toilette, den schwangeren Bauch unter der Fleecejacke verborgen.

Wortlos zog sie den Ärmel zurück und streckte ihm das Handgelenk entgegen.

Ihr Blick war herausfordernd.

»Na gut«, sagte er patzig, wütend auf sich selbst. Auf sie. Auf dieses neue Terrain, auf das sie sich begeben hatten.

Er ging auf die Knie – denn sie hatte recht, ihm war tatsächlich ganz schön schwindelig – und versenkte die Fänge in ihrem Fleisch.

Ausgehungert. Er war völlig ausgehungert nach ihr.

Und doch biss er so zärtlich zu, wie er nur konnte.

Ihr Geschmack entlockte ihm ein Seufzen. Er sank zur Seite und krachte gegen den Unterschrank unter dem Waschbecken. Ihr Blut war wie dunkler Wein, es verstärkte seinen Durst, statt ihn zu stillen, und zwischen seinen Beinen zuckte sein Schwanz.

Er kam in das Handtuch, wieder und wieder. Sie fühlte sich einfach zu gut an. Ihr Geschmack stieg ihm zu Kopf, durchdrang seine Adern, sein Mark, sein Fleisch …

Mein.

Aus tiefster Tiefe stieg der Drang in ihm auf, sie zu nehmen, so unbändig, dass er die Kontrolle über seinen Körper verlor. Er stand kurz davor, sie zu Boden zu reißen und zu besteigen.

Egal ob schwanger oder nicht, er würde in sie dringen, er würde sie kennzeichnen …

Gewaltsam riss er sich von ihr los und stieß sich nach hinten ab, indem er die Füße gegen das Schränkchen stemmte.

»Stimmt etwas nicht …«

»Geht!«, rief er.

Sein Verlangen war wie ein Raubtier, bereit zum Sprung.

Er wollte sie nehmen, und sein Blutdurst stachelte ihn zusätzlich an. Gegen diese vereinten Kräfte kam er nicht an. Er würde sie wundvögeln und ihr dabei den Arm abnagen.

»Xcor, Ihr habt noch kaum genommen …«

Er biss die Zähne zusammen, schloss die Augen und rang mit sich. »Verschwindet! Wenn Euch am Leben Eures Kindes liegt – geht! Ich falle Euch gleich an. *Geht!*«

Diese Worte brachten sie zur Besinnung.

Vielleicht auch der Umstand, dass er sich über und über mit seinem Samen besudelte. Das Handtuch war verrutscht, und er ergoss sich über Schenkel und Bauch, während seine Beinmuskeln unter der Anstrengung zitterten, sie nicht anzuspringen.

»Geht!«

In der nächsten Sekunde war sie aus dem Bad verschwunden und kurz darauf aus dem Cottage. In ihrer Eile ließ sie beide Türen offen stehen, sodass er zusehen konnte, wie die Scheinwerfer aufflammten und sie vor dem Haus wendete, ehe sie über die kleine Straße davonfuhr.

Erst als die roten Rücklichter außer Sicht waren und das Knirschen der Reifen verstummte, entspannte er sich etwas.

Er umfasste seinen Schwanz und strich daran auf und ab, während er sich ihren Blick in Erinnerung rief sowie ihre belegte Stimme, wie sie seine Größe kommentierte.

Er hatte keine Lust, sich selbst zu befriedigen.

Aber noch weniger Lust hatte er, komplett den Verstand zu verlieren – denn dann würde er sie verfolgen und an irgendeinem unsicheren Ort über sie herfallen.

Nein, auf diese Weise blieb er vernünftig.

Gütige Jungfrau der Schrift … wie sie ihn angesehen hatte, und bei dem Gedanken kam er erneut.

6

»Er meinte, ich brauche einen Parka.«

Als sich am Abend darauf Dunkelheit über das Anwesen senkte und die Jalousien hochfuhren, stand Selena mit Fritz im Durchgang zur Garage und ließ sich zwei Mäntel präsentieren. Einer war rot, der andere schwarz. Beide waren aus Wolle und relativ lang.

»Oh, Verzeihung, Mylady.« Er wandte sich erneut dem Garderobenschrank zu. »Vielleicht einen von denen hier?«

Diesmal hielt er eine taillenlange wattierte Jacke hoch sowie ein längeres Modell. Beide waren schwarz.

»Es ist relativ mild heute Nacht«, meinte Fritz. »Vielleicht die kürzere?«

»Ja, das klingt vernünftig.«

Selena schlüpfte in den Parka und war erstaunt, wie leicht er war. Dann zog sie den Reißverschluss zu und testete die zwei Taschen.

»Die ist fantastisch.«

Der Butler strahlte. »War mir ein Vergnügen. Handschuhe?«

»Ich glaube, ich behalte die Hände einfach in den Taschen.«

»Wie Ihr wünscht, Mylady.«

Beschwingt lief sie in die Küche. Trez wollte ihr nicht verraten, wo es hinging, und diese Ungewissheit versetzte sie in einen Rausch, der ihr das Gefühl gab zu schweben.

Doch an der Schwingtür zum Esszimmer zögerte sie. Sie hörte das Klappern von Geschirr und roch den Duft des Ersten Mahls. Die Stimmen klangen vertraut und freundlich, die Gerüche ließen ihren Magen knurren, und dennoch machte sie kehrt und nahm den anderen Ausgang in die Eingangshalle.

Am vorausgegangenen Abend waren alle so freundlich zu ihr gewesen, die Frauen hatten sich so hinreißend um sie gekümmert und sie für das Circle the World zurechtgemacht.

Selena wollte sie nicht schon wieder behelligen. Außerdem war es ihr lieber, keine Aufmerksamkeit auf sich zu ziehen.

Sie war ein wenig müde und wollte sich alle Kraft für ihren Ausgehabend aufsparen.

Auf der anderen Seite der Eingangshalle sah sie Trez und Manny. Sie standen dicht beisammen und unterhielten sich mit ernsten Mienen.

Selena blieb fast das Herz stehen. Würde ihr der Arzt verbieten, das Haus zu verlassen? Oder musste sie sich erst noch einmal untersuchen lassen?

Sie blickte über die Schulter und überlegte, ob sie fliehen sollte. Aber nicht nach unten Richtung Klinik …

»Pass schön auf«, warnte Manny.

»Das werde ich. Ich schwöre es beim Leben meines Bruders.«

Oh, nicht gut.

Manny zog etwas aus der Tasche. Einen Schlüsselanhänger.

Er ließ ihn vor Trez' Gesicht baumeln und sagte: »Ich habe ihn noch nie aus der Hand gegeben.«

»Warum leihst du ihn mir dann?«

»Du führst deine Frau aus, da willst du doch nicht in einem BMW fahren. So etwas muss man stilvoll angehen.«

»Du bist ein Snob in Sachen Autos.«

Selena runzelte die Stirn. Autos? Sie redeten von …

Trez wirbelte herum, als hätte er ihren Duft gewittert, und sobald er sie sah, breitete sich ein Lächeln in seinem Gesicht aus. »Hallo, bist du bereit, meine Königin?«

Strahlend ging sie auf ihn zu. Sie trug ihr Haar wieder offen, denn so gefiel es ihm am besten, das merkte sie an der Art, wie er es ansah, damit spielte und es streichelte. Außerdem freundete sie sich selbst immer mehr damit an.

Der strenge Chignon, den die Auserwählten trugen, verursachte auf Dauer ziemliche Kopfschmerzen.

Sie ging auf die Zehenspitzen und küsste Trez auf den Mund, dann schmiegte sie sich seitlich an ihn. Sie passte perfekt unter seinen Arm. »Ich bin mehr als bereit.«

Manny und Trez klatschten sich ab, und der Arzt murmelte etwas, das wie »Wir passen auf« klang.

»Danke, Mann.«

Dann zwinkerte ihr der Arzt zu und ging zum Esszimmer, wo schon das halbe Haus beisammensaß.

»Was meint er damit?«, fragte Selena, als Trez ihr die Tür zur Vorhalle aufhielt. »Wieso passen sie auf?«

»Ach, nichts.«

Er beugte sich vor und öffnete die zweite Tür. Kalte Nachtluft strömte herein und kitzelte sie in der Nase. Ihre Wangen wurden rot.

»Alles okay?«, fragte er.

»Was?«

»Ist dir zu kalt? Du zitterst.«

»Es ist herrlich.«

»Gut, ich möchte nämlich offen fahren.«

Vor der Treppe stand ein schwarzer Wagen, der aussah wie ein Raketengeschoss. Die Reifen waren ebenfalls schwarz, und auf dem Heck saß eine Art Flosse.

»Gütige Jungfrau der Schrift, was ist das?«, fragte sie.

»Es nennt sich Porsche 911 Turbo.«

»Ach du liebes …«

Sie stieg die Stufen hinunter, zog eine Hand aus der Tasche und fuhr mit den Fingerspitzen über die Flanke des Gefährts. Glatt, glänzend, eiskalt.

»Aber er ist doch überdacht«, sagte sie verwundert.

»Er hat ein paar Tricks drauf.«

Trez öffnete ihr die Tür und half ihr auf den Beifahrersitz. »Das ist Mannys neuestes Spielzeug. Er hat ihn erst seit einer Woche – ist das gleiche Modell wie der Vorgänger, nur die Innenausstattung ist anders. Sagt er.«

Drinnen roch es nach Leder, außerdem nach dem Rasierwasser des Chirurgen und nach Payne.

Trez setzte sich hinter das Steuer und schloss die Tür. Als er den Zündschlüssel drehte, ertönte ein tiefes Röhren, und ein leichtes Vibrieren ging durch das Wageninnere.

»Guck mal hier.« Er drückte auf einen Knopf. »Schau nach oben.«

Wie von Zauberhand hob sich das Dach über ihnen, faltete sich zusammen und verschwand im Kofferraum.

»Ich dachte, du würdest gern die Sterne sehen.« Er lächelte und schaltete die Heizlüftung an. »Es gibt einen Windschott, wir müssen uns keine Sorgen wegen eines steifen Nackens machen.«

Selena lehnte sich zurück und sah … den samtschwarzen Himmel mit seinen funkelnden Lichtern.

Sie stieß einen Freudenschrei aus, schlang die Arme um Trez und küsste ihn. »Das ist unglaublich!«

Er lachte. »Ich fasse es nicht, dass du noch nie ein Cabriolet gesehen hast.«

»Ich fahre nicht Auto. Nur, wenn ich mit dir unterwegs bin.«

»Tja, dann solltest du besser den Gurt anlegen. Das Ding hier kann nämlich fliegen.«

Als er aufs Gas trat, schoss der Porsche nach vorn wie ein Pferd aus dem Gatter, und Selena konnte nicht anders als zu den Sternen aufzublicken und so breit zu grinsen, dass ihre Backen schmerzten.

Nicht einmal das *Mhis* konnte Trez aufhalten, er heizte den Berg hinunter, bis sie an der Straße unten ankamen. Dann bog er nach links.

»Wohin fahren wir?«, fragte sie, als er erneut aufs Gas trat und sie in den Sitz gepresst wurde, während der Motor aufheulte.

»Das siehst du schon noch.« Er sah sie von der Seite an. »Ist dir warm genug?«

»Ja, absolut!«

Es war laut und erhebend. Kalte Luft wirbelte um ihren Kopf, warme Luft strömte auf ihre Füße, der Porsche brummte und schmiegte sich in die Kurven. Nach kurzer Zeit schlug ihr Herz schneller, und ihr Magen zog sich zusammen, und sie verlor sich in einem Geschwindigkeitsrausch.

»Hoffentlich ist es eine lange Fahrt!«, rief sie.

»Was?«

»Egal!«

Sie verlor jegliches Gefühl für Zeit und Raum, aber irgendwann wurden die Wälder mehr und mehr von menschlichen Behausungen abgelöst. Bald kamen Läden, Häuserzeilen, ein Park und Wohnblocks in Sicht.

»Wo sind wir?«, fragte sie, als sie an einer roten Ampel hielten.

»In den Vororten von Caldwell.«

»Fahren wir wieder in die Stadt?«

»Nein.« Er lächelte. »Aber wir sind fast am Ziel.«

Ein kleines, tiefliegendes Auto von der Farbe einer Banane kam neben ihnen zum Stehen, und Selena bemerkte, wie der Fahrer zu ihnen herübersah. Aus seinem Auto dröhnte Musik, und der Motor jaulte immer wieder auf.

»Hat er vielleicht einen Krampf im Fuß?«, fragte sie.

»Nein, eher woanders«, murmelte Trez.

Als die Ampel auf Grün schaltete, preschte das kleine Gefährt mit quietschenden Reifen los und hinterließ einen unangenehm verbrannten Geruch.

»Was sollte das gerade?«, fragte sie.

»Warte es ab.«

Schon bog ein Wagen mit Blaulicht aus einem Parkplatz und nahm die Verfolgung auf. Aber nicht von ihrem Porsche.

Trez schüttelte den Kopf. »Der kleine Scheißer hätte wissen sollen, dass man auf dieser Straße keine Rennen veranstalten kann. Außerdem glaubt er doch nicht im Ernst, dass er es mit einem Porsche aufnehmen kann.« Er griff nach Selenas Hand und drückte sie. »Bist du bereit?«

»Oh ja.« Doch als sie sich umsah, war da nichts als eine Straße, gesäumt von ein paar eingeschossigen Geschäftsgebäuden, deren Dächer verbunden waren und die sich einen Parkplatz teilten. »Sind wir schon da?«

»Fast.«

Doch es ging noch ein Stück weiter, vorbei an ein paar Outlet-Läden. Und dann kam ein schmaler Waldstreifen und ein kleiner Hügel, gefolgt von …

Parkplätzen. Weitläufigen, leeren Parkplätzen, so groß wie die Rasen im Heiligtum.

Doch dann sah sie aus dem anderen Fenster. »Was … ist *das?*«

»Willkommen in Storytown.«

Selena beugte sich vor. Am Ende des größten Parkplatzes leuchteten Eingangsschilder, so hoch und groß, dass es ihr Fassungsvermögen überstieg. Und was dahinter lag, war noch erstaunlicher. Bunt erleuchtete Gebilde ragten in den Himmel, mit blinkenden Lichtern und gigantischen Drehscheiben, wie die Spielzeuge von Riesen.

Trez wendete auf dem Asphalt und fuhr mit röhrendem Motor auf ein Tor links neben dem Eingang zu. Sie warteten kurz vor einer Schranke, dann drückte ein Mensch in dunkelblauer Uniform auf einen Knopf und winkte sie durch.

»Hallo, Mr. Latimer.«

Trez streckte ihm die Hand entgegen. »Nennen Sie mich Trez.«

»Ich bin Ted.« Der Pförtner schüttelte Trez die Hand und nickte Selena zu. »Wir sind heute Nacht ganz für Sie da. Fahren Sie durch.«

»Geht in Ordnung. Danke.«

»Kein Problem.«

Selena sah sich um und war überwältigt von den Neonlichtern. »Was ist das hier? Das ist … zauberhaft.«

»Und wir haben es ganz für uns. Niemand ist hier, nur wir beide.«

»Wie ist das … möglich?«

»Einer meiner Wachleute ist der Bruder vom Security-Chef hier. Sie haben mit den Betreibern gesprochen und tun mir einen kleinen Gefallen.«

Sie kamen zu einem zweiten Pförtner und blieben stehen. Trez schaltete den Motor aus. »Die Verfolgungsjagd durch die Stadt hat dir gefallen?«

»Ja! Und wie!«

Trez küsste sie. »Dann warte ab, bis du kopfüber durch die Luft fliegst, meine Königin.«

iAm sah von einem Überwachungsturm im Zentrum des Vergnügungsparks zu, wie Trez das Tor passierte und den Porsche parkte.

»Fernglas?«

Er sah über die Schulter. Big Rob stand hinter ihm. »Nein, danke, geht schon.«

Der Rausschmeißer aus dem shAdoWs stieß einen Pfiff aus und hob das Fernglas erneut an die Augen. »Du musst ziemlich gute Augen haben, wenn du so weit siehst.«

iAm zuckte nur die Schultern und trank aus seinem Thermobecher. Der Kaffee war stark und so heiß, dass es auf der Zunge brannte. Genau wie er es mochte.

Er hatte praktisch im Koma gelegen, als ihn sein Bruder gegen zehn Uhr morgens mit seiner famosen Idee aus dem Bett gerissen hatte. Der Plan war natürlich völlig durchgeknallt. Wer mietete schon einen gesamten Vergnügungspark für drei Stunden?

Trez natürlich. Wer sonst.

Und iAm half ihm dabei.

Diesen Abend für Selena zu organisieren hatte Unsummen von Geld gekostet und ein paar heikle Telefonate erfordert, bei schwer erreichbaren Leuten. Aber dank Big Rob und seinem Bruder Jim alias Jimbo und der Frau des Betreibers, deren Vater im vergangenen Sommer an Krebs gestorben war, hatten sie es geschafft: Ein Teil der Belegschaft wurde nach Saisonende aus dem Urlaub zurückgeholt, und Maschinen, die winterfest gemacht werden sollten, wurden wieder in Betrieb gesetzt. Sogar die Imbissstände waren offen – und mit Kellnern aus dem Sal's besetzt.

Selenas Strahlen und das stolze Gesicht seines Bruders –

das man selbst von hier oben erkennen konnte – waren die Anstrengung wert.

In einer solchen Nacht war es schwer, die Menschen zu verachten.

Die Betreiber behielten noch nicht einmal das Geld ein, das nach Auszahlung der Mitarbeiter übrig blieb. Sie spendeten es der Krebshilfe.

Leute konnten sich bessern, ja wirklich.

»Also, wer ist sie«, fragte Big Rob. »Ich meine, ich habe zwar gehört, dass er eine Freundin hat, aber ich wusste nicht, dass sie … krank ist. Sind sie schon lange zusammen?«

»Lang genug.«

Schweigen breitete sich aus. »Er kommt nicht in die Clubs zurück, oder?«

»Vorerst nicht.«

»Werdet ihr uns verkaufen?«

»Ich weiß es nicht. So weit sind wir noch nicht.«

Und das betraf nicht nur die Clubs.

iAm sah erneut auf die Uhr. Zwanzig Uhr dreißig. Die Zeichen standen gut für seinen Abflug um halb zwölf. Mannys neues Rettungsmobil stand nach wie vor in der Garage am Fluss. Die Umgebung war noch zu heiß nach der Verfolgungsjagd mit der Polizei in der vergangenen Nacht, sie konnten es nicht bergen. Dennoch waren sie für den Notfall ausgerüstet. Sollte etwas mit Selena sein, hielt sich Manny mit seinem alten, umgebauten Krankenwagen bereit.

»Ich verstehe, warum er nichts gesagt hat«, murmelte Big Rob und ließ das Fernglas sinken. »Und nichts für ungut, aber sie sieht wirklich fantastisch aus.«

»Sie ist auch sehr nett.«

»Weiß sie, womit er sein Geld verdient? Ich meine, so eine Klassefrau …«

»Um ehrlich zu sein, ich glaube, daran denken sie gerade gar nicht.«

»Ja. Klar. Sicher.«

iAm sah Big Rob von der Seite an. »Keine Sorge, ich pass hier auf. Du kannst dich um den Club kümmern.«

Der Mensch nickte. »Ich sollte gehen.«

Als er zögerte, streckte iAm ihm die Hand entgegen. »Was die Zukunft der Clubs betrifft: Wir kümmern uns um die Mitarbeiter, egal, was passiert. Versprochen.«

Big Rob schlug ein. »Danke, Mann. Mal ehrlich, wir arbeiten wirklich gern für euch. Außerdem weiß ich nicht, ob Silent Tom noch ein Vorstellungsgespräch übersteht. Es hat ihn schon vor fünf Jahren fast umgebracht, als er sich bei Trez beworben hat.«

»Ja, ich glaube, er hat nicht mehr als zwölf Worte gesprochen, seit ich ihn kenne. Fahr vorsichtig.«

»Danke. Ruf an, wenn du etwas brauchst.«

Big Rob legte das Fernglas auf den Schreibtisch, dann blieb er ein letztes Mal stehen und sah hinaus zu der Stelle, wo Trez und Selena zwischen dem Autoscooter und einem Teetassenkarussell für Kinder umherschlenderten. Kopfschüttelnd begab er sich zum Ausgang und schloss die Tür hinter sich.

iAm sah erneut auf die Uhr.

Drei Stunden.

Und dann? Was sollte er nur mit *Maichen* anstellen?

Was, wenn Trez und Selena ihn brauchten … während er sich mit dieser Frau traf?

Unglaublich, nach dem lebenslangen Zölibat überraschte es ihn selbst, dass er sich mit einer Angehörigen des anderen Geschlechts verabredet hatte. Und zwar nicht zu einem Plauderstündchen.

Nein, ihm war ganz und gar nicht nach Reden zumute.

Er rieb sich die Augen und dachte an die Gestalt, die von

Kopf bis Fuß in hellblauen Stoff gehüllt war. Der Drang, hinter die Maskerade vorzudringen, nahm einen obsessiven Hang an. Scheiße, wäre er nicht so am Boden gewesen, hätte er vermutlich den ganzen Tag lang an die Decke über seinem Bett gestarrt und sich ausgemalt, was er alles mit ihr anstellen wollte. So war er mit einem Ständer ins Bett gestiegen und mit einem Ständer wieder aufgewacht.

Doch hatte er nichts damit angefangen.

Sich einen runterzuholen hätte sich zu real angefühlt.

Aus dem gleichen Grund hatte er seinem Bruder auch nichts von seinem Besuch bei der s'Hisbe erzählt oder von der Dienerin, die er dort getroffen hatte. Geschweige denn von dem »Date«, das er vereinbart hatte.

Verglichen mit Trez waren seine Sorgen ein Klacks. Außerdem hatten sie etwas Traumhaftes an sich, das er sich zu seiner eigenen Verwunderung erhalten wollte.

Vielleicht, weil es ihn dadurch weniger einschüchterte?

Aber hey, er würde ohnehin nicht zu diesem Date erscheinen. Er konnte doch nicht einfach verschwinden …?

Nein, er würde nicht gehen. Zum ersten Mal in seinem Leben hatte er die Befürchtung, dass er sich an einer Frau vergreifen könnte, und zwar auf animalische Art. Abgesehen davon kamen ihr vermutlich auch ihre Zweifel. Sie müsste verrückt sein, um sich mit einem Unbekannten zu treffen, noch dazu am Ende der Welt. Wer würde sich auf so etwas einlassen?

Zumal ihr sicher bewusst war, was in seinem Kopf vorging.

Nein, sagte er sich. Keiner von ihnen würde heute Nacht zu dieser Hütte kommen. Und das war besser für alle Beteiligten.

Wirklich.

Ehrlich.

7

»Er ist tot! Mann, hör doch auf, er ist hinüber!«

Nein, dachte Xcor. Er würde nicht aufhören.

Wieder und wieder stach er auf den *Lesser* ein. Schwarzes Blut sprenkelte sein Gesicht, seine Brust, seinen Unterarm, bildete Pfützen auf dem kalten Asphalt der Gasse. Schwarzes Blut spritzte in seine Augen.

Und es ging weiter. Hieb um Hieb stieß er die Klinge in den Torso seines Opfers, überallhin, nur nicht in die leere Brusthöhle, während Zypher auf ihn einschrie, an ihm zerrte, ihn verfluchte.

Doch es half nichts. Xcor war eine entfesselte Bestie, nichts konnte ihn aufhalten, und sein Geist war wie losgekoppelt von der körperlichen Anstrengung und trieb ihn dazu an, immer weiter zu töten, töten, *töten* …

Der Ruck, der ihn schließlich von seinem Opfer wegriss, hatte die Kraft eines Abschleppwagens und trennte ihn von dem zerfledderten, triefenden Kadaver.

Er nahm die Einmischung nicht freundlich auf. Blitzschnell schwang er herum und zog den Dolch durch die

Luft, haarscharf vorbei an Zyphers Hals. Zypher sprang zurück und zog die eigene Waffe, bereit zu kämpfen.

Xcor musste sich entscheiden: zuschlagen oder einlenken. Große Wolken kamen aus seinem Mund, während er schnaufte. Er hatte den leer stehenden Bauernhof ohne seine Krieger verlassen, nur hinaus, halb nackt und vollkommen durchgedreht in die Kampfarena.

Es war zum Besten seiner Soldaten gewesen.

»Was ist bloß los mit dir!«, wollte Zypher wissen. »Was ist in dich gefahren!«

Xcor fletschte die Zähne. »Lasst mich in Frieden.«

»Damit du dich umbringen lässt?«

»Verschwindet!«

Das Echo seines Schreis hallte durch die Gasse und wurde von den Backsteinwänden zurückgeworfen, bevor es in die Dunkelheit entwich wie Fledermäuse, die aus einer Höhle flatterten.

Zyphers Gesicht war wutverzerrt. »Sie haben Gewehre, schon vergessen? Oder sind die Ereignisse von gestern Nacht schon zu lange her?«

»Das hatten sie schon immer!«

»Aber keine solchen!«

Xcor betrachtete den Jäger. Obwohl er völlig zerfleischt war, bewegte er sich noch immer. Die Arme ruderten in Zeitlupe durch die Luft, die Beine zuckten in einer Lache aus Eingeweiden und schwarzem Öl.

Er fauchte ihn an, dann stieß er einen Schrei aus und versetzte ihm den letzten Stoß. Das Licht war so grell, dass Xcor geblendet wurde. Doch seine Augen erholten sich schnell, und mit jedem Blinzeln sah er wieder klarer.

Er brauchte mehr. Er musste mehr von ihnen aufspüren. Und er brauchte noch etwas anderes.

»Schafft mir eine Hure ran«, bellte er.

Zypher sah ihn verwundert an. »Was?«

»Du hast richtig gehört. Sucht mir eine. Bringt sie zum Cottage.«

»Menschenfrau oder Vampirin?«

»Egal. Bezahlt sie gut, damit sie willig ist.«

Er erwartete Fragen. Es kamen keine.

Zypher neigte nur den Kopf. »Wie du willst.«

Xcor schwankte davon, bereit zu jagen und zu kämpfen und zu töten. Bevor er in den Laufschritt verfiel, warf er einen wütenden Blick über die Schulter. »Blond. Sie soll blond sein. Langes Haar.«

»Dann weiß ich, wen ich anrufe.«

Mit einem Nicken rannte Xcor die Gasse runter, und seine Schritte donnerten auf dem Asphalt. Er sog die Luft ein und ordnete die Gerüche zu. Abgase, Billigrestaurants, Obdachlose, die sich nicht wuschen, modriger Fischgeruch vom Fluss.

Seine Wut auf sich selbst schärfte seine Sinne …

»Hey Mann, kleine Kostprobe gefällig?«

Xcor blieb stehen und drehte sich um, doch er erkannte schon am Geruch, dass es kein Mensch war, der da im Schatten stand.

Der Feind, nach dem er gesucht hatte, war zu ihm gekommen und hatte noch nicht bemerkt, mit wem er es zu tun hatte.

»Aye«, sagte Xcor. »Ich würde gerne einmal kosten.«

»Verdammter Ausländer«, sagte der *Lesser.* »Was willst du?«

»Was hast du denn?«

»Erstklassigen Stoff. H, pures weißes kolumbianisches Pulver, nicht diesen mexikanischen Teer …«

Aus dem Geschäft wurde nichts. Xcor zückte seinen Dolch, sprang los und zerschnitt dem Idioten das Gesicht auf Augenhöhe. Der Untote riss die Hände hoch, beugte sich vornüber und jaulte vor Schmerz auf. Xcor nutzte die

Gelegenheit: Er holte mit dem rechten Stiefel aus, neigte ihn und kickte den Schädel wie einen Fußball, sodass der Jäger auf die Seite fiel.

Mit einem Satz landete Xcor auf ihm, riss ihn herum, packte seine Hände und drückte sie mit der Linken über seinem Kopf auf den Boden. Der Gestank nach saurer Milch und übelriechendem Schweiß, zusammen mit dieser süßlichen Note weckten seinen Killerinstinkt.

Die Wut, die er nicht im Zaum halten konnte, seit Layla gegangen war, brach sich erneut Bahn. Er steckte seinen Dolch ins Holster, ballte die Faust und stieß sie in das blasse Gesicht des *Lessers,* wieder und wieder und wieder, bis die Züge unter den Schlägen verschwammen, die Knochen brachen, der Kiefer ausgerenkt war. Mit jedem Einatmen holte er aus, mit jedem Ausatmen ließ er die Faust herunterkrachen, gleichmäßig wie ein Uhrwerk.

Zypher sollte sich besser beeilen.

Er musste sich aus dieser Stimmung herausvögeln.

Layla saß auf der Bettkante. In ihren zitternden Händen hielt sie ihr Handy. Sie hatte die Nachricht gelesen, und das nicht nur einmal. Tatsächlich las sie den Text immer wieder, seit ihr Handy bei Abenddämmerung auf dem Nachttisch vibriert hatte und sie davon aufgewacht war.

Besucht mich nicht mehr. Ich komme nicht mehr zum Cottage oder Bauernhaus und möchte Euch nie wieder sehen. Euer Angebot interessiert mich nicht.

Xcor musste die Nachricht seinem iPhone diktiert haben. Er hatte ihr noch nie zuvor eine SMS gesendet, und Layla vermutete schon länger, dass er Analphabet war.

Sie wäre nie auf die Idee gekommen, dass es so zwischen ihnen enden würde. Dass er sie eines Nachts verstoßen würde, weil sie ihn ausgezogen hatte und ihn zwingen wollte, sich bei ihr zu nähren.

»… hallo?«

Layla fuhr zusammen, und das Handy flog ihr aus der Hand und landete auf dem Teppich. Als Qhuinn darauf zuging, geriet sie in Panik und sprang vom Bett, um es vor ihm zu erreichen.

Doch sie war zu langsam. Ihr runder Bauch behinderte sie. Als er es aufhob, hielt sie die Luft an.

»Ist alles okay bei dir?«, fragte er. »Du siehst blass aus.«

Schau nicht auf das Handy. Schau nicht auf das Handy …

»Oh nein, weinst du etwa?«

»Nein.« Layla streckte die Hand aus. »Keine Sorge.«

Gib mir das Handy, gib mir …

Qhuinn trat vor sie und hob ihr Kinn an. »Was ist los?«

Während er mit dem Daumen über ihre Wange strich, legte er das Telefon zurück an seinen Platz. Mit dem Display nach unten.

»Ich habe geklopft, aber du hast nicht reagiert«, erklärte er. »Da habe ich mir Sorgen gemacht.«

Schaudernd schloss sie die Augen. Ihre Nerven lagen blank. »Ich lese nur gerade eine traurige Geschichte im Internet. Anscheinend wühlt sie mich mehr auf, als ich dachte.«

Er setzte sich neben sie. »Die letzten Tage waren ganz schön besch…«

Sie war machtlos dagegen. Plötzlich brach sie in Tränen aus und sank an seine breite Brust.

Er zog sie in seine kräftigen Arme, hielt sie zärtlich umfangen und ließ zu, dass sie alles rausließ – und dass er die Tränen fälschlicherweise ihrer Schwangerschaft und den Zwillingen in ihrem Bauch und einem hormonellen Ungleichgewicht zuschrieb, brachte sie nur noch mehr aus der Fassung.

Sie weinte wegen der Monate voller Lug und Trug, sie weinte wegen all der heimlichen Fahrten zu dem Ahornbaum auf dem Hügel, weil sie sich aus dem Haus und wieder ins Haus zurückgeschlichen hatte, weil sie für ihre verbotenen Treffen den Wagen verwendet hatte, den Qhuinn ihr geschenkt hatte.

Vor allem aber weinte sie, weil sie ihn verloren hatte. Es war, als wäre jemand gestorben und sie hätte es nicht verhindern können.

Bilder von Xcor stürmten auf sie ein. Wie er versucht hatte, gepflegt auszusehen, auf Reinlichkeit zu achten, selbst wenn er gerade aus dem Kampf kam … seine Silhouette hinter dem Duschvorhang, während er kam … wie er mit hängendem Kopf ins Feuer starrte, als wäre ein Teil seines Innersten nach außen gekehrt und würde ihn ausbluten, schwächen, verwandeln.

Sie redete sich ein, dass es zu ihrer aller Besten war. Schluss mit dem Doppelleben. Schluss mit der Heimlichtuerei. Schluss mit den Versteckspielen und der Angst, entdeckt zu werden.

Schluss mit Xcor …

»Ich rufe Doc Jane«, sagte Qhuinn entschieden und griff nach dem Haustelefon.

»Was? Nein, ich bin …«

»Wie schlimm sind die Schmerzen in der Brust?«

»Was?«, fragte sie schniefend. »Wie meinst du …«

Er deutete auf sie. Als sie an sich herabblicke, stellte sie fest, dass sie ihr Nachthemd gepackt hatte und den Flanellstoff in der Faust raffte.

Von dort kamen die Tränen, dachte sie.

Aus ihrem Herzen.

»Nein, wirklich«, flüsterte sie. »Es geht mir gut. Ich musste es nur einmal rauslassen – es tut mir leid.«

Qhuinns Hand schwebte über dem Hörer. Zögerlich ließ er sie sinken, doch man sah ihm an, dass er nicht überzeugt war.

»Ich glaube, ich muss etwas essen«, erklärte sie.

Das war gelogen, aber es wirkte. Augenblicklich stellte Qhuinn auf Versorgungsmodus um, nahm den Hörer und bestellte Berge von Essen bei Fritz, statt einen Arzt zu rufen.

Seine Fürsorglichkeit brachte sie nur erneut zum Weinen.

Gütige Jungfrau der Schrift, der Kummer saß tief.

8

»Okay, steigen wir ein.«

Selena hielt sich an der Hand fest, die Trez ihr anbot, und kletterte in den vordersten der sechs Wagen. Die kleinen Zweisitzer waren mit einem Bügel versehen und saßen wie Perlen auf einer Kette. Sie liefen auf Schienen. Als Trez neben ihr saß, nickte der uniformierte Angestellte an seiner Schaltkonsole am anderen Ende der Plattform.

»Und da fahren wir hoch?«, fragte sie und deutete auf einen steilen Anstieg. »Diesen Berg rauf?«

Trez musste sich räuspern. Zwei Mal. »Äh, ja. Das tun wir.«

»Gütige Jungfrau der Schrift, so hoch!«

»Ich, äh, ja. Das ist es.«

Sie wandte sich ihm zu, als der Bügel herunterklappte und sich auf ihre Oberschenkel senkte. »Trez, im Ernst, du hasst so etwas …«

Es gab einen Ruck, dann ging es los. Die Räder ratterten leise auf den Schienen, während sie an Fahrt aufnahmen.

»Aber dir wird es gefallen«, sagte er und küsste sie. »Vielleicht solltest du dich besser festhalten.«

Als sie die Steigung erreichten, die fast senkrecht in die Höhe ging, wurde sie in den gepolsterten Sitz gedrückt und umfasste den kalten Metallbügel. Einen Moment lang wünschte sie, sie wäre auf das Angebot von Fritz eingegangen und hätte die Handschuhe angenommen, doch dann vergaß sie jede Unannehmlichkeit schnell wieder.

Es ging höher und immer höher hinaus … unfassbar hoch.

Sie blickte zur Seite und grinste. »Unglaublich, wir sind so weit oben!«

Dabei waren sie erst auf halber Höhe.

Das Rattern wurde lauter und das Rucken stärker, bis es sich anfühlte, als würde sie jemand an den Schultern schütteln. Der Wind frischte auf, peitschte ihr Haar zur Seite und stellte den wärmenden Parka auf die Probe.

»Was für ein Ausblick«, hauchte sie.

Sie befanden sich nicht so hoch oben wie in der vergangenen Nacht, aber dafür gab es hier keine Barriere zwischen ihr und der Weite, keine Scheiben, die sie von dem Abgrund trennten, nichts als die Schienen vor ihnen und die wachsende Distanz zum Boden. Es war wie Fliegen.

Und dann die Lichter. Wo sie auch hinsah, umrissen blinkende Lichter in allen Farben die Konturen der Fahrgeschäfte und spiegelten sich in Glasflächen und den bunten Dächern der Imbissbuden.

»Es ist, als hätte man den Himmel auf den Kopf gestellt und die Sterne wären unter uns!«

»Ja, hm-hm … ja. Schätze, wir sind oben … oh, ja, wow. Hm-hm.«

Von einer Sekunde zur nächsten kippten sie in eine gerade Position, und alle Geräusche verstummten, bis auf den Wind, der in ihren Ohren pfiff. Sanft glitten sie um eine leichte Biegung.

Ein kurzer Blick auf ihren Begleiter verriet ihr, dass man trotz dunkler Haut wie ein Gespenst aussehen konnte.

Sie ließ den Bügel los und berührte seine Hand. »Trez, was meinst du, sollen wir danach nicht lieber auf dem Boden bleiben?«

»Nein, nein, alles gut. Mir geht es blendend, alles prima.«

So, so. Er presste die Kiefer aufeinander, dass sie sich Sorgen um seine Backenzähne machte, und sein Hals ragte steif aus dem Kragen seiner schwarzen Lederjacke. Das Einzige an ihm, das sich bewegte, war sein rechtes Knie. Es hüpfte auf und ab, auf und ab, auf und ab, auf-und-ab-auf-und-ab-auf-und-ab …

»Los geht's«, murmelte er. Als würde er sich auf einen Magenschwinger vorbereiten.

Selena riss den Kopf herum, gerade noch rechtzeitig, um ins Nichts zu starren. Vor ihr war nur noch Leere, als wäre die Schiene unter ihnen weggebrochen.

»Wo geht es lang …«

Wusch!

Mit einem Mal sausten sie mit halsbrecherischem Tempo abwärts, fast schwerelos. Sie flogen, sie stürzten kopfüber in die Tiefe.

Selena lachte völlig gelöst, ließ den Bügel los und warf die Hände in die Luft. *»Jaaaaa!«*

So schnell, dass der Fahrtwind an ihrem Haar riss, ihr ins Gesicht schlug, sie in den Sitz drückte. Dann ging es scharf nach rechts und wieder nach links, hin und her und abermals hoch, in schwindelnde Höhen, während das Rattern aufs Neue ertönte, und dann …

»Aaah!«, schrie Trez.

Runter und kopfüber wieder hoch, sodass die Welt kippte und kopfstand, bevor sie sich erneut aufrichtete. Und gleich ging es in den nächsten Looping und wieder in die Gerade und dann weiter in seitlicher Lage.

Es war vergleichbar mit der Fahrt der vergangenen Nacht, nur noch wilder und waghalsiger und einfach wundervoll.

»Ich könnte das ewig machen!«, schrie sie, als der nächste Streckenabschnitt vor ihnen lag. »Ewig!«

»Oh, bitte, nicht noch einmal!«

Viermal.

Ohne Unterbrechung.

Trez hatte darauf bestanden.

Und als der Wagen nach einem weiteren Horrortrip am Ziel ankam, war er bereit, die Qual zu verlängern.

Selena war begeistert, und das entschädigte ihn für alles – selbst für die darmartigen Schlingen auf dem mittleren Streckenabschnitt.

Die seinen eigenen Darm in ein verknotetes Gebilde verwandelten.

»Noch mal!«, sagte er tapfer. Obwohl man seine Hände vermutlich operativ vom Bügel entfernen würde müssen.

»Nein, ich glaube, das reicht.«

»Machst du Witze? Ich stehe auf diesen Mist …«

»Wir sind fertig«, rief sie dem Angestellten zu.

»Gleich habe ich Ihre Bilder«, sagte der Kerl, drückte einen Hebel nach unten, und eine Maschine, die man nicht sehen konnte, kam rumpelnd zum Stillstand. »Sie werden gerade ausgedruckt.«

Okaaaay, höchste Zeit, aus dem Wagen zu steigen. Genau.

»Trez?«

Der Schatten riss sich gewaltsam von seinem metallenen Rettungsbügel los und sah zu, wie er nach oben fuhr und über seinem Kopf einrastete. »Ja, ich komme.« Und zwar jetzt. »Bin schon unterwegs.«

Während Selena sich am Bügel festhielt und aufstand, sammelte er sich, um mit ihr auszusteigen und sie zu diesem Angestellten zu führen, der ihnen die Fotos geben wollte, welche man offensichtlich unbemerkt von ihnen gemacht hatte.

Stattdessen saß er einfach nur da und atmete flach. Aber hey, er war kein Schlappschwanz. Er zwang sich aufzustehen, obwohl seine Beine von der Mitte des Oberschenkels abwärts taub waren – und kletterte aus dem Wagen auf die Plattform, ohne sich komplett zu blamieren.

Auch wenn ihn Selena dabei stützen musste.

»Oh, danke«, hörte er sie zu dem Mitarbeiter sagen. Dann sah sie ihn an. »Komm, wir setzen uns da drüben auf die Bank und sehen uns die Bilder an.«

Und schon saß er auf einer kalten, gusseisernen Bank und starrte auf Fotos, auf denen Selena den Spaß ihres Lebens hatte und er den Eindruck erweckte, als hätte ihn jemand bei den Eiern. Selenas Hand strich über seinen Rücken und fuhr in langsamen, kreisenden Bewegungen über seine Lederjacke.

»Hier, Ma'am.«

»Vielen Dank.« Sie hielt ihm etwas vor die Nase. »Warum trinkst du nicht einen Schluck?«

Er war zu fertig, um abzulehnen. Er nahm, was sie ihm hinhielt, hob es an den Mund und trank.

»Das tut gut«, hauchte er, als er die Flasche absetzte.

»Ginger Ale. Hab ich von Doc Jane gelernt.«

Und bald schon sah er die Bilder scharf, die er seit zehn Minuten anstarrte. »Du bist so schön«, staunte er.

»Da bin ich mir nicht sicher, aber eines weiß ich ganz bestimmt – das hier ist das Schönste, was ich je erlebt habe. Wie fühlst du dich?«

Er rieb mit dem Daumen über ihr Gesicht auf dem Foto. »Du bist so lebendig. Sieh doch nur, deine Augen.«

Er studierte die Bilder eins nach dem anderen. Sie waren auf der großen Abwärtskurve nach dem zweiten Anstieg aufgenommen worden, wo man fast schwerelos fiel und einem der Wind um die Ohren pfiff und man sich nicht ganz sicher sein konnte, wie die Sache unten ausging.

Er spürte förmlich das Hochgefühl, das Selena durchströmte, den Kick, die Lust, die Lebensfreude, die sie erfüllte und von innen heraus erstrahlen ließ wie einen Kometen.

Was ihn betraf, hatte er gar nicht gewusst, dass er so blass sein konnte – aber offensichtlich war es möglich.

Wer hätte das gedacht.

»Wir sollten einen Kalender daraus machen«, sagte er. »Also, aus deiner Hälfte.«

»Du siehst schon wieder viel besser aus. Nicht mehr so bleich. Du warst ein bisschen grünlich um die Nase.«

»Ich würde noch eine Million Mal mit diesem Monstrum fahren, wenn du das wolltest.«

Sie beugte sich zu ihm, drehte sein Gesicht und küsste ihn. »Weißt du, was du gerade bewiesen hast?«

»Was? Dass selbst echte Kerle mal eine Kotztüte brauchen?«

»Nein.« Sie küsste ihn erneut. »Dass man ganz ohne Worte ›Ich liebe dich‹ sagen kann.«

Trez schob die Brust vor. Er konnte nicht anders. »Cool. Ich bin ein Casanova – wer hätte das gedacht.«

Er leerte sein Ginger Ale, warf die Flasche in den Mülleimer zwei Meter weiter und steckte die Bilder in die Innentasche seiner Lederjacke.

Dann stand er auf und bot ihr den Arm an. »Hast du Lust auf einen Imbiss von geringem Nährstoffgehalt, aber wundervollem Geschmack? Also pure Chemie, ohne natürliche Inhaltsstoffe? Menschen verzehren diese Gerichte traditionell an Orten wie diesem und müssen zu Hause dann Tabletten gegen Sodbrennen schlucken.«

»Das klingt wundervoll.« Sie hakte sich ein. »Ich bin gespannt, was sie uns servieren.«

Trez winkte dem Mitarbeiter zu – und überlegte, ob er ein paar Bodybuilding-Posen einnehmen sollte, um seine wiedererlangte Männlichkeit zur Schau zu stellen.

Die Imbissbuden lagen rechter Hand hinter dem Fahrgeschäft, und als sie daran vorbeigingen und er an dem Gerüst nach oben blickte, war er froh, dass er die Achterbahn nicht begutachtet hatte, bevor er eingestiegen war.

Je mehr er darüber nachdachte, desto stärker kam auch die Panik zurück. Er bekam feuchte Hände, und über seiner Oberlippe bildeten sich Schweißperlen. Aber zum Glück wurde er im nächsten Moment von einem Hot-Dog-Stand abgelenkt, der eigens für sie beide aufgemacht hatte.

Als sie am Tresen standen, drückte er Selena an sich und sog ihren Duft ein, zusammen mit ihrem Shampoo und dem Duschgel, mit dem sie sich vor der Abfahrt gewaschen hatte.

Eine rundliche Frau legte ihr *People*-Magazin zur Seite und kam freundlich lächelnd auf sie zu. »Was darf es für Sie sein?«

»Oh, welch reichhaltige Auswahl«, sagte Selena.

Die Speisekarte stand in gelben Lettern auf roten beleuchteten Tafeln und bot eine Auswahl an Gerichten, die garantiert gut runtergingen und Beschwerden bereiteten, sobald sie einmal unten waren. Aber Trez hatte recht, wofür gab es Säureblocker. »Was nimmst du?«, fragte sie.

»Ich nehme das Coney Island Special«, sagte er. »Dazu eine Cola mit extra viel Eis.«

»Kommt sofort«, sagte die Frau. »Und für Sie?«

Selena runzelte die Stirn. »Ich hätte gern einen Hamburger. Oder verpasse ich etwas, wenn ich keinen Hotdog nehme?«

»Du kannst von meinem kosten.«

»Sehr schön, dann möchte ich einen Hambuger mit Käse und dazu Pommes.«

»Geht in Ordnung.« Die Frau deutete auf eine weitere Tafel. »Davon etwas?«

»Wie bitte?«

»Zu den Pommes. Chili, Käse, Jalapeños – dort finden Sie die Liste.«

Während Selena zum zweiten Mal überlegte, nutzte Trez die Gelegenheit, seine Königin im Profil zu bewundern. Ihre Lippen waren nahezu unwiderstehlich, und je länger er sie ansah, desto mehr verlagerte sich das überschüssige Adrenalin in seinen Adern von Gefahrenbewältigung hin zu reiner Begierde.

Unauffällig musste er sich in den Schritt fassen, um alles zurechtzurücken.

Er konnte es kaum erwarten, wieder heimzukommen. Sie auszuziehen.

Sein Blick wanderte zu ihren Brüsten. Ihre Jacke umschmeichelte die Kurven, die er so liebte …

»Trez?«

»Hm?«

»Hast du Geld bei dir? Ich habe kein Menschen …«

»Du zahlst für nichts«, fiel er ihr ins Wort und zog sein Portemonnaie aus der Tasche. »Was bekommen Sie?«, fragte er die Frau vom Imbiss.

»Das geht aufs Haus.«

»Dann darf ich Ihnen dennoch etwas geben.«

»Nein, das ist schon in Ordnung. Ich weiß ja, warum Sie …«

Trez unterbrach sie, indem er einen Hundertdollarschein auf die Theke klatschte und ihn ihr zuschob. »Nehmen Sie. Für die freundliche Bedienung.«

Ihre Augen weiteten sich. »Sind Sie sicher?«

»Ja.«

Zum einen wollte er nicht, dass sie weiterredete, bis Selena sich wie ein hilfsbedürftiges Wesen vorkam, zum anderen war diese Angestellte in einer kalten Nacht wie dieser extra für zwei Stunden Arbeit hier rausgekommen. Für ihre Spezies standen die Feiertage vor der Tür. Sie konnte das Geld sicher gut gebrauchen.

»Wow. Danke.«

Als sich die Frau an ihre Bestellung machte, spürte er, wie Selena ihn respektvoll ansah. Und schon wieder wuchs er um ein paar Zentimeter.

Von Sekunde zu Sekunde fühlte er sich männlicher. Scheiß auf Schwarzenegger, so wie sie ihn ansah, fühlte er sich mächtig wie ein Berg.

Ein paar Minuten saßen sie schweigend nebeneinander an einem quietschblauen Picknicktisch.

Die Luft war kalt, das Essen heiß, die Getränke erfrischend und süß. Es war gar nicht so einfach, die überladenen Brötchen zu essen. Sie mussten sich nach vorne beugen und ihre Münder mit Servietten abtupfen, aber auch das war in gewisser Hinsicht amüsant. Und wenn sie Zeit zum Reden fanden, ging es um Geschmack und Soßen und das Brennen auf der Zunge … die Achterbahnfahrt … was sie als Nächstes fahren wollten … ob sie Zuckerwatte oder lieber Eis mit heißer Schokosoße zum Nachtisch nehmen sollten.

Es war wundervoll, zauberhaft und durch und durch normal.

Und er sog alles in sich auf. Während er mit Selena am Tisch saß, ihr den Mundwinkel mit seiner Serviette abwischte, sie von seiner Cola trinken ließ, lachte, als sie meinte, sie sollten als Nächstes lieber Karussell fahren, weil es sich nur einen halben Meter über der Erde bewegte, prägte er sich die Erinnerungen ein, bis sie seinen Geist, seinen Körper, seine Seele mit einem Glanz durchdrangen, den er nie zuvor gespürt hatte.

Einfach nur mit ihr zusammen zu sein. Nichts Besonderes zu tun. Mitten in einem Vergnügungspark.

Es war ein Wunder.

Ein unvergleichlicher Segen.

Und plötzlich wurde ihm bewusst: Würde die schreckliche Realität nicht gleich um die nächste Ecke auf sie lauern, würde sie sich nicht von hinten anschleichen wie ein böser Schatten … würde er diesen Moment mit ihr vielleicht damit vergeuden, in Gedanken bei der Eröffnung des shAdoWs zu sein oder bei der s'Hisbe oder bei welchem unbedeutenden Problem auch immer.

Er hätte den Moment verprasst, so wie ein reicher Mann Diamanten verstreute, nur weil er sie zu Hause schalenweise herumstehen hatte.

Seltenheit ging Hand in Hand mit Wertschätzung.

»Ich könnte ewig hier sitzen«, sagte er und schluckte den letzten Bissen hinunter. »Das hier ist mein Himmel.«

Selena sah ihn an und lächelte. »Meiner auch.«

9

Kurz bevor der erste Audienzgast erschien, präsentierte Paradise ihrem Vater voller Stolz einen Ordner. »Ich habe das Terminblatt umstrukturiert. Ich denke, dass es dir und dem König die Arbeit erleichtern wird.«

Lächelnd schlug ihr Vater den Hefter auf und betrachtete die Tabelle, auf der Name, Familie, gegenwärtiges Problem und bereits von Wrath behandelte Anfragen aufgelistet waren.

»Das ist … sehr hilfreich«, sagte er und fuhr mit dem Zeigefinger die Spalten entlang.

»Ich dachte mir, man könnte die alte Liste noch etwas verbessern.«

Er blickte auf. »Das ist dir gelungen.«

»Und dann« – sie zog ein zweites Blatt aus dem dicken Ordner – »habe ich hier ein Dossier zu den einzelnen Untertanen, das etwas mehr ins Detail geht.«

Abalone runzelte die Stirn und überflog ihre Notizen, dann blätterte er die Berichte durch. »Woher hast du all diese Informationen?«

»Ich habe meine Quellen.« Sie grinste. »Okay, einiges kommt von den Facebook-Seiten der Leute, anderes habe ich von Freunden.«

»Das ist … ich wusste gar nicht, dass er vereinigt ist.« Ihr Vater hielt ihr eine Seite hin. »Er?«

»Letztes Jahr. Sie haben es nicht an die große Glocke gehängt.« Paradise senkte die Stimme, obwohl niemand außer ihnen anwesend war. »Es heißt, sie sei schwanger gewesen.«

»Ah. Und jetzt möchte er die Vereinigung bestätigen lassen.«

»Sie steht kurz vor der Niederkunft. An Wraths Stelle würde ich dem armen Mann möglichst wenige Fragen zum Termin stellen und ihm nur die Anerkennung erteilen, die er für sein Kind …«

»Machst du deinem Vater etwa Konkurrenz?«, unterbrach sie da die Stimme von Wrath.

Als der Blinde König im Durchgang zum Salon erschien, zuckte Paradise zusammen. »Ich wollte nicht, nein, also, ich …«

Der König lächelte. »Ich bin beeindruckt von deinen Einfällen. Nur weiter so, Paradise.«

Damit gingen er und sein Blindenhund weiter ins Esszimmer.

»Ich kann meine Füße nicht mehr spüren«, murmelte Paradise.

Ihr Vater umarmte sie. »Du übertriffst meine Erwartungen.«

Sie löste sich von ihm und schob ihr Haar nach hinten. »Die Arbeit macht mir Spaß. Ja wirklich, das tut sie.«

»Ich bin sehr stolz auf dich.«

Um ihr Erröten zu verbergen, setzte sie sich an den Computer, den sie schon jetzt als ihren betrachtete. »Wie geht es zu Hause? Mit …«

»Gut. Es geht mir sehr gut, obwohl du mir fehlst.«

»Ich könnte zurückkommen.«

»Nein, nein, es ist besser, wenn du hierbleibst.« Er steckte sich den Hefter unter den Arm. »Hattest du gestern noch einen netten Abend mit Peyton?«

»Er ist gleich nach dir gegangen.«

Abalone runzelte die Stirn. »Ihr habt euch doch nicht gestritten?«

»Seine Ansichten sind antiquiert.«

»Er kommt aus einer sehr traditionsbewussten Familie.«

Paradise nahm einen der Montblanc-Füller, die sie in der Schublade gefunden hatte. Sie tippte sich damit auf die Handfläche und strich sich den dunkelblauen Rock über die Knie. »Äh … Vater.«

»Ja?«

Sie holte tief Luft, dann zog sie die oberste Schublade auf und holte ein Anmeldeformular für das Trainingsprogramm der Bruderschaft heraus. »Vater, würdest du mich je an so etwas teilnehmen lassen?«

Sie gab ihm den Bogen, und während er ihn überflog, redete sie eilig weiter auf ihn ein. »Ich sage nicht, dass ich in den Kampf ziehen möchte oder dergleichen. Aber sie nehmen auch Vampirinnen auf, und ich …«

»Kämpfen? Das ist … hier geht es um *Kämpfen.*«

»Ich weiß, aber sieh doch mal hier« – sie deutete auf einen Absatz in der Einleitung –, »hier heißt es, sie können Vampirinnen ausbilden …«

»Paradise.«

Der Ton, in dem er ihren Namen aussprach, sagte eigentlich schon alles: Es war eine Mischung aus »hör auf mit diesen Albernheiten« und »brich mir nicht das Herz«.

»Du bist nicht für so etwas geschaffen«, sagte er.

»Weil ich eine Frau bin, stimmt's?«, gab sie verbittert zurück. »Ich darf mich allenfalls mit Schreibtisch und Papierkram beschäftigen, wenn überhaupt – aber nur so lange, bis ich vereinigt bin …«

»Hier geht es um *Krieg*. Verstehst du, was das heißt?« Er wedelte mit der Anmeldung. »Hier geht es um Leben und Tod. Das hat nichts mit Hollywood oder irgendeiner romantischen Vorstellung zu tun.«

Sie hob trotzig das Kinn. »Das weiß ich.«

»Ach wirklich?«

»Ich bin nicht so behütet, wie du denkst. Die Familienangehörigen, die du bei den Plünderungen verloren hast, waren auch meine Verwandten, Vater. Freunde von mir sind gestorben. Ich weiß, worum es hier geht.«

»Nein, Paradise, das erlaube ich nicht.« Er beugte sich vor und ließ die Anmeldung in den Papierkorb gleiten. »Das ist nichts für dich.«

Ohne ein weiteres Wort drehte er sich um und ging, wobei es ihm irgendwie gelang, die Tür hinter sich zuzuschlagen, ohne dass die Schiebetür aus der Gleitschiene sprang.

Ungefähr eine halbe Meile vor dem Haus, zu dem Abalone allnächtlich ging, nahm Throe Gestalt an.

Der GPS-Sender, den Throe ihm in die äußere Brusttasche seines Kamelhaarmantels gesteckt hatte, funktionierte fabelhaft. Und dieses Villenviertel machte wirklich etwas her.

Nicht übel, gar nicht übel.

Throe schlenderte auf das Signal zu, das sein Handy auffing, und sah sich die Häuser an. Oder Anwesen, wie man wohl treffender sagen musste, denn für einfache Häuser waren sie zu groß: mehrgeschossig, ausladend breit, von der Straße zurückgesetzt. Alle Grundstücke wurden durch kunstvolle Nachtbeleuchtung in Szene gesetzt, als könnten es die reichen Besitzer nicht ertragen, dass ihr hoher Rang nicht auch bei Dunkelheit zu erkennen war.

Throe musste seinen wachsenden Frust unterdrücken. Er vermisste das Kämpfen mehr, als er erwartet hatte. Ohne Blutvergießen, ganz gleich welcher Art, fühlte er sich erschreckend unausgeglichen. In seiner Anfangszeit bei Xcors Bande war er entsetzt gewesen angesichts der Aggression und all dem Blut, doch ein paar Jahrhunderte später war das Schlachten für ihn zur Gewohnheit geworden.

Das nächste Haus war eine weibische und mit allen Annehmlichkeiten ausgestattete Nachbildung einer mittelalterlichen Burg. Sie erinnerte Throe an den Steinhaufen im Alten Land, den er mit Xcors Bande bewohnt hatte. Er blieb stehen und musterte das weitläufige Grundstück. In den erleuchteten Fenstern sah man durch offene, schwere Vorhänge Gestalten, die sich im warmen Schein von Gold und Silber bewegten.

Auf einmal dachte er nicht mehr an das ehemalige Lager von Xcor.

Er dachte an seine Herkunft, an den Reichtum und die Stellung seiner Familie.

Um seine Schwester zu rächen, hatte er sich einst an den Teufel verkauft. Nach diesem Handel stand er mittellos und allein da.

Ihm blieb nur sein Ehrgeiz.

Doch der brannte so heiß in seiner Brust, dass er sich in den bevorstehenden Wintermonaten daran wärmen konnte.

Er lief weiter. Die Kälte drang durch den Ledermantel, an dem noch das Blut der *Lesser* klebte, die er allnächtlich getötet hatte.

Bis sich alles geändert hatte.

Das gesuchte Haus lag links auf der anderen Straßenseite. Es war groß und weiß, ein historisches Herrenhaus im Stil der Südstaaten, gepflegt, wie es sich nur die ganz Reichen leisten konnten, bei einem so alten Prachtstück. Nirgends rissige Farbe oder wuchernde Büsche. Keine durchhängenden Dachgiebel oder Veranden.

Im Gegensatz zu den anderen Häusern konnte man hier nicht ins Innere sehen.

Die Vorhänge waren alle zugezogen und so dick, dass kein Licht hindurchschien. Es parkten keine Autos in der Einfahrt, doch während er hinter einem Busch versteckt wartete, sah er zwei Leute auf den Eingang zugehen … obwohl kein Wagen vorgefahren war.

Weil es Vampire waren, die sich auf dem Rasen materialisiert hatten.

Zehn Minuten später erschien ein weiterer Besucher. Und wieder eine Viertelstunde später noch zwei.

Sie waren diskret, und nicht alle benutzten sie den Vordereingang – zweifellos, um keinen Verdacht zu erregen.

Throe sah auf sein Handy, obwohl er wusste, dass er vor dem richtigen Haus stand. Ja, Abalone war dort drin.

Er hielt sich noch eine ganze Weile in den Schatten, nicht weil er irgendwelche Pläne hatte, wie er eindringen konnte, sondern weil er sich genau das zunächst überlegen musste. Sein Ehrgeiz war groß, doch Throe war noch nicht so recht in Gang gekommen. Erst musste er die Lage sondieren, Schwachstellen aufspüren, Strategien entwickeln.

Ein Wagen bog um die Ecke und kam die Straße entlang.

Als er unter der Straßenlaterne durchfuhr, sah Throe, dass es ein Rolls-Royce war, dunkel mit der typischen hellen Motorhaube.

Er selbst war ohne Fahrzeug gekommen.

Seine begrenzten finanziellen Möglichkeiten stellten ein Problem dar.

Wie kam er an die nötigen Mittel? Wovon sollte er leben, während er die Koalition aufbaute?

Als ihm die Antwort einfiel, war sie so offensichtlich, als würde ihm das Schicksal mit einem Scheinwerfer den Weg leuchten. Ja, dachte er, das war die Lösung …

Im nächsten Moment kehrte er in Abalones großzügiges Gästezimmer zurück. Mit einem Lächeln im Gesicht.

10

Luchas dämmerte in seinem Krankenbett vor sich hin, nur teilweise bei Bewusstsein. Der Schmerz rollte in Wellen über ihn hinweg und benebelte seine Sinne. Als er es nicht mehr ertrug, tastete er mit seinen verbliebenen Fingern nach dem Rufknopf und drückte, bis er ein leises Piepen vernahm.

Die Tür flog auf, und Doc Jane kam herein. »Luchas?«

»Mein Bein«, stöhnte er. »Tut weh …«

Sie kam ans Bett, überprüfte Apparate, Infusionen, weiß der Schleier, was noch alles. »Ich hole etwas gegen den …«

»Die Infektion …«, brabbelte er und drehte den Kopf von einer Seite auf die andere. »Mein Bein …«

Eigentlich hatte er in den Tod hinüberdämmern wollen, aber stattdessen fühlte es sich an, als wollte er sich umbringen, indem er in eine Feuergrube stieg – mit dem verletzten Bein voraus.

Mit einer wahnwitzigen Kraftanstrengung setzte er sich auf und begann, an den Laken zu ziehen. Doc Jane packte ihn bei den Schultern und versuchte, ihn zurück aufs

Bett zu drücken. Jetzt kam auch noch jemand anderes ins Zimmer. Qhuinn … sein Bruder.

»Luchas, *Luchas,* hör auf …«

Das war Qhuinn, er eilte ans Bett und versuchte, seine Hände zu greifen und ihn wieder zum Liegen zu bringen. Es war ein ungleicher Kampf. Luchas war so schwach, und dann schwebte plötzlich alles davon, als wäre sein Kopf mit Watte gefüllt, und der brennende Schmerz in seinem Bein trat in den Hintergrund.

Er drehte den Kopf und sah, wie Doc Jane eine Spritze aus dem durchsichtigen Plastikschlauch zog, der in seinen Arm führte.

Qhuinns Gesicht erschien über ihm, und die verschiedenfarbigen Augen sahen ihn durchdringend an. »Entspann dich, Luchas, alles wird gut.«

»Mein Bein …«

Das Schmerzmittel wirkte Wunder. Es war, als wäre er in ein Vollbad geglitten: Der Schmerz war noch da, doch er kümmerte ihn nicht mehr sonderlich.

»Es verschlimmert sich«, hörte er sich sagen. »Die Entzündung … ich dachte, ich müsste längst tot sein.«

»Luchas …«

Etwas an der Art seines Bruders machte ihn stutzig, der Ton, der zusammengepresste Mund, die Augen.

»Was ist?«, fragte Luchas. »Was?«

Qhuinn sah hilfesuchend zu Doc Jane.

»Luchas«, sagte er. »Ich musste dich retten.«

Ihn retten? Aber das war doch der Punkt. Er wollte das Ende. »Was?«

»Ich habe ihr erlaubt, dein Bein abzunehmen. Um dir das Leben zu retten.«

Luchas verstummte. Er musste sich verhört haben. Wahrscheinlich verstand er Qhuinn aufgrund der Schmerzmittel falsch.

»Uns blieb nichts anderes übrig. Wir hätten dich verloren.«

»Was habt ihr mit mir gemacht«, sagte er langsam. »Was habt ihr …«

»Beruhige dich.«

Luchas setzte sich erneut auf, getrieben von einer entsetzlichen Ahnung. Als er auf das dünne Laken blickte, sah er die Umrisse seines linken Beins bis zum Fuß hinab … rechts jedoch nur bis zum Oberschenkel und Knie.

Mit einem Schrei griff er nach dem, was unterhalb des Knies hätte sein sollen, und zog an dem Laken, als könnte es verbergen, was tatsächlich gar nicht mehr da war.

»Was habt ihr getan!« Er wandte sich an seinen Bruder und packte ihn beim Shirt, zerrte mit den Fingern an ihm, die ihm noch geblieben waren. »Was habt ihr getan!«

»Du wärst gestorben …«

»Aber das wollte ich doch! Wie konntest du!«

Er schlug auf Qhuinn ein, mit kraftlosen Fäusten, und seine verstümmelte Hand traf auf seine Brust, ohne etwas zu bewirken.

Qhuinn wehrte sich nicht. Er ließ die Schläge über sich ergehen – schwach, wie sie waren. Kurz darauf verließ Luchas die Kraft, und er sank zurück gegen das Kissen, völlig außer Atem. In seiner Infusionsleitung stieg Blut auf, und seine Sicht verschwamm in Intervallen.

Und immer noch schmerzte der Fuß, der nicht mehr da war.

»Verschwinde«, sagte er wie betäubt. »Ich will dich nicht mehr sehen.«

Er drehte das Gesicht zur Wand und hörte leises Gemurmel. Dann öffnete sich die Tür und fiel leise wieder ins Schloss.

»Wie sieht es jetzt mit dem Schmerz aus?«, erkundigte sich Doc Jane.

»Wie kann es wehtun …?«, murmelte er. »Sie haben es mir doch abgenommen.«

Verdammt, jetzt war er noch verstümmelter als zuvor, ein weiterer Teil von ihm war fort.

»Man nennt es Phantomschmerz. Aber das Gefühl ist sehr real.«

»Haben Sie … haben Sie es mir abgeschnitten?«

»Ja.«

»Dann gehen Sie. Sie haben es ohne meine Zustimmung getan …«

»Es ging um Leben oder Tod …«

»Ich will das nicht hören. Gehen Sie.«

Es entstand eine Pause, und es war schrecklich, wie sie auf ihn hinunterblickte, so freundlich und fürsorglich.

»Bald wird es besser werden, Luchas, und dann …«

Er riss den Kopf herum. »Sie haben mir den Tod verwehrt. Sie haben ohne meine Erlaubnis an mir herumgemetzgert. Also entschuldigen Sie bitte, aber ich will nichts von Ihnen hören.«

Die Ärztin schloss einen Moment lang die Augen. »Ich schicke Ehlena mit etwas zu essen.«

»Sparen Sie sich die Mühe. Sie haben das Unvermeidliche nur aufgeschoben. Ich nehme die Sache jetzt selbst in die Hand.«

Damit griff Luchas nach der Infusionsnadel und riss sie aus seinem Arm, sodass klare Flüssigkeit und rotes Blut durch die Gegend spritzten …

Jetzt kamen Leute hereingerannt. Entsetzen stand in ihren Gesichtern, sie packten ihn und redeten laut durcheinander. Luchas kämpfte gegen sie an, wand sich, stieß sie fort, so mühsam es war, trotz fehlender Wade und fehlendem Fuß aufrecht zu sitzen …

Jemand musste ihm eine zweite Spritze verpasst haben,

denn auf einmal erschlaffte sein Körper und reagierte nicht mehr auf seine Befehle.

Während sich seine Augen nach oben verdrehten, sah er noch verschwommen, wie Qhuinn in der Tür stand, groß, gesund und kräftig, und den Durchgang zum Flur mit seinem Leib verbaute. Genauso gut hätte er vor der Tür zum Schleier stehen können.

»Ich hasse dich!«, schrie Luchas. »Ich hasse dich!«

Rhage stand mit dem Rücken zur verschlossenen Tür im Audienzzimmer, die Arme vor der Brust verschränkt. Die Bruderschaft war fast vollzählig versammelt und lief rastlos in diesem Zimmer umher.

Wrath saß in seinem Armsessel, den rechten Knöchel auf das linke Knie gestützt, den Hundekopf im Schoß. »Er verspätet sich. Das Arschloch kommt zu spät.«

Rehv nickte. Er stand vor dem Kamin und wärmte seine Hände, als wäre ihm kalt. »Er kommt schon noch.«

»Ich habe Termine.«

Hollywood sah auf die Uhr. »Soll ich ihn holen? Ich könnte ihn mit dem Lasso fangen und am Schwanz herzerren …«

Es klingelte an der Haustür, und V schob den Vorhang zur Seite und spähte nach draußen. »Wenn man vom Dealer spricht …«

»Ich mach ihm auf«, brummte Rhage und schlüpfte durch die Schiebetür.

»Er ist nicht allein«, bellte V.

»Ich auch nicht.«

Rhage zog die Tür hinter sich zu und ging durch den Salon. »Paradise?« Das Mädchen sah von seinem Schreibtisch auf, und er lächelte es an. »Ich mach bei dir mal kurz die Tür zu. Tu mir den Gefallen und bleib hier drin, bis ich dich hole.«

Ihre großen, hübschen Augen wurden noch größer. »Ist alles in Ordnung?«

»Ja. Aber ich möchte, dass du hier drinbleibst.«

»Okay. Selbstverständlich.«

Er zwinkerte ihr zu. »Wundervoll. Und schließ hinter mir ab, okay?«

»Geht klar.«

Er zog die Tür zu und wartete, bis sie abgeschlossen hatte, dann ging er zur Haustür und machte auf. Assail sah aus, als hätte er sich aus Butchs Kleiderschrank bedient, alles an ihm war maßgeschneidert und aufeinander abgestimmt. Seine Kleidung passte wie angegossen. Hinter ihm standen zwei Schlägertypen mit identischen Visagen und natürlich ebenfalls in schwarzer Kleidung.

Rhage konnte sich schon vorstellen, welche Feuerkraft sich unter ihren Mänteln verbarg.

»Ich dachte, du kommst allein«, sagte er.

»Dein König wollte meine Leute kennenlernen. Hier sind sie: meine Cousins.«

Rhage beugte sich vor. »Das sind aber nicht alle, oder?«

»Ich versichere dir, ich arbeite ausschließlich mit den beiden zusammen.«

Rhage trat zurück und winkte sie mit einem Nicken ins Foyer. »Ich muss euch abtasten.«

»Wir sind vollständig bewaffnet.«

»Was du nicht sagst.«

Als die drei nacheinander eintraten, deutete Rhage auf ein riesiges Silbertablett auf einem Tisch unter einem goldgerahmten Spiegel. »Hier könnt ihr ablegen. Sorgt dafür, dass ihr nichts vergesst. Sollte ich noch etwas bei euch finden, wird mich das echt aus dem Häuschen bringen.«

Klirr, Klonk, Klapper, Schepper.

Rhage wollte sich unbeeindruckt geben, doch er musste

gestehen, dass sie bestens ausgestattet waren. Die Schusswaffen sahen gut aus, die Messer scharf.

»Du zuerst«, forderte er einen der Zwillinge auf.

Doch stattdessen trat der andere vor. »Nimm mich als Ersten. Mein Bruder ist etwas nervös.«

»Wie bitte? Habe ich die E-Mail verpasst, die euch das Sagen erteilt, Idiot?« Er winkte Mr. Nervenbündel zu sich und tastete ihn ab. »Geht doch. War es sehr schlimm? Willst du einen Lolli? Und jetzt du mit deinen Forderungen.«

Er tastete Nummer zwei ab und stellte sich dann vor Assail, der die Szene wie eine Schlange beobachtet hatte.

»Nettes Aftershave«, murmelte Rhage, als er seine Arme ausbreitete und einen überraschend muskulösen Oberkörper abtastete. »Woher hast du es? Aus dem Drogeriemarkt?«

»Bist du immer so unverschämt?«, fragte Assail gelangweilt.

»Du bist diese Woche schon der Zweite, der mich das fragt.« Er trat gegen die affigen italienischen Halbschuhe und schob Assails Beine auseinander. »Wenn du ein Problem mit mir hast, kannst du dich ja beschweren.«

»Wie entgegenkommend von dir.«

Rhage tastete seine Beine ab und richtete sich auf. »Nur zu deiner Information, unser Ansprechpartner in der Personalabteilung ist Vishous, Sohn des Bloodletter. Er bevorzugt es, wenn Beschwerden persönlich vorgebracht werden. Viel Spaß dabei.«

Nachdem Rhage die drei auf Waffen überprüft hatte, öffnete er ihnen die Tür zum Audienzzimmer. Während sie nacheinander an ihm vorbei hineingingen, sah er sie bedrohlich an.

»Assail«, sagte Wrath gedehnt. »So sieht man sich wieder.«

»Diesmal ohne Bleihagel«, erwiderte der Drogendealer.

»Bis jetzt«, murmelte einer der Umstehenden.

Assail blickte in die Runde der versammelten Brüder. »Ziemlich viel Leibschutz.«

Wrath zuckte die Schultern. »Ich hatte die Wahl, was ich sammeln wollte. Die Jungs hier oder diese bezaubernden Hummel-Figuren. Wir haben eine Münze geworfen.«

»Welchem Umstand verdanke ich die Ehre einer Vorladung?«

»Rehv? Übernimm du, du weißt, wovon du redest.«

Der Sündenfresser trat vom Kamin vor und lächelte, als wollte er gleich etwas verspeisen. »Wir haben Grund zu der Annahme, dass du am Drogenmarkt in Caldwell mitmischst.«

Assail verzog keine Miene. »Ich habe nie ein Geheimnis aus meinen Geschäften gemacht.«

»So etwas schon mal gesehen?«

Rehv warf Assail ein Päckchen zu. Der fing es auf und betrachtete es. »Heroin.«

»Das ist dein Symbol, nicht wahr?«

»Wer sagt das?«

Rhage meldete sich zu Wort. »Wir haben ein paar dieser Tütchen bei einem Jäger in einem Club gefunden, den zufällig ein Freund von uns betreibt.«

Wrath lächelte kühl und tätschelte seinen hellbraunen Hund. »Du siehst also, in welch unangenehme Situation uns das bringt. Du benutzt unseren Feind, um deinen Stoff zu verkaufen, habe ich recht?«

Wieder zeigte Assail keinerlei Reaktion. »Und selbst wenn, wo liegt das Problem?«

»Du spülst Geld in ihre Taschen.«

»Na und?«

»Stell dich nicht blöd. Was glaubst du wohl, was sie damit anfangen?«

»Gestern Nacht«, sagte Rhage, »sind wir in einen Schusswechsel zwischen Xcors Bande und ein paar Jägern geraten. Und jetzt rate mal, mit was die Untoten rumgeballert haben? Mit AK-47ern. Das ist das erste Mal seit den Plünderungen, dass die *Lesser* über ernstzunehmende Waffen verfügen.«

Assail zuckte die Schultern und hob die Hände. »Was hat das mit mir zu tun? Ich bin Geschäftsmann …«

Wrath schnellte auf seinem Sessel nach vorne. »Dein *Geschäft* erhöht die Gefahr für meine Jungs, und das kann ich auf den Tod nicht ausstehen, Arschloch. Deshalb ist *dein* Geschäft jetzt *meines.*«

»Du hast nicht das Recht, mich aufzuhalten.«

»Wenn ihr drei hier nicht mehr rauskommt, wäre die Sache erledigt, was meinst du?«

Wie auf Kommando zückten die Brüder ihre Dolche.

Rhage wappnete sich auf einen Ausbruch irgendeiner Art, doch Assail blieb vollkommen cool. Er zappelte nicht, blinzelte nicht, räusperte sich nicht.

Vielleicht besaß dieser Wichser kein zentrales Nervensystem?

»Was dachtest du denn, was passiert, wenn ich davon erfahre?«, fragte Wrath. »Dachtest du, ich würde diesen gigantischen Interessenkonflikt auf sich beruhen lassen?«

Es folgte eine lange Pause.

Schließlich neigte Assail den Kopf. »In Ordnung. Ich verkaufe ihnen nichts mehr.«

Wraths Nasenflügel weiteten sich, als er den Geruch von Assail prüfte. »Gut«, sagte er dann, »und jetzt verschwinde. Aber eins muss dir klar sein: Wenn ich noch einmal was von diesem Scheißzeug bei einem Jäger finde, bist du dran. Dann ist Schluss mit netten Gesprächen.«

Rhage runzelte die Stirn, doch als Wrath in Richtung Ausgang nickte, öffnete er den dreien die Tür und sah zu, wie sie zu ihrem Potpourri aus Schusswaffen und Messern gingen und ihren kollektiven Eisenmangel behoben. Dann waren sie draußen und verließen das Grundstück.

»Er hat gelogen«, sagte Wrath finster.

»Ich wusste es. Das war zu einfach«, brummte Rhage. »Warum hast du ihn gehen lassen?«

»Ich will, dass ihr ihm folgt.« Wrath nickte Rhage und V zu. »Ihr beide. Wenn wir Assail jetzt töten, kommen wir nicht an seinen Lieferanten heran und können nicht dafür sorgen, dass die Gesellschaft der *Lesser* ihren Zugriff auf den Stoff verliert. Folgt dem Arschloch. Findet raus, wer ihn beliefert, und sorgt dafür, dass unsere Feinde in Caldwell nichts mehr zu verkaufen haben.« Der König rutschte auf seinem Sessel nach vorne. »Und dann setzt ihr jedem von den dreien eine Kugel in die Brust.«

»Kein Problem, mein Gebieter.« Rhage und V wechselten einen Blick. »Ist schon so gut wie erledigt.«

11

Mit eiligen, aber nicht übereilten Schritten lief *Maichen* durch die leeren Flure des Palastes auf die rituelle Kammer der Königin zu. Von Zeit zu Zeit kam sie an Wachen, anderen Dienstmädchen und sogar einem der Ersten vorbei. Niemand beachtete sie.

Sie hatte sich wieder als unterwürfige Dienerin verkleidet.

Hätten sie geahnt, wer sich unter der hellblauen Robe verbarg, hätte das für große Aufregung gesorgt.

Stattdessen schenkten ihr die Wachen, die rechts und links vor dem Eingang zu ihrem Ziel standen, kaum Beachtung. Ihre Schicht neigte sich dem Ende zu, und sie waren erschöpft, deswegen war es ein guter Zeitpunkt.

»Reinigung«, sagte sie mit einer diensteifrigen Verbeugung.

Die Tür wurde für sie geöffnet, und sie schlüpfte hindurch.

Der heilige Raum war ganz mit schwarzem Marmor ausgekleidet, vom Boden bis zur Decke, und der verstörende Effekt, den der schwarze Glanz erzeugte, wurde durch nichts gebrochen: keine Teppiche, keine Möbel. Es gab nur ein paar in die Wand eingelassene Schränke in der Ecke, in denen Speisen bereitgestellt wurden. Weißlichgrüne Flammen flackerten auf den Dochten von Öllampen und tauchten den Raum in schummriges Licht.

Maichen vermied es, sich umzusehen. Das hatte sie schon vor langer Zeit gelernt.

Die Kammer hatte etwas Furchteinflößendes, besonders, wenn man sich länger darin aufhielt. Nach und nach verlor man jegliche Orientierung, und der Raum schien sich aufzulösen, bis man scheinbar schwerelos durch den endlosen Nachthimmel schwebte, in einer fernen Dimension, die einen vielleicht nie mehr losließ.

Sie hasste diese Kammer.

Aber sie war gezwungen hierherzukommen.

Ihre Mutter, die Königin, saß in der Mitte des Raums, nach Norden ausgerichtet. Ihre schwarz glänzende Robe hüllte sie vollkommen ein und fiel um sie herum auf den Boden, sodass sie eins mit dem Marmor zu werden schien.

Es sah aus, als hätte sich der Stein verflüssigt und wollte sie verschlingen.

Die Königin saß reglos da. Sie atmete noch nicht einmal.

Sie war vollkommen in ihre Trauermeditation vertieft.

Gut.

Maichen ging an den Schrank in der Ecke und öffnete geräuschlos den Riegel. Das Essen, das man vor einiger Zeit dort hingestellt hatte, war unberührt. Ein weiteres gutes Zeichen.

In weniger als einer Stunde, um Mitternacht, würde der Hohepriester AnsLai zusammen mit dem Meister der Astrologie kommen, um Rituale zu vollziehen und Fragmente von Meteoriten zu zerstoßen, die in heiligen Tees getrunken wurden, um mit den Sternen in Kontakt zu treten. Denn die himmlischen Gestirne bestimmten alles für die Schatten. Daraufhin folgte ein Aderlass und ritueller Sex, und dann würde man die Königin wieder alleine lassen, damit sie sich von der Erde entfernen und Trost finden konnte.

Von ihrem Gram.

Maichen konnte nicht recht glauben, dass diese Frau etwas für ihre Kinder empfand.

Nachdem sie nun wusste, dass die Trauer noch in vollem Gange war, zog sie sich rückwärts zur Tür zurück. Bevor sie wieder hinaus auf den Flur huschte, warf sie einen letzten Blick auf ihre Mutter. Sie hatte sie zeitlebens nur bei offiziellen Anlässen gesehen, wenn man sie in prächtige Roben hüllte und auf dem Hof präsentierte wie eine kostbare Vase oder ein Kunstwerk. Abgesehen von diesen Gelegenheiten, die dem Wohle des Territoriums dienten, lebte *Maichen* in einem abgeschotteten heiligen Bereich, der von Wachen umstellt war.

Ihre Mutter hatte sie nie in ihrem Gefängnis besucht, nachdem sie die Tochter direkt nach der Geburt in die Hände ausgebildeter Kindermädchen gegeben hatte.

Das war das Los der Prinzessin der s'Hisbe.

Doch *Maichen* hatte einen Ausweg gefunden.

Sie strich schon seit Langem in der Verkleidung eines Dienstmädchens, eines einfachen Priesters oder eines Astrologen durch den Palast.

Maichen schlüpfte zur Tür hinaus und ging schnell davon.

Es hatte sich wirklich gelohnt, s'Ex, den liebsten Gespielen ihrer Mutter, bei einem Stelldichein mit zwei Menschenfrauen zu ertappen, die er in den Palast geschmuggelt hatte – vermutlich durch den Hintereingang. *Maichen* war nicht darauf aus gewesen, sein Geheimnis zu lüften, sie hatte nur entdeckt, dass es ein Gitter hoch oben in der Wand gab und dass sie sich in die Heiz- und Lüftungsschächte dematerialisieren konnte.

Für eine Weile war es nichts als ein Spiel gewesen, mit dem sie sich die Zeit vertrieb. Sie hatte bei ihren Erkundungsreisen nie etwas entdeckt. Doch dann hatte sie eines Nachts in ihrer Schattenform durch einen Schlitz gespäht und zum ersten und einzigen Mal einen Akt der Vereinigung beobachtet.

Wobei es eine ziemlich komplizierte Verstrickung von Gliedmaßen war.

Irgendwie musste sie sich verraten haben, denn s'Ex hatte innegehalten und aufgesehen und war ihrem Blick begegnet, während sich die Menschenfrauen weiter unter ihm räkelten und sich an ihm rieben …

Kurz darauf war s'Ex in ihre Zelle gekommen, und sie hatten ihre kleine Vereinbarung getroffen. Im Gegenzug dafür, dass sie ihre Entdeckung für sich behielt und nicht mehr durch das Lüftungssystem geisterte, durfte sie ihre Gemächer verlassen, solange sie im Palast blieb und sich entsprechend tarnte.

s'Ex' Fehltritt hätte seinen Tod bedeuten können: Für Schatten war Sex ein heiliger Akt. Die Königin wäre außer sich gewesen, hätte sie erfahren, dass gewisse Körperteile, auf die sie Anspruch hatte, von *Menschenfrauen* entweiht worden waren.

s'Ex gehörte ihr allein. Alle wussten das.

Und was Menschenfrauen betraf, hätte er es genauso gut mit Schafen treiben können.

Als *Maichen* durch die Gänge lief, zog sich ihr Magen zusammen. Als sie älter wurde, hatte man ihr irgendwann ein wenig Privatsphäre gewährt, sodass sie alle Bediensteten wegschicken konnte. Dieses Privileg hatte sie auch heute genutzt: Bevor sie sich vergewissert hatte, ob ihre Mutter wirklich trauerte, hatte sie die Diener aus ihren Zimmern geschickt, vorgeblich, weil sie erschöpft war und sich nach Privatsphäre sehnte, während sie die Rituale vollzog, die man von ihr erwartete.

Niemand hatte Fragen gestellt. Niemand würde vor Anbruch der Dämmerung nach ihr sehen.

Es wäre leicht, durch das Lüftungssystem nach draußen in die Welt zu entfliehen.

Um sich mit dem Bruder ihres Versprochenen zu treffen.

Und …

Tja, sie wusste nicht, was dann geschehen würde.

Sterne im Himmel, würde sie das wirklich tun? Sie war sich nicht sicher, ob sie die Hütte finden würde, die er beschrieben hatte.

Nein, es wäre riskant. Dumm. Leichtsinnig …

Ein nackter iAm erschien vor ihrem geistigen Auge und verdrängte alle anderen Gedanken.

Ihr wurde heiß, und sie erkannte, dass sie sich trotz aller Einwände von ihrem Fleisch leiten lassen würde.

Der Himmel steh ihr bei … sie würde sich mit ihm treffen.

Mit den Konsequenzen konnte sie sich später befassen.

12

Trez musste es sich einfach eingestehen: Was Storytown betraf, war er nur für den Kinderkram gemacht. Den Teetassen-Kreisel und den Drachenschwanz, eine Bahn, die am Boden blieb und kaum Fahrtwind erzeugte, und die verdammten Karussells mit der Aufzugmusik und den Pferden und Einhörnern mit den harten Sitzen, die sich gemächlich hoben und senkten …

À propos Heben und Senken …

»Sollen wir allmählich aufbrechen?«, fragte er.

Selena sah zu ihm auf. »Ja. Das hat wirklich Spaß gemacht.«

»Ja, nicht wahr? Die schönste Nacht meines Lebens.«

Sie lehnte sich an ihn und drückte ihn. »Obwohl das nicht ganz wahr ist, oder? Die Achterbahn war ziemlich hart für dich.«

Er blieb stehen. Drehte sie herum. Strich ihr das Haar aus dem Gesicht. »Ich war bei dir. Also war es perfekt.«

Der Kuss sollte seine Worte eigentlich nur kurz unterstreichen, doch er war schon den ganzen Abend lang so scharf auf sie gewesen, dass er nicht von ihr ablassen konnte. Er hielt sie an den Hüften und presste sie an sich, sodass sich ihre Brüste an ihn drückten, und sein Kuss wurde drängend.

»Möchtest du gehen«, knurrte er erneut.

»Ja«, hauchte sie an seinem Mund.

Es war vermutlich ohnehin Zeit, dachte er mit einem schnellen Blick auf die Uhr – jep, Viertel nach elf.

Obwohl sein Schwanz zur Eile drängte, wollte er den Spaziergang zurück zum Wagen auskosten. Arm in Arm schlenderten sie noch einmal an allen Attraktionen vorbei, mit denen sie gefahren waren, vorüber an dem blauen Picknicktisch, an dem sie Hotdog und Burger gegessen hatten, um den Zuckerwattestand herum, wo sie einen großen Bausch erstanden hatten, der an Marge Simpsons Frisur erinnerte. Aus dem hatten sie riesige Stücke gerupft und sich gegenseitig in die Münder gesteckt.

»Ich habe dir kein Plüschtier geschossen«, sagte er.

»Ein Plüschtier? Erschießen?«

»Nein, gewinnen. Am Schießstand.«

Sie warf ihm einen Blick unter gesenkten Lidern zu. »Ich weiß, wie du mich dafür entschädigen kannst. Erinnerst du dich an die Zuckerwatte?«

»Ja …«

»Du warst sehr gut mit der Zunge.«

Augenblicklich regneten Bilder auf ihn ein, wie sie nackt und mit gespreizten Beinen vor ihm lag, und er fragte sich, ob sich wohl irgendwo auf dem Heimweg ein Hotel fand.

»Warum kann nicht Sommer sein«, stöhnte er.

»Sommer?«

»Dann könnte ich dich in eine dunkle Ecke zerren und dir die Hose runterziehen.«

»Aber das könntest du doch auch jetzt.«

Er blieb stehen. »Es ist zu kalt.«

»Findest du?« Sie zog an seinen Händen. »Schau mal da drüben. Kein Licht. Abgeschieden.«

Tatsächlich, das Besucherzentrum lag dunkel vor ihnen, weil nur sie beide da waren. Es handelte sich um ein sternförmiges Gebäude mit vielen Eingängen, zwischen denen es verborgene Nischen gab, in die kein Licht drang.

»Niemand wird uns sehen«, flüsterte sie an seinem Hals.

Die Ecke, in die sie ihn zog, war stockdunkel, und sein Schwanz entschied für ihn. Er drehte sie zu sich, küsste sie stürmisch und drückte sie mit dem Rücken gegen die Wand. Dann wühlte er unter ihrem Parka, bis er ihre Brüste fand. Ihre Knospen waren fest, und er kniff sie durch BH und Bluse, drückte sie, dann strich er mit den Daumen darüber, während er die Hüfte zwischen ihre Schenkel schob.

»Verflucht, das will ich schon den ganzen Abend tun«, sagte er, bevor er sich wieder ihren Lippen widmete.

Sie war heiß und wie flüssiges Wachs unter seinen Händen. Sie schmiegte sich an ihn, bereit, so verdammt bereit, und ganz bei der Sache. Er hätte sie gern ausgezogen … die Vorstellung machte ihn an, sie nackt, er vollkommen bekleidet, außerdem käme er dann mit dem Mund an ihre Brustwarzen. Doch dafür war es zu kalt, und sosehr er für einen Quickie in diesem Versteck zu haben war, wollte er auf keinen Fall, dass jemand sie in diesem Zustand sah, in all ihrer herrlichen Nacktheit und vollkommen aufgeheizt.

Der gebundene Vampir in ihm wäre durchaus in der Lage, einen der hilfsbereiten Menschen mit den Fängen zu zerreißen.

Doch das war nicht der romantische Abschluss, der ihm für den Abend vorschwebte.

Seine Hände wanderten zu ihrem Reißverschluss und

öffneten die Hose, sodass sie an ihren Beinen hinunterglitt. Zum Glück war sie unten weit geschnitten, sodass sie sich problemlos über ihren Schuh ziehen ließ.

»Soll ich mein Höschen ausziehen?«, fragte sie zwischen zwei schweren Atemstößen.

»Nein, ich werde dich mit Höschen ficken.«

Und das tat er. Er umfasste ihren perfekten Arsch und hob sie hoch. Dann griff er von hinten zwischen ihre Beine und streichelte sie, fühlte, wie bereit sie war, wie heiß sie war, wie sehr sie ihn wollte.

Er hätte gern die ganze Nacht hier verbracht. Stattdessen schob er das Seidenhöschen beiseite und …

»Oh, Fuck, *Selena«,* zischte er.

Sie war feucht und willig, eng und lebendig. Das Gefühl war so intensiv, es brachte ihn ins Wanken und hielt ihn gleichzeitig auf den Beinen. Er umfasste ihren Po und wiegte sich vor und zurück, vor und zurück. Ihr Haar fiel ihm ins Gesicht, ihr Duft stieg in seine Nase, sie war wie die Flut, und er wollte in ihr ertrinken.

Schneller, härter.

Sie kam zuerst, und es war sensationell, wie sie sich rhythmisch um ihn zusammenzog und ihn immer weiter anstachelte. Und dann sprang er auf diese eine Achterbahn mit auf, die er bis in alle Ewigkeiten fahren wollte, und kam mit ihr gemeinsam zum Orgasmus. Sein Schwanz zuckte in ihrem Inneren, und ihre Seelen fanden zueinander.

Danach lehnte er an ihr und schnappte nach Luft, bis er sich plötzlich sorgte, sie zu erdrücken. »Tut mir leid …«

»Mmmm.« Sie suchte seinen Mund, saugte seine Unterlippe ein und kniff ihn sanft mit den Zähnen. »Mehr.«

Sofort war er bereit für eine zweite Runde, und seine Hüften begannen sich zu wiegen. Doch er wusste, dass er aufhören musste. »Nach Hause«, keuchte er. »Wir müssen das zu Hause tun.«

»Immer noch besorgt wegen der Kälte?«, fragte sie gedehnt und fuhr mit einem ihrer Fänge an seinem Kiefer entlang bis zur Halsschlagader. »Dabei ist mir so heiß.«

Trez stöhnte und wankte. »Ich will dich ganz. Ich will dich voll und ganz, und das geht hier nicht.«

Ihr Lachen glich einer Liebkosung auf nackter Haut. »Dann musst du mich unbedingt in dein Bett bringen.«

Es war nicht einfach, ihr die Hose wieder anzuziehen. Vor allem, als er sich bückte und auf Augenhöhe mit ihrem Geschlecht war.

Er biss die Zähne zusammen. Irgendwie gelang es ihm, ihr Bein wieder einzufädeln und sich selbst in der Hose zu verstauen, ohne erneut über sie herzufallen. Und dann schlenderten sie vollkommen unschuldig aus dem Schatten heraus, Arm in Arm.

»Das war wundervoll«, flüsterte sie. »Ich spüre dich noch immer in mir.«

Trez fing an, sonderbar zu laufen. Er hatte die Wahl zwischen diesem schiefen Gang oder einem Bruch, der sich nicht eingipsen ließ.

Als sie beim Wagen ankamen, rechnete er bereits die exakte Ankunftszeit in seinem Schlafzimmer aus – ausgehend von einer Geschwindigkeit von 230 Stundenkilometern.

Aber wozu hatte man einen Porsche?

Er öffnete ihr die Tür, setzte sie in den Wagen und eilte um die Motorhaube herum zur Fahrerseite. Kaum berührte sein Hintern den Sitz, ließ er den Motor aufheulen.

»Ah! Kalt!«, rief sie.

Sie hatten die Heizung auf der Hinfahrt voll aufgedreht, doch jetzt blies ihnen ein eisiger Luftstrom entgegen. Beide drückten sie hektisch auf alle möglichen Knöpfe und Tasten …

Die Anlage ging an und plärrte los, und ehe er sie ausschalten konnte, lief »Hold You Down« von DJ Khaled.

»Warte«, rief er. »Nein, lass an.«

Er stieg aus, eilte erneut um die Kühlerhaube herum, öffnete die Tür und streckte ihr die Hand entgegen. »Tanz mit mir.«

»Was?«

»Tanz mit mir, meine Königin.«

Er half ihr aus dem Sitz, führte sie vor den Porsche ins Licht der Scheinwerfer und zog sie an sich. Und dann wiegten sie sich eng aneinandergeschmiegt, die Finger verschränkt, und der Beat verwandelte den Parkplatz mit dem riesigen Vergnügungspark dahinter in ihren privaten Tanzsaal.

»Forever …«, murmelte er an ihrem Ohr. *»I'll hold you down …«*

Trez legte den Kopf auf ihre Schulter und umfing sie mit seinem Körper, seiner Fürsorge, seiner Liebe.

Zusammen tanzten sie im und aus dem Scheinwerferlicht.

Vom Überwachungsturm aus sah iAm zu, wie sein Bruder Selena wieder aus dem Auto holte und vor den Kühler führte. Es war nicht zu sagen, welcher Song lief, aber das spielte keine Rolle. Zu sehen, wie die beiden zusammenkamen und sich im Einklang zur Musik bewegten, eng umschlungen, war genug.

iAm musste sich die Augen wischen, um wieder klar zu sehen.

Der Anblick schmerzte zu sehr.

Er wandte sich ab, lief in dem engen Raum auf und ab und dachte daran, wie ungern Trez hier oben gewesen wäre, wo man von jedem Punkt aus in die Ferne und Tiefe blickte. Sein Bruder hatte schon immer unter Höhenangst gelitten, und eigentlich grenzte es an ein Wunder, dass iAm ihn zu der Wohnung im achtzehnten Stock im Commodore überreden hatte können.

Sein Blick war auf die Achterbahn gerichtet, als ein paar Minuten später das Handy in seiner Lederjacke vibrierte.

Abflug, lautete der ganze Text.

Doch gleich darauf kam ein zweiter: *Vielen Dank!*

Trez schrieb sonst in Kürzeln, es musste ihm also wichtig gewesen sein.

iAm zögerte mit der Antwort. Schließlich schickte er: *War mir ein Vergnügen. Begleite dich heim.*

Er wollte das Handy schon wieder wegstecken, da zögerte er. *Danach checke ich die Läden.*

Es war eine Nachricht, wie er sie in den letzten Jahren schon an die tausend Mal geschickt hatte, aber es entsprach der Wahrheit. Er würde wirklich nach dem Restaurant und den Clubs sehen – wie alles lief, ob etwas fehlte.

Das war das Beste. Es würde ihn davon abhalten, zu dieser verdammten Berghütte zu gehen.

Zeit für den Aufbruch.

Da er allein war, konnte er sich einfach zu dem X5 hinunter dematerialisieren, den er sich mit seinem Bruder teilte. Einen Moment später wurde der Porsche durch ein Seitengatter herausgelassen, und iAm folgte ihm in diskretem Abstand über den riesigen leeren Parkplatz – ebenso wie Manny in dem gewöhnlichen Krankenwagen.

Die ganze Fahrt zurück zum Anwesen der Bruderschaft hatte iAm das Bild von seinem Bruder und Selena vor Augen, die im Scheinwerferlicht vor dem Porsche tanzten wie zwei Teenager.

Schade, dass sie sich in einem Roman von John Green befanden.

Wie viele Nächte blieben ihnen wohl noch?

Es waren morbide Gedanken, denen er nachhing, aber

die Uhr tickte nun einmal. Mit jeder Stunde, die verstrich, stieg die Wahrscheinlichkeit, dass Selena den nächsten Anfall bekam.

Was würde er dann mit seinem Bruder anstellen?

Trez würde unkontrollierbar sein.

Angesichts heiterer Überlegungen wie diesen verlor er jegliches Zeitgefühl, und ehe er sich's versah, fuhren sie durch das *Mhis* auf das Haus der Bruderschaft zu. Manny war bereits abgebogen, um über die hintere Zufahrt zum Anwesen zu gelangen.

Hoffentlich würde Selena nie erfahren, welche Sicherheitsvorkehrungen sie getroffen hatten.

Es hätte ihr den Spaß verdorben.

An der letzten Kurve vor dem Anwesen hielt sich iAm noch weiter zurück, um Trez Zeit zu geben, Selena ins Haus zu bringen. Schließlich bog er selbst in den Hof, fuhr um den Brunnen herum und parkte neben dem GTO von Rhage.

Der würde nicht mehr lang hier draußen stehen. In den Wintermonaten stellten die Brüder ihre Fahrzeuge in der Tiefgarage ab.

Mannys Porsche parkte vor den Steinstufen. Das Verdeck war wieder geschlossen, die Schlüssel waren zweifelsohne auf dem Weg zurück zu Manny, der den Wagen in die Tiefgarage bringen würde.

iAm stieg aus seinem BMW und schloss ab, obwohl das überflüssig war.

Dann blieb er stehen.

Er blickte in den Himmel und sah zu, wie sein Atem in einer Wolke aus dem Mund emporstieg und davongeweht wurde. Die Erinnerung an Trez und Selena beim Tanzen war wie ein Hund, der seine Fänge in sein Hirn geschlagen hatte und sich nicht mehr abschütteln ließ – und das nicht, wie er sich eingestehen musste, weil er darüber sinnierte, was sein Bruder alles verlieren würde, oder weil er sich Sorgen machte, wie er dem armen Kerl wieder auf die Beine helfen konnte, wenn das Unsägliche geschah.

Nein, vielmehr fragte er sich …

Er fragte sich, wie sich das anfühlte. Eine Frau an sich zu pressen. Ihren Duft einzuatmen, die Hände auf ihre Schultern zu legen, ihre Taille, ihre Hüften. Er wollte wissen, wie es war, ihr Gesicht anzuheben und …

Okay, Zeit, an etwas anderes zu denken.

Denn all das war ihm verwehrt. Er würde es selbst nicht erleben. Nicht jetzt. Nicht in einer halben Stunde, sollte er zu der Hütte gehen. Nicht in einer Woche oder einem Monat oder einem Jahr …

Wie auf ein Stichwort kam eisiger Wind auf. Als wollte das Universum seine innere Kälte und Einsamkeit untermalen.

Die Haustür flog auf und riss ihn aus seinen Gedanken. iAm mochte Manny, aber er hatte keine Lust, dass er seinen Porsche holte und ihn dabei vorfand, wie er …

Es war nicht der Arzt.

Trez kam aus dem Haus gelaufen, die Steinstufen hinunter und über den Hof.

Scheiße.

iAm griff in die Tasche, für den Fall, dass er sein Handy brauchte. »Hey, ist alles …«

Weiter kam er nicht.

Sein Bruder fiel ihm um den Hals. »Tausend Dank für heute Abend.«

Erst wusste iAm nicht, wie er damit umgehen sollte. Sie umarmten sich selten.

»Danke fürs Mitkommen. Das hat mich sehr beruhigt.«

iAm musste sich räuspern. »Ich, äh …«

Trez drückte ihn nur noch fester.

Zögerlich legte iAm die Arme um seinen Bruder. Es

fühlte sich merkwürdig an, aber als er die Umarmung schließlich erwiderte, spürte er, wie Trez schauderte.

Es tut mir so leid für dich, sagte er in Gedanken. *Ich wünschte, du müsstest das nicht durchmachen.*

Der kalte Wind hielt an, und nach einer Weile lösten sie sich voneinander.

Trez trug keine Jacke mehr und schob die Hände in die Hosentaschen. »Ich habe deine Nachricht bekommen. Tut mir leid, dass ich dich mit allem allein lasse.«

»Das ist okay.«

»Ist es nicht.«

»Trez, du musst für Selena da sein. Das ist das Wichtigste. Alles andere ist nebensächlich.«

Sein Bruder fixierte einen Punkt über iAms linker Schulter. Oder vielleicht auch über seinem linken Ohr.

»Ich verstehe ehrlich nicht, warum du deine Zeit hier draußen mit mir verschwendest«, murmelte iAm.

»Ich möchte mehr für dich als das.«

»Zufällig mag ich meine Arbeit im Sal's.«

Sein Bruder sah ihn an. »Davon rede ich nicht, und das weißt du.«

Jetzt steckte auch iAm die Hände in die Taschen. »Genug geredet. Kümmre dich um Selena.«

Trez war ein Sturkopf, aber iAm konnte ihn wie gewöhnlich zur Vernunft bringen.

Der Schatten drehte sich um und ging auf das Haus zu, doch auf halbem Weg blieb er stehen und warf noch einmal einen Blick über die Schulter.

»Vergeude dein Leben nicht an mich, okay.« Trez schüttelte den Kopf. »Ich bin es nicht wert, und du verdienst mehr als das.«

iAm verdrehte die Augen. »Mach dir keine Gedanken. Jetzt lauf.«

»Überleg doch mal, was dir bleibt, wenn ich nicht mehr

bin. Wenn du ehrlich bist, wird dir die Antwort kaum besser gefallen als mir. Und komm mir nicht mit ›Alles wird gut‹. Keiner von uns ist so naiv.«

»Warum zerbrichst du dir den Kopf über solche Nebensächlichkeiten? Im Ernst, Trez.«

»Das sind keine Nebensächlichkeiten. Das sind Gedanken, die einen fertigmachen, wenn man jemanden liebt.«

Damit drehte sich Trez um und sprang die Stufen hinauf durch die Tür.

iAm schloss die Augen und sackte gegen den X5. Ganz toll. Diese kleine Ansprache von seinem Bruder hatte ihm gerade noch gefehlt.

13

Selenas Hände waren steif.

Sie stand am Tresen in der Küche und wollte sich eine Dose Cola öffnen, doch sie bekam den Verschluss nicht richtig zu fassen. Ihre Finger glitten stattdessen über ihn hinweg.

In ihrem Kopf schrillten sämtliche Alarmglocken, doch sie versuchte, Ruhe zu bewahren, und rief sich ins Gedächtnis, dass sie gerade drei Stunden ohne Handschuhe in der Kälte verbracht hatte.

Sie formte die Hände zu einer Kugel und hauchte hinein. Dann schüttelte sie die Arme. Ließ die Knöchel knacken. Bemühte sich, nicht nach weiteren Anzeichen in ihrem Körper zu forschen.

Auch wenn man die Starre hatte, konnten die Hände einfach mal vor Kälte taub sein.

Sie wandte sich wieder der Dose zu und sah mit klopfendem Herzen und wie aus großer Entfernung zu, wie sie den Verschluss einmal mehr in Angriff nahm. Leidenschaftslos beobachtete sie ihre Hände und Finger, als gehörten sie gar nicht ihr, sondern würden von jemand anderem gelenkt.

Es knackte und zischte.

Sie atmete auf und musste sich kurz an der Arbeitsfläche festhalten.

»Alles okay?«

Sie verbarg ihre Erleichterung und lächelte, als Trez aus dem Esszimmer hereinkam. »Ich hab mir nur eine Cola geholt. Ich hatte Durst.«

»Wie geht es deinem Magen?«

»Gut. Und deinem?«

Als er auf sie zukam, hatte sie den Eindruck, dass auch er etwas vor ihr verbarg. Erschrocken stellte sie fest, dass sie trotz ihrer feurigen Rede über Aufrichtigkeit und Wahrheit nach dem letzten Starre-Anfall wollte, dass er sein Geheimnis für sich behielt. Genauso wie sie ihm ihres verschweigen wollte. Sie hatten eine solch wunderschöne Nacht hinter sich, da wollte sie das Ganze nicht mit düsteren Gesprächen verderben, die doch nur unlösbare Probleme ans Licht brachten.

»Meinem Bauch geht es auch gut.«

Sie zwang sich erneut zu lächeln. »Sollen wir nach oben gehen?«

»Sehr gerne.«

Selena griff nach ihrer Dose, ließ sich von ihm an der Hand nehmen und sich durch Esszimmer und Eingangshalle führen. Das Haus war fast leer, die Brüder waren im Einsatz, Wrath hielt Audienzen, Beth und Marissa waren im Refugium, Bella hütete Little Wrath und Nalla, die *Doggen* gingen ihren Aufgaben nach.

All das würde weiter seinen Lauf nehmen, wenn sie nicht mehr war. Die Türen würden sich weiterhin öffnen und schließen, Essen würde zubereitet und verzehrt werden, jeder lebte sein Leben.

Gütige Jungfrau der Schrift, sie wollte bei ihnen bleiben. Sie wollte nicht an diesen Ort, der vielleicht nur ein großes Nichts war, losgelöst von allem, was sie ausmachte und was ihr etwas bedeutete, fern ihrer Gedanken und Gefühle.

Weg. Nichts blieb übrig.

Man hatte sie gelehrt – besser gesagt darauf programmiert –, an ein Leben nach dem Tod zu glauben, der Mutter der Spezies zu dienen und nach Traditionen zu leben, die sie nicht aufgestellt hatte. All das hatte sie getan, ohne es je zu hinterfragen.

All die vergeudete Zeit.

Als sie jetzt mit Trez die Stufen emporstieg, fragte sie sich ganz unvermittelt, warum die Schreiberinnen das Geschehen auf der Erde aufgezeichnet hatten, obwohl es doch den Schleier gab? Warum hatte die Jungfrau der Schrift das Schicksal der Sterblichen festhalten wollen, wenn sie nach dem Tod weiterexistierten, nur eben in einer anderen Form?

Konservieren musste man doch nur, was verloren gehen konnte.

Ihr Herz begann zu rasen. Plötzlich erfüllte sie Angst …

»Oh, nicht doch«, hauchte Trez.

Offensichtlich hatte er ihre Gedanken gelesen. »Ich weiß nicht, woher diese Gedanken kommen, vermutlich ist es Unsinn …«

Er wankte und hielt sich am Geländer fest.

»Trez! Was ist?«

»Scheiße. Fuck.« Er sah sie an, doch sein Blick war getrübt. »Kannst du mir in mein Zimmer helfen? Ich kann nichts sehen …«

»Gütige Jungfrau der Schrift, ich rufe Doc Jane!«

»Nein, nein, es ist nur meine Migräne.« Er hielt sich an ihr fest und richtete sich auf. »Ich habe nicht viel Zeit. Ich muss nach oben in ein verdunkeltes Zimmer und mich hinlegen.«

»Lass mich Doc Jane …«

»Nein, ich habe dir doch gesagt, dass ich das schon immer hatte. Ich weiß, was mir bevorsteht. Es sind zwar acht Stunden Hölle, aber mir stößt dabei nichts zu.«

Selena stützte ihn, so gut sie konnte, und humpelte mit ihm in den ersten Stock und zu der Tür, die zum zweiten führte. Er kam nur langsam voran, doch nach einer gewissen Zeit bemühte er sich nicht mehr zu sehen und schloss einfach die Augen.

Irgendwie brachte sie ihn in sein Zimmer und zu seinem Bett.

»Dunkelheit hilft«, sagte er und legte den Arm über die Augen. »Und könntest du mir bitte den Mülleimer ans Bett stellen?«

Sie eilte im Zimmer umher und knipste sämtliche Lampen aus, bis auf das Licht im Bad, dann stellte sie einen Abfallbehälter ans Kopfende. »Soll ich dich entkleiden?«

»Okay, ja.«

Das war nicht ganz der Ausgang, den sie sich für diesen Abend erhofft hatte, doch war die Stimmung schon davor dahin gewesen. Vorsichtig befreite sie ihn von seiner Kleidung, half ihm aus der Jacke, dann aus den Stiefeln und den Socken, zog ihm die Hose aus.

»Das Hemd lasse ich an. Mir fehlt die Kraft.« Er nahm ihre Hand und zog sie auf die Matratze. Sie setzte sich auf Hüfthöhe neben ihn.

»So hatte ich diesen Abend eigentlich nicht geplant.«

Sie küsste seine Handfläche. »Was kann ich sonst noch für dich tun?«

»Lass mich einfach die nächsten sechs bis acht Stunden hier liegen. Keine Sorge, die Kopfschmerzen, die Übelkeit, das alles ist normal. Leider.«

»Woher kommt es?«

»Stress.«

»Soll ich iAm rufen?«

»Oh, nein. Er hat schon genug um die Ohren. Um ehrlich zu sein, könnte ich mir vorstellen, dass meine Migräne mit ihm zu tun hat.«

»Was ist denn mit ihm?«

Trez verstummte, und sie hätte gerne mehr erfahren, aber es ging ihm nicht gut.

»Du musst nicht gehen«, sagte er.

»Ich möchte nicht stören.«

»Das tust du nicht.« Er strich mit den Fingern über ihre Hand, und seine Lippen, die als Einziges unter seinem Arm hervorsahen, verzogen sich zu einem Lächeln. »Ich liebe deine Hände. Das habe ich dir schon gesagt, oder? Sie sind so weich und glatt … lange Finger …«

Während sie so bei ihm saß und er mit den Fingerspitzen über ihren Handteller strich, legte sich ihre Panik nach und nach. Ihre Hände fühlten sich wieder ganz normal an. Es war also definitiv die Kälte gewesen.

Kurz darauf stöhnte er leise, spannte sich an, und seine Lippen verzogen sich zu einer Linie. Dann begann er zu schlucken.

»Bitte geh«, murmelte er. »Tut mir leid – ich will nicht, dass du das mit ansehen musst …«

»Bist du sicher …«

»Bitte. *Jetzt.*«

Widerstrebend stand sie auf. »Ich bin im Haus, ja? Ich gehe nicht weg. Ruf mich, wenn du …«

Plötzlich wälzte er sich auf die Seite und griff nach dem Eimer. Dann öffnete er die Augen und sah sie mit benommenem Blick über den Rand hinweg an. »Bitte geh.«

»Ich liebe dich«, sagte sie und eilte zur Tür. »Ich wünschte, ich könnte dir helfen.«

Sie war sich nicht sicher, ob er sie noch gehört hatte. Als sie die Tür hinter sich schloss, vernahm sie sein Würgen und zog den Kopf zwischen die Schultern.

Einen Moment lang überlegte sie, ob sie im Flur warten sollte. Doch während sie noch nach einem geeigneten Platz suchte, um sich hinzusetzen, bemerkte sie, dass sie den Türgriff nicht loslassen konnte.

Ihre Hand war erstarrt.

»Natürlich hören wir nicht auf. Rede keinen Unsinn.«

Die Stimmung von Assail war auf dem Tiefpunkt. Er hielt mit den Cousins in der Küche seines Glashauses eine kleine Lagebesprechung ab, und die Frage von Ehric machte ihn nur noch wütender.

»Aber der König …«

»… hat kein Recht, sich in meine Geschäfte mit den Menschen einzumischen.« Den Interessenskonflikt ließ er geflissentlich unter den Tisch fallen. »Ich habe nicht die Absicht, mich seinem Befehl zu beugen.«

»Und wie geht es dann weiter?«

»Er wird uns beschatten. Das würde ich an seiner Stelle tun. Ich möchte, dass ihr die Warnung an meinen Geschäftspartner überbringt. Wir unterbrechen unsere Operationen kurz, bis wir die Lage erkundet haben.«

»Aye.«

Die Cousins verschwanden, und Assail blieb in der Küche, gut sichtbar für etwaige Brüder, die man auf seinem Grundstück postiert hatte. Er zog seinen Flakon heraus und sah, dass er schon wieder fast leer war. Aber für dieses Mal reichte es noch.

Nachdem er sich versorgt hatte, ging er ins Arbeitszimmer. Auch hier gab es viele Fenster, und er knipste die Schreibtischlampe an, sodass sie ihn im Blick haben konnten. Er setzte sich und betrachtete den Papierwust auf seinem Schreibtisch, der seinen Reichtum verzeichnete. Anlagekonten, Wertpapierdepots, Gelder in den Staaten und im Ausland.

Sein Vermögen wuchs und wuchs.

Im letzten Monat hatte er eine weitere Hürde genommen, das gewaschene Geld von den Kaimaninseln wurde auf legalere Konten in Großbritannien und der Schweiz überwiesen.

Es waren stattliche Beträge, und alles mit Zinseszinsen, Dividenden und Wertsteigerung.

Er war schon vor seinem Einstieg in den Drogenhandel gut gestellt gewesen, selbst für sein Verständnis, als er vor einem Jahr aus dem Alten Land in die Staaten gekommen war. Jetzt hatte er seinen Reichtum verdoppelt.

Er zog einen Hefter aus dem Stapel und betrachtete seinen Monatsabschluss. Die Tagesbilanz auf seinem Computer war sogar noch aktueller.

Obwohl er so erfolgreich war, brachte es ihn in Rage, dass Wrath ihm die Deals verbieten wollte.

Allerdings aus einem Grund, den er niemandem verraten würde.

Ohne seine Geschäfte … blieb ihm nichts.

Was als Ausweitung seiner europäischen Handelsbeziehungen begonnen hatte, war mittlerweile zu seinem Lebenszweck geworden, dem einzigen Sinn, den er in seinem Dasein sah, sein Antrieb, der ihn abends aus dem Bett holte und dazu brachte, sich anzuziehen und die Nacht zu beginnen.

Sicher, Geld zu verdienen hatte ihm schon immer Freude bereitet.

Aber seit letztem Winter …

Fluchend lehnte er sich auf seinem ledernen Bürostuhl zurück und verschränkte die Hände hinter dem Kopf. Dann, ohne zu schauen, griff er in die Innentasche seines Sakkos und holte sein Handy raus.

Solas Nummer kannte er schon lange auswendig.

Aber er hatte sie nie angerufen. Nicht, seit sie mit ihrer Großmutter von Caldwell nach Miami gezogen war. Nicht, seit sie sein Haus verlassen hatte, um eben jenem kriminellen Leben zu entgehen, das er führte.

Er aktivierte das Nummernfeld und tippte die zehn Zahlen ein, wie er es schon so oft getan hatte, folgte mit der Fingerspitze dem Muster, das ihm so vertraut war.

Nein, er hatte sie nicht angerufen. Aber er hatte regelmäßig ihre Nummer eingegeben, zehn Zahlen, die alles andere als beliebig für ihn waren … und sie dann wieder gelöscht, ohne sie anzurufen.

Wenn ihn der König seiner Lebensgrundlage beraubte, blieb ihm verdammt noch mal nichts, um ihn davon abzulenken, dass die eine Frau, die er wollte, unerreichbar für ihn war.

Menschenfrau. Nicht Vampirin.

Ja, sie war Mensch. Zum Henker, sie wusste nicht einmal, dass Vampire existierten.

Das war der Haken. Selbst wenn er den Drogenhandel einstellte, konnte er nicht einfach nach Miami gehen, bei ihr anklopfen und sagen: Hey! Lass uns weitermachen, wo wir aufgehört haben!

Unmöglich, denn früher oder später würde sie merken, was er war, und was dann?

Aus irgendeinem Grund bedrückte ihn mit einem Mal die Stille und Reglosigkeit seines Hauses. Sie erinnerte ihn daran, wie einsam er war – und es erst sein würde, wenn er mit dem Drogenhandel aufhörte. Verdammt, seine Cousins hatten sicher auch keine Lust, untätig rumzusitzen und einer Frau nachzutrauern, die sie nicht liebten. Sie würde er also auch verlieren.

Schrecklich, was war er nur für ein Jammerlappen.

Aber vor allem: Was sollte er tun?

Plötzlich zeigte ihm sein kokainumnebeltes Gehirn einen Weg auf, basierend auf einer völlig … absurden Idee.

Die ihm nichtsdestotrotz eine ziemlich verblüffende Lösung für sein Dilemma in Aussicht stellte.

Er setzte sich aufrecht hin und ließ den Blick durch sein Büro wandern, während er in Gedanken den Plan auf Schwachstellen abklopfte. Als er keinen einzigen Haken entdecken konnte, löschte er Solas Nummer vom Display und rief Ehric an. Er landete auf seiner Mailbox, vermutlich weil er sich noch nicht wieder materialisiert hatte.

Eine Sekunde später klingelte sein Handy, und er meldete sich, ohne sich lange mit einer Begrüßung aufzuhalten. »Habt ihr das Zeichen für ihn hinterlassen?«

Der Wind am Fluss dämpfte Ehrics Stimme. »Wir sind gerade angekommen.«

»Wartet auf ihn, aber zeigt euch nicht.«

Assail gab noch weitere Anordnungen, und Ehrics Antwort war vorbildlich: »Wie du wünschst.«

Nach dem Telefonat ließ Assail sich in seinem Stuhl zurücksinken. Dann holte er tief Luft und fluchte. Ihm stand ein Haufen Arbeit bevor. Doch eine andere Lösung fiel ihm nicht ein.

Außerdem wäre er damit für eine Weile beschäftigt, und das war gut. Und wenn sein Plan fehlschlug? Dann wäre er tot und bräuchte sich um nichts mehr Gedanken zu machen.

Nicht einmal um die Frau, für die sein schwarzes Herz schlug und nach der er sich mit jeder Faser verzehrte.

Marisol war wahrlich eine Meisterdiebin.

Sie hatte ihm sein Herz gestohlen.

14

iAm hatte nicht vorgehabt, die Bemerkung von Trez näher an sich heranzulassen als den kalten Wind, der auf dem Hof geweht hatte. Er wollte ins Haus gehen, einen Happen essen und den Vorfall vergessen. Die Nacht in Angriff nehmen. In die Clubs und ins Sal's schauen. Papierkram erledigen, Dinge regeln, ein paar konkrete Entscheidungen fällen.

Stattdessen stand er in der Eingangshalle und starrte zur Decke, die irgendein Künstler gestaltet hatte. Eigentlich war es ein inspirierendes Thema: Himmlische Krieger kämpften auf Schlachtrössern in den Wolken, heldenhaft und stolz, auf der Seite der Gerechtigkeit.

Doch diese erhebende Pracht war nicht der Grund, warum er hier Wurzeln schlug.

Das Schicksal von Trez war wie ein Kartenhaus, eine wackelige, heikle Angelegenheit, die nur mit vereinten Kräften zu bewerkstelligen war. Deshalb wollte jede Entscheidung, die iAm traf, sorgsam abgewogen sein, um das Überleben zu sichern.

Das seines Bruders.

Aus diesem Grund war er noch immer Jungfrau.

Genau genommen hatte er noch nie eine Frau angeschaut.

Während Trez sie in den Clubs gevögelt hatte, sich Pornos reinzog oder erzählte, was er auf seinem Schreibtisch, auf der Rückbank im Auto, draußen auf dem verdammten Parkplatz getrieben hatte, hatten sie iAm vollkommen kalt gelassen.

Er war einfach unempfänglich dafür.

Eine Weile hatte er sich gefragt, ob er sich vielleicht für das eigene Geschlecht interessierte.

Fehlanzeige.

Wahrscheinlich hätte er vergessen, dass er Eier hatte, wäre er ihnen nicht allabendlich bei der Körperpflege begegnet.

Überleg doch mal, was dir bleibt, wenn ich nicht mehr bin. Wenn du ehrlich bist, wird dir die Antwort kaum besser gefallen als mir.

Ohne sich bewusst zu sein, dass er eine Entscheidung getroffen hatte, machte iAm kehrt und ging zurück nach draußen. Dann stand er auf den Stufen vor dem riesigen grauen Steinhaus …

… und brach auf.

Auf seiner Reise stürzten Erinnerungen auf ihn ein: Wie Trez aus dem Palast geflohen war. Wie man iAm festgehalten hatte, bis er versprach, seinen Bruder zurückzubringen – was natürlich nie in seiner Absicht lag. Die wilde Jagd.

Die Hütte auf dem Snake Mountain.

Als sich iAm vor der verwitterten Hütte materialisierte und die rauen Schindeln und den steinernen Kamin betrachtete, der wie ein fauler Zahn aus dem Dach ragte, wurde ihm einen Moment lang schlecht. Alles war … wie früher. Aber nicht nur ein bisschen, mit anderen Fenstern, wucherndem Gestrüpp oder umgestürzten Bäumen.

Nein, einen Augenblick lang war er sich nicht sicher, ob er nicht vielleicht in der Vergangenheit gelandet war.

Er schüttelte den Gedanken ab und ging zur Tür. Die Scharniere quietschten, aber wenigstens war er jetzt schon besser vorbereitet auf das, was ihn erwartete.

Alles exakt wie damals. Die schlichten Möbel standen genau an denselben Stellen, es roch noch immer nach altem Rauch und zog durch die Ritzen.

iAm schloss die Tür hinter sich und lief umher, und die Dielen knarzten und bogen sich unter seinen Stiefeln. Neben dem Kamin stapelte sich ein ordentlicher Holzvorrat – die letzten Besucher waren offensichtlich wohlerzogene emsige Jäger gewesen, die für den nächsten Besucher vorgesorgt hatten.

Mit zitternden Händen schichtete er ein paar Scheite auf das gusseiserne Gitter und schob Kiefernnadeln darunter. Dann nahm er das Feuerzeug zur Hand, das er immer bei sich trug, weil er oft an launischen Gaskochern arbeitete, zündete das Feuer an und fächerte Luft hinein, bis die Flammen tanzten.

Er sagte sich, dass er seine Zeit vergeudete. Sie würde nicht kommen. Ausgeschlossen.

Er würde einfach eine halbe Stunde hier abhängen, dabei zusehen, wie seine Gedanken gefährliche dunkle Pfade einschlugen, dann das Feuer löschen und zurück nach Caldwell gehen.

Die Clubs. Als Erstes würde er zu den Clubs schauen, und dann …

Knarzend öffnete sich die Tür, und er erstarrte.

Maichens Duft erfüllte den Raum.

iAm drehte den Kopf. Dort stand sie, und ihre Robe flatterte im kalten Wind, der in die Hütte wehte.

Sie war beides gleichzeitig: Geistererscheinung … und herzergreifend lebendig.

Er sah sie an und wusste, warum sie beide gekommen waren.

15

Ganz langsam bewegte Selena sich durch den langen Tunnel zum Trainingszentrum, Schritt für Schritt, vom Fuß der kurzen Treppe, die in den unterirdischen Gang führte, bis zu der Tür in den Büroschrank. Jedes Mal, wenn sie eine Zahlenkombination eingeben oder eine Tür passieren musste, erwartete sie, dass ihre Entscheidung kippen, ihre Stimmung umschlagen, sie sich zur Rückkehr entschließen würde.

Doch sie ging durch Tohrs Büro und weiter durch die Glastür in den Korridor aus Beton, der dahinterlag.

Zum Klinikbereich waren es dreißig Meter, vorbei an allen möglichen Räumen: Kraftraum, Turnhalle, Umkleiden.

All das ließ sie hinter sich, auf dem Weg zu dem einen Ort, an den sie eigentlich nie zurückkehren hatte wollen.

Ihr Klopfen war leise und ließ Raum für alle Möglichkeiten. Vielleicht würde keiner antworten, weil niemand da war (Treffer!) oder man mit jemand anderem beschäftigt war (traurig, aber auch eine Erleichterung) oder weil alle so in ihre Arbeit vertieft waren, dass man ihr Klopfen überhörte (das wäre, als würde man jemandem eine Nachricht auf der Mailbox hinterlassen, den man ohnehin nicht erreichen wollte).

Doc Jane machte auf und sah sie überrascht an. »Selena, hallo.«

Selena hob matt den Arm. »Seid gegrüßt.«

Es folgte eine Pause, dann sagte die Ärztin: »Kommst du zum Plaudern, oder brauchst du …«

»Ihr seid sicher sehr beschäftigt, nicht wahr?«

»Nachdem es in den letzten drei Nächten so zuging, bin ich gerade dabei, die Krankenakten nachzutragen.« Jane trat einen Schritt zurück. »Komm doch rein.«

Selena holte tief Luft, schritt über die Schwelle und versuchte krampfhaft, nicht zur Untersuchungsliege zu schauen.

In der Zwischenzeit setzte sich Doc Jane auf einen Rollhocker, schlug ihren weißen Kittel zusammen und legte die Beine übereinander. Ihre Arztkleidung unter dem Kittel war blau. Ihre Crocs rot.

Ihre Augen waren tiefgrün. Und ernst.

Selena begann umherzulaufen, aber wohin sie sich auch wendete, sah sie Folterinstrumente hinter Glastüren. Sehnsüchtig blickte sie zur Tür, die soeben langsam zuging.

Wie der Deckel eines Sarges.

»Hey«, sagte die Ärztin. »Ich wollte mir gerade die Beine vertreten. Kommst du mit und drehst ein paar Runden in der Turnhalle mit mir?«

»Oh ja, gerne. Danke.«

Zusammen gingen sie wieder hinaus und an mehreren Türen vorbei durch den langen, langen Flur. Doc Jane öffnete eine schwere Stahltür und schaltete die vergitterte Deckenbeleuchtung an.

»Ich weiß, es klingt komisch, aber ich liebe diese Turnhalle«, sagte Jane. »Das honigfarbene Holz und der Geruch nach Bodenreiniger. Was irgendwie verrückt ist, weil ich Chemie in der Luft oder auf Gegenständen eigentlich hasse.«

Die Ärztin begann, rund um das Basketballfeld zu laufen, und Selena war sich ziemlich sicher, dass sie wegen ihr so langsam ging.

Sie waren die kurze Seite abgelaufen, unter dem Korb hindurch, und dann links abgebogen, entlang der Tribüne, bevor Selena den Mund aufmachte.

»Ich glaube …« Ihr kamen die Tränen, und ihr wurde bewusst, wie sehr sie sich fürchtete.

»Lass dir Zeit«, besänftigte Doc Jane sie leise.

Selena fuhr mit den Fingern unter den Augen entlang. »Ich habe Angst, darüber zu reden. So, als könnte ich dadurch …«

»Hast du Symptome?«

Sie konnte es nicht aussprechen, merkte aber, dass sie nickte. »Ich glaube … ja.«

Doc Jane senkte nachdenklich den Kopf, ehe sie wieder aufsah. »Willst du mir erzählen, was für welche?«

Statt zu antworten, streckte Selena die Hand aus, die sich an der Türklinke versteift hatte, und spreizte die Finger. Als sie eine Faust schloss und wieder öffnete, jagten wilde Gedanken durch ihren Kopf. *Ist es schlimmer geworden? Ist es besser geworden? Ist es wie zuvor?*

»Deine Hände?« Selena nickte nur, und Doc Jane fragte: »Sonst noch wo?«

Wenigstens diesmal konnte sie den Kopf schütteln.

»Hast du vor deinen Anfällen Prodromalsymptome?«

»Was heißt das?«

»Haben sie sich durch irgendwelche Symptome angekündigt?«

Selena strich erneut unter den Augen entlang und wischte sich die Hände an der Hose ab, die ihr Trez vor keiner halben Stunde ausgezogen hatte. Sie wünschte sich sehnlichst zurück zu diesem Moment, zurück zu der Zeit, bevor sich ihre Krankheit wieder bemerkbar gemacht hatte.

»Ich weiß es nicht. Ich erinnre mich nicht, dass mir jemals etwas aufgefallen wäre … aber ich habe es auch immer so gut es ging verdrängt. Ich wollte nicht darüber nachdenken.« Sie sah die Ärztin von der Seite an. »Es tut mir leid, dass ich nicht zu meinem Termin gekommen bin, nachdem ich … Ihr wisst schon …«

Doc Jane winkte ab. »Nicht doch, keine Sorge. Es gibt keine Regeln, wie man sich in einem solchen Fall verhält, da muss man sich auf sein Gefühl verlassen. Man sollte sein Leben selbst in die Hand nehmen.«

»Kann man bei mir denn noch irgendetwas tun? Gibt es irgendeine … Behandlung?«

Die Ärztin ließ sich Zeit mit ihrer Antwort. »Ich will offen sein, okay?«

Dann gab es also keine Möglichkeit mehr. »Das wäre mir lieb.«

»In den vergangenen achtundvierzig Stunden haben sich eine Menge Leute mit deinem Fall beschäftigt. Manny ist mit ehemaligen Kollegen in Kontakt getreten. Ich habe Havers konsultiert. Rehv hat in der Kolonie bei den *Symphathen* nachgeforscht – und von iAm habe ich gehört, dass er bei der s'Hisbe war.«

»Nichts?«

»Havers kennt Patienten, bei denen sich derartige Symptome auf einzelne Körperregionen beschränken, also arthritische Schübe in Händen oder Knien, Hüften oder Schultern. Aber nicht systemisch wie bei dir. Er behandelt sie mit Entzündungshemmern und Schmerzmitteln – er hat auch schon Medikamente aus der Menschenwelt ausprobiert, bisher aber keinen nennenswerten Durchbruch bezüglich Vorbeugung oder Heilung erzielt. Und bei den *Symphathen* und Schatten ist dein Leiden unbekannt.«

Schmerztherapie. Mehr durfte sie nicht erwarten.

»Könnt Ihr mir sagen, wie lange mir noch bleibt?«

Doc Jane schüttelte den Kopf. »Ich kann mir deine Entzündungsparameter ansehen. Aber ich habe keine Vergleichswerte – und anscheinend treten die Anfälle spontan auf, so wie ein Erdbeben.«

Sie liefen weiter ihre Runden durch die Turnhalle, links hoch, oben rüber, rechts herunter, vorbei an einer Tür mit der Aufschrift »Gerätelager und Physiotherapie«.

»Ich schätze, wir sollten zurück und meine … Ihr wisst schon«, Selena beschrieb einen Kreis mit der Hand, »Entzündungssonstwas testen.«

»Wenn du möchtest. Du musst tun, was dich unterstützt und beruhigt, das ist das Wichtigste.«

»Gut. In Ordnung.«

Kurz darauf nahm Doc Jane ihre Hand und drückte sie. Als Selena die Ärztin ansah, erschrak sie. In ihrem Gesicht stand tiefer Schmerz.

Selena zog an ihrem Arm und brachte sie dazu, stehen zu bleiben. »Es ist nicht Eure Schuld.«

Die tiefgrünen Augen irrten in der Turnhalle umher und fanden keinen Halt. »Ich … ich würde dir so gerne helfen. Ich möchte dir die Jahre geben, die dir zustehen. Ich will, dass du lebst. Dass ich keine Lösung finde … es tut mir leid, Selena. Es tut mir so leid, und ich werde nicht aufgeben. Ich werde weiter suchen, mich umsehen …«

Es schien die natürlichste Sache der Welt, die Ärztin zu umarmen.

»Es tut mir so leid«, sagte Doc Jane heiser.

Erst später wurde Selena bewusst …

… es war ihr erster Abschied.

Maichen hatte Mühe gehabt, die Hütte zu finden. Black Snake Mountain war einfach gewesen. Östliche Flanke – kein Problem. Aber das Kaminfeuer entdeckte sie nicht gleich, obwohl ihr Geruchssinn selbst in ihrer Molekularform stark ausgeprägt war und kaum etwas so kräftig roch wie Rauch in einer Herbstnacht. Dennoch war sie lange Zeit umhergeirrt und hatte gesucht und gesucht …

Sie wollte schon fast umkehren, voller Enttäuschung, als ihr ein Windstoß den Geruch des Feuers zutrug und sie ihm im Zickzackkurs folgte, bis er immer stärker wurde und sie schließlich zur Quelle gelangte.

Zu der Hütte, die er beschrieben hatte.

Sie hatte sie als Schatten umkreist, dicht über dem felsigen Untergrund – und sich versichert, dass er es wirklich war und dass er allein gekommen war.

Dann nahm sie Gestalt an, ging zur Tür und klopfte. Als er nicht antwortete, trat sie ein.

Er saß vornübergebeugt vor dem Kamin und blies ins Feuer.

Augenblicklich richtete er sich auf, und der flackernde Schein vom Kamin ließ sein Haupt erstrahlen.

Als sie drinnen war, schlug der Wind die Tür hinter ihr zu, und sie machte einen kleinen Satz vor Schreck.

»Es ist kalt hier«, sagte er heiser. »Ich versuche, etwas Wärme zu schaffen.«

Sein Anblick machte sie völlig blind für ihre Umgebung. Sie hätte in der Wüste sein können, auf dem Meer, am Nordpol, es wäre ihr nicht aufgefallen.

»Komm näher.« Er winkte sie heran. »Ans Feuer.«

Ihr Körper gehorchte, ohne zu zögern, obwohl sie zu ihm ging, nicht ans Feuer. Und als sie neben ihm stand, trat er zur Seite, als wollte er sie nicht bedrängen.

»Ich hole dir etwas, worauf du sitzen kannst.«

Ehe sie ihn zurückhalten konnte, ging er zu einem großen Bett und zog die weiche Auflage herunter, zusammen mit ein paar rauen Decken. Mit sicheren Griffen bereitete er ein Lager und trat dann abermals zur Seite.

Die Erotik, die von ihm ausging, war unwiderstehlich.

Sosehr er sich bemühte, gelassen zu wirken, so respektvoll er ihr gegenüber auftrat, sie spürte seine Begierde.

Sie war der Grund dafür, dass sie das hohe Risiko eingegangen war, hierherzukommen.

Auch sie begehrte ihn. Obwohl es zu großen Problemen führen würde. Obwohl es unverantwortlich war. Obwohl es jeder Logik entbehrte.

Sie hatte sich ihr Leben lang an die Regeln gehalten. Aber keine Verantwortung oder Pflicht war nur halb so fesselnd wie er … und die Zeit, in der sie noch ein wenig Freiheit besaß, neigte sich dem Ende zu.

Sie setzte sich auf das Lager und schlug die Beine unter ihrer schweren Robe übereinander. »Setzt Euch doch zu mir.«

»Willst du das sicher?« Er stand groß vor ihr, und sein dunkles Gesicht schluckte den verspielten Feuerschein.

»Ja«, hauchte sie.

Er ging in die Knie und blickte sie unter schweren Lidern hervor an. Seine Augen wanderten über die Robe, die sie von Kopf bis Fuß verhüllte.

»Wirst du dich mir zeigen?«, fragte er mit tiefer Stimme.

Maichen schluckte. Dann hob sie die Hände an den Schleier vor ihrem Gesicht – aber nicht, um ihn zu heben. Sie hielt ihn fest. »Ich habe Angst.«

»Wovor?«

Was, wenn sie ihm nicht gefiel?

»Ich weiß schon jetzt, dass du schön bist«, sagte er, als hätte er ihre Gedanken erraten.

»Wie das?«

Er legte die Hand auf seine kräftige Brust. »Ich sehe

dich mit meinem Herzen. Ich kenne dich. Du bist wunderschön für mich, egal, wie du aussiehst.«

Maichen war sich schmerzlich bewusst, was sie ihm alles verschwiegen hatte, und flüsterte: »Wir kennen uns nicht.«

»Ist das wichtig für dich?«

»Nein.«

»Für mich auch nicht.« Nachdenklich blickte er ins Feuer. »In den vergangenen zwei Nächten ist so viel mit meinem Bruder passiert – das hat mir die Augen geöffnet. Ich möchte meine Zeit nicht länger vergeuden. Ich möchte leben, statt tatenlos in diesem albtraumhaften Zustand zu verharren und darauf zu warten, dass die Katastrophe über uns hereinbricht.«

»Wird Euer Bruder … wird er je ins Territorium zurückkehren? Es heißt … er verweigert sich seiner Pflicht, obwohl die Königin bestimmt hat, dass er nach der Trauerzeit …«

Sie konnte nicht weiterreden. Ihre Angst war zu groß.

Von ihr wurde erwartet, dass sie ihren Gefährten unberührt empfing.

Das würde nicht geschehen.

Aber was konnte ihr der Gesalbte schon anhaben? Sie wurden beide zu dieser Vereinigung gezwungen, und der Tradition nach war er praktisch ihr Besitz.

Er konnte sich beschweren, aber das käme einem Stuhl gleich, der nicht wollte, dass man auf ihm saß.

iAm schüttelte den Kopf. »Wenn mein Bruder Selena verliert, ist alles möglich – und die Prinzessin wird keine Freude an ihm haben, es sei denn, sie hat einen Hang zur Nekrophilie. Er wird tot sein, auch wenn er noch herumläuft.

Maichen ließ den Kopf hängen. Sie wusste so lange sie denken konnte von der Vereinigung, die ihr bevorstand.

Sie war immer Bestandteil ihrer Erziehung gewesen, die Erwartung, dass der von den Sternen Bestimmte ihr Gefährte wurde, mit dem sie den Fortbestand der mütterlichen Linie als Herrscher über die s'Hisbe sicherstellen sollte.

Vorherbestimmt. So hatte es in den Sternen gestanden.

Sie hatte ihre Pflicht akzeptiert, so wie sie alles in ihrem Leben akzeptiert hatte, von ihrem Stand bis hin zu ihrer Einsamkeit und dem beständigen Gefühl, viel zu verpassen, ohne etwas dafür zu können oder es sich ausgesucht zu haben.

Sie räusperte sich. »Ich denke, die Prinzessin würde ihn gehen lassen, wenn sie könnte. Sie würde nicht wollen, dass jemand leidet, erst recht nicht, wenn er gerade eine Frau von Wert verloren hat.«

»Kennst du sie denn?«

»Ich habe ihr gedient.«

»Und wie ist sie so?« Doch bevor sie antworten konnte, hob er die Hand. »Eigentlich will ich es gar nicht wissen.«

»Vermutlich würde sie sagen, dass sie genauso gefangen ist wie Euer Bruder. Ich glaube … auch sie empfindet ihr Schicksal als Gefängnis.«

iAm rieb sich das Gesicht. »Das macht sie mir schon etwas sympathischer. Eigentlich habe ich nie darüber nachgedacht, wie es ihr damit geht.«

»Sie wurde genau wie er von ihrem Schicksal unterrichtet. Sie hat es sich nicht ausgesucht.«

iAm lachte auf. »Vielleicht können die beiden der Königin den Stinkefinger zeigen. Wenn sie sich weigern mitzuspielen, könnte es das Ende sein. Nicht dass es meinem Bruder den Kummer ersparen würde, seine Auserwählte zu verlieren.«

»Aber sie sind vom Schicksal füreinander bestimmt. Es stand so in den Sternen.«

Er sah sie an. »Glaubst du das? Meinst du wirklich, die Stellung einiger teilnahmsloser Planeten eine Million Lichtjahre entfernt eignet sich als Wegweiser für das Leben hier auf Erden? Ich nicht.«

»Aber so halten wir es seit unzähligen Generationen«, entgegnete sie matt.

»Das ist kein Argument. Eigentlich macht es die Sache nur schlimmer. Denk doch nur, wie viel dadurch kaputt gemacht wurde.«

Maichens Brust zog sich zusammen. iAm sprach Dinge aus, über die auch sie nachdachte, seit … seit sie vor vielen Jahren erfahren hatte, dass der Mann, mit dem sie sich vereinigen sollte, so abgestoßen von seinem Schicksal war, dass er lieber aus dem Territorium floh und das Risiko von Todesstrafe und Verbannung in Kauf nahm.

»Genug geredet«, sagte er. »Deswegen sind wir nicht hier. Oder?«

Sie sah ihm durch ihren Schleier in die Augen. »Nein.«

Sein Blick fiel auf ihre Robe, als würde er sie ihr in Gedanken bereits ausziehen.

Wieder hämmerte ihr Herz, und sie bekam feuchte Hände. »Wahrscheinlich sollte ich Euch sagen, dass ich noch nie … Also, ich bin noch …«

»Ich auch.«

Sie wich zurück. Sie konnte nichts dagegen tun. Er war einfach so maskulin, so wohlgestaltet, so …

»Überlegst du es dir jetzt anders?«, fragte er gepresst. »Nicht gerade sexy, oder …«

»Wie ist das möglich?«, platzte sie heraus. »Ihr seid so *phearsom.*«

Es entstand eine Pause. Und dann, ohne Vorwarnung, warf er den Kopf in den Nacken und lachte. Es kam so unerwartet und klang so … bezaubernd … dass sie fast aufs Neue zurückgewichen wäre.

Als er den Kopf wieder senkte, sah sie ihn zum ersten Mal lächeln – und damit raubte er ihr den Atem.

»Das ist das netteste Kompliment, das ich je bekommen habe.«

Jetzt lächelte sie ebenfalls unter ihrem Schleier – doch als er wieder ernst wurde, erstarb auch ihr Lächeln.

Es gab kein Zurück, dachte sie. Wenn sie nicht ging, bevor er ihre Kopfbedeckung abnahm … würde es geschehen.

Maichen hob die Hände an den Gesichtsschleier. Sie hatte ihre Entscheidung getroffen.

Sie griff nach dem Saum und begann, ihn anzuheben. Ihr Herz schlug wie wild, doch sie ließ sich nicht beirren, wurde nicht langsamer.

Die Planeten sollten nicht über die Entscheidungen der Lebenden oder die Vermächtnisse der Toten bestimmen, dachte sie, als kühle Luft an ihren Hals drang, an ihr Kinn … ihren Mund.

Diese Entscheidung traf sie selbst.

Sie entschied sich für ihn.

16

Für iAm fühlte es sich an, als hinge er in der Luft und zappelte mit den Füßen über dem Boden, als *Maichen* ihr Gesicht Zentimeter für Zentimeter enthüllte. Ihre Lippen waren voll und tiefrot, ihre Haut glatt und etwas dunkler als seine, ihre Wangenknochen breit und hoch …

Als ihre Augen zum Vorschein kamen, setzte alles Denken bei ihm aus.

Es waren tiefliegende Augen, eingefasst von dichten Wimpern, und sie leuchteten grün wie Peridot. Allerdings war sie aufgewühlt, was sich bei Schatten in einer solchen Verfärbung äußerte.

Vielleicht waren auch seine Augen gerade grün.

Und dann ihr Haar. In kleinen Locken ergoss es sich vom Scheitel herab auf die Schultern und darüber hinaus. Es war so lang, dass er nicht sehen konnte, wo es endete.

Sie war schlicht und ergreifend das Außergewöhnlichste, was er je gesehen hatte.

Sie war zugleich exotisch, weil er so lang unter Menschen gelebt hatte, fern seines Volkes – und absolut vertraut, weil ihre Schönheit und ihre dunkle Haut so sehr seiner eigenen ähnelten.

»Es ist ein Verbrechen, dass du dich derart bedeckst«, hauchte er.

Als sie vom Hals aufwärts errötete, fuhren seine Fänge aus, und seine Hände ballten sich zu Fäusten, weil er sie berühren wollte.

»Wirklich?«, flüsterte sie.

»Bei meinem Blut.«

Als hätten sie seine Worte ermutigt, legte sie den Schleier beiseite und fuhr mit ihrer Enthüllung fort. Sie öffnete die schlichte Messingschnalle an ihrem Schlüsselbein und ließ die erste Schicht ihrer Robe von den Schultern gleiten.

Sie war zierlich gebaut, aber sehr weiblich, und sosehr er versuchte, nicht auf ihren Körper zu starren – es war unmöglich.

Das schnelle Pulsieren an ihrem Hals kam einer Einladung gleich, sie zu beißen.

Die Schwellung ihrer Brüste einer Beschwörung, sie zu berühren.

Der Duft ihres Geschlechts einem Ruf, dem er folgen wollte.

iAm unterdrückte einen Fluch. Sie überforderte ihn, sie war zu schön, zu lebendig. Sein Herz hämmerte, und sein Schwanz war hart wie Marmor hinter dem Reißverschluss.

Er wünschte, er hätte einen Drink genommen, bevor er sich auf den Weg gemacht hatte.

Oder sechs.

»Du bist hungrig«, flüsterte sie.

»Ja.«

»Möchtest du dich von mir …«

Er konnte nicht glauben, was sie ihm anbot. »Nähren?«

»Möchtest du?«

Oh, *fuck,* ja. »Es wäre eine Ehre, für die ich auf die Knie gehen würde …«

»Dazu gibt es keinen Anlass.«

Er erwartete, dass sie ihm das Handgelenk anbot, doch als sie das Kinn hob und ihm ihren Hals präsentierte, war es endgültig um ihn geschehen.

iAm wusste, er sollte sie fragen, ob sie sich auch wirklich sicher sei, sie drängen, es sich noch einmal zu überlegen. Die Sache würde sehr schnell vonstattengehen, wenn er sie in den Hals biss.

Stattdessen stöhnte er: »Bitte nenn mir deinen Namen.«

»Maichen. Ich sagte es schon. Das ist der einzige Name, der mir wie mein Eigen erscheint.«

Er mahlte mit den Zähnen. *»Maichen,* du musst wissen … ich glaube nicht, dass ich mich noch beherrschen kann, wenn ich dich erst einmal beiße.«

»Ich weiß. Deshalb will ich, dass du mich am Hals nimmst. Kein Zurück.«

Seine Augen verdrehten sich nach oben, und er wankte. »Aber hast du denn keinen Vater, keine Mutter zu Hause? Niemanden, den es stört, wenn du …«

Er wusste, dass für Dienerinnen andere Regeln galten. Von ihnen erwartete man nicht, dass sie bei ihrer Vereinigung Jungfrauen waren, da sie oft auf alle erdenklichen Weisen zu Diensten stehen mussten. Trotzdem.

»Bist du dir sicher?«, fragte er.

Seine Erektion schrie, dass er den Mund halten sollte, doch sein Gewissen ließ es nicht zu.

»Ganz sicher.«

Die Peridot-Augen sahen ihn fest, ernst, entschlossen an.

Genug geredet.

iAm stürzte sich auf sie. Er packte sie beim Nacken, bog sie nach hinten, hielt sie in den Armen und setzte die Lippen an ihrem Hals an. Er hatte noch nie auf diese Weise von einer Frau getrunken und biss nicht gleich zu. Er war überwältigt von ihrem Duft und wie weich ihre Haut war, als er mit der Zunge an der Halsschlagader emporleckte.

Er wollte sie noch weiter berühren, aber als sie seine Schultern packte und sich ihm entgegenbog, konnte er nicht länger an sich halten. Fauchend biss er zu.

Sie schrie auf, doch anstatt ihn fortzustoßen, zog sie ihn noch näher an sich.

Ihr Blut war eine Explosion in seinem Mund. Es schmeckte nach dunklem Wein und machte ihn vom ersten Schluck an trunken. Er sog es ein und ließ die Hand an ihrer Seite hinabgleiten, fand die Kurve ihrer Taille und die Wölbung ihrer Hüfte. Mehr, er nahm mehr von ihr, während er das Becken an sie drückte und den Eingang zu ihrem Innersten suchte, der immer noch von mehreren Lagen Stoff verdeckt war.

Benommen und hochkonzentriert zugleich legte er sie flach auf den Boden und setzte sich auf sie, ähnlich einem wilden Tier, das seine Beute schützt. Aber er wollte ihr auch etwas geben. Er legte das Handgelenk an ihren Mund und strich damit über ihre Lippen.

Sie verstand und biss zu, trank von ihm, so wie er von ihr trank, und schloss damit den Kreis. Hitze wallte zwischen ihnen auf.

Fieberhaft machte er sich an ihrer Robe zu schaffen, schob sie nach oben, höher und höher, Schicht für Schicht, Falte um Falte. Ihre Schenkel waren glatt und geschmeidig und öffneten sich für ihn, sodass er Zugang hatte zu dem, was er am sehnlichsten begehrte.

Kein Slip. Schatten trugen nichts dergleichen.

Als er mit der Hand über ihr Geschlecht strich, stöhnte sie auf und saugte stärker an seinem Handgelenk. Er wollte, dass sie ihn leer trank. Aber nicht andersherum. Gewaltsam löste er sich von ihrem Hals und versiegelte den Biss mit der Zunge. Bald merkte er, dass er mit den Lippen nach unten wanderte, über den anmutigen Flügel ihres Schlüsselbeins. Auf dem Weg zu ihren Brüsten schlug er die Fänge in den Ausschnitt ihrer Robe und riss daran, bis …

»Oh, verdammt«, keuchte er.

Ihre Brüste waren fest und aufrecht und gipfelten in kleinen Brustwarzen, die er nicht lange betrachtete. Nein, er machte sich mit dem Mund darüber her und huldigte ihnen, während sie sich von ihm nährte.

Doch er wollte noch immer mehr von ihr.

Als er voller Gier an ihr hinabwandern wollte – obgleich er keine Ahnung hatte, was er da tat –, löste sie die Fänge aus seinem Arm und ließ ihn frei. Ohne ihr Gelegenheit zu geben, die Bisswunde zu versiegeln, richtete er sich über ihr auf und packte die schon halb zerrissene Robe rechts und links mit den Händen.

Rrrratsch.

Damit war ihr Unterkleid entzwei, und sie lag nackt vor ihm.

Ihre bebende dunkle Haut glänzte matt im Feuerschein, besudelt von seinem roten Blut – was sofort den Wunsch in ihm weckte, sie mit ganz anderen Körperflüssigkeiten zu benetzen.

Damit alle wussten, dass sie sein war.

Benommen erkannte er, dass die Geschichten, die er immer für Märchen gehalten hatte – von Männern, die einer Frau begegneten und sich augenblicklich banden –, tatsächlich stimmten.

Er kannte ihr Gesicht erst seit wenigen Momenten, doch er war in das Wurmloch gestürzt und um mehrere Biegungen gerast, überwältigt von ihr und gleichzeitig ausgehungert nach mehr.

»Mein«, knurrte er.

Maichen hatte erwartet, verlegen oder beschämt zu sein, sobald ihr Liebhaber sie zu Gesicht bekam. Was iAm vor sich sah, hatten bisher schließlich nur die Frauen gesehen, die sie badeten.

Stattdessen befreite sie ihre Hände aus der Robe und umfasste ihre Brüste. »Dein«, hörte sie sich sagen. Dann fasste sie sich zwischen die Beine an ihr entblößtes Geschlecht. »Dein.«

Seine Oberlippe kräuselte sich, und er knurrte, ehrerbietig und ein bisschen bedrohlich zugleich.

Dann zog er seinen Mantel aus, sein Hemd. Die Schuhe und die Hose.

Der Flammenschein flackerte auf seiner Haut und warf Schatten in den Furchen zwischen den Muskeln, die seine Arme durchzogen, seine Brust, seinen Unterleib.

Seine Erektion war enorm.

Alles war so wild, die Ereignisse überschlugen sich – und der Höhepunkt stand noch bevor. Was würde als Nächstes kommen? Sie wusste theoretisch über Sex Bescheid, man hatte sie unterrichtet, in Vorbereitung auf ihre Vereinigung. Die Heilerin hatte ihr die anatomischen Abläufe erklärt – und dann hatte sie s'Ex mit den Frauen gesehen. Doch diese eher unangenehmen Begebenheiten hatten sie nicht darauf vorbereitet, wie elektrisierend es sein würde. Wie sehr sie sich nach der Vereinigung verzehren würde. Wie verzweifelt man sich danach sehnen konnte.

iAm stützte sich mit den Händen rechts und links von ihr ab und schwebte über ihr, bevor er sich zu einem Kuss herabsenkte. Die Berührung seiner Lippen war federleicht und flüchtig und weckte den Wunsch nach mehr. Doch dann legte er sich langsam auf sie, und sein Gewicht war unbeschreiblich erotisch, als sich seine harten Konturen an sie pressten.

Seine Erektion strich über ihr Geschlecht.

Sie drängte ihm entgegen, rieb die Beine aneinander, suchte nach etwas, wusste aber nicht, was es war.

»Keine Sorge«, sagte er. »Ich mache das.«

Aber er tat nichts. Er küsste sie erneut und machte es nur schlimmer, indem er genüsslich an ihrem Mund leckte, sich an ihre Brüste schmiegte, an ihren Schenkeln rieb – er tat alles, nur den letzten Schritt, der sie verbinden würde, beging er nicht.

»Worauf wartest du?«

»Ich muss dich darauf vorbereiten – sonst tut es weh.«

Sie riss die Augen auf. »Es wird nicht wehtun. Oder?«

»Was weißt du … äh, über …«

Sie nahm wahr, wie sich ihr Mund bewegte, vermutlich, weil sie sprach – und er nickte und erwiderte etwas. Doch sie verstand kein Wort.

Doch dann wanderte seine Hand nach unten und schob sich zwischen ihre Körper, strich über ihr Geschlecht, tauchte in sie ein. Der Genuss, den er ihr bereitete, war wie der Feuerschein, er war heiß und erfasste ihren ganzen Körper, erhob sie zu einem neuen Bewusstsein.

Dann spürte sie Druck in ihrem Unterleib, aber es tat nicht weh. Es war nur ein Schieben, ein sanftes Drängen, dem sie innerlich nachgab.

Als seine Hand wieder auftauchte, wurde ihr klar, dass es nicht sein Finger war, der sich in sie schob, sondern seine Erektion.

Sie drückte die Hüften nach oben, um ihn tiefer in sich aufzunehmen, und bemerkte ein Stechen, als eine Barriere durchbrochen wurde – und schließlich war die Verbindung derart tief, als wäre er vollständig in sie eingedrungen. Gut, so gut – es war unbeschreiblich, ihm so nah zu sein, seine Haut zu spüren. Es wärmte sie von außen wie von innen, und ihr Leben, in dem es kaum Berührungen gegeben hatte, war wie fortgewischt.

Langsam begann er, die Hüften zu wiegen, behutsam erst, dann immer kräftiger, und seine Stöße trieben sie beide einem schimmernden Gipfel der Lust entgegen.

Sie fuhr mit den Händen über seinen drängenden Rücken, spürte seine Kraft und war glücklich darüber, dass er es war, den sie als Ersten in sich aufnahm.

Und dann folgte etwas wie ein Dammbruch, unglaublich intensiv, eine Welle, die sich auftürmte und an seinem Körper brach.

Sie öffnete den Mund und schrie, aber nicht vor Schmerz.

Auch er schrie, und tief in ihr pulsierte es.

Aber es war nicht das Ende. Er ließ nicht von ihr ab, sondern drängte weiter gegen sie und in sie hinein.

Die Heilerin hatte ihr nichts davon verraten, wie gut es sein würde.

Nein, ganz und gar nicht.

17

Er trat in ihr Leben mit einer Syracuse-Baseballkappe auf dem Kopf und löchriger Blue Jeans.

Paradise saß am Schreibtisch und ergänzte ihre Tabelle, ordnete E-Mail-Anfragen, wies Besuchern Stühle zu, als sie erneut ein Luftzug streifte. Mittlerweile war sie daran gewöhnt – es wehte jedes Mal kalt in den Salon, wenn sich die Haustür für einen Neuankömmling öffnete.

Daher blickte sie erst auf, als jemand Großes vor ihren Schreibtisch trat.

Als sie den Blick hob, hatte sie ihr professionelles Lächeln aufgesetzt – doch es entglitt ihr schnell.

Der Vampir vor ihr war zwei Meter groß, seine Schultern waren so breit wie ein Türrahmen, und sein Kinn war vollkommen eckig. Er trug eine Art Windjacke, die eigentlich zu leicht für die Jahreszeit war, und keine Handschuhe.

Außerdem die orangefarbene Kappe und diese Jeans.

»Kann ich Ihnen helfen?«, fragte sie.

Er hatte die Kappe so tief in die Stirn gezogen, dass

sie seine Augen nicht sehen konnte, spürte aber dennoch seinen Blick.

»Ich komme wegen des Trainingsprogramms.«

Seine Stimme war tief und überraschend leise. Bei seiner Größe hätte sie etwas Lauteres erwartet.

»Das Trainingsprogramm?«

»Für Soldaten der Black-Dagger-Bruderschaft.«

»Oh, ja. Ich weiß, aber … ich meine, das ist nicht hier. In diesem Haus.«

Als er sich umsah, versuchte sie, seine Augen zu erkennen. »Ich weiß«, sagte er. »Aber ich brauche ein Anmeldeformular und dachte, ich könnte hier eines bekommen.«

»Es gab eine E-Mail. Soll ich sie Ihnen weiterleiten?«

»Ich, äh …« Er sah sich schon wieder um. Schob die Hände in die Taschen seiner Jeans. »Haben Sie ein ausgedrucktes Formular?«

»Ich kann Ihnen das Ganze einfach gleich schicken – wie lautet Ihre Mailadresse?«

Als er die Wand hinter ihrem Kopf zu betrachten schien, entschied sie, dass sein Haar dunkel war. Dunkel und sehr kurz.

»Ich habe keine E-Mailadresse«, sagte er leise.

Paradise blinzelte. »Hotmail ist kostenlos.«

»Ist in Ordnung«, sagte ihr Besucher und trat einen Schritt zurück. »Ich komme schon an ein Formular.«

»Warten Sie.« Paradise zog eine Schublade an ihrem Tisch auf. »Hier. Nehmen Sie meins – ich meine, das hier.«

Er zögerte. Schließlich streckte er einen langen Arm aus und nahm ihr das Formular ab, das sie wieder aus dem Papierkorb gefischt hatte.

»Danke.« Er sah hinab und runzelte die Stirn – zumindest hatte sie den Eindruck. »Das hier ist schon zur Hälfte ausgefüllt.«

Als er es ihr zurückgab, fluchte sie. »Entschuldigung, ich … ich drucke Ihnen ein neues aus.«

Sie klickte mit der Maus auf ihr E-Mail-Account, suchte die Mail von Peyton dem Penner raus, öffnete den Dateianhang, erteilte den Druckauftrag.

Während der Drucker hinter ihr zum Leben erwachte und anfing zu surren, legte der Vampir das Anmeldeformular auf ihren Tisch. »Sie wollen sich auch anmelden?«

Toll. Musste sie sich den Vortrag nun auch noch von einem Wildfremden anhören?

Sie riss das Formular an sich. »Das Programm steht Vampirinnen offen. Schreiben die in der E-Mail. Wir können uns anmelden …«

»Ich finde, das sollten Sie tun. Auch Vampirinnen sollten trainiert werden, selbst wenn Sie nicht in den Kampf ziehen wollen – man weiß nie, wann oder unter welchen Umständen man sich vielleicht schützen muss. Es ist nur logisch.«

Paradise starrte ihn an. »Ich …« Sie räusperte sich. »Ich bin ganz Ihrer Meinung.«

Der Drucker hinter ihr verstummte, und sie drehte sich um und nahm den noch warmen Ausdruck zur Hand. Eigentlich war es überflüssig, die Seiten mit einer Büroklammer oder Heftklammer oder sonst irgendwie zusammenzuhalten, doch Paradise zog eine weitere Schublade auf und kramte darin herum.

»Sie können es hier wieder abgeben«, sagte sie und reichte ihm das Formular. »Dann leite ich es an die Brüder weiter.«

Er faltete die Seiten in der Mitte und steckte sie in die dünne Windjacke. »Danke.«

Dann nahm er seine Kappe ab und verbeugte sich vor ihr.

Als er sich wieder aufrichtete, sah sie ihn zum ersten Mal etwas besser. Wow.

Beziehungsweise WOW!

Seine Augen waren himmelblau und lagen tief unter dunklen Brauen, eingefasst von schwarzen Wimpern. Seine Wangen waren hohl, weil er ein wenig hager war, aber das machte sein Gesicht nur markanter. Seine Lippen waren …

Sie hatte ihn schon beim ersten Anblick interessant gefunden, aber jetzt haute er sie geradezu um.

Zum Glück saß sie auf einem Stuhl.

»Wie heißen Sie?«, fragte sie hastig, als er sich zum Gehen wandte.

Er setzte seine Kappe wieder auf. »Craeg.«

Sie stand auf und streckte ihm die Hand entgegen. »Ich bin Paradise – also, das wissen Sie vermutlich schon, weil Sie das Ding gelesen haben, das ich ausgefüllt habe.« Super, sie redete wirres Zeug. »Hat mich gefreut, Craeg«, sagte sie, als er keine Anstalten machte, sich auf sie zuzubewegen.

Er nickte, dann ging er und ließ sie mit ausgestreckter Hand stehen.

Errötend setzte sie sich wieder – und merkte, dass ungefähr fünf Leute ihre Begegnung mitverfolgt hatten und jetzt in Magazinen blätterten und so taten, als würden sie lesen. Einer der älteren Vampire hielt sich sogar ein ganzes *Caldwell Courier Journal* vors Gesicht.

Schön, das konnte sie auch.

Geschäftig tippte sie auf ihrer Tastatur herum und versuchte, ihre Hitzewallungen unter Kontrolle zu bringen.

Sie hatte diesen Kerl noch nie gesehen. Noch nie. Vielleicht war er also gerade aus dem Alten Land gekommen … aber das war unwahrscheinlich. Der größte Teil der Bevölkerung war schon seit Ewigkeiten in und um

Caldwell angesiedelt. Außerdem hatte er nicht mit Akzent gesprochen. Also war er … tja, ein Fremder, offensichtlich. Aber er musste von Adel sein, wenn er von dem Trainingsprogramm gehört hatte, oder nicht?

Sie schielte zum Durchgang, durch den er gekommen war. Hoffentlich würde er seine Anmeldung bei ihr einreichen.

Wer war er …

»Paradise?«

Sie zuckte zusammen. Ihr Vater war wie aus dem Nichts erschienen. »Ja?« Sie stellte fest, dass ihre Stimme zu normal klang, obwohl sie noch sauer war auf ihn. Daher räusperte sie sich. »Was kann ich für dich tun?«

Als wäre er einer der Besucher, die sie betreute.

»Ich wollte mich nur erkundigen, wie es dir geht.«

Er klang überhaupt nicht aggressiv. Nur sehr besorgt. Mist. Sie wollte weiter auf ihn wütend sein.

Sie seufzte. »Es geht mir gut, Vater.«

»Du machst das großartig. Wirklich. Alles läuft reibungslos. Der König ist hochzufrieden – und ich bin sehr stolz auf dich.«

Das war mal wieder typisch. Es war unmöglich, wütend zu sein, wenn er so ernsthaft bemüht war, sich auf seine merkwürdige Art zu entschuldigen.

»Kann ich dir etwas zu essen oder zu trinken besorgen?«

»Du bist kein *Doggen,* Vater.«

»Vielleicht möchtest du Pause machen?«

»Nein.« Sie verdrehte die Augen. Dann stand sie auf und kam um den Tisch herum. »Du treibst mich in den Wahnsinn.«

Damit umarmte sie ihn, weil sie wusste, dass er das erwartete. Dann trat sie einen Schritt zurück. »Als Nächstes kommt Oster, Sohn des Sanye.«

Der Betreffende stand auf, als sie auf ihn deutete, und

ihr Vater drückte ihre Hand und wandte sich wieder seinen Pflichten zu.

Paradise folgte seinem Beispiel und setzte sich zurück an ihren Computer. Blickte auf den Bildschirm. Und fühlte sich noch immer eingesperrt.

Aber was sollte sie tun? Theoretisch konnte sie ihr Vater nicht davon abhalten, an dem Programm teilzunehmen. Sie war volljährig, und in der Anmeldung stand nichts davon, dass Vampirinnen die Erlaubnis eines männlichen Vormunds brauchten. Dennoch fühlte sie sich wie gelähmt.

Es war schwer, gegen die Eltern zu rebellieren, wenn nur noch einer von ihnen übrig war.

Und er alles war, was man auf der Welt hatte.

Die Untersuchung war schrecklich. Die Blutabnahme, das Röntgen, Selena hasste so gut wie alles daran – und hatte ein schlechtes Gewissen deswegen. Dabei ging Doc Jane in jeder Hinsicht behutsam und mit größter Freundlichkeit vor. Aber ein Flügelhemd zu tragen und befummelt und gepikst zu werden, sich verrenken zu müssen und fotografiert zu werden, fühlte sich an, als würde man aus nächster Nähe den Countdown zu einer Explosion miterleben.

Außerdem hasste sie das Desinfektionsmittel mit dem künstlichen Zitrusgeruch, das sie bei allem verwenden mussten.

Und dass ihr kalt war, selbst nachdem man ihr eine Decke über die Beine gelegt hatte.

Und die grelle Lampe über ihrem Kopf.

Doch das eigentliche Problem waren nicht die äußeren Umstände, sondern ein Schrei in ihrem Kopf, den sie nur mit äußerster Willenskraft zurückhalten konnte.

»Okay, ich denke, das ist die letzte Röntgenaufnahme für heute«, sagte Doc Jane.

Sie saß am Schreibtisch vor einem geisterhaften Abbild von Selenas Knie auf dem Bildschirm, doch Selena mied es hinzusehen.

Sie musste liegen bleiben, bis Doc Jane wieder zu ihr kam und den Röntgenarm zur Seite schwenkte. Erst jetzt konnte sie sich aufsetzen, und die Ärztin zog die Platte unter ihrem Bein hervor und legte sie zur Seite.

»Und … jetzt?«, fragte Selena.

Sie fühlte sich taub. Sie fror. Sie war verschwitzt.

Aber vor allem fühlte sie sich steif. Nicht nur in den Händen.

»Ich möchte mir die Bilder zusammen mit Manny ansehen. Dann unterhalten wir uns mit dir.«

Selena hob die Beine von der Untersuchungsliege und blickte auf ihre Füße. Sie zog einen an, dann den anderen, und in ihrem Kopf drehte sich schon wieder das Gedankenkarussell: *Besser? Schlechter? Wie zuvor?*

»Wann?«, fragte sie heiser.

»Warum treffen wir uns nicht gegen Morgendämmerung? Trez könnte dich begleiten, wenn du möchtest …«

Von draußen schepperte es, und sie sahen zur Tür. Beim zweiten Mal rannte Doc Jane los – und Selena folgte ihr.

Schließlich war sie noch nicht erstarrt, und das hier schien ein guter Anlass, sich dessen zu besinnen.

Zusammen liefen sie auf den Flur hinaus und lauschten. Im Trainingszentrum war alles still, denn die Brüder holten sich ihre Bewegung im Einsatz, und gegenwärtig lag zum Glück niemand verletzt auf der Krankenstation …

Als es erneut schepperte, rannten sie los, zwei Türen weiter.

Doc Jane riss sie auf.

Die Ärztin musste sich ducken, als etwas durch die Luft segelte. Ein Tablett. Es landete auf dem Boden und schlitterte über den Flur, als wäre es froh, diesem Zimmer entkommen zu sein, und jetzt wollte es noch ein wenig mehr Abstand dazu gewinnen.

Luchas war außer Kontrolle. Er tobte auf dem Bett. Zur Hälfte schien er angegurtet zu sein, aber eine Hand und ein Arm waren frei, und damit zerstörte er, was in seiner Reichweite war. Er stieß einen Monitor um, zusammen mit dem Infusionsständer, dann schubste er den Rolltisch zur Seite, auf dem sein Essen stand, um sich dann dem Kopfbrett zuzuwenden, als wollte er das Bett auseinandernehmen.

»Luchas«, sagte Doc Jane mit bewundernswerter Gelassenheit. »Was ist …«

»Verpiss dich!«

Selena schrak zurück. Sie hatte Luchas in den vergangenen Monaten mehrfach genährt, und er war ihr immer mit vollendeter Höflichkeit begegnet.

»Luchas …«

»Scheiße!« Er ließ von dem Kopfbrett ab und richtete seine Wut auf den Beistelltisch, dem er einen harten Stoß versetzte, sodass er auf die Seite kippte und die Schubladen herausschossen, als wäre es seine Art zu bluten. »Haut alle ab!«

Doc Jane wich rückwärts aus dem Zimmer und murmelte: »Ich muss ein Beruhigungsmittel holen. Geh nicht da rein.«

Die Ärztin lief los, aber Selena blieb in der Tür stehen.

»Was schaut Ihr mich so an?«, schrie er. »Was wollt Ihr denn, verdammt noch mal?«

Selena bemerkte einen roten Fleck. Auf halber Höhe über seinem Bein breitete sich ein Fleck aus … er blutete. Aus irgendeiner Wunde …

»Euer Bein«, hauchte sie. Sie wusste von seiner Infektion. »Vorsicht mit dem Bein …«

»Ich wollte sterben!«, presste er hervor. »Ich habe versucht zu sterben!«

Sein Gesicht war ein Zerrbild der Züge, die sie kannte, die viel zu blasse Haut spannte über markanten Knochen. Er musste ein gut aussehender Kerl gewesen sein, bevor er von der Gesellschaft der Lesser gefoltert worden war.

»Sie haben mir mein beschissenes Bein abgenommen, um mich zu retten!« Er riss das Laken weg.

»Zu retten!«

Der Stumpf war sorgfältig mit Mullbinden umwickelt, aber darunter schien etwas nicht in Ordnung zu sein. Überall sickerte Blut durch den Verband.

Er fing an, an seinem Stumpf zu zerren, und das war der Moment, wo sie eingreifen musste.

Sie marschierte durch den Raum, packte seine rudernden Hände und drückte sie neben seinem Kopf aufs Bett.

Luchas flippte aus.

Er schrie, er wand sich, er verfluchte sie.

Doch sie schüttelte nur den Kopf und wartete, bis er zu erschöpft war, um sich weiter zu wehren – was sehr bald der Fall war.

Als er aufhörte, gegen sie anzukämpfen, sagte sie: »Ihr habt Glück. Solches Glück.«

Damit brachte sie ihn zum Schweigen. Vermutlich wirkungsvoller als jede direkte Konfrontation.

»Warum?«, stammelte er.

»Ich sterbe«, sagte sie schlicht. »Wenn ich mein Bein geben könnte, um zu überleben, um bei meinem Geliebten zu bleiben, würde ich es auf der Stelle tun. Deshalb finde ich, dass Ihr Glück habt.«

Er atmete immer noch schwer, aber die Spannung in seinem Körper war gewichen. »Ihr müsst sterben?«

»Leider ja.« Sie ließ ihn los und trat zurück. »Verschwendet nicht die Zeit, die Euch gegeben ist. Ich weiß, dass Ihr Schmerzen leidet, und ich zweifle nicht daran, dass Ihr mit

Eurem Schicksal hadert. Aber ich würde auf der Stelle mit Euch tauschen, wenn ich könnte.«

Doc Jane kam zurück – und blieb stehen, als sie sah, dass das Zimmer nicht in Flammen stand oder dergleichen.

»Ich ziehe mich rasch an«, sagte Selena und ging zur Tür. »Mir ist kalt in diesem Flügelhemd. Braucht Ihr Hilfe beim Saubermachen?«

Doc Jane sah abwechselnd Selena und Luchas an und fragte sich offenkundig, was diesen plötzlichen Umschwung bewirkt hatte. »Äh, nein, ich kümmere mich darum.«

»Gut.« Selena nickte der Ärztin zu, dann sah sie Luchas in die Augen. »Passt auf Euch auf.«

Sie merkte, wie sein Blick ihr folgte, als sie in den Flur hinausging, und sie spürte ihn noch, als sie sich umzog.

Zurück im Tunnel bekam sie plötzlich Angst, dass sie auf dem Weg zum Haus einen Anfall bekommen und unter den Neonröhren ihren letzten Atemzug tun könnte. Oder vielleicht auf der Treppe zur Eingangshalle … oder …

Nein, Schluss damit.

Sie hatte schon genug Sorgen, ohne sich noch welche auszudenken.

18

Er konnte nicht aufhören, sie anzusehen.

iAm und *Maichen* lagen nackt und ineinander verschlungen vor dem erlöschenden Feuer, die Beine verwoben, die Geschlechter dicht an dicht, aber nicht mehr verbunden. Ihr Kopf ruhte auf ihrem angewinkelten Arm. Er hatte seinen aufgestützt.

»Ich möchte dich wiedersehen«, flüsterte er.

Er wollte ihr sagen, wie dringend er mehr von diesen Momenten brauchte, dieser Auszeit von all dem Mist, mit dem er sich in Caldwell herumschlagen musste, und den er weder ändern noch beenden konnte. Hier zu sein fühlte sich an, als wäre er kurz an den Rand gegangen, hätte eine langsamere Gangart eingeschlagen, Atem geschöpft. Es war keine dauerhafte Flucht, und das wollte er auch gar nicht – er würde seinen Bruder nicht im Stich lassen.

Aber es gab ihm neue Kraft.

»Es ist schwer für mich wegzukommen.« Sie küsste seine Fingerspitzen. »Es wird nur noch wenige Tage so einfach sein. Nach der Trauerzeit wird es schwierig.«

»Dann morgen. Um Mitternacht.«

Maichen nickte. »Ich werde da sein.«

Er sah sich in der schäbigen Hütte um. »Nein, komm nach Caldwell. Treffen wir uns in der Stadt.«

Als sie zögerte, sagte er: »Ich habe eine Wohnung. Sie gehört mir. Niemand wird davon erfahren – dort wirst du es gemütlicher haben.«

Er wollte sie in einem richtigen Bett nehmen. Unter der Dusche. Vielleicht auf dem Küchentresen.

Um sie zu überzeugen, senkte iAm den Kopf und küsste ihre Lippen, bohrte seine Zunge in ihren Mund. »Folge dem Signal meines Blutes, und du findest mich.«

Das Geräusch, das sich ihrer Kehle entrang, klang nach Kapitulation – und ehe er sich's versah, rollte er sie auf den Rücken und bestieg sie erneut. Die Tatsache, dass sie tatsächlich miteinander schliefen, war so monumental, dass er nicht darüber nachdenken konnte, während er jetzt mit ihr zusammen war.

Es stellte einen Meilenstein dar.

Er führte sich selbst ein, stöhnte und legte den Kopf in ihre Halsbeuge. Dann krümmte er den Rücken und ritt sie in ausholenden Stößen, fand zu einem Rhythmus, stieß härter und härter zu. Sein Körper wusste ganz genau, was er zu tun hatte, und als er kam, bemerkte er zu seinem Schrecken, wie froh er war, auf diese spezielle Frau gewartet zu haben.

Außerdem fing er an, insgeheim Pläne zu schmieden, wie er sie von der s'Hisbe befreien konnte. Auch das war verrückt.

Sie war schon die Zweite auf seiner Liste.

Ihre Nägel gruben sich in seinen Rücken, und ihre Schenkel schlangen sich um seine Hüften, als jetzt auch sie zum Höhepunkt kam. Ihr leichtes Zerren fuhr ihm heiß in die Hoden und löste einen weiteren Orgasmus aus.

Danach brach er auf ihr zusammen.

»Entschuldige«, murmelte er und versuchte, die Kraft zu finden, noch etwas anderes zu tun als zu atmen. »Schwer.«

»Nein. Ich mag dein Gewicht.« Sie streichelte ihn. »Du fühlst dich so kräftig an, wie du bist.«

»Ich will nicht gehen.«

»Ich auch nicht.«

Doch ihm blieb keine Wahl. Zum einen war das Feuer ausgegangen, und es wurde kalt, aber vor allem wollte er sie nicht in Schwierigkeiten bringen, weil sie ihre Pflichten vernachlässigte.

Wenigstens musste er sich wegen der nahenden Dämmerung keine Sorgen machen.

Andernfalls wäre er ausgeflippt.

Er stemmte sich hoch und zog sich aus ihr zurück. Zu seinem Entsetzen stellte er fest, dass sie von seinem Geruch überzogen war.

»Was ist?«, fragte sie und blickte ihn aus ihren peridotfarbenen Augen an.

»Wir sollten dich waschen.« Aber in dieser verdammten Hütte gab es kein fließend Wasser. »Das nächste Mal treffen wir uns in Caldwell.«

»Ich passe schon auf. Es gibt eine warme Quelle am Rand des Territoriums. Dort kann ich mich waschen.«

»Was ist mit deiner Robe?« Er gab ihr das Stoffbündel und fluchte. Alles war zerknautscht. Zerrissen. Schmutzig. »Verdammt.«

Er hätte ihre Sachen aufhängen sollen. Was hatte er sich nur gedacht?

Er stand auf und half ihr beim Anziehen, rückte das Unterkleid zurecht, verschloss die Robe mit der Messingspange, schüttelte die Haube mit dem Gitterschleier aus.

»Lass mich das tun«, sagte er und machte sich daran, ihr Haar und ihr Gesicht zu bedecken.

Es widerstrebte ihm, sie zu verhüllen, sein Magen rebellierte, sein Mund wurde trocken: Es führte ihm nämlich umso deutlicher vor Augen, dass er sie schutzlos ins Territorium zurückschickte. Er trat einen Schritt zurück und betrachtete sein Werk. Bei ihrer Ankunft war ihre Robe glatt und sauber gewesen – jetzt war alles völlig zerknittert.

Irgendwie hatte er das Gefühl, sich etwas genommen zu haben, das ihm nicht zustand, und diese Frau dabei zerstört zu haben.

»Ich sollte dich begleiten«, sagte er. »Dafür sorgen, dass du …«

»Das würde mir die Sache nur erschweren. Mir wird schon nichts zustoßen. Ich bin gut darin, mich zu verstecken, das habe ich im Laufe der Jahre gelernt.«

Jetzt gab es nicht mehr viel zu sagen, nichts, was seine Besorgnis mildern konnte.

Fluchend nahm iAm ihren Arm und führte sie zur Tür. »Sei vorsichtig. Es ist gefährlich.«

»Bin ich.«

Als sie sich vor ihm verbeugen wollte, hielt er sie davon ab. »Tu das nicht. Wir beide sind uns ebenbürtig.«

Einen Moment lang sah sie ihn nur an. Er konnte es spüren, durch das Gitter, das ihre Augen verbarg. »Nein«, sagte sie. »Leider sind wir das nicht.«

Damit ging sie durch die Tür und verschwand, bevor er noch etwas sagen konnte. Kalte Luft traf auf seine nackte Haut, und alles tat ihm weh – aber es war kein körperlicher Schmerz.

Er kleidete sich an, überprüfte, ob das Feuer auch wirklich ganz aus war, bevor auch er die Hütte verließ. Als er die Tür verschloss und einen Schritt davon wegtrat, staunte er darüber, wie viele entscheidende Geschehnisse seines Lebens sich ausgerechnet in dieser Hütte ereignet hatten:

Hier hatte er seinen Bruder wiedergefunden, Rehv getroffen … und jetzt diese Nacht.

Er dematerialisierte sich zum Anwesen der Bruderschaft, wo er im Hof Gestalt annahm. Nachdenklich blickte er an dem großen Steinhaus empor, betrachtete die gotischen Wasserspeier auf ihren Ecktürmchen, die Bleiglasfenster mit dem Rautenmuster und die Schatten, die in den Ecken lauerten, bis ihm auffiel, dass er es auf Sicherheit und Verteidigungsmöglichkeiten hin untersuchte.

Er dachte tatsächlich daran, *Maichen* hierherzubringen.

Doch was wäre das für ein Leben für sie? Er war noch immer voll und ganz mit Trez und Selena beschäftigt. Was, wenn er seinen Bruder nur vor der s'Hisbe retten würde können, indem sie auf die andere Seite des Planeten umsiedelten und niemals lange an einem Ort blieben?

Würde sie ein Leben auf der Flucht in Kauf nehmen? Und was, wenn die s'Hisbe sie bei ihnen entdeckte?

Sie wäre binnen Sekunden tot.

Dennoch wollte er sie zur Zerstreuung …

Noch so eine verfahrene Situation.

Genau, was er brauchte.

Rhage spürte seinen Hintern nicht mehr.

Wie lange saß er jetzt schon auf diesem Stein zwischen den Bäumen und blickte in Assails Arbeitszimmer? Stunden. Dabei hatte sich der Typ nur mit Papierkram beschäftigt.

Wenigstens hatte der Drogendealer einen bequemen Stuhl.

Rhage blickte auf die Uhr. Bald würde es dämmern. »Zeit wird knapp, Leute.«

Gerade als er sein Handy zücken wollte, um herauszufinden, wie es V bei der Verfolgung der zwei Cousins des Dealers erging, materialisierte sich der Bruder neben ihm – und der Range Rover, in dem die Zwillinge verschwunden waren, bog auf die Halbinsel und fuhr auf das Haus zu.

»Wo waren sie?«, fragte Rhage.

»In der Stadt. In einem Bootshaus am Fluss. Soweit ich gesehen habe, ist sonst niemand gekommen und hat sich mit ihnen getroffen, aber es könnte sich natürlich einer von ihnen für kurze Zeit hinaus dematerialisiert haben. Ich weiß es einfach nicht.«

Als sich V die Augen rieb, als hätte er Sand darin, erkundigte sich Rhage: »Mein Bruder, wann hast du eigentlich das letzte Mal geschlafen?«

V ließ den Arm fallen und dachte so angestrengt nach, als würde er Pi bis zur tausendsten Dezimalstelle errechnen. »Das war … äh … ich meine …«

Rhage warf einen Blick auf das Garagentor, das sich langsam schloss. »Die kommen heute nicht mehr raus. Lass uns verschwinden.«

»Was hat Assail gemacht?«

»Abgesehen vom Koksen?«

»Er war nicht unterwegs?«

»Nein. Er hat sich mit seinem Papierberg auf dem Schreibtisch beschäftigt und zwei Telefonate geführt, die nicht länger als dreißig Sekunden gedauert haben. Abgesehen davon saß er die ganze Zeit wie festgenagelt auf seinem Bürostuhl.« Er klatschte V auf die Schulter. »Wir schnappen sie uns morgen Nacht.«

V fluchte immer noch vor sich hin, als sie sich auflösten und durch die kalte Nachtluft nach Hause reisten. Im Hof stießen sie auf iAm, der die Fassade anstarrte, als könnte jede Sekunde Godzilla mit seinem Klumpfuß über das Dach steigen und es mit seinem Stachelschwanz wegfegen.

»Hallo iAm«, sagte Rhage. »Alles okay?«

iAm fuhr zusammen. »Scheiße!«

Als der Wind drehte und den Geruch des Schattens zu ihnen trug, lüpfte Rhage die Brauen. iAm hatte einen weiblichen Duft an sich – aber nicht den eines gekauften Parfums.

Sieh an, sieh an.

In all der Zeit, die sie iAm kannten, hatte er nie ein gesteigertes Interesse an Frauen gezeigt. Oder an Männern. Persönlich hatte Rhage den Verdacht, dass er am Phury-Syndrom litt: Wenn ein Bruder so kaputt war, dass der andere sein Leben aufgab, um ihn zu retten.

Leider machte es nicht den Eindruck, als würde sich bei Trez in nächster Zeit etwas bessern. Aber ganz offensichtlich hatte sich iAm etwas gegönnt.

Oder vielmehr jemanden.

Das ist gut, dachte Rhage. iAm war reif für eine Auszeit.

»Und?«, sagte V langgezogen und zündete sich eine selbst gedrehte Zigarette an. »Wie war deine Nacht, Schatten?«

Ganz offensichtlich hatte auch er den Geruch bemerkt.

»Gut«, sagte iAm.

»Mm-hm.« V stieß Rauch aus. »Irgendwas Besonderes gemacht?«

»Nein. Ihr?«

»Nichts«, sagte Rhage, als sie zu dritt auf den Eingang zuschlenderten. »Dasselbe wie immer.«

Tatsächlich war die Nacht mit Assail einfach nur frustrierend gewesen, aber vor allem wartete er die ganze Zeit darauf, von Mary zu hören, wie es der Vampirin ging, die nun bei Havers im Koma lag. Bislang hatte er nichts gehört. Lebte sie noch? War sie tot?

Verdammt, er hatte sie nur einmal getroffen – in der schrecklichen Nacht, als sie diese *Mahmen* und ihre Tochter vor dem Kerl gerettet hatten, der sie misshandelt hatte. Aber die Situation lastete schwer auf Mary – und damit auch auf ihm.

Seine *Shellan* war nun schon seit zwei Nächten nicht zu Hause gewesen.

Sein Zustand wurde langsam kritisch.

Telefonieren war kein Ersatz für Nähe.

Jedenfalls nicht für die Art von Nähe, die er brauchte.

In der Vorhalle hielt Rhage sein Gesicht in die Überwachungskamera. Eine Sekunde später wurde das Schloss entriegelt, und sie betraten die Eingangshalle. Das Letzte Mahl wurde bereits aufgetragen, *Doggen* trugen Tabletts aus der Küche ins Esszimmer, die Hausbewohner versammelten sich im Bogendurchgang, andere kamen soeben die Treppe herunter.

iAm machte den Eindruck, als wollte er ganz schnell fliehen. Sein Blick war auf den roten Läufer geheftet, der die große Freitreppe emporführte – als wäre er in Gedanken schon auf halbem Weg zu seinem Zimmer, nur weg vom emsigen Betrieb.

Auf schnellstem Weg unter die Dusche, vermutlich.

Obwohl er sein Handy gerade erst überprüft hatte und es auf Vibrationsalarm gestellt war, holte Rhage es erneut raus und sah nach Nachrichten.

Lassiter kam aus dem Billardzimmer, das schwarz-blonde Haar zu einem dicken Zopf geflochten, der über seine muskulöse Brust hing. Er hielt eine Kakaotüte in einer Hand, eine Packung Kaubonbons in der anderen, und war mit so viel Gold behängt, dass man sein Gesicht in Karat messen hätte können.

»Schaut jemand *Real Housewifes of New Jersey* mit?«

Im Vorbeigehen drehten sich ein paar Leute um und starrten ihn an.

»Bist du immer noch Gast hier?«, fragte jemand. »Warum eigentlich?«

»Ich rufe ihm ein Taxi«, murmelte ein anderer. »Oder wir katapultieren ihn einfach vom Berg hinunter.«

»Ich habe eine Kartoffelkanone. Das Rohr ist ein bisschen eng, aber wir werden ihn schon reinquetschen.«

»Ha, ich bleibe.« Lassiter lächelte. »Kommt schon, das kostenlose Essen und Fernsehen lass ich mir doch nicht entgehen – Moment.« Seine glitzernden Augen mit der merkwürdigen Farbe richteten sich auf iAm. »Heilige Scheiße«, rief er aus, »du wurdest flachgelegt!«

In der betretenen Stille, die darauf folgte, schlug sich Rhage vor die Stirn. »Engel, du hast original noch weniger Taktgefühl als ich.«

19

»Worum geht es, mein oberster Berater?«

Abalone verbeugte sich, als Wrath ihn ansprach. »Danke, mein König.« Er trat ins Audienzzimmer und zog die Schiebetür zu. »Vielen Dank.«

»Muss ernst sein, wenn du die Tür schließt«, murmelte Wrath.

»Mein König …« Abalone räusperte sich. »Ich möchte Euch dienen. In jeder Hinsicht.«

»Ist klar. Also, was gibt's?«

Nicht zum ersten Mal wünschte sich Abalone, er könnte die Augen des Königs sehen. Aber vielleicht war es auch besser, dass sie hinter der Panoramasonnenbrille versteckt waren. Er zog es vor, seinen Dickdarm unter Kontrolle zu haben.

Ihm war bewusst, dass Phury und Zsadist da waren, auch, dass die Zeit drängte. Es blieben nur noch fünf bis zehn Minuten, bis sie Wrath zurück auf sein Anwesen bringen mussten. Aber sein Anliegen ließ sich nicht aufschieben.

»Mein König, es ist sehr großzügig von Euch, Paradise

hier wohnen zu lassen. Ich weiß es durchaus zu schätzen …«

»Aber du möchtest sie wieder bei dir haben, und es gefällt dir nicht, dass Throe bei dir wohnt.«

Abalone schloss die Augen. »Ja, mein König. Sie ist … die Trennung ist schwieriger, als ich es vorhergesehen habe. Bitte, ich möchte nicht, dass Ihr glaubt, ich würde um ihre Sicherheit fürchten. Hier ist es vermutlich sicherer als …«

»Ich habe dich in eine beschissene Situation gebracht, was?«, unterbrach Wrath. »Es ist nicht fair, dich als Babysitter für ein Arschloch zu missbrauchen, während du dein eigenes Leben einschränken musst. Ich entschuldige mich dafür.«

Abalone blinzelte. Er hatte sich alle möglichen Reaktionen vorstellen können, aber dass Wrath sich entschuldigen würde, darauf wäre er nie gekommen. »Mein König, nicht doch, ich bin es, der Euch enttäuscht …«

»Sollen wir dir helfen, ihn loszuwerden?«

Phury meldete sich zu Wort: »Rhage würde das sicher mit Freuden übernehmen.«

»Mein König, Ihr seid zu …«

Wrath überging ihn und wandte sich an die Kämpfer: »Also, wie machen wir es? Geht ihr zwei gleich mit ihm und schmeißt ihn raus?«

Die Augen von Zsadist verfärbten sich von Gelb zu Schwarz. »Gehen wir …«

»Moment, Moment.« Abalone hob die Hände. »Ich werde mit ihm reden.«

Wrath schüttelte den Kopf. »Aber nicht allein. Du bist zu wertvoll für mich. Sag Paradise, dass sie noch eine Nacht hierbleibt, während wir die Sache bereinigen.«

Und so dematerialisierte sich Abalone zehn Minuten später flankiert von zwei königlichen Leibwachen nach Hause.

Einen Moment lang stand er vor der schweren Tür seines Tudorhauses, sah die erleuchteten Fenster und fragte sich, wo Throe wohl steckte, was er tat … was er herausfand. Die Belegschaft hatte berichtet, dass er die erste Nacht komplett verschlafen hatte, aber das würde sicher kein zweites Mal passieren. Dementsprechend hatte Abalone vor seinem Aufbruch eine Reihe Räume absperren lassen und die *Doggen* angewiesen, die Augen offen zu halten.

Er straffte die Schultern und blickte rechts und links zu den Brüdern, die wie zwei gigantische Buchstützen neben ihm standen.

»Ich würde das Gespräch mit ihm gern selbst übernehmen.«

Phury nickte. »Dies ist dein Haus. Also ist es an dir, ihn rauszuwerfen.«

Abalone sperrte auf und spürte nichts von der üblichen Erleichterung, als er über die Schwelle in sein Haus trat, keine Entspannung, als sein geliebter Butler aus dem Salon auf ihn zueilte, um ihm den Mantel abzunehmen.

»Master«, sagte der *Doggen* mit einer tiefen Verbeugung. »Darf ich Euren Gästen auch ein Letztes Mahl servieren?«

»So lange werden sie nicht bleiben. Wo steckt Throe, wenn ich fragen darf?«

»Er ist auf seinem Zimmer geblieben. Ich habe nachgesehen – die Tür war verschlossen, und er ist nicht einmal zu den Mahlzeiten heruntergekommen. Als ich am frühen Abend bei ihm angeklopft habe, sagte er, er würde ruhen.«

Abalone zögerte nicht. Den Schlüssel in der Hand, stieg er die Treppe hinauf und ging geradeaus weiter, vorbei an einigen Türen bis zum zweitbesten Gästezimmer.

Es hatte unangemessen gewirkt, ihm das beste zu geben, obwohl Throe es natürlich nicht mitbekam.

»Throe«, sagte Abalone scharf. »Auf ein Wort, wenn es recht ist.«

Als keine Antwort kam, klopfte er laut mit den Knöcheln an die Tür …

Sie schwang auf und gab den Blick auf ein schwach beleuchtetes Zimmer frei. Er wollte sich schon hineinbeugen, als eine schwere Hand auf seiner Schulter landete und ihn zurückhielt.

»Gestatte, mein Bruder«, sagte Phury sanft. »Du weißt nicht, was dich erwartet.«

Z hielt eine Pistole auf Schenkelhöhe parat und ging hinein. Dann rumpelten schwere Schritte durch den Raum, bis er rief: »Alles sauber.«

Abalone eilte nach drinnen. Tatsächlich, das Zimmer war verlassen – sogar das Bett war gemacht. Nichts deutete mehr darauf hin, dass jemand hier gewesen war.

Abgesehen von dem Fenster, das einen Spaltbreit offen stand.

Tatsächlich, eines der mit Stahlgeflecht gesicherten Bleiglasfenster war geöffnet worden.

»Er war kein Gefangener hier«, sagte Abalone und schloss das Fenster. »Warum ist er geflohen?«

»Aber vor allem«, wandte Phury ein, »woher wissen wir, dass er auch wirklich weg ist? Es ist ein großes Haus. Hier gibt es viele Verstecke …«

»Vielleicht liefert das die Erklärung.« Z ging zum Schreibtisch und hielt ein verschlossenes Kuvert hoch. »Hier steht dein Name drauf.«

Z gab Abalone den Brief.

Mit zitternden Händen öffnete er das Kuvert und holte ein Blatt heraus, das zweimal gefaltet war. Es war sein eigenes Briefpapier, mit einer Zeichnung seines Hauses als Prägung am Kopf:

Wertester Abalone, Sohn des Abalone,

verzeih, dass ich mich nicht persönlich bei Dir bedanke. Ich bin Dir zutiefst verbunden für Deine großzügige Gastfreundschaft. Da allerdings außer Frage steht, dass Dich meine Anwesenheit in eine heikle Lage versetzt, werde ich mir nun eine andere Bleibe suchen.
Ich würde mich freuen, wenn sich unsere Pfade bald wieder kreuzen, werter Cousin.
Bis dahin danke ich erneut für die Aufnahme in Deinem Heim und verbleibe als

Dein Blutsverwandter,
Throe

»Was schreibt er?«, fragte Phury.

Abalone reichte ihm den Brief, während sich die automatischen Jalousien senkten. »Nichts von Bedeutung. Ich stimme zu. Ich muss das Haus durchsuchen, aber ich fürchte, das dauert zu lang, als dass Ihr sicher zu Eurem Anwesen zurückkehren könntet.«

»Dann bleiben wir«, sagte Phury und überflog den Brief. »Solange wir nicht wissen, ob du und die Hausbelegschaft in Sicherheit seid, gehen wir nirgendwohin.«

Abalone atmete auf. »Ihr seid ein Segen.«

Z lachte verkniffen. »Denkst du, wir wollen Wrath melden, dass dir die Kehle aufgeschlitzt wurde, weil wir unsere Arbeit nicht ordentlich gemacht haben? Darauf hätte ich wenig Lust.«

Phury gab den Brief zurück und legte Abalone noch einmal die Hand auf die Schulter. »Lass uns die schmutzige Arbeit erledigen – das ist sicherer für alle. Wo befindet sich dein Schlafzimmer?«

»Den Flur hinunter.«

»Dann begleiten wir dich dorthin und bringen auch deine Belegschaft in Sicherheit. Danach durchkämmen wir das Haus, bis wir mit Bestimmtheit sagen können, dass er nichts zurückgelassen hat.«

Abalone merkte, dass er nickte. »Danke, Sires. Vielen, vielen Dank.«

»Welch übermäßige Freude, dich bei mir begrüßen zu dürfen. Entschuldige, dass du warten musstest.«

Throe lächelte die Vampirin an und deutete auf das bequeme Sofa, auf dem er saß, seit er auf ihrem Anwesen eingetroffen war. »Keine Umstände. Ich hatte es warm und trocken. Du hast dich schon jetzt als perfekte Gastgeberin erwiesen.«

Die adelige Vampirin lächelte, und ihre Zähne blitzten mit den Diamanten an ihrem Hals um die Wette. An ihren Armen. An ihren Fingern und Ohrläppchen.

Mit all ihrem Schmuck wirkte sie hier, in der Tür des bescheidenen Bediensteten-Cottage, wie ein Model, das ins falsche Shooting geraten war.

»Meinem *Hellren* geht es nicht gut«, sagte sie traurig. »Ich musste mich um ihn kümmern.«

Angesichts ihrer Aufmachung – hautenges Cocktailkleid mit Leopardenprintmuster – fragte man sich unwillkürlich, welcher Behandlung ihr ältlicher *Hellren* bedurfte.

Es war nicht die Sorte Kleid, in der sich eine fürsorgliche *Shellan* um einen bettlägerigen Gentleman kümmerte.

Wahrscheinlicher schien es Throe, dass sie sich für ihn herausgeputzt hatte.

»Ja, ich entsinne mich, dass er gebrechlich war«, sagte er geflissentlich. »Es tut mir so leid.«

»Es schmerzt.«

»Wie könnte es anders sein.«

»Bald werde ich Witwe sein.«

Er nickte mitfühlend und ließ dabei ostentativ den Blick an ihr herabwandern, von ihrem glatten schwarzen Haar hinunter bis zu ihren zarten Füßen.

Auch ihre letzte Zusammenkunft hatte in diesem Cottage stattgefunden, doch damals hatten sie weitaus weniger angehabt – genau wie die anderen Soldaten, die mit von der Partie gewesen waren. Sie hatte sich vor dem Kamin gerekelt, und Throe und die anderen hatten sie umschwärmt, sich von ihr genährt, sie gevögelt. Das lag einen Monat zurück und war nur das letzte in einer Reihe von regelmäßigen Treffen im vergangenen Jahr gewesen.

»Heute kommst du allein?«, fragte sie mit rauchiger Stimme.

»Ja, und ich muss dir mitteilen, dass wir seit Neuestem getrennter Wege gehen, Xcor und ich. Ich gebe das Kämpfen auf.«

»Ach, tatsächlich?«, schnurrte sie. »Aber wo willst du wohnen?«

»Im Moment habe ich keine feste Bleibe.«

»Wirklich?«

»So ist es.«

Sie kam auf ihn zu und blieb dicht vor ihm stehen. »Es wird bald dämmern.«

Er betrachtete sie erneut von oben bis unten. »Du hast recht. Ich sollte gehen.«

»So früh schon«, schmollte sie.

»Es ist sicherer.« Gemächlich fuhr er mit den Fingerspitzen an ihrer Hüfte nach oben, über ihren Bauch … und hinunter zu dem Punkt, wo ihre Schenkel zusammenliefen. Er drückte die Finger in das Kleid und streichelte ihren Schlitz durch den Stoff. »Tja, leider muss ich mich wohl verabschieden …«

»Vielleicht könnten wir eine Vereinbarung treffen«, schlug sie vor.

»Ach ja?«, sagte er.

»Mein *Hellren* ist ein gutes Stück älter als ich. Natürlich ist er meine einzig wahre Liebe.«

»Selbstverständlich.«

»Doch in seinem fortgeschrittenen Alter kann er einige meiner Bedürfnisse nicht mehr ausreichend befriedigen.«

»Ich denke, du bist vertraut mit meinen Talenten auf diesem Gebiet.«

Die Vampirin lächelte auf animalische Art. »Ja, das bin ich.«

»Wenn du mir Kost und Logis gewährst, erscheint es nur fair, dass ich dich auf die von dir gewünschte Weise entschädige.«

Die Vampirin stellte einen Stiletto auf die Armlehne des Sofas und hob ihr Kleid an, sodass ihr nacktes Geschlecht zum Vorschein kam. »Vielleicht solltest du erst einmal meine Erinnerung bezüglich deiner Talente auffrischen.«

Throe schnurrte in der Kehle, beugte sich auf sie zu und fuhr mit der Zunge um ihren Schlitz. Sie drückte ihm das Becken entgegen und ließ den Kopf in den Nacken fallen, während er an ihrer Klitoris saugte …

Doch dann stoppte er. Löste sich von ihr. »Ich habe ein Problem.«

»Ja?«, grunzte sie und kippte ihren Kopf wieder vor.

»Ich kann nicht in diesem Cottage wohnen. Nicht, wenn Xcors Bande dir … die Ehre erweist. Aber auf einem Anwesen dieser Größe gibt es doch sicher noch eine andere Unterbringungsmöglichkeit?«

Sie runzelte die Stirn. »Du stammst von den Bluemeres ab, oder täusche ich mich?«

»Das tue ich. Mütterlicherseits.«

»Dann bist du entfernt mit meinem *Hellren* verwandt. Es

wäre nahezu frevelhaft, dir keine Bleibe anzubieten. Natürlich müssen wir dir auch etwas zum Anziehen kaufen, wenn du im Haupthaus wohnst.«

Throe lächelte. Es war perfekt.

Sie und ihr *Hellren* hatten das politische Komplott gegen Wrath unterstützt – es gefiel ihnen bestimmt nicht, dass der König den Rat aufgelöst hatte.

Auf diese Weise hatte er ein Dach über dem Kopf und eine Basis für seine weiteren Pläne.

»Ich wäre euch zutiefst verbunden«, sagte er, umfasste ihre Hüften, zog sie zurück an seinen Mund und murmelte: »Erlaube mir, zu demonstrieren, wie sehr mich dein Großmut erfreut.«

20

»Ich arbeite allein«, sagte die Hure und ging zu ihrem Kleiderhaufen. »Ich habe keinen Zuhälter. Wenn du mich wiedersehen möchtest, weißt du, wo du mich findest.«

Xcor sah der blonden Vampirin dabei zu, wie sie sich in schwindelerregender Geschwindigkeit anzog.

Sie verschwand ohne ein Wort des Abschieds. Ihre Arbeit war erledigt, die zweitausend Dollar hatte sie eingesteckt. Als sich die Tür hinter ihr schloss, wanderte sein Blick zum sterbenden Feuer im Kamin. Er hatte bezahlt, um sie zu vögeln, wie und wo er wollte, und das hatte er dann auch getan. Mehrfach. Außerdem hatte er sich von ihr genährt.

Dafür waren die zweiten Tausend gewesen.

Mit seinem ausgezeichneten Gehör nahm er ihre Schritte im Laub vor dem Cottage wahr, das er für eine andere Vampirin gekauft hatte. Dann drang ihre Stimme durch die dünne Mauer.

»Ich verschwinde jetzt … Ja, hässlich wie die Nacht, aber fickt wie ein Tier …«

Danach hörte er nichts mehr. Sie musste sich dematerialisiert haben.

Er saß nackt auf dem Boden vor dem Kamin, die Knie aufgestellt, die Ellbogen angezogen, die Arme hängend. Der Schweiß auf seiner Haut kühlte ab, seine Fänge waren noch ausgefahren vom Nähren, sein Geschlecht schlaff und gerötet nach der groben Behandlung.

Der Geruch von ihren Aktivitäten hing im Raum, jeder Atemzug erinnerte ihn daran, was er getan hatte.

Und mit wem.

Er ließ den Kopf nach vorne fallen, rubbelte über sein zu langes Haar und dachte benommen, dass er es mal wieder schneiden lassen sollte.

Bilder standen ihm vor Augen, wie er diese Vampirin auf alle viere gestellt und sie wie ein Hund bestiegen hatte. Wie seine Eier gegen ihr Geschlecht geklatscht waren, als er sie von hinten nahm und so oft kam, bis es nur so aus ihr heraustroff.

Er hatte versucht, es so dreckig wie möglich zu gestalten. Er hatte sie sogar geküsst. Überall.

Die Idee dahinter war gewesen, sich zu besudeln. Seinen Körper zu verändern. Seinen Geist umzubilden.

Alles fortzuwischen.

Stattdessen saß er nun allein auf dem harten Boden und musste erkennen, dass er das Gegenteil erreicht hatte. Sein einziger Gedanke war Layla. Ihr bezauberndes, schüchternes Gesicht, die hellgrünen Augen, so klug und freundlich, dieser Körper, von dem er nur Andeutungen kannte. Die Stunden mit der Hure hatten ihn stumpfer gemacht, sodass ihr Licht im Kontrast nur noch heller schien.

Seine Strategie hatte sich als Fehlgriff erwiesen.

Er musste sich eine neue zurechtlegen. Oder es noch einmal versuchen – ja, er würde es mit einer anderen Hure probieren, oder derselben, oder mehreren auf einmal. Geld war knapp, aber Balthazar und Zypher waren so verführerisch, sicher konnten sie etwas für ihn aushandeln.

Außerdem konnte man sich mit Alkohol behelfen.

Oder mit Kämpfen, einer hervorragenden Methode, um überschüssige Energien loszuwerden.

Was er nicht tun würde, war, dem schier unerträglichen Drang nachzugeben, Layla anzurufen und ihre Stimme zu hören, sie zu bitten, sich mit ihm zu treffen, obwohl er in seiner Nachricht das Gegenteil geschrieben hatte.

Es würde ihn nur aufs Neue umbringen.

Der Bloodletter hatte ihm beigebracht, dass Stärke auch darin bestand, Schwäche zu eliminieren. Je öfter er sich mit der Auserwählten getroffen hatte, desto mehr hatte er die Kontrolle über seine Gefühle verloren: Er ließ sich ablenken, er traf Entscheidungen, die sich nicht mit seiner Kriegernatur vereinbaren ließen.

Irgendwie war sie ihm auf die Schliche gekommen und hatte ihn damit konfrontiert.

Dass sie wusste, was er ihretwegen geopfert hatte, war ein Weckruf gewesen, und nur ein Schwachkopf ließ sich dadurch nicht beirren. Er musste seinen Kurs korrigieren, sie durfte nicht sein Ziel sein. Er musste dieser unhaltbaren Situation ein Ende setzen und schleunigst zu der Klarheit zurückfinden, die er einst besessen hatte.

Denn was hätten sie für eine Zukunft? Weitere heimliche Treffen in diesem Cottage? So lang, bis ihr eines Nachts ein Bruder folgte, weil sie einen Fehler machte oder unbemerkt Verdacht auf sich zog? Er brauchte einen sicheren Unterschlupf für sich und seine Bande, wo sie tagsüber ausruhen und Kräfte sammeln konnten. Das durfte er nicht in Gefahr bringen.

Was hatte er sich nur dabei gedacht, als er sie hierhergebracht hatte?

Er und seine Männer hatten nicht genug Geld, um so bald schon wieder umzuziehen, denn die Raten für das Haus belasteten ihre knappe Kasse, jetzt, wo Throe nicht mehr bei ihnen war.

Wenigstens spürte Xcor, dass er ihr trauen konnte. Sie hatte neun Monate Zeit gehabt, ihren Treffpunkt unter dem Ahorn zu verraten. Außerdem wusste er noch immer, wo das Anwesen der Bruderschaft lag. Sie hatten sich gegenseitig in der Hand – wenn sie den Standort dieses Cottages preisgab, würde er einen großangelegten Angriff auf das Anwesen der Bruderschaft starten. Sicher war ihr das bewusst.

Und wenn die Gerüchte stimmten, schlief dort der erstgeborene Sohn des Königs in seinem kleinen Bettchen.

Nein, sie würde ihn nicht verraten …

Bing!

Er riss den Kopf herum. Sein Handy steckte in der Tasche seiner Hose, die neben der Tür auf dem Boden lag.

Mit einem Satz stürzte er sich darauf und wühlte sich durch den Stoff, um es zu befreien.

Sie hatte nicht auf seine Abschiedsnachricht geantwortet, die er aufgenommen und in einen Text konvertiert hatte. Jetzt gab er ein vierstelliges Muster auf dem Touchpad ein und rief seine Nachrichten auf. Da er weder lesen noch schreiben konnte, musste er eine Text-to-Speech-App benutzen, um mit seinen Soldaten und Layla zu kommunizieren.

Dennoch konnte er erkennen, dass die Nachricht nicht von ihr kam.

Er legte das Handy beiseite, ohne die Nachricht abzuhören.

Er durfte nicht zulassen, dass es so weiterging. Er hatte in seinem Leben schon weitaus Schlimmeres erlebt, als eine Frau zu verlassen, die ihm ohnehin nie gehört hatte:

Seine eigene Mutter hatte ihn verstoßen, weil sie den Anblick seiner Hasenscharte nicht ertrug. Im Kriegerlager des Bloodletter hatte er unaussprechliche Misshandlungen und Demütigungen erduldet, um danach jahrhundertelang ein sittenloses Leben im Krieg zu führen. Sein grenzenloser Hass auf die Welt definierte ihn, trieb ihn an.

Da würde er nun nicht an Layla zerbrechen.

Er zwang seine Beine, ihn ins Bad zu tragen, und drehte die Dusche auf. Das Blut der Hure verlieh ihm eine Kraft, wie er sie nicht gefühlt hatte, seit …

Nein, er konnte nicht schon wieder an Layla denken.

Er musste sie aus seinen Gedanken verbannen. Seine Gefühle ausschalten.

Als wäre sie gestorben, dachte er. Denn kaum ein Gebiet war ihm so vertraut. Damit kannte er sich aus.

Er stieg unter das kalte Wasser, nahm die Seife und begann, sich einzuschäumen – doch dann hielt er inne.

Nein, er durfte den Gestank nicht abwaschen.

Die Dusche diente allein dem Zweck, die Trägheit abzuschütteln, die sich nach dem Nähren einstellte. Danach würde er sich mit einer Ansprache an seine Soldaten wenden.

Es war an der Zeit, sich mit neuen Kräften auf den Krieg zu konzentrieren.

Und den natürlichen Kurs seines Lebens wieder aufzunehmen.

21

Trez tauchte aus dem Tal der Schmerzen auf und fühlte sich federleicht und high. Das war vielleicht der einzige Vorzug einer Migräne: Wenn der rasende Schmerz und die Übelkeit nachließen, war man einfach so verdammt froh, dass die unsichtbare Axt nicht mehr im Schädel steckte, dass man die ganze Welt umarmen wollte.

Er schlug die Augen auf, blinzelte ein paarmal und betrachtete die offene Tür zum Bad. Wo war …

»Bist du wach?«

Er drehte den Kopf zu Selena und richtete den Oberkörper auf. »Hallo.«

Sie saß auf der Chaiselongue und las auf einem Lesegerät, das ihr Gesicht in einen sanften Schein tauchte.

»Wie fühlst du dich?« Sie legte den E-Reader zur Seite und kam zu ihm.

»Besser.« Ein wenig. Denn jetzt machte er sich wieder Sorgen um sie. »Wie geht es dir?«

War etwas vorgefallen, während er hier gelegen hatte? Wie lang war er …

»Nein, es ist nichts passiert. Du warst acht Stunden weg.«

Oh, er hatte wohl laut gedacht.

Er nahm ihre Hand und erforschte unauffällig, wie fest ihr Griff war und wie gelenk sie sich zu ihm aufs Bett setzte.

»Gibt es einen Grund, warum du mich nicht ansehen willst?«, fragte er.

»Hast du Hunger?«

»Nein, und erst recht nicht, wenn du meiner Frage ausweichst.«

Er war sehr direkt, aber Höflichkeiten und Drumherumgerede waren noch nie seine Stärke gewesen.

»Ich, äh, war bei Doc Jane.«

Er erstarrte. »Warum?«

»Ich wollte mich nur untersuchen lassen.«

»Und?«

»Sie hat einige Tests durchgeführt und …«

An diesem Punkt setzte sein Gehör aus. »Entschuldige, sag das noch einmal.«

Vielleicht konnten die Worte beim wiederholten Mal das Schrillen der Alarmglocken in seinem Kopf durchdringen.

»… wenn wir so weit sind.«

Trez richtete sich ganz auf. Rieb sich das Gesicht. Sah sie an – während sie zu Boden blickte. »Du meinst, um in die Klinik zu gehen?«

»Und uns mit ihnen zu treffen. Manny ist auch dabei.«

»Okay, ja.« Er schielte zum Bad. »Ich muss kurz duschen.«

»Es besteht keine Eile.«

Nun ja, das sah er anders. Er stieg aus dem Bett, tappte ins Bad und drehte die Dusche auf. Dann erleichterte er sich auf der Toilette und stellte sich unter den Strahl.

Hastig seifte er sich ein und shampoonierte sich, auf eine Rasur verzichtete er.

Raus, abtrocknen, Handtuch um die Hüfte und zurück ins Schlafzimmer.

Sie saß noch immer am selben Fleck.

Als er an ihr vorbei zum begehbaren Schrank eilen wollte, ließ sie die Hand vorschnellen und packte ihn beim Arm.

Als sie endlich zu ihm aufblickte, war ihr Ausdruck gefasst, doch ihr Blick war so durchdringend, dass er ihm fast ein Loch in den Hinterkopf brannte. Aus irgendeinem Grund machte ihm diese Kombination Angst.

»Ich muss erst noch mit dir reden«, sagte sie.

Trez schloss kurz die Augen und sank vor ihr auf die Knie. *Nein,* dachte er, *ich will es nicht hören. Was es auch ist, ich will es nicht …*

Ihre Hände, diese wunderschönen Hände berührten sein Gesicht und fuhren über seine Brauen, seine Wangen, sein Kinn. Als ihr Daumen über seine Unterlippe streifte, küsste er ihn.

»Luchas ist heute rasend geworden.«

Trez runzelte die Stirn und schüttelte den Kopf. »Entschuldige, was?«

»Unten in der Klinik. Er ist … einfach durchgedreht. Sie haben ihm die Hälfte seines Beins abgenommen, weil er sonst gestorben wäre – ich glaube, er überlebt. Aber er ist nicht glücklich darüber.«

»Oh, okay. Ja.«

Obwohl es herzlos war, dachte er nichts weiter als: *Na und?*

»Er wollte sterben. Er war so wütend, dass sie das nicht zugelassen haben.«

Was hat das mit uns zu tun?, schrie es in seinem Kopf. *Wen kümmert es …*

»Ich will nicht gehen«, sagte sie. »Ich will dich nicht verlassen. Ich weiß auch gar nicht, wie ich … ich meine, ich kann es mir einfach nicht vorstellen.«

Trez schluckte. Seine Kehle war eng, als säße sie in einer Schraubzwinge.

Bevor er etwas erwidern konnte, sagte sie: »Ich hab solche Angst.«

»Meine Königin …«

»Um dich.« Trez stutzte. Das kam überraschend. Sie umfasste sein Gesicht. »Luchas war so wütend, so voller Hass auf die Welt und all ihre Bewohner … ich habe Angst, dass du so wirst, wenn ich nicht mehr da bin.«

Er zwang sich, ruhig zu bleiben. »Hör zu, ich …«

»Mach mir nichts vor. Auch nicht dir selbst. Was du auch sagst, sei ehrlich.«

Er verstummte.

»Dass du so wütend sein könntest, ist für mich schlimmer als die Ungewissheit, was aus meinem Körper oder meiner Seele wird. Ob ewiges Leben oder großes Nichts, meine größte Sorge gilt dir.« Ihr Blick bohrte sich in ihn. »Bitte versprich mir, bei allem, was dir heilig ist, dass du dich nicht hängen lässt. Dass du bei iAm und den Brüdern bleibst und ihre Hilfe annimmst. Dass du dich nicht von der Trauer auffressen lässt. Ich … ich kann dir dann nicht helfen, deshalb musst du ihre Hilfe annehmen.«

»Selena, erstens gehst du nirgendwohin …«

»Meine Hände fühlen sich wieder steif an. Meine Füße und Knöchel auch. Ich glaube nicht, dass uns viel Zeit bleibt, Trez.«

Als sich zwischen Trez' Augen eine Falte bilden wollte, strich Selena sie glatt. Sie hatte ihre Ansprache stundenlang in Gedanken geprobt und nach den richtigen Worten gesucht, damit er ihre Bitte nicht ausschlagen konnte.

Es war wichtig. Sie musste ihm diese Dinge sagen, und er musste sie hören.

»Was mir bevorsteht, wird mir so viel schwerer fallen, wenn ich mich um dich sorgen muss.«

Sie spürte den Widerstreit der Gefühle in ihm, und sie war nicht überrascht, als seine schwarzen Augen plötzlich grün aufflammten. Sie wünschte wirklich, sie hätte es ihm ersparen können, aber das ging nicht.

»Du musst es mir schwören«, sagte sie, »hier und jetzt. Versprich mir, dass du dich nicht von der Welt abkehrst, dass du …«

Trez sprang auf und lief umher, die Hände auf den Hüften, den Kopf gesenkt, als könnte er sich nur mit Mühe unter Kontrolle halten.

»Trez, ich möchte, dass du weiterlebst, wenn ich nicht mehr bin.« Als er anfing, den Kopf zu schütteln, unterbrach sie ihn: »Denn nur so wird es annähernd erträglich für mich.«

Er warf die Hände in die Höhe. »Okay, in Ordnung. Ich lebe weiter. Kann ich mich jetzt anziehen, damit wir in die Klinik …«

»Trez. Lüg mich nicht an.«

Er wirbelte zu ihr herum. Er war wie unter Strom, voll Spannung, und die Muskeln in seinen Oberschenkeln und Schultern zuckten unter der glatten, dunklen Haut. »Was willst du von mir hören?«

»Dass du dir helfen lässt. Denn du wirst Hilfe brauchen. Ich würde Hilfe brauchen, wenn ich …«

»Okay, mach ich, geht in Ordnung. Ich geh zu Mary – ich hänge mir ein verdammtes Schild um den Hals, auf dem ›Trauerarbeit‹ steht. Verdammt noch mal. Zufrieden? Können wir das Thema jetzt beenden?«

Erschöpft schloss Selena die Augen. »Trez …«

»Du sagst, du kannst dir nicht vorstellen, mich zu verlassen, ja? Gut, ich kann nicht einmal daran denken. Ich denke nicht darüber nach, wie es ohne dich sein könnte – ich *weigere* mich«, er stieß sich mit dem Zeigefinger gegen den Kopf, »es mir auszumalen. Ich weiß also nicht, wie ich mich verdammt noch mal fühlen werde, und ich kann ganz bestimmt keinen Schwur für einen hypothetischen Fall ablegen.«

»Du solltest aber besser anfangen, darüber nachzudenken«, sagte sie barsch. »Bereite dich darauf vor. Ich sage dir: Es geht auf das Ende zu.«

Er sackte in sich zusammen. »Sag das nicht.«

»Und ich möchte, dass du dir eine neue Frau suchst, irgendwann in ferner Zukunft. Ich möchte, dass du …« Ihre Stimme brach. Der Schmerz war so groß, sie hätte schwören können, dass er einen Blutfleck auf ihrem Shirt hinterließ. »Ich will nicht, dass du die nächsten neunhundert Jahre allein im Bett liegst.«

Als sie verstummte, taumelte er zurück und sank auf die Chaiselongue.

»Ich dachte, du liebst mich«, sagte er mit einer völlig fremden Stimme.

»Das tue ich. Von ganzem …«

Er rieb sich die Brust. »Ich verstehe dich nicht. Warum möchtest du, dass ich mir eine andere Frau suche …«

»Trez, hör mir zu.« Doch sie konnte ihn nicht mehr erreichen. Er hatte sich verschlossen. »Trez, ich liebe dich, darum geht es ja gerade …«

»Aber warum soll ich mir dann eine Neue suchen?« Er sah sie an, vollkommen niedergeschmettert. »Warum solltest du so etwas wollen? Jemals? Es widerspricht allem, was ich für dich empfinde. Was ich glaubte, du würdest es für mich empfinden.«

»Trez …«

»Ich habe mich an dich gebunden. Das weißt du. Wie

kannst du einem gebundenen Schatten einreden wollen, er solle mit einer anderen schlafen?«

»Das ist nicht der Punkt.«

Mist, das Gespräch verlief ganz anders als geplant. Er sollte ihr sein Versprechen geben – und sich ihre Erlaubnis zu Herzen nehmen, damit er sich nicht schuldig fühlte, wenn er in einer Million Jahren, sobald er den Kummer überwunden hatte, mit jemand anderem glücklich wurde.

Es war richtig von ihr, das zu tun.

»Du solltest besser gehen«, sagte er tonlos.

»Was?«

Er wischte sich die Augen. »Geh einfach. Verschwinde.« Er deutete mit dem Kinn zur Tür. »Ich war bereit, absolut alles mit dir durchzustehen, aber nicht auf dieser Grundlage. Wenn du meine Liebe nicht willst, fein. Ich verstehe schon. Du hast aufreibende Nächte hinter dir, da erscheint alles bedeutungsvoller, als es ist. Aber du kannst nicht mehr bei mir bleiben.«

Sie schüttelte den Kopf, als könnte sie seinen Worten dadurch einen Sinn verleihen. »Was redest du da?«

»Ich nehme es dir nicht übel. Doc Jane hat dir gesagt, dass ich dir das Leben gerettet habe, also warst du mir sicher dankbar – so etwas lässt sich leicht mit Liebe verwechseln. Ich verstehe …«

»Moment, was … ich kann dir nicht folgen.«

»Ich ertrage es nicht, in deiner Nähe zu sein. Du sagst, ich soll mich nicht von der Trauer auffressen lassen? Gut, dann hilf mir dabei und geh.«

Panik erfasste sie, und ihr Nacken verspannte sich. »Trez, du hörst nicht zu, was ich sage. Du fasst es vollkommen falsch auf. Ich liebe dich …«

»Sag das nicht«, blaffte er. »Sag das bloß nicht mehr zu mir …«

»Ich sage, was ich will«, blaffte sie zurück. »Das Problem ist, was du heraushörst.«

»Ach ja? Ich höre bestens, mein Täubchen. Gerade hat mir die Frau, die ich mehr als alles liebe und verehre, gesagt, dass ich losziehen soll und jemand anderen ficken. Vielleicht solltest du den Spruch vor deinem Tod an einen Verlag für Grußkarten schicken, es wäre der perfekte Valentinsgruß. Wirklich romantisch.«

Jetzt sprang auch sie auf die Füße. »Es ist nicht so, dass ich das will. Glaubst du, ich wünsche mir das?« Ihre Stimme überschlug sich, aber sie konnte es nicht ändern. »Glaubst du, es macht mir *Spaß,* diese Dinge zu sagen oder mir diese Gedanken zu machen? Mir bleiben nur wenige Nächte, und gerade habe ich eine darauf verschwendet, auf dieser verdammten Bank zu sitzen und auf ein bescheuertes Buch zu starren, das ich nicht gelesen habe, um mir vorzustellen, wie du dich im Bad erhängst, wenn ich tot bin! Oder betrunken gegen einen Baum fährst! Oder wahllos herumvögelst, aber diesmal nicht zehn, sondern hundert Jahre lang!«

Sie kreiste mit dem Finger neben ihrer Schläfe. »Ich würde mir diese Gedanken auch gerne ersparen. Glaubst du, es macht mir Spaß, dir das zu sagen? Gütige Jungfrau, Trez, ich liebe dich! Ich will nicht, dass du eine andere Frau anschaust. *Nie!* Ich will, dass du in der Ecke sitzt und um mich trauerst, bis du stirbst – ich will nicht, dass für dich die Sonne oder der Mond scheint oder dir je wieder etwas schmeckt oder du gut schläfst! Ich will dich für den Rest deines Lebens verfolgen, bis du nichts anderes mehr siehst als meinen Geist, egal, wohin du gehst und mit wem du redest – weil du mich dann nicht vergisst!«

Er hob beschwichtigend die Hände. »Selena, ich …«

»Willst du wissen, was der Tod ist? Ich sage dir, was der Tod ist – der Tod ist, wenn dich die Lebenden vergessen!

Wenn sie vergessen, wie du riechst und wie du aussiehst, wie deine Stimme klingt, wie du lachst! Selbst wenn es ein Leben nach dem Tod gibt, bedeutet mein Tod, dass du ohne mich weiterlebst, bis du dich nicht mehr erinnerst, welche Farbe meine Augen hatten oder wie lang mein Haar war …«

Tatsächlich war sie es, die sich nun in einen zweiten Luchas verwandelte.

Auf einmal war sie wie blind und verlor die Beherrschung. Sie griff nach der erstbesten Lampe, riss sie vom Nachttisch und schleuderte sie quer durch den Raum auf ein Fenster. Der Seidenschirm segelte durch die Luft und traf den Lüster an der Decke.

Alles zersplitterte. Ein Regen aus Glasscherben prasselte schimmernd auf sie nieder, sodass Trez den Arm vor die Augen reißen musste.

Selena brach in Tränen aus. »Ich will nicht, dass du ohne mich weiterlebst.«

Als es ihr das Herz zerriss, sprang er auf und wollte sie umarmen, doch sie wehrte sich und schlug mit den Fäusten auf ihn ein.

»Du wirst eine andere finden«, heulte sie. »Du wirst dich wieder verlieben, und sie wird dir Kinder schenken und dich im Arm halten, wenn du schlecht träumst, und dich bekochen.« Ihre Tränen flossen so ungehemmt, dass sie nicht mehr atmen konnte. »Und sie wird besser sein als ich, weil sie …«, Selena sank kraftlos gegen seine Brust, »… weil sie das Glück hat, am Leben zu sein.«

Trez drückte sie an sein Herz und streichelte ihren Rücken.

Das war es also. Die Wahrheit war raus. All das, was sie verbergen und beschönigen wollte, um eine Frau von Wert zu sein und keine jämmerliche, scheußliche Klette.

Doch er war geblieben. Er drückte sie an sich und stand

ihr bei mit Leib und Seele, fest entschlossen, sie zu lieben, komme, was da wolle.

Irgendwann bemerkte sie das Schlagen seines Herzens.

Bumm. Bumm. Bumm.

So gleichmäßig und stark.

Sie holte bebend Luft und lehnte sich zurück. Als er mit den Daumen ihre Augen wischte, sagte sie heiser: »Na, das lief ja blendend, oder?«

22

Trez lachte über Selenas Kommentar. Sie lächelte.

Sie waren beide völlig aufgelöst. Selenas Gesicht war verweint und tiefrot vom Schreien, sein Unterarm blutete, wo ihn ein Splitter erwischt hatte, beide zitterten, während sie so beieinander standen.

»Hast du das eingeübt?«, fragte er und strich ihr das Haar aus der Stirn.

»Oh, ja, natürlich. Stundenlang.«

Er führte sie zum Bett, und sie setzten sich, ehe sie noch auf die Glasscherben traten, die über den Teppich verstreut lagen. »Und wie ist es in deiner Vorstellung abgelaufen?«

Selena nahm die Schachtel Taschentücher, die neben dem Wecker stand, bot ihm ein Taschentuch an und zupfte sich dann selbst eines heraus.

Nachdem sie sich beide geschnäuzt hatten, holte sie noch einmal tief Luft. »Da lief alles bestens. Du warst gerührt von meinem Edelmut. Überwältigt von der Reinheit meiner Liebe. Und als mir die Tränen kamen, war es ergreifend wie in diesem Film *Schlaflos in Seattle* – nicht so.«

Sie deutete auf ihr Gesicht, doch er zog sie an sich und küsste sie. »Für mich bist du schöner denn je.«

Sie verdrehte die Augen. »Komm schon, sei ehrlich. Ich habe dir gerade gesagt, ich möchte, dass du für den Rest deines Lebens enthaltsam bleibst.«

»Und ich bin glücklich darüber.«

»Trez, im Ernst. Das war total mies von mir.«

»Glaubst du, mir ginge es anders?« Er zuckte die Schultern. »Wenn ich sterben müsste, würde ich auch nicht wollen, dass du jemals einen anderen Kerl anschaust – geschweige denn nackt neben ihm liegst.« Er konnte seine Abscheu bei dem Gedanken nicht verbergen. »Scheiße, das ginge gar nicht. Nein.«

»Wirklich?«

»Hundert Prozent. Ehrlich.«

Sie blickte zu Boden, und ein wunderschönes Lächeln breitete sich auf ihrem Gesicht aus.

Es war ein gutes Gefühl, gleich zu empfinden.

Doch dann verblasste ihr Lächeln.

Eine ganze Weile sprach keiner ein Wort, und er glaubte zu wissen, woran sie dachte.

»Das Leben kann sehr lang sein«, sagte sie. Als würde sie sich die Zeit vorstellen, die er noch vor sich hatte – und wie sich die Dinge ändern würden.

»Ja, das kann es.« Ihm kam es vor, als hätten sie drei Leben in den letzten zwei Nächten durchlebt. »Doch meine Erinnerung ist stärker als die Zeit. Was dich betrifft, wird sie der unsterbliche Teil von mir sein.«

»Aber wenn es trotzdem geschieht«, sie räusperte sich, »solltest du jemandem begegnen, möchte ich, dass du weißt … dass ich dir keinen Vorwurf mache. Ich liebe dich zu sehr, um es dir übel zu nehmen.«

»Es wird nicht so weit kommen.«

Selena nahm sich ein frisches Taschentuch, benutzte es aber nicht. Sie faltete es einfach nur in der Mitte. Und dann noch einmal. Und ein drittes Mal.

»Ich möchte nicht, dass du erstarrt auf einem Friedhof stehst, den du dir selbst anlegst«, sagte sie schließlich. »Ich glaube, das wollte ich sagen. Meine große Angst ist, für immer in meinem Körper gefangen zu sein. Eingesperrt. Aber die gleiche Angst gilt dir in deiner Trauer. Sicher, ein Teil von mir wünscht sich, dass du den Kopf einziehst und die Jahre an dir vorüberziehen lässt, aber letztlich will ich das natürlich nicht. Vermutlich will ich dir vermitteln, dass du kein schlechtes Gewissen haben sollst, wenn dich irgendwann mal wieder etwas zum Lachen bringt oder dir etwas schmeckt … wenn dir ein Film gefällt oder du dich über ein Geschenk freust. Ich möchte, dass du weißt, dass ich dich in diesen Momenten liebe. Vielleicht kannst du sie sogar als Geschenk von mir sehen, als einen Gruß von der anderen Seite.« Sie lächelte traurig. »Als meine Art, dich zu küssen.«

Oh verdammt, ihm kamen schon wieder die Tränen.

»Kannst du mir das versprechen, Trez? Dass du dich nicht allem Guten verschließt, wenn ich nicht mehr bin?« Sie strich mit dem Finger über sein Gesicht. »Selbst wenn es von einer neuen Frau an deiner Seite ausgeht? Denn das Einzige, was schlimmer als mein Tod wäre, ist, wenn wir beide fortgehen, obwohl dein großes, starkes Herz weiter in deiner Brust schlägt.«

Er schloss die Augen. »Ich möchte nicht darüber nachdenken.«

»Ich auch nicht.«

Wieder breitete sich Schweigen aus, und wieder machte es ihm zu schaffen, dass es nichts gab, wogegen man ankämpfen konnte, niemanden, den man anschreien konnte, niemanden, auf den man mit einem Dolch einstechen konnte, um das Unglück aufzuhalten.

»Möchtest du jetzt zu Doc Jane?«, fragte er.

»Mir wäre lieber, du würdest erst meine Frage beantworten.«

Trez nahm ihre Hände. »Wenn es dir zu Seelenfrieden verhilft, dann ja, in Ordnung. Ich verspreche, dass …« Okay, er konnte es nicht aussprechen. »… ich weitermache.«

Die Erleichterung war in ihrem Gesicht zu sehen, ihren Schultern, ihrer ganzen Haltung. »Danke. Das hilft mir. Du weißt nicht, wie sehr mir das gerade hilft.«

Er küsste sie zärtlich, dann stand er auf und ging an den Schrank. Mechanisch zog er sich an, ohne zu registrieren, was es war. Doch er bedeckte die delikaten Teile und verwendete sogar Deo. Als er fertig war, fühlte sich sein Magen an, als hätte man ihn ausgebaggert.

»Bereit für die Klinik?«

Sie sah sich im Zimmer um, als würde sie nach etwas suchen. Oder vielleicht wollte sie auch nur das Unausweichliche ein bisschen hinausschieben.

»Es tut mir so leid um das Fenster«, brach es aus ihr hervor.

»Schon in Ordnung. Die Jalousie ist noch da, das wird Wind und Kälte abhalten.«

»Und um die Lampe.«

»Als wäre die mir nicht egal.«

Sie nickte und stand auf. Sie trug eine schwarze enge Jeans und eine weite weiße Bluse – er war verblüfft, wie gut sie in normaler Kleidung aussah, ohne die formelle Robe der Auserwählten. Auch ihre Ausdrucksweise wurde immer lockerer und umgangssprachlicher.

Verdammt, dachte er … er hätte wirklich gerne Kinder mit ihr gehabt.

Der Weg zur Klinik schien endlos, und Selena wusste nicht, ob das nun gut oder schlecht war. Einerseits wollte sie endlich wissen, woran sie war, damit sie sich darauf einstellen konnte. Andererseits war sie zufrieden damit, noch ein wenig länger in Unwissenheit zu leben.

Trez hielt die ganze Zeit über ihre Hand und ließ auch nicht los, als er Zahlenkombinationen eingab oder sie sich hintereinander durch den Büroschrank schoben. Als sie durch den Flur auf das Untersuchungszimmer zugingen, dachte sie an all die anderen Türen, die sie wählen hätte können, statt der einen, auf die sie zugingen.

Vor dem Untersuchungszimmer sah sie zu ihm auf. »Ich könnte es nicht ohne dich.«

Zusammen traten sie ein. Augenblicklich fiel Selena das Atmen schwer, der chemische Geruch und all die funkelnden Instrumente machten ihr erneut zu schaffen. Und ihre Kehle schnürte sich noch mehr zu, als Doc Jane und Manny sich vor dem Computerbildschirm aufrichteten und synchron das gleiche professionelle Lächeln aufsetzten.

»Es sieht nicht gut aus, oder?«, meinte sie. Als die Ärzte zu Beschwichtigungen anhoben, fiel sie ihnen ins Wort. »Bitte. Habt Respekt für mich und meine begrenzte Zeit, und haltet Euch nicht mit Beschönigungen auf. Sagt mir, was die Untersuchungen ergeben haben.«

»Es gibt Veränderungen an den Gelenken.« Doc Jane trat zurück. »Überall, wo wir geröntgt haben.«

Tja, das war ein Schock. Obwohl sie diese Antwort erwartet hatte.

Die beiden Ärzte erklärten ihr abwechselnd, was sie gesehen hatten, und Trez nickte, als würde er ihnen folgen. Doch Selena starrte nur auf den Bildschirm, auf dem zwei Aufnahmen nebeneinander zu sehen waren, eine von kurz nach ihrem letzten Anfall … und die andere, die erst ein paar Stunden alt war. Sie lagen nur zwei Tage auseinander … doch zwischen den Knochen hatte sich ein grauer Nebel gebildet.

»Es sieht aus wie ein Aufflackern der Symptome«, meinte Doc Jane. »Vielleicht hält dein Körper sie in Schach?«

»Wie lange noch?«, fragte Trez.

»Wir wissen es nicht.« Manny fummelte umständlich an der Kontrasteinstellung herum, als würde er nach etwas suchen. »Wir würden vorschlagen, dass wir heute alle sechs Stunden röntgen. Auf diese Weise sehen wir, ob sich die Situation verschlimmert.«

»Hast du momentan Schmerzen?«, fragte Doc Jane.

»Nein.«

»Denn dagegen könnten wir dir etwas geben.«

»Könnten wir versuchen, die Verknöcherung medikamentös aufzuhalten?«, erkundigte sich Trez.

Gütige Jungfrau der Schrift, ihr Kopf war wie ausgeschaltet.

»Wir haben darüber diskutiert.« Manny sah Jane an. »Aber wir kommen nicht weiter.«

»Wir hatten zum Beispiel an Entzündungshemmer gedacht«, erklärte Doc Jane. »Kortison oral einzunehmen wäre problematisch, weil es das Immunsystem beeinträchtigt, das vielleicht daran beteiligt ist, eine erneute Episode zu verhindern.«

»Deine Leukozytenzahl ist sehr hoch«, fiel Manny ein. »Es ist also eindeutig etwas im Gange.«

»Kortison in die Gelenke zu spritzen, wenn auch nur in die größeren, würde das Problem nur teilweise beheben.« Jane fuhr sich durch das kurze Haar. »Eine Möglichkeit wären nicht-steroidale Entzündungshemmer – zum Beispiel hochdosiertes Ibuprofen.«

»Das hat kaum Nebenwirkungen«, meinte nun auch Manny.

»Es lindert den Schmerz bis zu einem gewissen Grad und wirkt entzündungshemmend, ohne sich auf das Immunsystem auszuwirken.«

Selena schloss die Augen und wünschte, sie wäre irgendwo, nur nicht hier. Irgendwer, nur nicht sie selbst.

Wenn sie an all die Leute auf diesem Anwesen dachte, die sich keine Gedanken darüber machen mussten, ob sie zur Abenddämmerung wieder erwachen würden.

Es war nicht so, dass sie es ihnen nicht vergönnte. Ganz und gar nicht.

Sie hätte nur so gerne zu ihnen gehört.

Die Ärzte redeten immer noch, doch in Gedanken war sie längst nicht mehr in der Klinik. Sie war bei ihrem Streit mit Trez, bei dem die Fetzen geflogen waren und der sie letztlich nur noch stärker verbunden hatte.

Trez hatte recht. Die letzten achtundvierzig Stunden waren wie ein ganzes Leben gewesen.

»… meinst du?«, sagte er eben zu ihr.

»Wie bitte?«, murmelte sie.

»Was denkst du? Willst du es mit den Tabletten versuchen?« Als sie schwieg, beugte er sich zu ihr. »Alles in Ordnung? Brauchst du eine Pause?«

»Ich will für dich kochen«, platzte sie heraus. Dann schüttelte sie den Kopf. »Tut mir leid, ja, natürlich, ich nehme die Tabletten, was immer Ihr mir gebt. Aber danach … möchte ich für dich kochen. Nach Sonnenuntergang. In Rehvs Sommerhaus. Nur wir beide.«

Trez lächelte. »Okay, du bist schon dabei, unseren Abend zu planen. Das machen wir, meine Königin.«

Sie holte tief Luft und nickte den Ärzten zu. »Das möchte ich. Und dann will ich meine Bootsfahrt.«

Manny und Doc Jane waren voll Mitgefühl und Wärme. Sie fanden die richtigen Worte, nahmen ihre Hand, berührten ihre Schulter und gaben Selena das Gefühl, keine Maschine zu sein, die sie reparieren wollten, sondern jemand, der ihnen am Herzen lag. Ein paar Minuten später drückten sie ihr eine orange Flasche mit einem weißen Deckel in die Hand und gaben ihr Anweisungen, denen sie nicht folgen konnte.

Wieder nickte sie. Bedankte sich. Dann ging sie zusammen mit Trez.

Sie wartete, bis sich die Tür hinter ihnen geschlossen hatte. »Konntest du dir irgendetwas merken? Zum Beispiel, was ich mit den Tabletten machen soll?« Die Pillen klapperten in der Flasche, als sie auf sie hinabsah. »Oh, sie haben alles draufgeschrieben.«

»Ich habe mir jedes Wort gemerkt«, sagte er und legte ihr den Arm um die Schultern. »Jetzt komm.«

Er führte sie zurück zum Büro. Durch den Schrank. Den langen Weg durch den feucht riechenden Tunnel.

»Kann ich dir etwas anvertrauen?«

Sie sah zu ihm auf. »Natürlich. Ich verspreche, keine Lampen mehr zu werfen – also, nicht dass hier gerade welche wären, aber trotzdem.«

»Du kannst werfen, womit du willst.« Er blieb stehen und wandte sich ihr zu, strich ihr das Haar zurück. »Ich habe noch nie jemand so Tapferen getroffen wie dich.«

Sie lachte auf. »Ich bitte dich, hör auf, der Totgesagten zu schmeicheln, okay?«

»Ich meine es ernst. Und sag das nicht.«

»Du wohnst hier bei der Bruderschaft. Das sind die tapfersten Vertreter der Spezies.«

»Nein«, flüsterte er.

Er sah sie an, und in seinem Gesicht stand … unendliche Bewunderung. Doch sie war völlig unberechtigt. »Trez, ich fürchte mich vor allem.« Sie hob die Pillenflasche. »Ich habe Angst, diese Dinger hier zu schlucken. Ich habe Angst, schlafen zu gehen …«

»Du bist sehr tapfer …«

»Ich habe Angst, für dich zu kochen.« Sie hob den Zeigefinger. »Was du übrigens auch haben solltest. Ich kann nicht mal Toastbrot rösten. Im Toaster. Bei mir wird immer alles schwarz.«

Er schüttelte den Kopf. »Mut bedeutet nicht, keine Angst zu haben.« Er beugte sich herab und küsste sie. »Ich liebe dich so. Ich liebe dich so unendlich.«

Sie umarmte ihn und hielt sich fest – und vielleicht wischte sie auch ein paar Tränen an seinem Hemd ab. »In Ordnung, du hältst mich für tapfer … dafür kenne ich niemanden, der so romantisch ist wie du.«

Jetzt lachte er, und das tiefe Brummen klang wundervoll in ihren Ohren. »Was du nicht sagst.«

Sie drückte sich an ihn und erklärte: »Nichts könnte romantischer sein, als jemanden von ganzem Herzen zu lieben, obwohl er bald gehen muss.«

Er versteifte sich. »Wie könnte man eine Frau wie dich lieben, wenn nicht ganz? Vollkommen. Ohne jede Reue.«

Während sie so in diesem Tunnel standen, auf halbem Weg zwischen Trainingszentrum und Haupthaus, empfand sie es als äußerst passend, dass er sich zu beiden Seiten in die Unendlichkeit zu erstrecken schien. Sie beide hatten nur diesen Punkt in der Mitte im Hier und Jetzt und mussten das Beste daraus machen.

»Ich muss mich nicht durch eine Zeremonie mit dir vereinigen«, sagte sie.

»Nein?«

»Wir leben den Schwur schon jetzt.«

»Du willst dich also nicht mit mir vereinigen?«

»Soll das ein Antrag sein?«, neckte sie ihn.

»Möchtest du, dass ich vor dir niederknie?«

Er ließ sich zu Boden sinken und ergriff ihre Hände. »Selena, möchtest du meine *Shellan* sein? Mein ein und alles? Ich habe keinen Ring, aber wir können einen besorgen – Menschen machen das. Außerdem, ich weiß auch nicht, irgendwie möchte ich dir etwas Teures schenken.«

Ihr erster Impuls war, jeden Wirbel um ihre Person abzulehnen, wie man es ihr antrainiert hatte.

Doch um es in den Worten von Trez zu sagen: Scheiß drauf.

»Ich würde mich freuen. Über alles, die Zeremonie, den Ring, ein Fest, das ganze Programm.« Sie öffnete ihr Herz und nahm die Liebe an, mit der er sie überschüttete. »Alles!«

»So mag ich das«, murmelte er. »Meine Königin.«

Und plötzlich war sie … verlobt.

Als sie sich zu ihm runterbeugte und ihn küsste, staunte sie erneut darüber, wie rasant sich Höhen und Tiefen bei ihnen abwechselten. Aber ihre Situation schien alle Empfindungen zu verstärken und Erfahrungen wie durch eine Lupe zu vergrößern, bis sie jede Vorstellungskraft sprengten.

»Dann also einen Ring, ja?«

Er umfasste ihre Schenkel und fuhr hinten daran auf und ab. »Und vielleicht eine Kleinigkeit, die man nicht im Laden bekommt.«

»Was könnte das wohl sein?«, fragte sie gedehnt.

»Das, na ja, zeige ich dir am besten oben …«

23

»Ja, ich habe euch tagsüber streiten hören.«

iAm blickte in den Badezimmerspiegel. Sein Bruder stand hinter ihm in der Tür zum Schlafzimmer, ganz in Schwarz. Er sah aus wie aus einem Hochglanzmagazin.

Offensichtlich hatte er sich wieder für ein Date mit Selena schick gemacht.

»Klang ernst«, fuhr iAm fort.

»Das war es auch.« Trez kam ins Bad und setzte sich auf den Rand der Wanne. »Aber wir haben uns wieder versöhnt. Ich habe ihr einen Antrag gemacht.«

»Gratulation.«

»Danke.«

iAm sprühte sich Rasierschaum in die hohle Hand und verteilte ihn auf Backen und Kinn. »Wie geht es ihr?«

»Ganz okay.«

iAm wusste, dass sein Bruder log. Man sah es an allem Möglichen, vor allem aber daran, wie er seinem Blick auswich.

»Woran denkst du, Trez?«

Er ließ seine Knöchel krachen, einen nach dem anderen. »Sie will nicht, dass man ihre sterblichen Überreste … aufstellt, so wie die ihrer Schwestern.« Er deutete zur Decke, meinte aber das Heiligtum. »Wenn es also so weit ist, werde ich sie wahrscheinlich …«

Seine tiefe Stimme versagte. iAm vergaß seine Rasur, zurrte das Handtuch fest, das er sich um die Hüfte geschlungen hatte, und setzte sich zu Trez auf den Wannenrand. »Scheiße.«

Trez rieb sich das Gesicht. »Du sagst es. Jedenfalls werde ich vermutlich einen Scheiterhaufen für sie bauen. Wie die *Symphathen.* Auf diese Art kommt sie …« Er räusperte sich. »… kommt sie frei. Sie möchte sich von ihrem Körper lösen, verstehst du.«

iAm schüttelte den Kopf. »Es tut mir so leid, dass du das durchmachen musst.«

»Mir auch. Schätze, ich wurde wirklich unter einem ungünstigen Stern geboren.«

»Was kann ich tun?«

»Nichts. Hör mir einfach nur zu und sei mir nicht böse, wenn ich Blödsinn rede oder angepisst bin. Der Druck ist enorm.«

Sie saßen schweigend nebeneinander – denn manchmal konnte man nicht mehr für den anderen tun, ganz gleich wie sehr man ihn liebte: Es gab Wege, die jeder allein gehen musste. Und das war einfach ätzend.

iAm wollte fragen, wie viel Zeit Selena noch blieb. Aber das war wohl die große Frage, die niemand beantworten konnte.

»Machst du es mit Zeremonie?«, erkundigte sich iAm.

»Ich glaube nicht, dass sie das will. Ich weiß auch gar nicht, wie die Auserwählten ihre Beisetzungen gestalten …«

»Ich meinte die Vereinigung.«

»Ach so. Äh, ja, ich schätze schon.« Trez schlug sich auf die Knie und erhob sich. »Ich muss los. Wir gehen aus. Ich kaufe ihr einen Ring. Ich möchte ihr einen Stern vom Himmel an den Finger stecken. Danach will sie mich in Rehvs Sommerhaus bekochen.«

»Klingt gut.« iAm musterte seinen Bruder. »Hör zu, es geht mich nichts an …«

»Alles geht dich etwas an. Du bist mein Bruder.«

»Weiß Selena von den Forderungen der s'Hisbe? Von dieser … Sache mit der Prinzessin?«

Trez zuckte die Schultern. »Ich habe es ihr gesagt. Vor einer Weile. Aber darüber denke ich im Moment nicht nach.«

Himmel, ihnen blieben nur wenige Nächte, bis die Trauerzeit bei der s'Hisbe vorbei war, und dann …

Aber immer schön der Reihe nach, dachte iAm, ein Albtraum nach dem anderen. Sein Bruder hatte recht.

»Hör zu«, sagte iAm. »Ich bin jederzeit erreichbar. Wenn du etwas brauchst, ruf an.«

»Danke.«

Sie klatschten sich ab, und Trez lächelte matt. »Du siehst aus wie der Weihnachtsmann.«

Damit ging er.

iAm blieb noch eine Weile sitzen. Der unebene Rand der Badewanne und der Marmorsims fühlten sich an, als würde man seinen Hintern mit einem Kantholz versohlen.

Es war traurig und bezeichnend, dass Trez in Gedanken mehr bei der Beerdigungs- als bei der Vereinigungszeremonie war.

Einen Moment lang überlegte iAm, ob er sein eigenes Date mit *Maichen* oder was es auch war ausfallen lassen sollte. Aber er konnte genauso gut in ihrer Gesellschaft neben dem Telefon warten.

Ihrer nackten Gesellschaft.

Er stand auf, ging zu den Waschbecken, nahm den Gillette mit den gefühlten achthundert Klingen zur Hand und kratzte sich den Weihnachtsmannlook runter. Ihm war ganz übel vor schlechtem Gewissen, weil er sich für ein paar Stunden aus dem Staub machen wollte, um sich mit Sex zu vergnügen, während es Trez so dreckig ging.

Er hatte sein ganzes Leben seinem Bruder gewidmet, und jetzt an sich selbst zu denken und etwas für das eigene Wohl zu tun war, als würde man ein Körperglied bewegen, das jahrzehntelang in einem Gips gesteckt hatte: Es fühlte sich merkwürdig an, unsicher, so, als könnte es kein Gewicht tragen.

Aber ihm ging es ein bisschen wie Trez … als hätte er nur wenig Zeit, etwas auszukosten, bevor sich alles änderte, und zwar nicht zum Besseren.

Sein Bruder mochte vielleicht nicht darüber nachdenken, aber die Zeit der Abrechnung mit der s'Hisbe rückte näher, ob er es wahrhaben wollte oder nicht. Ihre Eltern hatten alles verloren, ihre Stellung und sämtliche Güter, die ihnen zugekommen waren, nachdem sie Trez im Grunde an die Königin verkauft hatten. Mit ihnen konnte die s'Hisbe keinen Druck mehr ausüben – denn Trez und iAm hatten auch nicht eingelenkt, als man vor neun Monaten gedroht hatte, sie zu foltern und zu ermorden. Offensichtlich hatte es die s'Hisbe eingesehen, denn es hatte keine weiteren Drohungen gegeben.

Er konnte einfach kein Mitgefühl für die beiden Leute empfinden, die ihnen ein Leben in Gefangenschaft beschert hatten, um einen Platz unter den hochgestellten Ersten am Hof zu ergattern.

Aber eines wusste er sicher. Wenn die Zeit für die rituelle Vereinigung kam, würde die Königin ihre Anstrengungen verstärken. Er und Trez mussten sich auf etwas gefasst machen.

Vielleicht wäre es besser, wenn sich sein Bruder und Selena bei ihrem Date nicht zu weit vom Anwesen entfernten. Oder besser noch: es gar nicht erst verließen.

Scheiße, das würde Trez gar nicht gefallen.

»Hmm.«

Selena wirbelte herum, als sie das Schnurren hörte. Trez hatte sich hinter ihr in der Tür zum begehbaren Schrank materialisiert, die Arme verschränkt, lässig an den Türrahmen gelehnt.

»Oh, hallo«, sagte sie.

»Das sieht *fantastisch* aus, was du da anhast.«

»Ich habe gar nichts an.«

»Ganz genau.«

Er kam auf sie zu, drehte sie herum und zog sie an sich. »Gib's mir.«

Sein Kuss war stürmisch, seine drängenden Hüften heiß, seine Erektion ein Hinweis darauf, dass sie sich verspäten würden.

Sie lachte und drückte sich gegen seine breite Brust. »Haben wir nicht in einer halben Stunde einen Termin beim Juwelier?«

»Na und?«

Als ob sie Nein sagen würde.

Sie schlang die Arme um seinen Hals und entspannte sich … soweit das möglich war. Ihre Glieder schmerzten trotz der Tabletten, die sie zweimal eingenommen hatte. Der Kampf in ihrem Körper erreichte den Punkt, an dem ihr Kopf mit hineingezogen wurde. Die Empfindungen waren jetzt kein Hirngespinst und keine Paranoia mehr, sondern ein handfestes Zerren.

Nur gut, dass ihre Begierde alle anderen Empfindungen hinwegfegte.

Trez hob sie hoch, trug sie zum Bett und legte sie darauf. Dann küsste er sie voller Begierde und strich mit den Händen über ihre Brüste, streichelte die Knospen mit den Daumen und presste immer wieder das Becken gegen sie. Als sie sich unter ihm wand, löste er die Lippen von ihrem Mund und ließ sich langsam an ihr hinabgleiten, pausierte hier und da, um sie zärtlich zu lecken und zu saugen, auf dem Weg zu ihren Schenkeln.

Als er ihr Geschlecht berührte, stieß sie seinen Namen hervor und spreizte die Beine. Sie sog das Gefühl in sich auf, das ihr sein feuchter Mund entlockte. Der Orgasmus war eine wundervolle Serie von Kontraktionen, Lust durchströmte sie und füllte sie von innen her aus.

Und die ganze Zeit über sah er sie an, von seiner Warte zwischen ihren Beinen, während seine Hände ihre Brüste liebkosten.

Sie erwartete eigentlich, dass er aufhörte, damit ihr noch Zeit blieb, sich anzuziehen.

Doch er machte weiter. Er leckte sich zu ihrer Klitoris hinauf und massierte sie mit der Zunge, gab ihr reichlich Gelegenheit, ihm dabei zuzusehen, ließ demonstrativ die Zunge schnalzen, schnell und geschickt …

Sie stieß sich an den Kissen ab und reckte sich der Hitze und dem Kitzel entgegen.

Es ging immer weiter.

Vage registrierte sie, dass er das hier nicht nur tat, um sie zu verwöhnen, sondern um die Erinnerungen in seinem Gedächtnis zu verankern: Er ließ sie keine Sekunde lang aus den Augen und richtete den Blick fest auf ihr Gesicht, ihren Hals, ihre Brüste, ihren Bauch.

»Trez …«, keuchte sie und bäumte sich auf.

Schließlich ließ er von ihr ab und ragte über ihr empor. Im nächsten Moment riss er sich die Kleidung vom Leib. Während sein Hemd zu Boden flatterte und er die Hose achtlos von sich zerrte, lächelte sie.

Sie war mehr als bereit für ihn.

Mit seinen dunklen Händen schob er ihre Knie hoch und bog sie behutsam auseinander. Dann umfasste er seinen Schwanz und brachte ihn mit der Spitze an das Zentrum ihrer Begierde. Er liebkoste sie, glitt an ihr auf und ab, benetzte sich mit ihrem feuchten Glanz, während er den Punkt fixierte, an dem er sie bald vereinen würde.

Schließlich drang er in sie ein, zog sich zurück und machte sich erneut über sie her, mehr durch die Hand geleitet als durch die Hüften. Und jedes Mal, wenn er aus ihr herausglitt, biss er sich auf die Unterlippe, und seine Fänge pressten sich in das Fleisch, das ihr gehuldigt hatte.

Aus irgendeinem Grund musste sie an ihre Ausbildung zur *Ehros* denken. Man hatte sie darauf vorbereitet, ihre Pflicht zu tun, sie war sogar neugierig auf diesen Akt gewesen, doch ihre Erfahrungen mit ihm, die Entscheidung für ihn, die Freude dabei, sich ihm hinzugeben, nicht aus einem Pflichtgefühl heraus, sondern weil sie ihn und nur ihn liebte, übertraf und überstrahlte alles, was sie erwartet hatte.

Bald schon konnte er sich nicht mehr zurückhalten und versenkte sich keuchend bis zum Ansatz in ihr. Jetzt stützte er sich auf den Händen ab und schob sich über sie, und seine Augen wanderten in ihrem Gesicht umher, bis er den Kopf fallen ließ und sie küsste.

Kurz darauf wurden seine Stöße schneller und härter, und sie streckte die Arme aus und streichelte den unteren Teil seines Rückens, seinen Po, seine Hüften.

Als er den Höhepunkt erreichte, verharrte sie in ihrer Stellung und spürte ihn kommen.

Es dauerte ewig, sein stoßweiser Atem, sein Seufzen, der raue Ton, in dem er ihren Namen sagte, als würde es ihm das Herz zerreißen. Und immer weiter drängten seine Hüften, und er zuckte in ihr, bis sie erneut mit ihm gemeinsam kam.

Als er auf ihr zusammensackte, schlang sie die Arme um ihn. Er war so groß, dass sie kaum bis zu seinem Rücken hochreichten, geschweige denn, dass sie die Hände über seinem Rückgrat zusammenführen konnte.

Er keuchte in ihr Haar. An ihrem Hals.

»Ich liebe dich so sehr«, war alles, was er hervorbrachte.

24

Maichen stahl sich in die rituelle Kammer und sah nach ihrer Mutter, bevor sie den Palast erneut verlassen wollte. Die Königin saß noch immer in der Trauerhaltung, doch jetzt in einer roten Robe, die ihr die Bediensteten angelegt hatten.

Die Zeichen standen gut für einen weiteren Ausflug.

Auf Zehenspitzen schlich sie über den Marmorboden auf den Schrank in der Ecke zu, öffnete die Tür und …

»Hast du geglaubt, ich würde dich nicht erkennen«, fragte ihre Mutter in der Sprache der Schatten.

Maichen erstarrte.

»Du hast alle getäuscht, aber nicht mich. Ich erkenne mein eigen Fleisch.«

Maichen schloss die Schranktür und nahm die Pose der Begrüßung ein, indem sie die Arme überkreuzte und die Hände auf die Schultern legte, auf die Knie ging und den Oberkörper neigte.

»Meine Königin.«

»Ich habe dir die Freiheit im Palast gewährt.«

»Danke, meine Königin«, sagte *Maichen* zum Marmorboden.

»Nutz meine Gutmütigkeit nicht aus.«

»Das werde ich nicht, meine Königin.«

»Ich glaube, das hast du bereits.«

»Ich bin Euch treu ergeben. Euch alleine diene ich.«

»Ich kann eine andere Tochter haben, wenn ich will. Du bist ersetzbar wie alles andere in meiner Welt. Ich bin die Sonne, um die sich diese Galaxie dreht, vergiss das niemals. Ein Wink von mir reicht, um dein Schicksal zu ändern.«

Ihre Mutter wandte ihr den Kopf zu, und der rote Stoff verdrehte sich derart, dass es aussah, als wäre sie eine böse Kreatur. Und dann kamen AnsLai, der Hohepriester, und der Meister der Astrologie durch eine versteckte Tür in die Kammer.

Maichen erzitterte unter ihrer Robe. Um sich zu schützen, verschloss sie ihren Geist und wiederholte in Gedanken immer wieder das Wort *Maichen.* Wenn ihre Mutter oder diese zwei Berater ihre Gedanken und jüngeren Erinnerungen erfassten, war nicht nur ihr eigenes, sondern auch das Leben von iAm in Gefahr.

Wie war ihr ihre Mutter auf die Schliche gekommen?

»Ich entschuldige mich und gehe beten, Euer Heiligkeit«, sagte sie wie eine Dienerin.

»Tu das. Und denke bei deiner Andacht über die Vergänglichkeit des Lebens nach.«

Maichen rannte aus der Kammer und entfloh durch die Flure zu ihrer Zelle. Schwer atmend schloss sie sich ein. Ihre Lunge brannte, als sie sich mit zitternden Händen die Haube vom Kopf riss.

Jetzt wurde ihr bewusst, dass sie nur entkommen war, weil ihre Mutter den Anschein von Anstand wahren wollte. Offensichtlich war ihr das wichtiger, als eine Tochter zu bestrafen, die sich unerlaubt entfernt hatte: Es warf kein gutes Licht auf die Königin, wenn sich die Prinzessin als entweiht entpuppte, weil sie mit Gemeinen oder einem von den Ersten verkehrt hatte.

Einen Moment lang erwog *Maichen,* in ihren Zimmern zu bleiben, aber es würde nicht mehr viele Gelegenheiten wie diese geben. Bald endete die Trauerzeit mit einer Zeremonie für die gesamte s'Hisbe, bei der die Ersten und die allgemeine Bevölkerung an dem bislang privaten »Kummer« der Königin teilhatten.

Danach würde es unmöglich sein, das Territorium zu verlassen. Besonders nachdem ihre Mutter von ihren Streifzügen durch den Palast erfahren hatte und ihre Vereinigung kurz bevorstand.

Vermutlich würde es schon schwierig werden, ihre Zimmer zu verlassen.

Sie musste iAm wiedersehen, zumal es das letzte Mal sein konnte.

Sie löschte das Deckenlicht, nahm ihren Schmuck vom Hals und von den Armen und legte ihn aufs Bett. Wie in der letzten Nacht hatte sie den Bediensteten erklärt, dass sie Ruhe brauchte und sie sie bei Bedarf wieder rufen würde.

Also blieb ihr etwas Zeit.

Sie schloss die Augen …

… und löste sich auf, drang in die Lüftungsschächte und nutzte sie als Weg in die Freiheit.

Sie hatte eine vage Vorstellung, wo Caldwell lag. Sie hatte es auf Karten gesehen. Aber sich jetzt in diese Stadt zu begeben und ein spezielles Haus darin zu finden, erschien ihr ein wahnwitziges Unterfangen.

Doch dann lauschte sie auf den Widerhall ihres eigenen Blutes. Er war viel stärker als erwartet, ein deutliches Signal, das sie durch das Labyrinth der Metropole führte, hinweg über den menschengemachten Wald aus gläsernen und stählernen Türmen in einer Landschaft aus Asphalt und Ziegelstein und begrenztem Grün.

Sie folgte dem Signal bis zu einer Terrasse auf einem der größeren Bauten, doch sie nahm nicht gleich Gestalt an. Als Schatten ergoss sie sich auf eine schmale Veranda vor einer gläsernen Wand und spähte hinein.

Es war ein Wohnbereich, und drinnen entdeckte sie iAm. Er sah auf, als hätte er sie sofort bemerkt, trat an die großen Scheiben und schob eine davon zur Seite.

»Du bist gekommen«, sagte er.

Sie verdichtete sich zu ihrer leiblichen Erscheinungsform, und erst jetzt bemerkte sie den kalten Wind, der vom Fluss heraufwehte und in ihre Robe fuhr, sodass sie flatterte. Sie fror bis auf die Knochen.

»Komm rein ins Warme«, forderte er sie auf.

Sie wusste nicht, was sie sagen sollte, als sie über die Schwelle trat. Die Windböen erstarben, als er die Tür hinter ihr zuschob.

»Was ist?«, fragte er.

Wie konnte er ihre Gedanken so gut erraten, obwohl sie den Gitterschleier trug?

Denn fürwahr … sie musste ihm die Wahrheit sagen. Obwohl es alles zwischen ihnen zerstören würde – denn wie sollte es anders sein? Sie hatte ihn verführt, und jetzt war er ihr erster Mann gewesen und nicht sein Bruder. Außerdem war sie die Frau, die er schon so lange hasste, das hatte er selbst gesagt, denn sie war die Ursache für das zerrüttete Leben seines Bruders.

»Maichen?«

Sie sah ihn lange an und suchte nach Worten. Wo sollte sie anfangen? Warum hatte sie sich in den hellen Stunden keine Rede zurechtgelegt, statt in Erinnerungen an ihn zu schwelgen?

Sie brauchte noch einen Moment zum Denken.

»Nichts«, sagte sie und versuchte, ganz ruhig zu klingen, während sie umherlief. »Wie schön es hier ist.«

Wenigstens das war nicht gelogen. Die Böden waren honiggelb, die Wände weiß. Es handelte sich um einen großen, offenen Raum mit unaufdringlichen Möbeln, und die Aussicht war spektakulär.

»Hast du Hunger?«, fragte er – aus nächster Nähe.

Sie zuckte zusammen und sah über die Schulter. Er stand hinter ihr und schien mit seiner ganzen Präsenz auf etwas ausgerichtet zu sein.

Auf Sex.

Doch: Nein, ermahnte sie sich. Sie mussten reden. Sie musste ihm sagen, wer sie war. Seine Leidenschaft galt einer anderen, sie machte sich schuldig, wenn sie ihn nicht aufklärte.

»Hast du«, knurrte er leise und drückte sich an sie, »Hunger?«

Unter der Haube leckte sie sich die Lippen.

Seine Hüften drängten gegen ihre Robe, und das, was zweifelsohne eine sehr harte, sehr große Erektion war, drückte sich in den Stoff, der ihre Körper trennte.

Danach ist auch noch Zeit, sagte sie sich. Sie würde es ihm hinterher sagen.

Die Schuldgefühle waren stark. Das Verlangen war stärker.

»Habe ich«, hauchte sie. »Aber nicht auf Essen.«

Als hätte er ihre Gedanken gelesen, erlosch die Deckenbeleuchtung, sodass sie von draußen nicht mehr zu sehen waren.

»Ich nehme dir jetzt diese Haube ab«, presste er zwischen den Zähnen hervor, als würde er ihre Kopfbedeckung hassen.

Mit einem Schlag konnte sie freier atmen, sehen, riechen.

Das Schnurren, das aus seiner Brust aufstieg, klang animalisch, aber seine Hände waren nicht rau, als er nach ihrer schweren Überrobe griff und sie ihr über den Kopf zog. Danach befreite er sie vom leichteren Unterkleid.

Jetzt stand sie nackt vor ihm.

Seine Hände fuhren andächtig über ihre Schultern und hinab zu ihren Brüsten. Er schob sie zusammen und hob sie an, leckte eine Brustwarze und dann die andere, liebkoste, saugte – und oh, es war so schön. Ihre Beine wurden schwach, und als hätte er es geahnt, hob er sie hoch und trug sie aus dem hellen, luftigen Raum durch einen Flur in ein Schlafzimmer mit einer großen, erhöhten Matratze, die sich als wolkenweich erwies.

»So habe ich es mir letzte Nacht gewünscht«, sagte er, als er sie darauf bettete.

In einem angrenzenden Raum – vielleicht einem Waschraum – brannte Licht, und in der schummrigen Beleuchtung konnte sie sich an seinem verzückten Blick weiden: Er betrachtete sie mit solcher Andacht, dass sie sich wunderschön vorkam, ohne dass er ein Wort in diese Richtung verlieren musste.

Seine breiten Hände strichen über ihre Schenkel. »Ich möchte dich ganz kennenlernen.«

»Ich biete dir meinen Körper dar«, presste sie heiser hervor. »Tu mit mir, was dir beliebt.«

Rhage überquerte gerade in seinem GTO den Hudson River, als ihn Atemnot und Schwindel befielen, als wäre er gegen eine Wand gefahren.

Er schluckte die aufsteigende Magensäure hinunter, öffnete das Seitenfenster einen Spalt und drehte die Heizung runter. Es half alles nichts. Ungefähr eine Meile weiter musste er seitlich ranfahren.

»Jetzt reiß dich zusammen, du Memme.«

Verdammter Schlappschwanz. Was war nur sein Problem? Er war unverletzt, freute sich darauf, den Fall mit Assail und seinen spiegelbildähnlichen Cousins zu knacken, und er war unterwegs zu seiner geliebten *Shellan* in seinem allerliebsten Auto. Besser konnte das Leben nicht sein.

Er musste sich einfach nur zusammenreißen.

Also umgriff er das Lenkrad fester und tippte mit dem Stiefel, der nicht auf dem Gas stand, auf den Boden.

So nah dran. Er war schon so nah dran.

Vielleicht musste er nur einen Moment lang seine Mary in den Armen halten.

Havers' Klinik war in ein neues, topmodernes Gebäude umgezogen, und Rhage war erst zweimal hier gewesen: einmal mit einer Bauchverletzung, mit der er es nicht zurück zum Anwesen geschafft hätte, ein andermal, um Mary abzuholen, nachdem sie sich um eine Frau und ihr Kind gekümmert hatte. Vielleicht ein drittes Mal. Er wusste es nicht mehr.

Als er endlich zur Abzweigung kam, verfluchte er seine Kurzatmigkeit. Wenn das so weiterging, musste er sich behandeln lassen.

Vielleicht hatte er sich einen Virus eingefangen. Vampire waren gegen Menschenviren und Krebs immun, zum Glück, aber auch bei ihnen kamen Erkältungen und Grippen vor, die sie ans Bett fesselten.

Ja, das war es vermutlich.

Was sonst.

Als seine Scheinwerfer schließlich einen farblosen Betonbau streiften, ließen die merkwürdigen Symptome etwas nach, was eine willkommene Überraschung war. Wenigstens musste er Mary nicht schielend gegenübertreten.

Er stieg aus, ging zum Kofferraum und öffnete die rote Klappe.

Der Anblick von Marys Sporttasche, die er selbst für sie gepackt hatte, löste die Symptome erneut aus: Sein Kopf geriet ins Schwimmen, und seine Hände wurden feucht – dabei trug er nur eine lederne Hose und ein ärmelloses Shirt und stand im kalten Wind.

»Jetzt reicht es langsam.« Er griff nach den Henkeln und hob die Tasche heraus. Dann schloss er die Klappe. »Reiß dich endlich zusammen.«

Er ging auf das niedrige Gebäude zu, betrat einen unscheinbaren Vorraum und meldete sich an. Einen Moment später fuhr der Aufzug in seinem Schacht hoch und öffnete sich für ihn. Wie viele Einrichtungen, in denen auch tagsüber Betrieb herrschte, war Havers' neue Klinik vollkommen unterirdisch angelegt. Der obere Teil diente allein der Tarnung, um echte Besucher von potenziellen Problemen zu trennen.

Wie Menschen. Oder Jägern.

Unten öffnete sich der Aufzug in einen Empfangsbereich. Rhage trat hinaus und fragte sich, wie er sie hier finden …

»Da bist du ja!«

Mary rannte auf ihn zu, als würde sie vor etwas fliehen, und als sie in seine Arme sprang, ließ er die verdammte Tasche fallen, schloss die Augen und zog sie so fest an sich, dass es ihr fast den Atem raubte. Aber er war einfach so *froh* …

Ihr Duft, ihre Nähe, ihr Körper, die Art, wie sie die Arme um seinen Hals schlang und ihn drückte – es war wie eine Oase in der Wüste, es erfüllte ihn mit Leben, stillte seinen Hunger, verlieh ihm neue Kraft.

»Ich habe dich so vermisst«, hauchte sie in sein Ohr. »So, so, so sehr.«

Er wollte sie nicht absetzen, also bückte er sich nach der Tasche und trug seine *Shellan* samt Gepäck in die hinterste Ecke, raus aus dem Sichtfeld der Sprechstundenhilfe.

Die sie mit einem Blick beobachtete, als würde sie Dialoge für einen Roman in ihrem Kopf verfassen.

Er würde sich nicht darüber aufregen, aber er wollte seine Wiedersehensfreude lieber im Privaten genießen.

Er setzte Mary auf seinen Schoß und strich über ihre Arme, dann küsste er sie – innig, um ihr ganz nah zu sein. Doch er musste sich zurückhalten und löste sich bald wieder von ihr.

Wenn er sie zu heftig küsste, würde er sie noch in aller Öffentlichkeit besteigen.

Oh, äh, hallo Havers, wie geht es so?

Mary lächelte und stieß die Finger in sein Haar. »Ich habe das Gefühl, dich ein Jahr lang nicht gesehen zu haben.«

»Geht mir genauso, aber mir kommt es wie ein Jahrzehnt vor.«

Na und, dann sah sie eben, dass ihm die Zunge bis zum Boden hing. Ihm doch egal.

»Geht es dir gut?«, fragte sie.

»Nein, schlecht bis mittel. Ich kann nichts essen, ich kann nicht schlafen, und außerdem fühlt es sich an, als hätte mir jemand Juckpulver in den Slip gekippt.«

Sie lachte. »So schlimm? Oje, ich sollte mich nicht geschmeichelt fühlen, oder?«

Er beugte sich zu ihrem Ohr und flüsterte: »Und ich habe eine Sehnenscheidenentzündung im linken Handgelenk.«

»Wovon das?«, fragte sie neckisch.

»Was glaubst du denn?« Er liebkoste ihren Hals. Kitzelte ihre Halsschlagader »Ich musste mich ja irgendwie beschäftigen in unserem Bett. Unter der Dusche. In der Speisekammer.«

»In der Speisekammer? Unten?«

»Es gab Babykartoffeln zum Letzten Mahl. Sie haben mich daran erinnert, wie du nackt aussiehst.«

Wieder lachte sie, und er schloss die Augen.

»Wie das?«, fragte sie.

»Sie sahen aus wie Brüste.«

»Tun sie nicht!«

»Ich sagte nicht wie *deine* Brüste.« Er küsste sich zu ihrem Schlüsselbein hinunter. »Deine Brüste, die nebenbei erwähnt die schönsten Brüste sind, die ich je gesehen habe oder sehen werde. In meinem ganzen Leben. Oder danach. Wo immer ich dann sein werde.«

»Du bist so spitz, dass du schon auf Gemüse reagierst?«

»Sind Kartoffeln denn ein Gemüse? Außerdem musste ich mir zweimal einen runterholen, wenn du es genau wissen willst. Denn als ich fertig war, fiel mir auf, dass ich neben den Dosenpfirsichen stand.« Er schob die Hand verstohlen noch einen Zentimeter weiter an ihrem Schenkel nach oben. »Du kannst dir ja denken, woran mich das erinnert hat.«

Ooh ja, dachte er, als sich ihr Duft verstärkte und ihre Erregung die Luft um sie herum elektrisch auflud.

Unvermittelt lehnte er sich zurück. »Hey, hast du eine Minute Zeit?«

Sie räusperte sich, als müsste sie erst einmal wieder zu sich kommen. »Ja, klar. Gibt es irgendein Problem?«

»Ich muss dir nur etwas im Auto zeigen.«

»Du bist mit dem GTO hier?«

»Ich musste dir deine Sachen bringen, da dachte ich, ich könnte ihn mal wieder fahren.«

»Wie schön.« Sie stand auf und streckte sich, auf eine Weise, dass er ihre Brüste umfassen wollte. »Um ehrlich zu sein, würde ich gern mal wieder richtige Luft atmen. Ich könnte eine Pause vertragen.«

Als sie am Empfang vorbeikamen, stellte er die Sporttasche auf den Tresen. »Können wir das für zehn Minuten hierlassen?«

Die Sprechstundenhilfe nickte, doch sie schien irgendwie ein Problem mit ihrer Stimme zu haben. Und mit ihrem Gleichgewicht, denn als sie sich wieder setzte, wäre sie fast seitlich vom Stuhl gekippt.

Am Aufzug flüsterte Mary: »Ich glaube, sie mag dich.«

»Wer?«

»Die Sprechstundenhilfe.«

Rhage beugte sich zu ihr hinunter und antwortete: »Ohne respektlos sein zu wollen: Was mich betrifft, könnte sie genauso gut ein Staubsauger sein.«

Als die Aufzugtüren aufglitten, trug Mary ein kleines heimliches Lächeln auf den Lippen, das ein Geschenk des Himmels war, wenn man ihn fragte.

Sie kamen nach oben und traten ins Freie, wo er sie vor der Kälte schützte, indem er den Arm um sie legte und zu seinem GTO führte. Glücklicherweise hatte er das Auto auf einem dunklen Abschnitt geparkt, abseits der Beleuchtung – perfekt.

Er öffnete die Fahrertür, klappte den Sitz vor und bedeutete ihr, in den Fond zu steigen.

Mary runzelte die Stirn, bückte sich aber und kletterte auf die Rückbank. Als er sich zu ihr quetschte und die Tür schloss, war er froh, dass er die Scheiben vor Kurzem hatte tönen lassen.

»Was gibt es?«, fragte sie. »Was ist los …«

Er nahm ihre Hand und legte sie auf seinen Ständer. »Das ist los.«

»Rhage!« Sie lachte noch einmal. »Du hast mich hier rausgebracht, nur um …«

Er küsste sie und umfasste ihre Taille. »Ergebnisorientiert nennt man das. Du wusstest, mit wem du dich vereinigst.«

Er und seine Bestie bekamen, was sie wollten, als sie seinen Kuss erwiderte, und Rhage fackelte nicht lange, weil er nicht gesehen werden wollte. Nicht weil er etwas gegen Sex in der Halböffentlichkeit hatte, sondern eher, weil er keinen armen Schlucker zerfetzen wollte, der nur wegen eines Pflasters kam und versehentlich Zeuge dessen wurde, was sie hier trieben.

Autsch.

Er befreite eines ihrer Beine aus der weiten Hose und setzte sie auf seinen Schoß, ehe er seine Hose öffnete.

Dann war der Augenblick gekommen.

Als er hart in sie stieß, fluchte Mary verhalten – weil sie mit dem Kopf gegen das Autodach knallte.

»Oh, verdammt, tut mir leid«, stöhnte er.

»Als wäre mir das nicht egal«, sagte sie und küsste ihn leidenschaftlich. »Ich brauche dich so sehr.«

25

Trez parkte Mannys Porsche vor Marcus Reinhardts Laden. Als ältester Juwelier der Stadt mit einem äußerst reichhaltigen Angebot hatte er bereits in der *New York Times* und sogar im *Robb Report* Erwähnung gefunden.

Und Reichhaltigkeit wurde hier in Karat gemessen.

Er sah zu Selena hinüber. »Bist du bereit?«

»Ich habe noch nie einen eigenen Ring besessen.«

»Wirklich?«

Sie schüttelte den Kopf. »Da war der Schatz im Heiligtum, dort gab es Juwelen …« Sie unterbrach sich. *»Gibt* es Juwelen, aber wir Auserwählte bleiben ungeschmückt bis auf unsere Perle … und die gehört uns eigentlich gar nicht.«

Trez stieg aus und sagte über die Schulter: »Eine Schande, wenn man mich fragt.«

Aber das würde er heute Abend wettmachen. Er ging um den Wagen herum und öffnete Selena die Tür, und als sie ihre wunderschöne Hand ausstreckte, gab er dem Impuls nach, sie auf den Handrücken zu küssen.

Dann zog er sie behutsam auf die Füße und bot ihr den Arm an.

Sie hakte sich unter, und ihm schien es, als versuchten sie beide darüber hinwegzusehen, dass es keine reine Höflichkeitsgeste, sondern eine Notwendigkeit war.

Sie lief nicht mehr so gut.

Noch bevor sie die stahlvergitterte Tür erreichten, wurde sie geöffnet. »Mr. Latimer, seien Sie gegrüßt.«

Der Mann trug einen steifen Anzug, seine Frisur war gepflegt, der Bart gestutzt. Zusammen mit seiner distinguierten Aussprache und dem Einstecktuch in Kronenfaltung erfüllte er ganz und gar das Klischee eines Experten für Verlobungsringe im sechs- bis siebenstelligen Bereich.

»Danke, dass Sie für uns öffnen«, sagte Trez und schüttelte ihm die Hand. »Das hier ist meine Verlobte Selena.«

»Sehr erfreut, Madam.«

Okay, die Verbeugung war nicht schlecht.

Drinnen war alles für eine private Verkaufsschau vorbereitet, und Trez machte die Sache plötzlich richtig Spaß. Der kostbare Inhalt der Vitrinen glitzerte unter ausgeklügelter Beleuchtung und schien ihn und Selena mit Applaus zu empfangen. In einem Silbereimer kühlte Champagner, ein Paar Kristallflöten stand bereit.

»Darf ich Ihnen einen Veuve Clicquot anbieten?«, wurden sie gefragt.

»Danke, für mich lieber nicht«, sagte er. »Selena?«

Sie hob das Kinn, als wäre sie entschlossen, diesen Abend voll auszuschöpfen. »Ich nehme gerne einen, bitte.«

»Dann zwei«, verbesserte sich Trez.

Der Korken ploppte, der Champagner sprudelte in die Gläser und wurde ihnen gereicht.

Sie stießen an. »Packen wir es an.«

Mr. Reinhardt führte sie in ein Separee, überwacht von einer Kamera in der Ecke. »Mr. Perlmutter hat mir Ihre

Vorlieben genannt. Ich habe mir die Freiheit genommen, eine Auswahl für Sie vorzubereiten.«

Damit stellte er ein funkelndes Tablett vor ihnen auf den Tisch.

Die Diamantringe steckten in ihren schwarzen Samtschlitzen wie artige Schulkinder, die es alle nicht erwarten konnten, endlich dranzukommen.

Trez hörte, wie Selena die Luft einsog, und fühlte sich, als hätte man ihm auf die Schulter geklopft.

»Ist etwas dabei, das dir gefällt?«

Selena probierte die Schmuckstücke an, eines nach dem anderen, am jeweils passenden Finger, und drehte ihre Hand im Licht. Zum krönenden Abschluss steckte sie *alle* an, bis ihre Finger mit zwanzig spektakulären Klunkern beladen waren.

»Wie viel würden alle zusammen kosten«, fragte Trez beiläufig und trank einen Schluck Champagner.

»Mehrere Millionen«, sagte Mr. Reinhardt.

Selena erblasste und ließ die Hand sinken. »Was?«

»Mehrere Millionen«, wiederholte der Juwelier.

»Was kosten diese Ringe?«, fragte sie barsch. Und als man sie informierte, was der Quadratische an ihrem kleinen Finger kostete, rief sie aus: »Gütige Jungfrau der Schrift!«

Es folgte eine kurze betretene Pause, in der Trez wünschte, er hätte Selena den Mund zugehalten. »Selena, der Preis interessiert mich nicht.«

»Das sollte er aber!« Hektisch zog sie sich die Ringe von den Fingern. »Ich bin noch nicht lange auf dieser Seite, aber ich weiß das eine oder andere über Menschengeld …«

»Können Sie uns bitte einen Moment allein lassen?«, fragte Trez höflich. »Sie können die Ringe so lange mitnehmen, wenn Ihnen wohler damit ist.«

»Ihre Integrität wurde uns bestätigt, Mr. Latimer.« Der Juwelier stand auf. »Lassen Sie sich ruhig Zeit.«

Sobald sich die Tür hinter ihm schloss, fing Selena an: »Trez, ich will nicht, dass du so viel Geld für mich ausgibst.«

»Warum nicht?«

»Das wäre Verschwendung. Ich werde ihn nicht jahrhundertelang tragen können.«

Trez stieß die Luft aus, als hätte ihm jemand gegen die Brust getreten. »Ja, wow. Du verkennst die Situation, wenn du glaubst, ich wäre hier auf den Zeitwert des Geldes aus.« Er nahm ihre Hände. »Ich möchte dir etwas schenken. Ich möchte … ich möchte diese Erfahrung mit dir teilen, okay? Das hier …«, er deutete auf den Raum, »ist unsere Ewigkeit. Wir erleben sie hier, in diesem Moment. Also lass uns verdammt noch mal den dicksten Klunker kaufen und die Ohrringe noch dazu. Zeigen wir dem Tod den Stinkefinger, okay?«

Sie blinzelte schnell. »Oh, Trez …«

Er nahm einen der Ringe, die sie auf das Samttablett zurückgeworfen hatte, und steckte ihn ihr auf das oberste Fingerglied des Ringfingers. »Komm schon, sag es mit mir zusammen.«

»Was?«

»›Fick dich, Tod.‹«

»Trez, sei nicht albern …«

»Hey, vielleicht hört der Schnitter ja gerade zu. Ich finde, er sollte erfahren, wie sehr wir ihn hassen. Komm schon, meine Königin, sagen wir es zusammen: ›Fick dich, Tod.‹«

Sie hob die Hand, um ein schiefes Lächeln dahinter zu verbergen. »Du bist verrückt.«

»Erzähl mir was Neues – und weich nicht länger aus. ›Fick dich, Tod!‹« Als sie die Worte nur murmelte, schüttelte er den Kopf. »Nein. Lauter: ›Fick dich, Tod!‹«

Selena fing an zu lachen. »Das ist nicht witzig.«

»Ganz deiner Meinung.« Er lächelte und nickte ihr zu. Sie hatte noch immer den Finger mit dem Ring an der Spitze ausgestreckt. »Alle zusammen – damit er dich hört.«

»Fick dich, Tod!«, schrie sie. Dann lächelte sie breit. *»Fick dich, Tod!«*

Er schob den Ring ganz auf ihren Finger, lehnte sich zurück und betrachtete ihn. »Weißt du was, der ist wirklich schön.«

Selena blickte auf ihre Hand und betrachtete den traubengroßen, birnenförmigen Stein. »Oh, Mann. Er ist so groß.«

»Das sagen sie alle.«

Als sie beide lachten, zog er sie am Nacken zu sich und küsste sie. »Möchtest du noch ein paar andere sehen?«

Sie schüttelte den Kopf. »Nein, der hier ist perfekt. Ich hätte gern diesen.«

Sie streckte die Hand aus und machte das, was Frauen beim Anblick von Ringen immer machen, sie schürzte die Lippen und lächelte in sich hinein.

Verflucht, ich liebe dich, dachte er, du wundervolle, wundervolle Frau.

»Bist du sicher, dass er nicht zu teuer ist?«, fragte sie.

»Was er auch kostet« – er küsste sie erneut –, »er gehört dir.«

Blitzschnell riss iAm sich die Kleidung vom Leib, und sobald er nackt war, wollte er sich mit der Zunge über *Maichen* hermachen. Er hatte zwar keine Ahnung, was man mit einer Frau unterhalb der Gürtellinie anstellte, aber er war verdammt noch mal bereit, es herauszufinden.

Doch dazu kam es nicht.

Denn als er sich über ihr in Position brachte, streifte sein Schwanz über ihr Geschlecht …

… und damit war es um ihn geschehen.

»Ich brauche dich«, stöhnte er, als ihre Hände an seinem Rücken hochfuhren und an den Hüften wieder herab.

»Dann nimm mich.«

iAm zwang sich zur Vernunft. »Aber geht es dir gut? Nach letzter Nacht?«

Hilfe, er konnte nicht genug von ihren mandelförmigen Augen bekommen, von ihren schwarzen Locken, die sich über das weiße Kissen ergossen, von ihrer schimmernden Haut. Sie war eine ständige Offenbarung und überraschte ihn stets aufs Neue.

»Es geht mir gut«, versicherte sie ihm. »Dein Blut hat mir Kraft gegeben.«

Er liebte ihren Akzent, der Dialekt, der im Territorium gesprochen wurde, färbte ihre Sprache mit dem Klang von Zuhause …

Nein, nicht Zuhause, rief er sich ins Gedächtnis. Sein Zuhause war hier, in Caldwell.

Er führte die Hand nach unten, setzte seinen Schwanz an und drang ganz behutsam in sie ein, um ihr nicht wehzutun.

Als Reaktion gruben sich ihre Nägel in seine Haut, und sie bäumte sich auf, die Knospen ihrer Brüste ganz fest. »iAm …«

Seine Hüften gerieten außer Kontrolle. Wieder und wieder stieß er in sie hinein, und die Reibung stieg ihm zu Kopf, als hätte er die ganze Nacht getrunken. Härter, schneller – bis sie kam und unter ihm zuckte, sich wand, eine Hand auf die Matratze schlug und sich an der Decke festkrallte.

Er hörte nicht auf und kam wieder und wieder. Dann zog er sich aus ihr zurück und brachte sich von Hand zum Höhepunkt, bespritzte ihr Geschlecht, ihren Bauch, ihre Brüste.

Doch selbst als er ganz und gar in diesem Unterfangen aufging, sperrte sich sein Kopf gegen die Bedeutung seines Tuns.

Er war nicht dabei, diese Frau zu kennzeichnen.

Nein. Nicht doch.

Denn wenn er sie kennzeichnete – wenn das hier mehr war als eine intensive Erfahrung mit einer Frau, die er aus irgendeinem Grund verdammt anziehend fand –, dann brachte er sich in eine knifflige Lage. Besonders weil sich sein Bruder weigern würde, ins Territorium zurückzukehren und seiner Pflicht nachzukommen, und iAm mit ihm fliehen musste, wenn er nicht den einzigen Angehörigen verlieren wollte, der ihm etwas bedeutete.

Aber, sagte er sich, während er erschöpft auf ihren nackten Leib sank, er kennzeichnete sie ja gar nicht.

Nein.

Überhaupt nicht.

26

Trez und Selena hielten sich den ganzen Heimweg über an den Händen.

Er lenkte mit einer Hand den Porsche, mit der anderen streichelte er ihre Handfläche, spielte mit ihrem neuen Ring, hob ihre Hand an die Lippen und küsste sie.

»Alle sind so freundlich«, murmelte sie, den Kopf an die Nackenstütze gelehnt. Das Licht der Straßenlaternen an den Ausfahrten des Highways huschte bläulich über ihr Gesicht.

»Ja. Tolle Leute.«

Er dachte an seinen Bruder. Rhage. Rehvenge. Sogar Tohr, der seine ganz eigenen Erfahrungen machen musste, hatte eine Nachricht geschickt. Und dann Doc Jane. Manny. Ehlena.

»Alle sind so bemüht zu helfen«, sagte sie.

»Ja.«

»Doc Jane und Manny haben rund um die Uhr nicht lockergelassen und nach Wegen gesucht.«

»Ja.« Er küsste ihre Hand noch einmal. »Das haben sie.«

»Rehvenge war bei den *Symphathen.*«

»Das war er.«

»Und iAm im Territorium ...«

Trez riss den Kopf herum. *»Was?«*

Sie wandte ihm das Gesicht zu, die Augen halb geschlossen und schläfrig. »iAm war bei den Schatten ...« Sie verzog das Gesicht. »Au, du tust mir weh.«

Erschrocken ließ Trez ihre Hand los. »Entschuldige – was hast du gesagt?«

Als sie es zum dritten verdammten Mal für ihn wiederholte, begann sein Herz zu rasen. Er bemühte sich um einen ruhigen Tonfall: »Weißt du wann?«

»Nein. Doc Jane hat es bei einer Untersuchung erwähnt. Du hattest gerade Migräne. Trez, was ist?«

»Nichts.« Er küsste ihre Hand erneut. »Gar nichts.«

Den Rest der Fahrt verbrachte er als gespaltene Persönlichkeit. Ein Teil von ihm war ganz bei Selena, der andere knüpfte sich iAm vor und schrie: *Was hast du dir dabei gedacht, du blöder Wichser, dich auf diese Weise in Gefahr zu bringen?*

Oder etwas in der Art.

»... vorher noch umziehen.«

»Entschuldige.« Er bog nach rechts ab den Berg hinauf. »Was hast du gesagt?«

»Ich würde mich gern noch umziehen. Beim Kochen geht gern mal was daneben.«

»Koch doch nackt. Dann hätten wir dich ganz schnell sauber, weil ich dich einfach unter die Dusche stelle. Außerdem könnte ich den Kuchenteig ablecken, solltest du dich ... du weißt schon ... irgendwo bekleckern.«

Sie lachte. »Könnte vielleicht etwas kalt werden.«

»Ich könnte dich mit den Händen wärmen.«

»So wird das nichts mit dem Kochen.«

»In dem Fall könnten wir uns etwas holen.« Er beugte

sich zu ihr rüber und drückte ihr einen Kuss auf die Schulter. »Aber du bestimmst. Was immer du willst.«

Das große graue Haus ragte vor ihnen auf, und er parkte wieder vor den Stufen, so wie Manny es gewollt hatte. Als er ihr die Tür öffnete, und sie die Hand austreckte, traf das Licht einer Außenlaterne auf den Diamanten, und ein ganzer Regenbogen an Farben blitzte auf.

»Ich liebe diesen Ring«, sagte sie.

»Gut, das war der Plan.«

Er brachte Selena auf sein Zimmer. Fritz und die *Doggen* hatten ihre Kleidung in seinen Schrank geräumt, und er musste zugeben, dass ihm die Mischung auf der Kleiderstange gefiel.

Was für ein Glück, dass sie sich umziehen wollte, dachte er, und gab sich so gelassen wie möglich.

»Hör zu, ich geh nur eben nach nebenan«, sagte er. »Dauert nur einen Augenblick. Ich will kurz nach iAm sehen.«

»In Ordnung«, sagte sie lächelnd.

Sobald sie ihn nicht mehr sehen konnte, fletschte er die Fänge und spielte nicht länger den Gleichgültigen. Er klopfte nicht an, sondern riss einfach die Tür auf.

»iAm!«, bellte er, obwohl er bezweifelte, dass sein Bruder da war.

Er wartete nicht auf Antwort, sondern holte sein Handy raus und rief ihn an. Ein Tuten, zweites Tuten …

»Hallo? Trez? Was gibt's …«

»Was hast du dir dabei gedacht?«

Schweigen. »Wie bitte?«

»Du warst im Territorium?« Trez gab sich Mühe, es einigermaßen leise zu sagen. »Hast du den Verstand verloren?«

»Trez …«

»Was soll der Scheiß?«

»Das bespreche ich nicht am Telefon.«

»Dann schwing deinen Arsch her.«

Er legte auf und lief im Kreis. Dann riss er sich zusammen, setzte ein gefasstes Gesicht auf und ging zurück in sein Zimmer. »Selena?«

»Ja?«, sagte sie aus dem Schrank.

»Ich brauche drüben noch einen Moment. Nicht lang. Geh doch schon vor zum Sommerhaus, wenn du willst. Ich komme gleich nach.«

Im Grunde seines Herzens wusste er, dass das nicht okay war – sie sollte nicht allein sein –, aber er sah rot und konnte an nichts anderes denken als an die Idiotie seines Bruders.

Sie reckte den Kopf aus dem Schrank, lächelte und sagte etwas, das nicht zu ihm durchdrang. Aber ihrem Nicken zufolge würde sie vorgehen. Er eilte zu ihr, küsste sie und kehrte in iAms Zimmer zurück.

Es kam ihm vor wie eine Stunde, bis sein Bruder endlich auftauchte, aber es waren vermutlich nur fünf, höchstens zehn Minuten. Als er in sein Zimmer trat, umgab ihn ein merkwürdiger Geruch: weiblich. Aber egal.

»Was sollte das, iAm?«, fuhr er ihn an. »Als hätte ich nicht schon genug Probleme.«

»Ganz ruhig. Ich wollte in den Heilertexten nachlesen, ob ich etwas zur Starre finde. Es war nur ein Kurztrip, ich war gleich wieder draußen …«

»Wie? Wer hat dich eingeschleust?«

»Ich.«

»Blödsinn.«

»Trez, nimm's mir nicht übel, aber warum verschwendest du deine Zeit? Ich bin doch wieder hier …«

»Es war s'Ex, oder? Du hast dich an s'Ex gewandt?« Als iAm schwieg, warf er die Hände in die Höhe. »Das ist einfach nicht wahr! Du verarschst mich …«

»Beruhige dich …«

»Mich beruhigen? Meinst du nicht, dass es absolut wahnsinnig ist, sich dem Scharfrichter der Königin auszuliefern? Den ich seit neun Monaten mit Prostituierten ruhig stelle? Erscheint dir das nicht irgendwie unverantwortlich, wenn man bedenkt, dass sie mich zurückhaben wollen?«

»Weißt du was? Das muss ich mir nicht anhören. Das muss ich …«

»Ach nein? Du hast uns beide in Gefahr gebracht! Sie hätten dich als Druckmittel benutzen können …«

»Haben sie aber nicht …«

»… damit ich zurückkomme und dieser verdammten Prinzessin diene! Du hast gesagt, ich hätte Zeit bis zum Ende der Trauerzeit – das sind nur noch drei Tage, und ich habe hier genug am Hals! Da kann ich keinen Bruder gebrauchen, der wahnwitzige Risiken eingeht und …«

»Trez, ich weiß, dass du mit Selena beschäftigt bist. Das verstehe ich. Aber du gehst zu weit, wenn du …«

»Zu weit? Was, wenn sie dich festgehalten hätten? Was, wenn AnsLai zu mir gekommen wäre und gesagt hätte: ›Ich habe deinen Bruder, Zeit für deine Vereinigung?‹ Hast du auch nur eine Sekunde darüber nachgedacht, was das für mich bedeutet hätte? Ich hätte wählen müssen zwischen dir und einem Leben als Lustknabe und der Alternative, Selena am Ende ihres Lebens allein zu lassen! Was für ein Mist …«

Aus irgendeinem Grund bemerkte er, wie sich iAms Gesicht plötzlich veränderte: Er erstarrte und blickte über Trez' Schulter, und sein Gesicht war mit einem Mal vollkommen ausdruckslos.

Trez presste die Lippen aufeinander und schloss die Augen. Noch bevor er sich umdrehte, wusste er, wer in der Tür stand.

Genau. Selena war hereingekommen, weiß wie ein Gespenst.

»Du wirst dich vereinigen?«, fragte sie matt. »In drei Tagen?«

iAm fluchte verhalten. Auf bessere Weise hätte die Sache nicht ans Licht kommen können.

Und das Schlimmste: Selena hinkte leicht, als wären ihre Hüfte oder Knie steif.

»Du …« Sie blieb vor Trez stehen. »Du wirst dich in drei Tagen mit dieser Frau vereinigen?«

Zeit zu gehen, dachte iAm. Das hier mussten die beiden definitiv unter sich ausmachen …

»Halt«, sagte Selena, als er sich an ihr vorbeidrücken wollte. »Bleib.«

Als wollte sie ihn dabeihaben, um die Lücken zu füllen, wenn sie das Gefühl hatte, dass ihr Freund nicht die Wahrheit sagte.

»Was geht hier vor?«, wollte sie wissen.

Obwohl Trez vor einer Sekunde noch völlig außer sich gewesen war, wirkte er jetzt vollkommen gefasst: »Das spielt keine Rolle.«

»Das hörte sich aber anders an. Und bevor du mir vorhältst, gelauscht zu haben: Ihr zwei wart so laut, dass ich es nebenan gehört habe.«

Trez rieb sich das kurzgeschnittene Haar und lief umher. »Selena …«

»Wirst du dich vereinigen?«

»Das hat nichts mit uns zu tun.«

»Das sehe ich anders.«

Als sich eine angespannte Stille breitmachte, beschloss iAm, der Sache ein Ende zu setzen. »Okay, unsere Eltern haben Trez als Baby an die Königin der Schatten verkauft – damit er mit der Prinzessin eine Thronerbin zeugt, weil ihn sein Geburtshoroskop dazu bestimmt hat. Er hat alles in seiner Macht Stehende getan, um diesem Schicksal zu entgehen, und im Moment ist er sauer auf mich, weil ich einen Schwachpunkt darstelle und mich in Gefahr gebracht habe. Dabei ist gar nichts passiert. Vermutlich flippt er nur deshalb so aus, weil er sich in Wirklichkeit Sorgen um dich macht und nichts tun kann.«

Als sie ihn ansahen, zuckte er nur die Schultern. »Schaut nicht so, ich sehe mir manchmal diese Psychologiesendung mit Dr. Phil an, unten mit Lassiter, wenn ich nicht schlafen kann.«

»Ist das wahr?«, fragte Selena.

»Ja.« Trez ging zum Bett und setzte sich. »Ich habe dir nicht davon erzählt, weil mir vollkommen egal ist, was sie in drei Tagen anstellen. Wie iAm sagt: Ich werde mich nicht mit einer Frau vereinigen, die ich nicht einmal kenne und die mir nichts bedeutet, um ihr die Nummer zwei in der Thronfolge zu bescheren. So weit wird es nicht kommen. Das hat auch gar nichts mit dir zu tun oder damit, ob du nun noch hundert oder tausend Nächte zu leben hast.«

Er klatschte die Hände zusammen, als würde sich eine Tür schließen. »Und damit hat sich die Sache.«

Selena schwieg. »Du hättest es mir sagen sollen.«

»Ich denke nicht besonders gern darüber nach.«

iAm verdrehte die Augen. »Das kann man wohl sagen.«

»Ich meine es ernst, Selena. Ich vereinige mich nicht mit ihr, weder in zweiundsiebzig Stunden noch in sieben Millionen Jahren.« Er warf iAm einen Blick zu. »Hast du unsere Eltern drüben gesehen?«

iAm schüttelte den Kopf. »Ich war nur im Palast.« In einer Zelle. »Sie haben ihre Stellung verloren, sie wohnen jetzt außerhalb der Mauern. Ich hatte ganz bestimmt keine Lust, sie zu besuchen. Für mich sind sie gestorben. Sie interessieren mich einen Dreck.«

»Mich auch.« Trez sah Selena an. »Mein Leben spielt hier. Bei den Vampiren, in diesem Haus, in meinen Clubs … vor allem bei dir. Das lasse ich mir nicht wegnehmen, erst recht nicht von irgendeinem Astrologen, der in die Sterne schaut und meint, dass sie uns etwas mitzuteilen haben.«

Selena schlang die Arme um sich. »Ich wünschte wirklich, du hättest es mir gesagt.«

»Das hätte ich, würde es mir etwas bedeuten.«

»Und deine Geschäfte … verkaufst du immer noch Frauen in den Clubs?«

iAm starrte auf die Tür. Bewegte sich langsam darauf zu.

»Sie verkaufen sich selbst«, erwiderte Trez. »Ich biete ihnen einen Ort, an dem sie es tun können, aber sie handeln in eigener Verantwortung. Sie wählen aus, mit wem, für wie viel, wie oft. Meine Aufgabe ist es, ihnen Sicherheit zu gewähren.«

»Und dafür Geld zu nehmen.«

»Es geht an den Club. Nicht an mich.«

»Aber dir gehört der Club.«

»iAm«, sagte Trez scharf. »Ich will, dass du bleibst.«

Er schloss die Augen. »Das glaube ich nicht.«

»Nein«, sagte Selena. »Wenn er nichts zu verbergen hat, kann er es genauso gut vor Zeugen sagen.«

Super. Genau, was er brauchte. Einen Job als Mediator. Mist.

Und *Maichen* wartete in der Wohnung.

»Ich muss leider wirklich los.« iAm sah sie abwechselnd an. »Außerdem war ich noch nie in einer Beziehung und kann euch keine Ratschläge erteilen. Aber Selena, ich denke, du solltest dir zweier Dinge bewusst sein: Zum Ersten bestand sein ganzes Leben daraus, gegen die s'Hisbe und unsere Eltern zu rebellieren, und zum Zweiten hatte er mit keiner Frau etwas, seit er letztes Jahr mit dir zusammengekommen ist. Er war dir sogar in der Zeit treu, als ihr nicht zusammen wart. Also verurteile ihn nicht, weil du glaubst, er wäre auf irgendeine Weise mit den Menschenfrauen zusammen, die für ihn arbeiten. So, jetzt muss ich aber los.«

Er gab ihnen keine Gelegenheit, ihn noch einmal in ihr Drama mit hineinzuziehen. Er hatte selbst genug zu tun. Er hatte *Maichen* splitterfasernackt in seinem Bett zurückgelassen und fürchtete, dass sie ging, bevor er zurückkam.

Er eilte hinunter in die Eingangshalle, stürzte durch die Vorhalle hinaus in die Nacht und dematerialisierte sich zum Commodore.

Dort nahm er auf der Terrasse Gestalt an, riss die Glastür auf und lief in den Flur, der zu den Schlafzimmern führte.

»Maichen«, rief er.

»Ja?«, sagte sie, als er eintrat.

Er atmete tief durch, wie er sie so an die Kissen gelehnt sitzen sah und ihre nackten Schultern unter der Decke hervorblitzten.

»Alles in Ordnung?« Sie richtete sich auf. »iAm?«

Er streifte die Schuhe ab und antwortete nicht. Er konnte es nicht. Es gab zu viel zu sagen, zu viel, das ihn deprimierte und er nicht ändern konnte.

Stattdessen schlug er die Decke zurück und stieg vollkommen bekleidet ins Bett. *Maichen* war warm und nackt und anschmiegsam, als er sie an sich zog.

Sie schlang die Arme um ihn und streichelte ihn am Hinterkopf, bis er erschauderte. Da wurde ihm bewusst, dass er in all den Jahren auf der Erde zum ersten Mal eine Zuflucht gefunden hatte, einen Ort, wo er sich verstecken konnte, wenn die ganze Welt nur noch schrecklich war und die Zeit nichts als eine Folter, die man erdulden musste.

Das war noch so viel besser als der Sex.

In diesem Moment, da er suchte und auf den Himmel stieß, verstand er, warum sich die Gesichter der Brüder jedes Mal aufhellten, wenn ihre *Shellans* in den Raum kamen, und warum sie ihr Leben für diese Frauen geben würden.

»Danke«, hörte er sich sagen.

»Wofür?«, flüsterte *Maichen.*

»Dass du da bist.«

»Geht es Selena nicht gut?«, fragte sie. Denn er hatte ihr erklärt, warum er gehen musste.

»Es ist nicht akut. Aber sie ist mit meinem Bruder in Streit geraten.«

»Warum?«

»Tja, es geht eben nichts darüber, kurz vor dem Tod zu erfahren, dass der Verlobte einer anderen versprochen ist. Das liefert den schönsten Gesprächsstoff.«

Maichen versteifte sich. »Die Sache muss ein Ende haben.«

»Der ganze Mist mit Trez und der bescheuerten Prinzessin? Ich stimme dir zu – wenn dir eine Lösung einfällt, gib mir Bescheid«, sagte er barsch.

27

Es war ganz leicht, aus dem Haus zu entkommen.

Assail öffnete einfach ein Fenster im oberen Stockwerk und verließ sein Grundstück mit dem Kraftaufwand und dem Wirbel eines Lufthauchs, der in die Nacht entweicht.

Er hatte die Bewegungen der Brüder in den umliegenden Wäldern mit seinen Nachtsichtkameras verfolgt, ihre massigen Umrisse schoben sich wie Tyrannosaurier über sein Grundstück, immer zwischen den Bäumen hindurch.

Nach Sonnenuntergang hatte er die Tarnjalousien unten gelassen, die das Haus in den hellen Stunden schützten und es leer erscheinen ließen. Sollten die Brüder ruhig rätseln, wo und wann er und seine Cousins nachts aus dem Keller kamen.

Es würde erst geschehen, wenn er ein spezielles Vorhaben erledigt hatte.

Eilig reiste er in östliche Richtung, zu einem vereinbarten Treffpunkt an einer verwaisten Ladenzeile fünf Meilen außerhalb der Innenstadt.

Hinter einem der Gebäude stand ein Hertz-Mietwagen.

Er parkte mit dem Heck vor einer soliden Tür mit abgeplatztem Lack, unter einem schrägen Schild mit der Aufschrift *Bluebell's Birthday Boutique, Liefereingang.*

Ehric ließ das Fenster herunter, als Assail neben der Fahrerseite Gestalt annahm. »Fährst du?«

»Ja.«

Als er ausstieg und Assail den Platz hinterm Steuer überließ, meldete sich Evale von der Rückbank. »Was sollen wir tun?«

»Nichts.«

Assail legte den Gang ein und fuhr los, zügig, aber unter Einhaltung der Verkehrsregeln. Er war erst ein paar Meilen weit gefahren, als die Wirkung des Kokains, das er vor zwei Stunden genommen hatte, ernsthaft nachzulassen begann.

Aber er würde nicht nachlegen. Er musste einigermaßen ruhig sein, um sich dematerialisieren zu können, sollte es nötig sein.

Er lenkte den unscheinbaren Ford Taurus durch die letzten Ausläufer der Stadt und immer weiter hinaus in das Ackerland, das die Adirondack Mountains umgab. Je weiter sie kamen, desto schmaler wurde die Straße, und die gelbe Mittellinie und die weißen Seitenstreifen waren bald so verblasst, dass man sie im Licht der Scheinwerfer kaum mehr erkennen konnte. Und immer noch ging es weiter. Niemand fuhr hinter ihnen, kein Auto, kein Laster, niemand kam ihnen entgegen.

Ein paar Meilen weiter erreichte er die gesuchte Farm. Genau wie Bluebell's Birthday Boutique war auch sie verlassen. Der Ford bog von der Asphaltstraße auf einen holprigen Feldweg ab, der durch überwucherte Felder führte, vorbei an Brombeergestrüpp und den Strünken von Mais bis zum Waldrand. Dort fand Assail Unterschlupf unter Birken und Ahornbäumen, deren Laub sich bereits deutlich lichtete. Mit einer schnellen Drehung des Lenkrads wendete er, bis die Kühlerhaube wieder Richtung Straße deutete, dann warteten sie mit laufendem Motor. Es irritierte Assail, dass er die Scheinwerfer nicht ausstellen konnte, aber dagegen ließ sich nichts machen.

Den Range Rover konnte er nicht nehmen, solange ihn die Brüder beschatteten.

»Er verspätet sich«, sagte Ehric kurz darauf.

»Er wird kommen.« Für den Haupt-*Lesser* stand zu viel auf dem Spiel, um nicht aufzutauchen. »Er wird uns nicht enttäuschen.«

Und tatsächlich näherte sich ein paar Augenblicke später ein dunkler Umriss auf dem Feldweg, den auch sie entlanggefahren waren. Ohne Licht. Daran erkannte Assail, dass er es war.

»Ihr wisst, was ihr zu tun habt«, sagte er leise und ließ eines der hinteren Fenster einen Spaltbreit hinunter.

Augenblicklich dematerialisierten sich die Cousins aus dem Fond … und der Haupt-*Lesser* erreichte ihn und blieb auf gleicher Höhe stehen. Wie gewöhnlich ließen Assail und sein Geschäftspartner die Fenster gleichzeitig herunter.

»Wo ist Ihr Range Rover, Vampir?«

»Im Laden.«

»Keine Scherze, verdammt. Wurden Sie verfolgt?«

»In gewisser Weise.«

Der Jäger zog die Stirn kraus. Dunkle Brauen senkten sich über dunkle Augen. Einen Moment lang sehnte sich Assail nach dem Alten Land zurück, wo man die Widerlinge nicht nur an ihrem Gestank erkannte, sondern auch daran, dass sie der Gesellschaft der *Lesser* schon so lang angehörten, dass Haut und Haare ausgeblichen waren. Ganz anders in der Neuen Welt. In dieser Wegwerfgesellschaft hielten sich die Untoten nie lang genug, dass ihre Pigmente verblassten.

»ATF?«, wollte der Jäger wissen. »Oder CPD?«

Als hätte er in seinen Menschenjahren einschlägige Erfahrungen mit diesen Behörden gesammelt.

»Von der Bruderschaft der Black Dagger. Und dem Blinden König Wrath.«

Der Untote ließ den Kopf in den Nacken fallen und lachte. »Ach so, Mann, tja, das ist Ihr Problem.«

»Nein, ich fürchte, es ist Ihres.«

Ohne Vorwarnung lehnte sich Assail aus dem Fenster und stieß dem Jäger einen Dolch ins Auge, den er unauffällig auf dem Oberschenkel bereitgehalten hatte. Als der Haupt-*Lesser* schrie, riss Assail die Klinge wieder heraus und zog sie ihm über die Kehle. Gurgelnde Laute und reichhaltige Mengen von schwarzem Blut füllten den Geländewagen des Jägers, und Assail musste sich umständlich durch sein Fenster zurückziehen, um nicht von oben bis unten bespritzt zu werden.

Ehric und sein Zwillingsbruder materialisierten sich neben dem Wagen des Jägers und durchsuchten ihn eilig, während Assail sich umsah, ob noch immer keine Zeugen aufgetaucht waren. Während der Haupt-*Lesser* röchelte und nach dem klaffenden Schlitz langte, den Assail ihm in den Hals verpasst hatte, erschien Ehric mit drei AKs und einer Menge Munition. Wortlos verfrachtete er Waffen und Patronen in den Kofferraum des Taurus', dann öffneten die Cousins die Hintertüren und stiegen wieder ein.

Assail griff durch das Fenster und zog einen Arm des Haupt-*Lessers* heraus. Er suchte nach einer Stelle an dessen Ärmel, die noch nicht besudelt war, wischte seinen Dolch daran ab, ehe er ihn wieder einsteckte … und zog dafür ein gezahntes Jagdmesser aus dem Gürtel.

Eilig trennte er den Kopf ganz ab.

Den Rest des *Lessers* ließ er, wo er war, hinter dem Steuer seines Geländewagens. Hände und Füße bewegten sich noch, die rechte Hand tastete sogar unbeholfen nach dem Lenkrad.

Das Fahren würde ihm ziemlich schwerfallen, so ohne Hirn und Augen, um den Vorgang zu koordinieren.

Denn den Hauptprozessor hielt Assail am Schopf.

Er ging zur Beifahrerseite, öffnete die Tür und legte den noch immer blinzelnden Kopf in einen Pappkarton, den er mit Müllbeuteln ausgelegt hatte.

Dann kehrte er zur Fahrerseite zurück und setzte sich ans Steuer. Bevor die Innenbeleuchtung erlosch, blickte er noch einmal über den Rand der Kiste und sah in die rollenden, entsetzten Augen.

»Sie waren mir ein guter Partner«, murmelte Assail. »Schade, dass wir unsere Geschäftsbeziehungen hiermit beenden müssen.«

Damit legte er den Gang ein und fuhr los.

28

Trez ließ sich rücklings auf das Bett seines Bruders fallen, die Arme seitlich von sich gestreckt, die Augen auf die Zimmerdecke gerichtet. Würde dieser beschissene Fluch niemals aufhören, ihn zu verfolgen? Er wollte sich anständig um die einzige Frau kümmern, die ihm je etwas bedeutet hatte … aber diese beschissene Sache mit der s'Hisbe zog sich wie eine Schlinge um seinen Hals zusammen.

»Du … hattest nichts mehr mit anderen Frauen?«, fragte Selena. »Seit …«

Er hob den Kopf und sah sie an. »Warum hätte ich etwas mit anderen Frauen haben sollen? Nachdem ich mit dir zusammengekommen bin, hat mich keine andere mehr interessiert.«

Es folgte eine lange Pause. »Wirklich?«

»Wirklich.«

Sie hob die Hände vors Gesicht. »Das …« Sie schüttelte den Kopf. »Das ist wundervoll.«

Er stützte sich auf die Ellbogen und betrachtete sie. »Weißt du noch, was du gesagt hast? Nachdem du … also, du weißt schon, als wir das erste Mal in der Klinik waren? Dass du fürchtest, nur eine weitere Ablenkung für mich zu sein?«

»Ja.«

»Also, wenn du das bist, dann warst du das schon, bevor wir zusammengekommen sind. Du erinnerst dich vermutlich nicht daran, aber …« Er schüttelte den Kopf. »Ich habe jede Nacht in der Eingangshalle auf dich gewartet.«

»Was?«

»Ja, total peinlich, ich weiß. Aber du bist doch immer gekommen, um V oder Rhage oder Luchas zu nähren, und ich habe mich in der Nähe vom Eingang herumgedrückt, für den Fall, dass du vom Trainingszentrum hochkommst – oder von irgendwo sonst im Haus dort hinuntergehst. Einmal … Scheiße, ich erinnre mich noch ganz genau … bist du endlich aufgetaucht. Ich bin die Freitreppe runtergerannt … du warst in der Eingangshalle, als du mich bemerkt hast. Ich habe dich angesehen und gedacht … das ist die großartigste Frau, der ich je begegnet bin.« Er zuckte die Schultern und setzte sich ganz auf. »Damals bin ich dir endgültig verfallen, meine Königin. Ich war besessen von dir, jenseits von Gut und Böse, lange bevor ich von deiner Krankheit wusste.«

Sie lächelte schief. »Ich hatte keine Ahnung. Ich meine, als wir zusammen bei Rehv waren und du … also, da habe ich schon gemerkt … dass du mich gut findest.«

Er blinzelte und sah sie wieder nackt in ihrem Bett im Sommerhaus von Rehv. »Ja, ich war verrückt nach dir. Völlig verrückt.« Er verzog das Gesicht und sagte: »Hör zu, ich habe mich nicht besonders geschickt angestellt. Ich hätte dir die Sache mit der s'Hisbe genauer erklären sollen, aber ich hatte Angst, dass du ausflippst und nichts mehr mit mir zu tun haben willst. Ich war jahrelang in diesem Palast eingesperrt, ich habe iAms Leben vermasselt – ich wollte nicht, dass mir dieser Mist auch noch meine Chance bei dir verdirbt. Und was meine Geschäfte betrifft: Sie sind nicht legal nach menschlichen Standards, aber meiner Ansicht nach darf sich jeder selber aussuchen, wie er seinen Lebensunterhalt verdient, solange dabei niemand anderes zu Schaden kommt. Deswegen dulde ich im Gegensatz zu Rehv auch keinen Drogenverkauf in meinen Clubs. Die Menschenfrauen sind sicher unter meinem Dach, sie schützen sich beim Sex und behalten neunzig Prozent ihrer Einnahmen für sich. Mit den zehn Prozent, die ich nehme, bezahle ich den Strom und die Türsteher. So … sind die Dinge bei mir geregelt.«

Sie holte tief Luft. »Ich bin so froh, dass du ehrlich bist.«

»Gibt es sonst noch etwas, das du wissen möchtest? Wie gesagt, rede ich nicht über meine Eltern, weil sie iAm und mir nichts bedeuten. Sie haben sich nie um unser Wohl gekümmert. Sie waren nie für uns da. Für mich gab es immer nur iAm, wir beide waren uns genug. Deswegen erzähle ich nicht von ihnen.«

Selena kam zögerlich zum Bett und kniete neben ihm auf dem Boden. »Danke.«

Ihre Augen waren klar und blau, als sie zu ihm aufsah.

»Wofür?«, fragte er heiser. »Ich zeige nicht gerne Schwäche. Ich hasse es.«

»Dafür liebe ich dich umso mehr.« Sie lächelte. »Diese Ehrlichkeit jetzt – sie ist das Attraktivste überhaupt an dir.«

Ach du Scheiße. Gleich musste er sich schnäuzen.

»Ich liebe dich so sehr.« Seine Stimme brach, und er räusperte sich. »Mehr sogar als meinen Bruder.«

»Das ist ein Wort.«

»Das ist es.«

Sie blieben lange in dieser Haltung, er blickte zu ihr hinunter, sie zu ihm auf, und in dieser Stille erkannte er, dass sich soeben wahrhaft offenbarte, wer sie als Individuen waren und was sie miteinander verband. Sie waren beide bis zum Kern vorgestoßen, sie hatten ihre Fehler erkannt und auf den Tisch gebracht, nichts blieb mehr verborgen – nicht ihre Krankheit, nichts von dem, was er ihr gern verschwiegen hätte … und dennoch hatte ihre Ewigkeit Bestand.

Ihre Liebe war nur noch stärker geworden.

»Du warst«, flüsterte sie, »der beste Teil meines Lebens. Du bist ein Wunder, dich zu kennen gleicht meine Krankheit fast wieder aus.«

»So ein Segen bin ich dann auch wieder nicht.«

»Doch, das bist du.«

Er strich mit den Knöcheln über ihre Wange. Streifte mit den Lippen über ihren Mund. »Also … möchtest du jetzt für mich kochen?«

Sie nickte, und als er ihr die Hand reichte, um ihr aufzuhelfen, legte sie die ihre hinein, die mit dem Diamantring.

Diese wunderschöne Hand mit den langen, sich verjüngenden Fingern und dem schmalen Handgelenk.

Erst verstand er nicht, warum sie ihm entglitt, als er aufstand und sie hochziehen wollte. »Oh, entschuldige, wie ungeschickt …«

Sie rührte sich nicht.

Selena kniete in exakt der gleichen Haltung am Boden, die Hand ausgestreckt, den Unterarm gehoben, den Kopf geneigt, um ihm in die Augen zu sehen.

Einzig anders war ihr entsetzter Blick.

»Oh nein …«, sagte er. »Nein, nein, nein, nicht jetzt …«

Er kniete neben ihr nieder, doch sie wandte ihm den Kopf nicht zu. Stattdessen neigte sich ihr Körper zur Seite, als wäre er starr, und fiel, fiel …

»Nein!«, schrie er.

Als Nächstes war Trez in der Klinik.

Er hatte keine Ahnung, wie er dorthin gekommen

war, aber irgendwie musste er Selena vom Boden in iAms Schlafzimmer aufgehoben haben und sie all die Treppen hinunter, durch den Tunnel und den Büroschrank getragen haben.

Verschwommen bekam er mit, dass ihm Leute folgten. Lassiter, der vermutlich aus dem Billardzimmer gekommen war. Tohr, der am Schreibtisch im Büro gesessen hatte. Ein Bruder, der hinkte.

Aber all das spielte keine Rolle.

Er stemmte sich mit dem Rücken gegen die Tür zum Untersuchungszimmer und trat ohne Klopfen ein. Sein Herz hämmerte wie wild, seine Ohren rauschten, und in seinem Kopf hallte nur immer dieses eine Wort wider, das er ständig wiederholte.

Nein, nein, nein, nein, nein, nein, nein, nein, nein …

Es durfte nicht geschehen, nicht jetzt, nachdem sie diesen überirdischen Moment erlebt hatten. Nicht jetzt, da sie doch eigentlich nackt durch die Küche im Sommerhaus von Rehv tanzen sollten. Nicht jetzt, da ihre Bootsfahrt bevorstand.

Es war zu früh, zu früh …

Plötzlich fiel ihm auf, dass Doc Jane vor ihm stand, ihm in die Augen blickte und die Lippen bewegte.

»Ich kann dich nicht hören«, sagte er, oder zumindest meinte er, das zu sagen.

Verdammt, das Schrillen in seinen Ohren machte die Sache nicht leichter.

Als die Ärztin auf die Untersuchungsliege deutete, dachte er, okay, in Ordnung, er würde Selena daraufbetten.

Doch als er sich bückte, um sie abzulegen, ließ sich ihr Körper nicht in eine liegende Position bringen.

Es brach ihm fast das Herz, sie auf die Seite zu drehen.

Dann ging er in die Hocke, sodass sie ihn sehen konnte, und nahm ihre Hand, die, die sie immer noch ausstreckte, mit seinem Ring daran. »Es wird wieder, meine Königin. Alles wird gut – du hast es das letzte Mal überstanden, du wirst es wieder überstehen. Es geht vorbei.«

Er ließ ihre panischen Augen keine Sekunde aus dem Blick. Nicht, als sie an Apparate angeschlossen wurde, als Infusionen gelegt wurden, als man sie röntgte. Die ganze Zeit über nicht, während sie von den beiden Ärzten und Ehlena fieberhaft umschwärmt wurde, während sie Medikamente verabreichten oder Puls und Blutdruck maßen. Nicht, als Tränen in ihre Augen traten und sich in kristallenen Tropfen sammelten, die an ihrer Nase entlangrollten und seitlich über ihr Gesicht liefen.

»Ich bin bei dir, meine Königin. Ich gehe nicht weg. Bleib bei mir. Du hast es schon viele Male überwunden, du wirst es auch heute wieder schaffen. Glaub mir, du schaffst es … du musst nur fest daran glauben …«

Er musste durch den Mund atmen, durch die Nase bekam er zu wenig Luft. Außerdem musste er ständig schlucken – sonst wäre er Gefahr gelaufen, sich auf die Fliesen zu übergeben.

Das darf nicht das Ende sein, dachte er.

Ich bin noch nicht bereit.

Ich kann noch nicht Abschied nehmen.

Ich kann sie heute Nacht nicht gehen lassen.

Es darf nicht das Ende sein …

29

Rhage starrte auf das Glashaus von Assail. Sein Bauch sagte ihm, dass etwas nicht stimmte. Seit er und V angekommen waren, war alles unverändert. Alles stand am gewohnten Platz, in der Küche, im fußballfeldgroßen Wohnzimmer, im Büro, alles stimmte – nur dass sich nirgends etwas regte.

»Assail sitzt vermutlich im Keller und lackiert sich die Fußnägel«, murmelte Rhage. »Lila vielleicht, oder Kirschrot.«

»Früher oder später«, murrte V, »muss er sich ins Auto setzen, wenn er im Geschäft bleiben will. Die Mengen an Geld und Stoff, die er verschiebt, kann er nicht transportieren, wenn er sich dematerialisiert.«

»Oder sie haben sich alle den goldenen Schuss verpasst.«

Ihnen war klar, dass Assail und seine Jungs seit Anbruch der Nacht das Haus verlassen und zurückkehren konnten. Sie hatten keine Möglichkeit, sie aufzuhalten, doch V hatte bei ihrem letzten Besuch kleine Kameras installiert, bevor sie vor der Morgendämmerung gegangen waren, und es hatte auch tagsüber keine Aktivitäten gegeben …

Wie in einer Choreographie griffen beide Brüder nach den Handys.

Audienzhaus. Sofort.

Von Phury.

Ohne zu zögern dematerialisierten sich die Brüder, überquerten den Fluss und nahmen am Hintereingang zum Audienzhaus wieder Gestalt an. V gab die Kombination ein, und sie traten in die Küche, wo sie der *Doggen,* die am Herd stand, einen Riesenschreck einjagten.

Dass Vuchie, das Dienstmädchen von Paradise, nicht alarmiert schien, war ein gutes Zeichen. Es piepste auch nirgends ein Alarm oder dergleichen.

Nichtsdestotrotz zogen Rhage und V ihre Schusswaffen, joggten zur Schwingtür und betraten das Esszimmer von hinten …

Gerade rechtzeitig, um Zeugen zu werden, wie Assail einen Kopf am Haar aus einem Pappkarton zog.

»Ich dachte, ihr wollt vielleicht bei der Party mit dabei sein«, flüsterte Phury aus dem Mundwinkel. »Er ist gerade eingetroffen.«

»Ich möchte euch hiermit«, sagte Assail, »meinen Geschäftspartner vorstellen. Meinen *ehemaligen* Geschäftspartner.«

Die braunen Augen des Untoten irrten umher, die mit schwarzem Blut verschmierten Lippen öffneten und schlossen sich langsam wie die eines Fischs auf dem Trockenen.

Die anwesenden Brüder fluchten.

Doch als George neben dem Sessel von Wrath knurrte, griff der König in sein Fell und beruhigte ihn. »Woher wissen wir, dass es nicht irgendein dahergelaufener Jäger von der Straße ist?«

»Weil ich es sage.«

»Auf dein Wort würde ich nicht allzu viel geben …«

»Ich schon.« Assail ließ den Kopf in der Kiste verschwinden und stellte sie auf den Boden. »Ich weiß nämlich, wo die *Lesser* ihren Stützpunkt haben.«

Es wurde still.

Wrath beugte sich vor und richtete die Panoramasonnenbrille auf den Drogendealer. »Tatsächlich.«

»Aye.«

Wrath blähte die Nasenflügel und prüfte den Geruch seines Gegenübers. »Er sagt die Wahrheit, Jungs.«

Auf der Stirn des Drogendealers bildete sich eine Zornesfalte. »Selbstverständlich tue ich das. Du hast mir verboten, Geschäfte mit der Gesellschaft der *Lesser* zu unterhalten. Ich habe deinen Befehl befolgt. Wenn die Bruderschaft ihren Stützpunkt stürmt und die ganze Bande ausradiert, muss ich nicht länger beweisen, dass ich mich deinen Befehlen beuge, und kann wieder ungestört meinen Geschäften nachgehen. In diesem Punkt decken sich unsere Interessen. Wenn du Unterstützung brauchst, melde ich mich freiwillig mit meinen Cousins zum Kampf.«

»Dein Großmut rührt mich.«

»Damit hat es nichts zu tun. Wie ich schon sagte: Ich bin Geschäftsmann. Ich werde alles tun, um mein Unternehmen fortzuführen, und mir ist sehr wohl klar, dass du und die hier Anwesenden in der Lage seid, meine Geschäfte zu vereiteln. Also habe ich die nötigen Schritte unternommen, um mir eure Zustimmung zu sichern – obwohl es mir Unannehmlichkeiten bereitet und mein Einkommen schmälert, weil ich mir ein neues Netzwerk aufbauen muss.«

Rhage sah sich unter seinen Brüdern um. Die Luft begann zu summen. Und auch er war mehr als bereit für eine anständige Schlacht, für die Chance, diesen untoten Widerlingen die Plünderungen heimzuzahlen.

Welch unerwartete Wendung.

»Soweit ich weiß« – Assail deutete auf den Pappkarton – »ist dies der Haupt-*Lesser*. Er war allein, als ich ihn überwältigt habe, und ich habe ihn absichtlich nicht zu seinem Schöpfer geschickt. Für einen kurzen Zeitraum wird seine Abwesenheit nicht auffallen.«

V meldete sich zu Wort. »Und wo befindet sich dieser Sündenpfuhl?«

»In der Brownswick-Mädchenschule. Das Internat steht seit geraumer Zeit leer, sie haben die Schlafsäle bezogen.«

»Und versuchen sich an schriftlicher Division«, murmelte jemand.

»Oder schreiben Aufklärungsbücher für Jäger«, bemerkte ein anderer.

Assail unterbrach das Gemurmel. »Ich weiß seit Monaten von ihrem Standort, schließlich sollte man stets über seine Geschäftspartner informiert sein. Meine Cousins waren heute Nacht auf dem Grundstück und haben mir bestätigt, dass sie noch dort sind. Ich nehme an, ihr wollt die Gegend ebenfalls auskundschaften, bevor ihr eine Belagerung startet.«

Sofort redeten die Brüder durcheinander und meldeten sich für die Erkundung – doch Wrath hob die Hand und sorgte für Ruhe.

»Dürfen wir den behalten«, fragte er und nickte in Richtung der Kiste, »oder möchtest du ihn dir als Trophäe über den Kamin hängen?«

»Ich stelle ihn dir zur Verfügung, genauso wie die Informationen, die ich dir soeben geliefert habe. Verfahre damit nach deinem Belieben.«

»Wo ist der Rest von ihm?«

»An der Route 149 gibt es eine verlassene Farm. Das südliche Feld grenzt an einen Wald, an dessen Rand findet ihr den Rest seines Körpers und seinen Geländewagen.«

Wrath lehnte sich zurück und schlug die langen Beine übereinander. »Dieser Ausgang gefällt mir viel besser, als dich töten zu müssen.«

»Ich bin nicht erfreut darüber.«

»Besser als ein Sarg«, meinte Rhage.

Der Drogendealer sah ihn an. »Das stimmt.« Damit machte er kehrt und ging auf die Tür zu. »Ihr wisst, wo ihr mich findet, solltet ihr noch Fragen haben oder Unterstützung für den Angriff brauchen.«

Butch öffnete die Schiebetür für ihn und brachte ihn zum Ausgang.

Erst als er zurück war und die Tür zum Esszimmer geschlossen hatte, sagte wieder jemand etwas.

»Wenn das der Haupt-*Lesser* ist«, meinte Wrath, »weiß Omega auf der Stelle Bescheid.«

»Aber er wechselt sie mittlerweile so häufig aus«, bemerkte V. »Außerdem wurde er nicht von uns getötet. Vielleicht setzt er einfach den Nächsten ein und kümmert sich nicht weiter darum.«

»Vielleicht.« Wrath nickte in Richtung der Kiste. »Schafft das weg, wenn ihr nach dem Rest von ihm seht.«

»Ich kann fahren«, bot Butch an. »Und ihn endgültig aus dem Verkehr ziehen.«

V schüttelte den Kopf. »Du kannst dich nicht dematerialisieren. Zu gefährlich …«

Auf einmal tönten alle Handys gleichzeitig los. Es klang wie die Titelmelodie der *Sesamstraße,* als all die Piep-, Klingel- und Summtöne durcheinander losgingen.

Rhage griff wie alle anderen in die Tasche und fragte sich, was es wohl gab. Tohr hatte dienstfrei und war zu Hause. Rehv hasste Handys. Und Lassiter konnte keine Gruppen-SMS mehr versenden, seit V die Funktion auf seinem Samsung deaktiviert hatte. Außerdem wäre es in seinem Fall ein Chor aus Denis Learys »I am an Asshole« gewesen, den sie sich alle als Klingelton für den Engel eingerichtet hatten.

»Scheiße«, sagte jemand.

Rhage musste die Nachricht zweimal lesen. Dann ließ er das Handy sinken und schloss die Augen.

»Schön langsam sollte mir jemand sagen, was los ist«, knurrte Wrath.

»Selena«, hörte Rhage sich sagen. »Sie ist zusammengebrochen.«

iAm saß auf dem zerwühlten Bett in seiner Wohnung im Commodore und überprüfte unauffällig, ob an der Robe von *Maichen* auch alles in Ordnung war und nichts zerknittert oder verrutscht war. Sie sollte nicht aussehen, als hätte man sie nach allen Regeln der Kunst durchgevögelt, wenn er sie ins Territorium zurückschickte.

Auch wenn genau das der Fall war.

»Morgen Nacht«, sagte er.

»Ja.«

»Gut.« Scheiße, er wusste nicht, ob er es so lange aushalten würde. »Das ist gut.«

Er winkte sie näher und setzte ihr behutsam die Kopfbedeckung auf, sodass der Gitterschleier an der richtigen Stelle saß. Es widerstrebte ihm, sie zu verhüllen. Als würde er sie gefangen nehmen, obwohl sie kommen und gehen konnte, wie es ihr beliebte.

Weitestgehend zumindest.

»Bis morgen«, drang ihre schöne Stimme gedämpft durch den Schleier.

Er nahm ihre Hand. Eigentlich wollte er sie nur kurz drücken, doch er konnte einfach nicht loslassen.

»Maichen«, er holte tief Luft. »Was würdest du davon halten, ganz zu mir zu kommen? Nach Caldwell, meine ich. Ich könnte für dich sorgen. Ich würde mich darum kümmern, dass du in der Stadt sicher bist.«

Wenn auch definitiv nicht in dieser Wohnung, so viel stand fest – s'Ex wollte diese vier Wände sicher wieder für seine Sex-Orgien nutzen, sobald die Trauerzeit vorbei war …

Aber halt. In diesem Moment würden sie Trez zurückholen wollen.

Egal.

Dann eben woanders.

Als sie zögerte, sagte er: »Du müsstest niemandem dienen. Du könntest frei sein.«

Bei mir, dachte er.

Natürlich war das vollkommen verrückt, doch seit einer Weile hatte er das Gefühl, dass die Zeit verdammt knapp war. iAm hatte keine Lust mehr zu warten. Besonders nicht auf etwas, das sich so wundervoll anfühlte, im Gegensatz zu all den Magenschwingern, mit denen er sonst zu tun hatte.

»Du wärst in Sicherheit«, wiederholte er. »Ich würde dich beschützen, bei meinem Leben. Da draußen gibt es eine ganze Welt zu entdecken, du könntest so vieles tun, neue Orte erforschen, Schulen besuchen. Die meisten Menschen sind Idioten, aber sie lassen dich in Frieden.«

Blitzartig entrollte sich die Vorstellung von der Zukunft wie ein goldenes Band. Vor seinem geistigen Auge sah er, wie er im Sal's für sie kochte, wie er sie stolz seinen Kellnern vorstellte, wie er sie vielleicht zu einem Essen ins Haus der Bruderschaft mitnahm.

Dabei ignorierte er geflissentlich diese Sache mit der Flucht vor der s'Hisbe.

»iAm«, flüsterte sie.

Scheiße. Ihr Tonfall sagte alles.

Er wollte es nicht hören. »Du könntest ein richtiges Leben führen. Du bist so viel mehr als eine Dienerin. Hier draußen könntest du endlich leben.«

Mit mir, führte er den Satz in Gedanken zu Ende.

Er war ihr komplett verfallen. Er konnte es nicht allein

darauf schieben, dass sie sein erstes Liebesabenteuer war, es war viel mehr als das. Tief in seiner Seele *kannte* er sie.

Auf dem Nachttisch meldete sein Handy den Eingang einer Nachricht.

»Denk darüber nach«, drängte er. »Ich weiß, das wäre ein großer Schritt – also antworte nicht gleich. Geh heim, und pass auf dich auf, wir sehen uns morgen.«

Er stand auf und führte sie durch das Wohnzimmer zur Terrassentür. Einen Moment später war sie verschwunden, als hätte sie nie existiert – und einen Augenblick lang fragte er sich, ob er sich das alles nur einbildete.

Es wirkte gänzlich surreal.

War er wirklich dabei, sich zu verlieben?

Er schloss die Tür, um zurück in sein Zimmer zu gehen und das Bett zu machen – vor allem, damit keine unangenehme Unterhaltung entstand, falls s'Ex zurückkehrte. Doch stattdessen blieb er vor der Schiebetür stehen und starrte in die Nacht hinaus, während sich seine Gedanken um das Wenn und Aber drehten.

Wieder meldete sich sein Handy, diesmal war es ein Anruf. iAm riss sich von seinen Gedanken los, ging durch den Flur ins Schlafzimmer und zum Nachttisch. Das Display leuchtete auf.

Er griff danach und ging dran. »Rhage, alles in …«

»Trez braucht dich. Auf der Stelle.«

»Ist es …«

»Ja. Sie ist in der Klinik.«

iAm schloss die Augen. »Sag ihm, dass ich auf dem Weg bin.«

Er legte auf, vergaß die Sache mit dem Bett und rannte zur Glastür. Dann stand er draußen in der kalten Luft und versuchte, sich zu dematerialisieren, doch sein klopfendes Herz und der Tumult in seinem Inneren machten es ihm unmöglich, sich zu konzentrieren.

Erst als er sich vorstellte, wie Trez allein mit dieser Tragödie kämpfte, konnte er sich zusammenreißen. Im nächsten Moment stand er auf den Stufen vor dem Haus der Bruderschaft. Er platzte in die Vorhalle und wartete ungeduldig, bis ihm ein *Doggen* aufmachte, zu dem er keine zwei Worte sagte, bevor er an ihm vorbeirannte.

Dann hastete er ins Trainingszentrum hinunter, und als er schließlich durch den Büroschrank und durch die Glastür in den Gang gelangte …

… kam er schlitternd zum Stehen.

Es mussten an die … vierzig Leute sein, die vor dem Untersuchungszimmer warteten. Sie standen, saßen und liefen umher. V rauchte, während Butch mit dem Fuß tippte, als ob man seinen Knöchel an die Steckdose angeschlossen hätte. Phury lief auf und ab wie ein eingesperrtes Tier. Z stand stocksteif da. Bella wiegte Nalla in den Armen. Autumn hielt Tohr um die Hüften, als wäre sie das Einzige, das ihn vor dem Umkippen bewahrte. Rhage war allein, er stand etwas abseits. Selbst Wrath war da, zusammen mit Beth, dem kleinen Wrath und George.

Alle Auserwählten waren gekommen. Alle, inklusive Amalya.

Am nächsten zur Tür stand Rehvenge.

iAm schloss die Augen. Er konnte nicht fassen, dass sie alle gekommen waren.

Auf seinem Weg zur Tür umarmten ihn Leute, nahmen seine Hände, drückten seine Schultern. Er bemühte sich, ihnen zu danken und zu antworten, aber er konnte kaum klar denken. Als er vor Rehv stand, schüttelte er nur den Kopf.

»Was ist geschehen?«

»Sie ist vor zwanzig Minuten zusammengebrochen – oder wie man es auch nennen will. Sie versuchen, ihr zu helfen. Er hat nach dir gefragt.«

Die amethystfarbenen Augen von Rehvenge hatten einen Stich ins Rote angenommen.

iAm hätte eine Minute für sich gebrauchen können, um sich zu sammeln, aber er hatte schon so viel versäumt. Da drinnen passierte wer weiß was, und es gab nur einen Weg, es herauszufinden.

Er öffnete die Tür und zuckte zusammen. Selena lag wieder auf dem Untersuchungstisch, und es versetzte ihm einen Stich, sie in ihrer verrenkten Haltung zu sehen.

Trez kniete auf Kopfhöhe neben ihr und blickte in ihre Augen. Seine Lippen bewegten sich, als er leise mit ihr redete, umgeben von piependen Apparaten, Kabeln, Schläuchen und Manschetten. Ihre Kleidung hatte man aufgeschnitten und entfernt, dafür hatte man sie mit einem dünnen weißen Laken zugedeckt.

iAm nickte Ehlena, Jane und Manny zu, ging zur Untersuchungsliege und kniete neben Trez nieder. Der erschrak und sah sich um, als hätte er vergessen, dass außer ihm noch jemand im Raum war.

»Du bist da«, sagte er.

»Ja.«

Trez wandte sich wieder Selena zu. »Sieh nur, wer gekommen ist: iAm.«

Seine sonst so kräftige Stimme klang näselnd und erstickt, wie von einem Synthesizer verzerrt.

»Hallo Selena«, sagte iAm.

Als sie ihm den Blick zuwandte, zwang er sich zu einem Lächeln, trotz der überwältigenden Trauer und Sorge, die er empfand. In ihren Augen stand Angst. Todesangst.

Wie sollte es auch anders sein.

Trez fing wieder an zu murmeln, und iAm schielte zu Manny und zog fragend eine Braue hoch. Der Heiler schüttelte kaum merklich den Kopf.

Scheiße.

30

Trez hoffte auf ein Wunder.

Die nächsten sechs bis acht Stunden wartete und betete und redete er, bis seine Stimme versagte. Er umhüllte seine Geliebte mit seiner Energie, nicht einmal, sondern zweimal. Doch sie blieb, wo sie war, gefangen in ihrem erstarrten Körper, und ihre Lebensfunktionen wurden allmählich immer schwächer. Von Zeit zu Zeit schloss sie die Augen.

Nur um sie wieder aufzureißen und durch immer blassere Lippen zu keuchen.

Später würde er sich an den Moment erinnern, als sie den Punkt erreichten, von dem ab es kein Zurück mehr gab.

Das war, als die ärztliche Belegschaft die Apparate ausschaltete, die zu Beginn hin und wieder Alarm geschlagen hatten, mittlerweile aber durchgehend piepten.

»Ist es …«, seine Stimme kratzte, und er räusperte sich, »Zeit für weitere Röntgenaufnahmen?«

Jane kam zu ihm und sagte leise: »Trez, wir würden gern mit dir reden.«

Manny nickte. »Vielleicht draußen auf dem Gang.«

»Nein. Ich verlasse sie nicht.« Er strich Selena das Haar aus der Stirn und war erleichtert, als sie ihn ansah. »Ich verlasse dich nicht, meine Königin.«

iAm bückte sich zu ihm hinunter und flüsterte: »Möchtest du, dass ich mit ihnen rede?«

Es dauerte eine Weile, bis Trez antwortete. Er wollte nicht hören, was sie zu sagen hatten. Obwohl er es tief im Herzen schon wusste. Er wusste, dass es diesmal nicht mehr in Ordnung kommen würde, doch er wollte nicht, dass es ausgesprochen wurde.

Aber ihr Keuchen und Aufschrecken zermürbte ihn.

»Ja, bitte«, sagte er höflich. »Danke.«

Sie gingen ins Nebenzimmer, zusammen mit Ehlena.

Plötzlich wurde ihm bewusst, dass er mit Selena allein war. Er beugte sich zu ihr, streichelte ihr Haar und streifte mit den Lippen über ihren Mund.

Oh nein, ihre Lippen waren so kalt!

Er hätte gern die Augen geschlossen, fürchtete aber, etwas zu verpassen. Stattdessen wartete er ein paar Herzschläge lang.

Ich möchte frei sein. Meine größte Angst ist es, in meinem Körper gefangen zu sein.

»Selena«, sagte er, und seine Stimme war so dünn wie seine Haut. »Selena, kannst du mich ansehen? Kannst du mich hören?«

Sie blinzelte zweimal, was mittlerweile ihr Zeichen für »ja« war.

»Ich muss wissen …« Er schluckte. »Ich muss wissen, ob du gehen willst?«

Als Antwort stiegen ihr Tränen in die Augen … ihre wundervollen blauen Augen, und auch er begann zu weinen. Mit dem Empfinden tiefen Schmerzes wischte er ihr die Tränen von der Nase und den Wangen. Um die eigenen kümmerte er sich nicht.

»Meine Königin, ist es Zeit für dich zu gehen? Sag mir, wenn es so ist.«

Sie sah ihm fest in die Augen.

Sie blinzelte einmal. Und dann ... ein zweites Mal.

Gütiger Himmel.

»Verstehe ich dich richtig?«, fragte er. »Möchtest du, willst du das hier ... beenden?«

Mittlerweile weinten sie beide hemmungslos. Sie musste nicht blinzeln, er wusste in seinem Herzen, was sie wollte – und doch wartete er ein weiteres Mal auf ihr Zeichen. Er musste sich ganz sicher sein und durfte keinen Fehler machen.

Sonst würde er nicht damit leben können.

»Ist es Zeit?«, flüsterte er.

Sie blinzelte einmal ... und dann erneut.

Jetzt schloss er die Augen und wankte, als hätte man ihm ein gewaltiges Gewicht auf die Schulter gelegt und es nicht gut ausbalanciert.

Als er die Augen wieder aufschlug, waren iAm und die Ärzte zurückgekehrt. Ein Blick in das versteinerte Gesicht seines Bruders verriet ihm, dass das Gespräch draußen von wenig bis keinem Optimismus gekennzeichnet gewesen war.

iAm kam zu ihm und achtete darauf, Selena anzusehen und dabei zu lächeln – was Trez ihm hoch anrechnete. Dann beugte er sich zu ihm und flüsterte: »Sie können nichts tun. Die Entzündungshemmer schlagen nicht an, und die letzten Röntgenaufnahmen haben Veränderungen gezeigt, die sich vom letzten Schub unterscheiden. Die Gelenke – oder was mal Gelenke gewesen waren – erscheinen jetzt nicht mehr grau sondern leuchtend weiß, so dicht wie Metall. Das war beim letzten Mal anders. Ihre Vitalwerte sind schwach und verschlechtern sich zusehends, trotz der Medikamente, die sie ihr gegen die langsame Atmung und den unregelmäßigen Herzschlag gegeben haben. Sie denken, dass … es zu Ende geht.«

Trez nickte, dann wandte er sich Selena zu und streichelte ihr Gesicht. »Sie ist bereit zu gehen«, krächzte er heiser. »Sie hat es mir gesagt. Können wir ihr … irgendwie helfen?«

Manny trat zu ihnen. »Wir können es ihr leichter machen. Wenn sie sich sicher ist.«

»Das ist sie.«

iAm beugte sich erneut zu ihm und flüsterte etwas.

Trez holte tief Luft. »Selena, möchtest du deine Schwestern sehen? Phury? Die Directrix? Sie sind alle hier. Sie stehen gleich vor der Tür.«

Als Antwort schloss sie die Augen. Einmal. Und öffnete sie nicht mehr, bis er von neuerlicher Panik ergriffen wurde.

Doch sie schlug sie wieder auf. Sie war noch bei ihm.

Jetzt kamen die Tränen immer schneller, und er wünschte, er könnte sich genug konzentrieren, um in ihren Geist einzudringen, doch das ging nicht. Er war zu fertig, zu aufgewühlt, zu sehr von Trauer erfüllt. Und er verstand auch so, was sie meinte.

»Du möchtest nicht, dass sie dich so sehen.« Selena blinzelte. »Aber du liebst sie, und sie sollen wissen, dass du sie vermissen wirst.« Selena blinzelte. Blinzelte noch einmal. »Du möchtest, dass ich für dich Lebewohl sage.«

Sie blinzelte zweimal.

»In Ordnung, meine Königin.«

Dann entstand eine merkwürdige Pause.

Später, als er die Geschehnisse wie besessen in allen Einzelheiten durchging, jede Stunde, die während der Krise verstrich, jedes Detail des Zimmers und der Leute um sie herum, jede Regung ihres Gesichts und jedes Wort, das er zu ihr gesagt hatte, würde er über diesen Moment nachdenken. Es war ein wenig so, wie in den Lauf einer Pistole zu blicken, bevor man erschossen wurde.

»Ich liebe dich«, sagte er. »Ich liebe dich bis in alle Ewigkeit.«

Zärtlich streichelte er ihr Gesicht und betete, dass sie seine Berührung spürte. Doch er wusste es nicht. Ihr Gesicht hatte eine beängstigend graue Farbe angenommen.

Er wechselte die Hände, um sie mit der Rechten zu halten, während er mit der Linken tastete nach …

iAm war wie immer bei ihm, nahm seine Hand mit festem Griff und gab ihm Kraft.

Ohne seinen Bruder hätte er es nicht durchgestanden.

»Okay«, sagte Trez in den Raum. »Wir sind bereit.«

Manny trat an die Infusionsnadel, eine gefüllte Spritze in der Hand. »Die erste Gabe ist ein Betäubungsmittel.«

Trez beugte sich auf dem Stuhl vor, den man ihm gegeben hatte, näherte sich mit dem Mund Selenas Ohr und flüsterte: »Ich liebe dich bis in alle Ewigkeit …«

Er wiederholte die Worte, bis er nicht mehr wusste, wie oft er sie gesagt hatte. Er wollte nur, dass sie das Letzte waren, was sie hörte.

»Das hier ist die letzte Gabe«, sagte jemand. Vielleicht Manny, vielleicht jemand anderer.

Trez sagte seinen Satz schneller. Und schneller.

»Ich liebe dich bis in alle Ewigkeit, ich liebe dich bis in alle Ewigkeit, ich …«

Dann verstummte er plötzlich.

Er wusste nicht, woran er es merkte.

Doch sie war fort.

Er lehnte sich zurück und blickte in ihre offenstehenden Augen. Sie waren so schön wie eh und je … doch es war kein Leben mehr darin.

Der magische Funke war verglommen.

Und ihre Seele, die kein brauchbares Zuhause mehr hatte, war mit ihm gegangen.

Die Stille und Reglosigkeit des Todes war eine Leere in sich selbst, ein schwarzes Loch, das alles verschlang. Der Sog war so stark und infektiös, dass er das Leben der Umstehenden ins Stocken brachte und sie vorübergehend lähmte.

Trez legte das Gesicht auf die Untersuchungsliege und ließ die Hände los, die ihn gehalten hatten, ihre und die seines Bruders. Dann schlang er die Arme um seine Geliebte und weinte mit solch überwältigender Trauer, dass überall im Raum Glas zerbarst, die Türen der Stahlschränke splitterten und aus den Halterungen fielen, selbst der Computerbildschirm und Teile der OP-Leuchte über ihnen brachen in Scherben.

Er hatte sich auf diesen schrecklichen Moment vorbereitet, seit er sie vor dem Friedhof im Heiligtum gefunden hatte, hatte sich insgeheim gewappnet und sich der Trauer probeweise gestellt, so wie man die Hitze einer Herdplatte testete oder den beißenden Geruch einer Substanz.

Doch die Wirklichkeit war unglaublich viel schlimmer als seine finstersten Prognosen.

Er war wie das gesplitterte Glas um ihn herum.

Vollkommen zerstört, nicht mehr zu reparieren.

31

So fühlte es sich also an, wenn man zusehen musste, wie eine geliebte Person vom Auto überfahren wurde, dachte iAm, als er seinen Bruder schluchzen sah.

Die Gefühle von Trez hatten die Klinik in eine Gefriertruhe verwandelt. Es war so kalt geworden, dass sich Atemwölkchen vor den Gesichtern der Umstehenden bildeten und alle fröstelten. iAm blickte auf und sah, dass die drei Mediziner ebenfalls in Schockstarre verfallen waren. Manny rieb sich die Augen mit den Daumen, Ehlena zog ein Taschentuch aus ihrem Kittel, Jane wischte sich mit den Handflächen übers Gesicht.

iAm ging auf die Knie und massierte seinem Bruder den Rücken. Er war sich nicht sicher, ob er es als tröstlich oder irritierend empfand – vermutlich merkte er es gar nicht.

Irgendwann holte Trez bebend Luft und lehnte sich zurück.

In iAms Reichweite stand ein Beitisch mit blau-weißen Handtüchern. Er nahm eins vom Stapel und hielt es seinem Bruder hin.

Mit Taschentüchern brauchte man gar nicht erst anzufangen.

Trez rieb sich das Gesicht und atmete dann noch ein paarmal tief durch. Dann lehnte er sich erneut zurück und blickte starr geradeaus.

»Ich möchte die Vorbereitungen treffen«, presste er heiser hervor.

»In Ordnung«, sagte iAm. Als die Mediziner kollektiv die Brauen hochzogen, erklärte er: »Ich habe alles, was er braucht. Ich habe die Sachen vor ein paar Tagen in der Umkleide deponiert.«

Das hatte er noch erledigt, bevor er sich ins Territorium aufgemacht hatte, nur für den Fall, dass er nicht zurückkehrte.

Obwohl das eigentlich bescheuert war. Hätte man ihn dort festgehalten, hätte er niemandem sagen können, wo der ganze Mist zu finden war.

»Kann er diesen Raum hier benutzen?«, fragte iAm, obwohl das eigentlich keine Frage war.

»Natürlich«, sagte Doc Jane. »Er wird ganz für sich sein.«

»Danke.« iAm tätschelte seinem Bruder das Knie. »Ich bin gleich zurück, okay? Ich hole das Material.«

»Danke«, sagte Trez tonlos.

iAms Knie knackten, als er aufstand, und ihm wurde bewusst, dass er eine ziemlich lange Zeit in der Hocke verbracht hatte.

Er ertrug es kaum, Selena anzusehen. Es war einfach zu verdammt hart.

Er ging zu Manny, umarmte ihn auf männliche Art, dann nahm er Jane und Ehlena etwas sanfter in die Arme.

»Danke, dass ihr euch so gut um die beiden gekümmert habt.«

Manny schüttelte den Kopf. »Es wäre anders ausgegangen, hätten wir das wirklich gekonnt.«

»Manchmal …«, iAm zuckte die Schultern, »… ist man einfach machtlos.«

Er drückte gegen die Tür … und blickte verwundert auf die Farbsplitter an seiner Hand. Unglaublich, der Stahl hatte sich verzogen, die Tür passte nicht mehr in den Rahmen.

Draußen gab es niemanden, der nicht feuchte Augen hatte. »Was können wir tun?«, fragte der König, trat einen Schritt vor und streckte die Hand aus.

iAm ging auf Wrath zu, schüttelte sie und war überrascht, als er an diese gewaltige Brust gerissen wurde. Einen Moment lang ließ er sich von der immensen Kraft des Königs einhüllen, bis er das Gefühl hatte, getragen zu werden.

Doch dann musste er sich wieder zusammenreißen. Er hatte sich um praktische Dinge zu kümmern.

Als er sich aus der Umarmung löste, bemerkte er die Auserwählten in ihren Roben und fühlte sich ihnen plötzlich selbst verwandschaftlich verbunden.

»Trez wird es euch später sagen«, erklärte er. »Aber sie wollte euch wissen lassen, dass sie euch über alles geliebt hat. Es war schwer, am Ende … sie konnte sich kaum mehr verständigen. Doch ihre Liebe für euch war da.« Er blickte in die gelben Augen von Phury. »Auch für dich.«

»Sie war eine Frau von Wert«, sagte der Primal in der Alten Sprache. *»Treu der Tradition und ihrer Pflicht ergeben, aber auch als Individuum bedeutsam, mit ihren ganz speziellen Eigenschaften. Es gibt einen Ort für sie im Schleier, heute Nacht und für immerdar.«*

iAm nickte, weil er den Gedanken nicht ertrug, dass Selenas Leben einfach so vorbei sein sollte. Eben noch war sie in ihrem Körper, und dann … *Puff!* … fort, als wäre sie nie da gewesen, und nichts als die schimmernde, mehr und mehr verblassende Erinnerung der anderen blieb, um zu bestätigen, dass sie wirklich auf die Welt gekommen war und gelebt hatte.

»Ich muss etwas für ihn holen. Aus der Umkleide.« Verdammt, er hatte das Gefühl, durch Sirup zu waten. »Um sie vorzubereiten für …«

Er führte den Satz nicht zu Ende.

Als er an Tohr vorbeikam, blieb er stehen. Der Bruder war weiß wie Papier und zitterte. Seine blauen Augen waren zwei Seen der Trauer.

»Es tut mir so leid«, hörte iAm sich flüstern.

»Warum sagst du das?«, brachte Tohr mühsam hervor.

»Ich weiß es nicht. Ich habe keine Ahnung.«

iAm umarmte ihn fest und spürte eine tiefe Verbundenheit mit ihm. Dann löste er sich und drückte Autumn die Schulter. Sicher würde es die beiden ein paar Nächte kosten, bis Tohr seine posttraumatische Belastungsstörung überwunden hatte.

Der Bruder verstand genau, wie es Trez gerade ging.

Rhage war der Letzte in der Reihe, und aus irgendeinem Grund schien er in der schlechtesten Verfassung. Wenigstens stand Mary an seiner Seite.

»Das wird schon wieder«, log iAm.

Dabei war ihm überhaupt nicht klar, wie es weitergehen sollte.

»Du musst mir eine Aufgabe geben«, sagte Hollywood zwischen zusammengepressten Zähnen. »Ich muss … ich muss irgendetwas tun.«

iAm umarmte ihn und ging dann weiter in die Umkleide. Dort atmete er erst einmal durch. Dann eilte er zu den Schließfächern gleich vorne rechts.

Vier schwere Nike-Taschen standen auf vier Schränke verteilt bereit, und er holte sie nacheinander heraus. Dann nahm er zwei in jede Hand, hievte sie hoch und drückte sich wieder durch die Tür in den Gang.

Bei den Schatten war es Brauch, sterbliche Überreste mit sakralen Mineralen und gereinigtem Wasser wieder und wieder zu reinigen, während man eine Litanei von Gebeten vorwärts und rückwärts sprach. Dann hüllte man den Leichnam in duftende Tücher und versiegelte sie mit Wachs, das geschmolzen werden musste.

Er wollte schon an Rhage vorbeigehen, doch dann blieb er stehen und zog die Stirn kraus.

Er sah den Bruder an. »Wie spät ist es?«

Rhage sah auf sein Handy. »Fünf Uhr morgens.«

»Ich hätte tatsächlich eine Aufgabe für dich«, murmelte er. »Wenn die Nacht hereinbricht.«

32

Sobald die Sonne hinter dem Horizont verschwunden war, kam Rhage als Erster aus dem Haus. Er trat aus der Bibliothek auf die leere Terrasse. Die gusseisernen Möbel waren schon für die kalte Jahreszeit eingelagert worden, auch der Pool war entleert und abgedeckt, die Schirme weggeräumt, selbst die Blumenbeete und Obstbäume waren schon auf den Schnee vorbereitet.

Irgendwie passte es zur Stimmung. Es war, als wäre das Anwesen zusammen mit den Bewohnern in Trauer verfallen.

In der Dolchhand hielt er eine Kettensäge, die neben seinem Bein baumelte.

Die hellen Stunden waren eine Tortur gewesen. Die merkwürdig neutralen Nachwehen des Todes, gekoppelt damit, dass niemand rausgehen konnte, hatten das Haus in ein Zombiereich verwandelt.

Doch jetzt war er endlich frei und konnte etwas tun.

Er schritt auf die Bäume zu, die den Rasen säumten, und zwischen ihnen hindurch bis zu der hohen Mauer, die das Anwesen umgab. Zwanzig Meter weiter gab es eine verstärkte Tür. Rhage gab eine Kombination auf einem Tastenfeld daneben ein und wartete auf das metallische Klicken, mit dem sich das Schloss entriegelte.

Dann trat er ins Freie und ließ die Tür weit offen für seine Brüder, Beth, Xhex, Payne und all die anderen.

Der Wald bestand zum größten Teil aus Kiefern, und er schätzte die Dicke ihrer Stämme im Mondlicht ab. Er würde die alten schonen und junge wählen.

Er warf die Säge an, roch Diesel und Schmieröl und genoss die Kraft, als er auf einen Baum mit dreißig Zentimeter Durchmesser zuging. Die Säge fraß sich durch die Rinde in den Stamm wie ein Dolch in Fleisch, es war ein schneller, sauberer, fast schon chirurgischer Schnitt. Und als der Baum mit der buschigen Krone fiel und federnd auf dem Boden landete, ging er zum nächsten, warf die Säge an, fällte ihn, überwachte den Sturz, damit sich niemand verletzte.

Hinter ihm hob Tohr das erste fünf Meter lange Stück an und zerrte es zur Öffnung in der Mauer. Als Nächstes kam Beth. Dann Z. Payne. Butch. John Matthew und Xhex. Blay und Qhuinn. Sie arbeiteten zusammen wie am Fließband, niemand sagte ein Wort.

Keiner hatte sich die Mühe gemacht, Mantel oder Arbeitshandschuhe anzuziehen.

Das Blut ihrer zerschrammten Hände an den Stämmen war Teil ihres Tributs.

In der herbstlichen Nachtluft roch das süße Kiefernharz wie Weihrauch.

Rehvenge hatte ihnen tagsüber bei der Planung geholfen. Für die Verbrennung ihrer Toten bauten die *Symphathen* einen Scheiterhaufen, der aus zwei Teilen bestand: einem dreieckigen Sockel aus neun drei Meter langen, vertikalen Pfosten, auf denen eine robuste Plattform aus neun zwei Meter langen Balken saß, und einem oberen Teil, der aus sechsundneunzig Balken konstruiert war, neunzig davon drei Meter lang, sechs von ihnen nur zwei. Für den oberen Teil wurden die drei Meter langen Stämme je mit einem Abstand von neun *Zemuhs* aufgestellt – was ungefähr zwanzig Zentimetern entsprach. Die folgenden Schichten wurden senkrecht auf die darunter gesetzt.

Ziel war es, ordentlich Luftzug zu erzeugen, damit der Scheiterhaufen lichterloh brannte.

So würden sie es also machen – denn keiner von ihnen kannte eine Alternative. Obwohl weder Trez noch Selena *Symphathen* waren, hielten es alle für das Beste, auf ein bewährtes Rezept zurückzugreifen, als sich selbst eine Konstruktion auszudenken, die dann vielleicht nicht richtig funktionierte.

Also sollte Rhage mindestens fünfundfünfzig Bäume fällen, die mindestens sechs Meter hoch waren. Dann würden sie Äste und Rinde mit Dolchen, Sägen und anderen Werkzeugen entfernen und das Ganze auf dem ebenen Rasenabschnitt westlich vom Haus aufbauen.

Während er arbeitete und die Säge bei jedem Schnitt sprang wie ein wildes Tier, das kaum zu bändigen war, verlor er sich in Gedanken in seiner Vergangenheit mit Mary.

Auch er war einmal an diesem Punkt gewesen und hatte wie Trez am Sterbebett seiner Geliebten gesessen. Er hatte die eiskalte Angst und Fassungslosigkeit im Angesicht dessen erfahren, dass das Leben mit seinen unzähligen Möglichkeiten ausgerechnet zu diesem Punkt kommen konnte. Er war heimgegangen, hatte sich ausgezogen und auf Diamanten gekniet, die seine Haut zerschnitten hatten … und er hatte das Haupt vor der einzigen Gottheit gebeugt, die er kannte, und sie angefleht, Mary zu schonen.

Und die Jungfrau der Schrift war zu ihm gekommen

und hatte ihm den Wunsch gewährt – allerdings zu einem schrecklichen Preis.

Mary würde leben, aber im Gegenzug für dieses Geschenk konnte sie nicht mit ihm zusammen sein. Das war der Preis für diesen unbeschreiblichen Segen, der Ausgleich für das Wunder.

Der Schmerz hatte sich wie ein Universum in seiner Brust aufgetan, wie ein tiefer, tödlicher Schnitt. Er war überrascht gewesen, nicht zu bluten …

Rhage sah zu, wie der nächste Baum tot auf die kalte Erde kippte.

Er wusste genau, wie Trez sich jetzt fühlte.

Nur mit dem Unterschied, dass Mary damals vor zwei Jahren, in seiner dunkelsten Stunde, nachdem er geschworen hatte, sie aufzugeben, damit sie von ihrer Krankheit geheilt werden konnte … in sein Schlafzimmer gestürmt kam, lebendig, unversehrt, geheilt und gerettet, wieder bei Gesundheit.

Und sich mit ihm vereinigen konnte.

Es war das einzige Mal gewesen, dass er in seinem Erwachsenenleben die Sonne sah: Als hätte sich das Dach über ihm aufgetan, und sie wäre allein für ihn aufgegangen, um ihn mit ihrer Wärme und ihrem Licht zu überschütten, so fühlte es sich an, als er Mary an sich drückte.

Die Gnade der Jungfrau der Schrift hatte ihnen ein neues Leben gewährt.

Später hatte er erfahren, dass Mary aufgrund einer früheren Krebsbehandlung unfruchtbar war und die Jungfrau der Schrift entschieden hatte, dass dieses Manko reichte, um das Geschenk des ewigen Lebens auszugleichen.

Deshalb waren Mary und er bis heute zusammen.

Trez war dieses Wunder nicht zuteilgeworden.

Selena war nicht gerettet worden.

Es war wie bei Tohr und Wellsie.

Obwohl Rhage es niemandem gegenüber zugegeben hätte, verstand er nicht, warum er und seine *Shellan* verschont geblieben waren. Nachdem ihn die Jungfrau der Schrift doch schon für sein ungezügeltes Leben mit dem Fluch der Bestie belegt hatte.

Dennoch hatte sie es für richtig gehalten, ihm seine Geliebte zurückzugeben.

Dank der Mutter der Spezies konnte Mary nun frei existieren, ohne zu sterben, solange sie wollte – bis auch er in den Schleier eintrat.

Dass sie beide verschont wurden, erschien ihm so willkürlich, genauso willkürlich wie das Schicksal von Tohr und Wellsie.

Wenigstens war es seinem Bruder gelungen, den Blick wieder nach vorne zu richten.

Für den Schatten konnte er nur dasselbe hoffen.

»Bring das zu meiner Wohnung im Commodore«, bat iAm Fritz, »und häng es von außen an die Terrassentür.«

»Mit Vergnügen, Sire«, antwortete der Butler. Doch dann runzelte er die Brauen. »Sonst noch etwas?«

»Nein.«

iAm verstand nicht, warum Fritz mit leicht verwirrtem Ausdruck vor dem Untersuchungszimmer stehen blieb …

Oh. Ach so. Er hielt den Umschlag noch immer fest umklammert.

Er zwang sich, die Hand zu öffnen, und trat einen Schritt zurück. »Danke.«

»Wenn ich Euch oder Eurem Bruder noch auf andere Weise behilflich sein kann, gebt mir bitte Bescheid. Ich stehe in jeder Hinsicht zu Diensten, besonders jetzt.«

Der *Doggen* verbeugte sich tief und ging dann den Flur hinunter und verschwand durch die Glastür ins Büro.

iAm sah sich um, obwohl er noch immer allein war.

Seine Augen brauchten einfach eine Betätigung, und in dieser Beziehung verstand er, warum Rhage und die Brüder um eine Aufgabe gebeten hatten – und auch, warum die Frauen, die nicht beim Bäumefällen halfen, nach oben gegangen waren und sich an der Zubereitung von Gerichten beteiligten, die traditionell bei Trauerfeiern gegessen wurden. Und warum sich die Auserwählten und der Primal in die Turnhalle zurückgezogen hatten, wo sie alte Rituale begingen, und der Rauch der Weihkerzen, die sie abbrannten, das Trainingszentrum mit ihrem herben und zugleich süßen Duft durchzogen.

Es war ein Durcheinander an Glaubensrichtungen und Bräuchen, alles vermengte sich und drehte sich um das Zentrum der Trauer.

Seinen Bruder.

Deshalb wartete iAm vor dieser Tür.

Irgendwann in den nächsten drei Stunden würde Trez aus dem Untersuchungszimmer kommen, nackt und blutbeschmiert.

Das Kennzeichnen der Brust und des Bauchs eines männlichen Trauernden war der allerletzte Schritt im Vorbereitungsritual einer verstorbenen Gefährtin.

Und als engstem Angehörigen des Trauernden kam es iAm zu, die Wunden mit Salz zu versiegeln, sodass sie sich dauerhaft ins Fleisch gruben.

Er ließ den Salzbeutel baumeln, den er in der Hand hielt. Er bestand aus schwarzem Samt, der von einem goldenen Band zusammengehalten wurde und ein beträchtliches Gewicht hatte.

Unweigerlich fragte er sich, was danach passieren würde. Am Abend darauf.

Wenn die Trauerzeit bei der s'Hisbe vorbei war.

Eine geraume Zeit hatte er darüber nachgegrübelt, wie es wäre, für den Rest des Lebens unterwegs zu sein. Ihre

Schuld gegenüber Rehv war abgegolten, und mit Selenas Tod war Trez theoretisch frei. Er konnte seine Clubs in Caldwell zurücklassen und abhauen.

Was die Königin der Schatten nicht in die Finger bekam, konnte sie nicht in Anspruch nehmen.

Es war die klügste Möglichkeit.

Das Problem war nur … die Sache mit *Maichen*.

iAm blickte erneut auf die geschlossene Tür und malte sich aus, wie sein Bruder seine Geliebte einhüllte – und einen Moment lang fragte er sich, ob Trez in der Verfassung war, mit ihm zu fliehen.

Vermutlich nicht.

Scheiße. Es war durchaus möglich, dass Trez das selbst in die Hand nahm und die Probleme ein für alle Mal löste.

Indem er sich eine Kugel in den Kopf setzte.

33

Trez hatte keine Erinnerung an seine Geburt.

Doch als er jetzt auf die Tür zum Flur zuging, hatte er das Gefühl, sie aufs Neue zu durchleben. Nach Stunden und Stunden, die einzig aus Schmerz bestanden hatten, geprägt von einer Erschöpfung, die an die Existenz ging, legte er nun die Hand auf den abgeplatzten Lack der Tür und erkannte, dass er sie, obwohl sie keine echte Barriere zwischen ihm und der anderen Seite darstellte, nur öffnen konnte, indem er schob, drückte, sich hindurchzwängte und sich aus der Zeitblase befreite, in der er sich befunden hatte.

Eine Lebensspanne trennte den Mann, der er gewesen war, als er mit Selena in den Armen hier heruntergekommen war, von dem … der er jetzt war.

Eine Lebensspanne.

Und wie im Mutterleib konnte er auch hier nicht länger bleiben.

Er hatte eine letzte Pflicht zu erfüllen. Nicht dass er die Kraft dafür besessen hätte.

»Selena«, flüsterte er.

Ihr Name auf seinen trockenen Lippen war der Schlüssel für die weitere Passage, und er trat in eine Welt hinaus, die ihm so neu war wie zur Geburt.

Er war hilflos wie ein Baby.

Und ähnlich wie bei seiner Geburt … wartete iAm bereits auf ihn.

Sein Bruder riss den Kopf so schnell hoch, dass er gegen die Betonwand stieß, an der er lehnte. »Hey …«

Sein Blick streifte an ihm abwärts, und Trez blickte nun auch selbst an sich herab. Seine schwarzen Slacks waren voll mit seinem Blut und Kerzenwachs und Fasern von Mullgewebe. Seine Brust war von Wunden zerfurcht. An seinen Händen klebte das gleiche Zeug.

»Salz«, sagte Trez. »Wir brauchen …«

Seine Stimme klang wie eine Klarinette mit defektem Blatt im Mundstück. Aber er hatte auch stundenlang ununterbrochen mit seiner Königin gesprochen. So viele Gebete. Schon merkwürdig, wie sie ihm alle wieder eingefallen waren … obwohl er die Verse in der Sprache der Schatten seit Ewigkeiten nicht gesprochen oder gehört hatte …

Was wollte er gleich wieder hier draußen?

Als iAm den schwarzen Samtbeutel hochhielt, fiel es ihm wieder ein.

Es war so einfach, sich zu Boden fallen lassen. Seine Knie fingen den Stoß ab, der sicher hart war, den er aber gar nicht spürte.

Er legte den Kopf in den Nacken und schob die Brust nach vorne, sodass die Schnitte, die er sich zugefügt hatte, aufklafften und aufs Neue anfingen zu bluten.

»Bist du bereit?«, fragte iAm, der vor ihm stand.

Trez gab einen Laut von sich, der selbst in seinen Ohren sowohl ja als auch nein bedeuten hätte können oder etwas vollkommen anderes. Doch seine Körperhaltung sprach für sich.

Die Luft presste sich explosionsartig aus seiner wunden Kehle, als das Salz aus dem Beutel auf seine Wunden traf. Es brannte so stark, dass sein Herz aus dem Takt geriet und es ihm den Atem verschlug – doch er nahm den Schmerz bereitwillig an, als einen Dienst an Selena.

Diese Prozedur würde ihn für alle Zeiten mit ihr verbinden.

Es war wie bei der Vereinigungszeremonie – nur dass seine Frau nicht mehr bei ihm war. Und nachdem dieses heilige Vereinigungsritual auf den Kopf gestellt wurde, erschien es nur logisch, dass ihn lähmende Trauer statt Freudentaumel erfüllte, dass er nicht eins mit ihr wurde, sondern seine Einsamkeit ohne sie bekräftigte.

Als längst kein Salz mehr im Beutel war, blieb er in seiner Haltung sitzen. Er konnte sich nicht bewegen, weil sich sein Rücken und seine Schultern verkrampft hatten, vielleicht aus Solidarität mit Selena, vermutlich aber, weil er die letzten zehn oder fünfzehn Stunden in gebückter Haltung zugebracht hatte. Außerdem wollte er sich auch gar nicht bewegen, denn sosehr er diese Rituale hasste, die förmlich schrien *Sie ist tot,* wollte er nicht, dass sie endeten.

Jeder Moment, der verstrich, jede Minute in dieser neuen Realität war ein Schritt von ihr weg. Und all diese kleinen Schritte würden sich, wenn genug von ihnen zusammenkamen, in Nächte verwandeln, aus denen Wochen und Monate wurden … und dieser Zeitraum wäre das Maß seines Verlustes.

Es führte ihn von ihr fort.

Während er die letzten Akte der Fürsorge an ihr vollzogen hatte, hatte ein Teil von ihm die Geschehnisse wie besessen rückwärts abgespielt. Der Besuch der kleinen Gestalt in der schwarzen Robe im Club, wie er Selena an diesem anderen Ort aus dem leuchtend grünen Gras gehoben hatte, wie sie gemeinsam um ihr Leben gekämpft hatten, bei ihrem ersten Mal in der Klinik. Und schließlich der Zusammenbruch in iAms Zimmer.

Nach der Bestattung musste er als Erstes gleich nach oben gehen und nachsehen, wo ihre Knie auf dem Teppich geruht hatten.

»Sag Fritz, er soll nicht saugen«, platzte es aus ihm heraus.

»Was?«

Trez brachte seinen Kopf mühsam nach vorn und öffnete die Augen. »Richte Fritz aus … er darf nicht saugen bei dir.«

»Okay.« iAm sagte es wie zu einem Lebensmüden, der am Abgrund stand. »In Ordnung.«

Trez blickte auf seine Brust hinab. Überall klebte Salz, teils weiß, teils rosa oder rot vom Blut.

Er betete, dass die *Doggen* heute nicht zu gründlich geputzt hatten. Er musste sich genau erinnern, wo es passiert war. Er musste sich erinnern … wie er in die Klinik gekommen war, wo sein Stuhl neben der Untersuchungsliege gestanden hatte, was er zu ihr gesagt hatte. Wie die Spritze mit den Gaben ausgesehen hatte. Wie … alles vonstatten gegangen war.

Aber nicht aus einer morbiden Faszination heraus, sondern weil er nichts von ihr verlieren wollte.

Nicht eine Erinnerung.

Er rappelte sich auf und murmelte: »Muss Bäume schlagen für …«

»Ist schon geschehen.«

Trez schüttelte den Kopf und wedelte mit der Hand. »Nein, nein, hör zu, ich brauche eine Axt … oder Säge …«

»Trez, hör mir zu.«

»… und Spiritus oder Benzin …«

»Hör zu, warum gibst du mir das nicht einfach.«

»Was?«

iAm nahm vorsichtig seinen rechten Arm. Trez blickte daran hinab und runzelte die Stirn. Er hielt noch immer den Dolch in der Hand. »Oh.«

Er befahl seiner Faust, sich zu öffnen, doch sie zeigte keinerlei Regung. Er versuchte es erneut. »Ich kann nicht loslassen.«

»Dreh deine Hand um.« iAm bog einen Finger nach dem anderen auf. »Na also.«

Als er sich die Waffe an den eigenen Gürtel steckte, versuchte Trez, sein Gehirn in Gang zu setzen. »Aber ich brauche ihn vielleicht für …«

»Die Brüder und die Frauen haben einen Scheiterhaufen errichtet.«

Trez blinzelte. »Im Ernst?«

»Sie haben drei Stunden lang dafür gebraucht. Alles ist vorbereitet.«

Trez schwankte, schloss die Augen und flüsterte: »Wie kann ich das je wiedergutmachen?«

»Hier, zieh die Jacke über, dir ist sicher kalt.«

Rhage sah Mary an. »Entschuldige. Was hast du gesagt?«

Sie hielt einen Parka hoch. »Rhage, es hat null Grad hier draußen, und du läufst im Unterhemd rum.«

Es war nicht so, dass er an ihren Worten zweifelte, doch er blickte auf seine nackten Arme. »Oh. Du hast recht.«

Er bemerkte sehr wohl, dass sie ihn wie ein Kind behandelte, aber irgendwie war das okay. Als sie seinen Arm durch den Ärmel fädelte und ihm die Jacke um den Rücken legte, ließ er sie gewähren.

Jacke. Keine Jacke.

Es war ihm egal.

Sein Blick wanderte zum Scheiterhaufen. Er war höher, als er erwartet hatte, und erhob sich wie ein kleines Haus auf dem flachen Rasen hinter den Beeten und dem Schwimmbecken. Sie hatten eine Art Treppe bauen müssen, damit man ihn besteigen konnte, und nach einer Diskussion und auf den Rat von Rehv hin hatten sie das Fundament mit Benzin übergossen.

Zusammen mit allen anderen stand er in einigem Abstand vor dem Scheiterhaufen, den Wind im Rücken.

Es war eine ziemliche Ansammlung von Leuten, dachte er. Sämtliche Bewohner des Hauses. Die komplette Belegschaft. Alle Auserwählten.

»Hier sind noch Handschuhe für dich«, sagte Mary.

Als sie nach seiner Hand griff, schüttelte er den Kopf. »Ich mache sie nur blutig.«

»Das ist egal. Du hast vielleicht schon Erfrierungen.«

»Ist es so kalt?« Moment, hatte sie nicht gerade erwähnt, wie kalt es war?

»Ja«, sagte sie. »Es ist kalt für die Jahreszeit.«

»Passt irgendwie. Ich finde, es sollte nicht warm sein. Das wäre … Ich finde, wir sollten auch leiden.«

Aus diesem Grund wäre es ihm auch ohne Parka lieber gewesen, aber seiner *Shellan* konnte er einfach nichts abschlagen …

Aus dem Augenwinkel sah er etwas Weißes aufblitzen.

Als er sich umdrehte, stockte ihm der Atem. Trez war auf demselben Weg ins Freie gekommen wie sie alle, durch die Terrassentür der Bibliothek. iAm war direkt hinter ihm.

Und so begann der letzte Gang.

Schritt für Schritt trug der Schatten seine kostbare Fracht über den Rasen auf den Scheiterhaufen zu, den sie gemeinsam errichtet hatten. Ohne sich abzusprechen, teilten sich die Versammelten und bildeten eine Gasse für ihn.

Trez war wie ausgewechselt, aber nicht auf die gute Art. Er sah aus, als hätte er einen monatelangen Fußmarsch mit schlechtem Proviant hinter sich, er war völlig ausgemergelt und am Ende, sein Gesicht war eingefallen, und er hatte die Ausstrahlung eines Kranken, obwohl ihm nichts fehlte.

Rhage erschauderte, als er an ihm vorbeilief.

Die behelfsmäßigen Stufen hinauf zum Scheiterhaufen knarzten unter dem Gewicht von Trez, aber Rhage machte sich keine Sorgen, dass sie einbrechen könnten. Er und Tohr hatten sie mehrere Male zusammen getestet.

Sie hielten stand.

Trez hob sich als dunkle Silhouette vom Nachthimmel ab und verdeckte die Sterne, die am Abend rausgekommen waren. Sein Umriss schnitt eine Schneise in die Galaxie, als hätte irgendein Gott zur Schere gegriffen und das Universum zerteilt wie Stoff.

Er beugte sich herab und legte Selena in der Mitte ab. Dann blieb er noch eine Weile oben, und Rhage nahm an, dass er noch einmal alles ordnete. Sich ein letztes Mal verabschiedete.

Es war gut, dass es außerhalb ihrer Sicht geschah, außer Hörweite. Manche Dinge blieben besser privat, selbst in der wohlwollendsten Umgebung.

Die Fackel, mit der sie den Scheiterhaufen anstecken wollten, kam aus der Gruft. V war zu ihrem Allerheiligsten gelaufen und hatte eine der vielen Fackeln von der Wand im großen Gewölbe genommen – als weitere Geste, mit der man den Schatten und seinen Verlust würdigte. Tohr zündete sie an, als Trez sich schließlich wieder aufrichtete und die Stufen herunterkam. Die Flammen flackerten an der Spitze auf, bereit, sich weiter auszubreiten, unbeeindruckt vom kalten Wind, der heranwehte.

Am Fuß des Holzstapels nahm Trez die Fackel entgegen und wechselte ein paar Worte mit Tohr. Im flackernden Schein sah man deutlich, dass seine Brust wüst zugerichtet und mit Salz verkrustet war, und auch an seiner Hose klebten Salz und Blut und Wachs.

Schon seltsam, die Zeit ließ sich nicht nur an Uhren oder Kalendern ablesen: Der Zustand der Kleidung und der Haut von Trez bezeugte, wie viele Stunden er sich um die Tote gekümmert hatte.

Schließlich trat Tohr zurück und stellte sich neben Autumn.

Trez starrte den Holzstapel an. Blickte nach oben.

Nach langem Zögern trat er an eine Ecke des dreieckigen Fundaments, beugte sich nach vorne und …

Das Feuer sprang los wie ein wildes Tier, das man aus dem Käfig entlässt, raste über die Benzinspuren, fand seine Nahrung und begann, sie zu verzehren.

Trez trat einen Schritt zurück. Die Fackel fiel neben ihm zu Boden, als hätte er sie vergessen.

Mit einem schnellen Schritt trat iAm vor und hob sie auf, und gerade, als er sich abwandte, begann Trez zu schreien.

Während kreidiger Holzrauch, orangegelbe Funken und züngelnde Flammen in den Nachthimmel stieben, schrie Trez voll Wut, den Oberkörper nach vorne geneigt, die Beine gebeugt, als wollte er sich gleich selbst ins Feuer stürzen.

Ohne nachzudenken, sprang Rhage aus der Reihe und rannte auf ihn zu. iAm konnte nicht, er hielt die Fackel in der Hand. Der Bruder packte den Schatten ums Becken, hob ihn hoch und trug ihn drei Meter vom Brandherd weg.

Obwohl sie den Wind im Rücken hatten, war die Hitze enorm.

Trez schien es nicht zu merken – weder dass man ihn fortgezerrt hatte, noch dass er auch jetzt noch in Flammen aufgehen konnte, wenn der Wind drehte.

Er beugte sich vor und brüllte den Scheiterhaufen an, sodass die Muskeln an seinem Hals hervortraten und sich seine Brust hob und senkte, während Rhage ihn mit eisernem Griff umklammert hielt.

Seine Worte waren unverständlich, aber vielleicht waren es auch gar keine.

Manchmal ging die Sprache nicht weit genug.

Manchmal musste man einfach nur schreien.

34

»Um ehrlich zu sein … würde ich lieber hierbleiben«, sagte Paradise und blickte zu ihrem Vater auf.

Er stand vor ihrem Schreibtisch und ließ wie gelähmt den Bericht sinken, den sie ihm gerade gegeben hatte.

»Aber sehnst du dich denn gar nicht nach zu Hause?«

Das Wartezimmer war leer – überhaupt war niemand im Haus außer Vuchie und dem Rest der Belegschaft. Auf dem Anwesen der Bruderschaft hatte es irgendeinen Trauerfall gegeben, und Wrath hatte alle Termine für die folgenden Nächte gestrichen. Paradise kannte keine Einzelheiten, die Nachricht war überraschend eingetroffen.

Sie hoffte nur, dass niemand im Einsatz gestorben war.

»Ich bin wirklich … glücklich hier.« Das stimmte nicht ganz, aber fast. »Es gefällt mir, eine eigene Wohnung zu haben.«

Ihr Vater sah sich um, dann holte er sich einen Stuhl. »Paradise.«

Oh, ja. Seine »Jetzt mal im Ernst, meine Liebe«-Stimme.

Dieser Hausherrenton drückte sie normalerweise noch tiefer in den Sitz als die Schwerkraft.

Aber nicht heute. »Nein«, sagte sie. »Ich komme nicht nach Hause.«

Na toll. Wie sich herausstellte, konnte er noch einen drauflegen: den Schmerz, der in seinen Augen aufblitzte.

Sie hob die Hände ans Gesicht. »Bitte nicht.«

»Ich … ich verstehe es einfach nicht.«

Das überraschte sie nicht. »Vater, ich brauche etwas Eigenes – und damit meine ich nicht einen Gefährten und ein Kind und ein großes Haus irgendwo.«

»Eine Familie zu haben ist keine Schande.«

»Aber es sollte auch keine Schande sein, wenn eine Frau ihr eigenes Leben führen möchte.«

»Vielleicht wenn du den richtigen …«

Sie ließ die Hände auf die Tischplatte fallen und traf dabei die Tastatur, die ein Stück hochsprang. »Ich will mich nicht vereinigen. Niemals.«

Ihr Vater erblasste, als hätte sie ihm erklärt, sie wolle mittags nackt ins Freie laufen.

»Du wirst bald in die Gesellschaft eingeführt.«

»Ich habe jetzt einen Job.«

Langes Schweigen breitete sich aus, während er sie ansah und sie seinem Blick standhielt. »Ist es wegen unseres Streits neulich?«, fragte er.

»Nein.«

»Aber was hat sich geändert, Paradise?«

»Ich habe mich geändert.«

Die Schultern ihres Vaters sackten nach unten wie bei einem geschlagenen Mann. In diesem Moment erkannte sie, dass er zwar nach Altem Recht ihr *Hüter* war, sie jedoch in Wirklichkeit zu nichts zwingen konnte.

Es war traurig, aber diese Erkenntnis war vermutlich längst überfällig.

»Ist es wegen des Trainingsprogramms?«, fragte er.

»Ja und nein. Es geht darum, dass ich mein Leben selbst bestimmen will, statt mir Entscheidungen aufzwingen zu lassen. Ich will einfach … frei sein.«

Ihr Vater schüttelte den Kopf. »Ich vermute, ich gehöre einer anderen Generation an.«

Sie stützte sich mit verschränkten Armen auf den Tisch, beugte sich vor und dachte an die Worte des Zivilisten, der sich die Anmeldung geholt hatte – und ihr seinen Namen genannt hatte, ihr aber nicht die Hand schütteln wollte.

Der, nach dem sie jedes Mal Ausschau hielt, wenn die Haustür aufging.

»Es geht um Selbstschutz, Vater.«

»Wie bitte?«

»Weswegen ich am Trainingsprogramm teilnehmen möchte. Ich möchte lernen, mich zu verteidigen. Das heißt nicht, dass ich in die Innenstadt will, um gegen Jäger anzutreten. Aber sollte mir etwas zustoßen, könnte ich mich besser zur Wehr setzen.«

»Du bist in Sicherheit. Ob zu Hause oder hier …«

»Aber was, wenn ich mal woanders hingehen möchte?«

Als sie die nächste Welle des Schweigens traf, wusste sie genau, was er dachte. Obwohl er es selten laut aussprach, war ihr klar, dass er seine geliebte *Shellan* in Momenten wie diesen besonders schmerzlich vermisste. Bei unangenehmen Unterhaltungen wünschte er sich die Unterstützung ihrer *Mahmen*. Sicher glaubte er, ihr weiblicher Einfluss hätte sich positiv ausgewirkt – eine Annahme, auf die er sich jederzeit berufen konnte, da sie nicht nachgeprüft werden konnte.

Vielleicht hätte ihre *Mahmen* in solchen Momenten helfen können. Vielleicht auch nicht.

Sein Seufzen sprach Bände.

Neben ihr schrillte das Telefon, und sie ging beim ersten Klingeln dran – denn was sie auch am anderen Ende der Strippe erwartete, es war sicher weniger kompliziert als diese Familienangelegenheit.

»Guten Abend«, meldete sie sich.

Nach einer kurzen Pause erwiderte eine männliche Stimme mit fremden Akzent in der Alten Sprache: *»Ist dort das Audienzhaus von Wrath, Sohn des Wrath?«*

Paradise zog die Stirn kraus und antwortete auf die gleiche Weise: *»Ja. Wie kann ich behilflich sein?«*

»In der Wallace Avenue achthundertsechzehn?«

Paradise sah ihren Vater an. *»Was kann ich für Sie tun?«*

»Ihr könnt Eurem König eine wichtige Botschaft übermitteln: Sollte er TrezLath, den Gesalbten, nicht bis morgen Mitternacht aus dem Gewahrsam entlassen und zur Grenze der s'Hisbe überstellen, wird ihre Heiligkeit Königin Rashth, Herrscherin über die Schatten, dies als Kriegserklärung auffassen. Sie beabsichtigt, die heilige Vereinigung des Gesalbten mit der Erbin des Schattenthrons in der ersten Nacht nach Ende der Trauerzeit abzuhalten. Diesen Befehl zu befolgen wird den Vampiren viel Blutvergießen ersparen. Eine Zuwiderhandlung wird Euer ohnehin schon angeschlagenes Volk mit Leid strafen.«

Klick.

Sie nahm den Hörer vom Ohr und starrte den schwarzen Plastikgriff mit den zwei eckigen Muscheln an.

»Paradise?«, fragte ihr Vater. »Wer war das?«

»Wenn das kein Scherz war …«, sie sah ihn an, »haben uns die Schatten gerade … den Krieg erklärt.«

35

Einige Zeit später wurde Trez bewusst, dass er nicht mehr draußen war.

Stattdessen saß er auf seinem Bett im zweiten Stock, die Hände auf die Knie gestützt, sein Körper irgendwie noch immer in Bewegung, obwohl er sich nicht regte.

Nachdem er zugesehen hatte, bis der Scheiterhaufen in sich zusammengefallen und die Flammen erloschen waren, musste ihn jemand hier hochgebracht haben.

Rauschte da nicht eine Dusche?

iAm erschien in der Badezimmertür. »Komm, ich helfe dir.«

»Tust du das nicht immer«, murmelte Trez.

»Wenn die Rollen vertauscht wären …«

Als sein Bruder auf ihn zukam, konnte Trez ihn nur ansehen wie einen Riesen.

Trotz seiner Erschöpfung regten sich Gefühle.

»Du bist«, sagte Trez leise, »der beste Bruder der Welt.«

iAm blieb stehen. Räusperte sich. »Äh … komm, wir ziehen dir die Hose aus, okay? Und bevor du etwas sagst, ja, ich weiß, du hast keinen Hunger, aber ich habe dir etwas zu essen gebracht, und ja: auch Alkohol.«

Als iAm ihm die Hand entgegenstreckte, sah Trez plötzlich wieder Selenas Hand vor sich – erstarrt in ihrer Haltung, während sie auf ewig darauf wartete, dass er ihr aufhalf und sie rettete.

Doch er hatte versagt.

Er senkte den Kopf. Er war zu müde für Tränen, doch das Gefühl, dass er sich für den Rest seines natürlichen Lebens so mies fühlen würde, war wie eine stählerne Rüstung, die innen mit Dornen gefüttert war.

»Komm«, sagte iAm mit brüchiger Stimme.

Trez ließ sich reflexhaft aufhelfen. Ihn kümmerte weder der Dreck auf seinem Körper noch auf der Hose oder das Essen.

Der Alkohol hingegen … könnte vielleicht helfen.

Wenigstens beim Einschlafen.

Auf dem Weg ins Bad klingelte sein Handy auf dem Nachttisch, und er blieb kurz stehen und wunderte sich.

Es erschien ihm merkwürdig, aber vermutlich war es normal. Leute riefen einander an, wenn sie etwas wollten oder brauchten oder einfach mal hören wollten, ob alles in Ordnung war.

Erinnre dich, sagte er sich. So war das …

Seinen nächsten bewussten Gedanken fasste er, als er bereits nackt unter der Dusche stand.

Autsch.

Das war alles, was ihm in den Sinn kam.

Einfach nur … *autsch.* Als das Wasser auf die Wunden in seiner Brust traf.

iAm beugte sich zu ihm hinein und wusch ihm die Haare und den Rest, obwohl sich sein Hemd vorn und an den Ärmeln voll Wasser saugte.

Dann ging es wieder raus, und er wurde abgetrocknet.

Als Nächstes fand er sich auf dem Bett wieder, die Laken um die Hüften, ein Tablett mit Essen neben sich. iAm saß auf der Bettkante, und seine Lippen bewegten sich.

Seltsam distanziert sah Trez seinem Bruder zu, studierte seine eleganten Handbewegungen, seine besorgte Miene, die klugen Augen.

»Ich komme wieder in Ordnung«, erklärte Trez, als eine Pause entstand.

Er hatte zwar keine Ahnung, was sein Bruder gerade gesagt hatte, aber sicher war es in irgendeiner Form um sein Wohlergehen gegangen.

»Tust du mir einen Gefallen?«, fragte Trez und blickte zur Tür. »Könntest du dich in meinem Namen … bei allen bedanken? Für ihre Hilfe? Ich war so erschöpft … ich wusste nicht, wie ich ihn errichten sollte.«

Unnötig zu sagen, worum es ging. iAm wusste, wovon er redete.

»Mach ich. Klar.«

»Und ich will, dass du dich ausruhst.«

»Wie bitte?«

»Ich lauf nicht weg. Nicht heute Nacht.« Er öffnete und schloss die Hände und spürte die Schwere in seinen Armen, in seinen Schultern. Sie mit Bandagen einzuwickeln war anstrengender gewesen, als ihm bewusst gewesen war. »Ich bin zu … alles. Ich bin einfach zu verdammt alles.«

iAms Blick bohrte sich in ihn. »Bist du sicher? Ich wollte hier bei dir im Zimmer schlafen.«

»Danke, aber ich wäre gern ein wenig allein. Keine Sorge, ich mach keine Dummheiten. Du kannst meine Waffen mitnehmen.«

»Ob du es glaubst oder nicht, das habe ich bereits getan.«

Trez erinnerte sich, wie er sich die Pistole an die Schläfe gehalten hatte, in der Nacht, als Selenas Krankheit ausgebrochen war. »Doch, das glaube ich.«

Obwohl es mindestens noch eine Vierziger gab, die sein Bruder nicht entdeckt hatte. Es sei denn, er hatte die Badewanne demontiert.

iAm redete aufs Neue, und Trez sah ihm dabei zu und nickte ab und an, um nicht unhöflich zu erscheinen. Doch in Gedanken war er längst wieder abgeschweift, und ehe er sich's versah, wurden seine Lider schwer und fielen zu.

Im nächsten Moment lag er flach im Bett.

iAms Stimme kam von oben wie die eines Sprechers aus dem Off: »Ich lasse das Licht an.«

Wie für einen Vierjährigen.

»Dan…«

iAm stand am Bett und sah zu, wie sein Bruder mitten im Wort einschlief.

Er würde eine Weile nicht mehr aufwachen.

iAms Blick schweifte zum Fuß des Betts, wo die Hose lag, die er Trez ausgezogen hatte. Er hob sie auf. Vermutlich war es besser, wenn sie nicht das Erste war, was er beim Aufwachen sah. Am liebsten hätte iAm sie weggeworfen, aber vielleicht war sie ein wichtiges Symbol des Todes für Trez, also ließ er es bleiben, faltete sie und legte sie in ein Schrankfach.

Dann sah er noch einmal nach Trez. Aber außer sich einen Stuhl ans Bett zu ziehen und seinem Bruder die nächsten vier bis sechs oder zehn Stunden beim Atmen zuzusehen, gab es hier nichts für ihn zu tun.

Also zog er sich aus dem Zimmer zurück. In der Tür blieb er ein letztes Mal stehen, doch er sah nichts, das Grund zur Besorgnis gegeben hätte, mal abgesehen davon, dass Trez bereits wie tot aussah.

Jep. Alles in Ordnung.

Wie gehabt, wie gehabt.

Scheiße, ihm war zum Kotzen zumute.

Er begab sich in den ersten Stock zum Arbeitszimmer von Wrath. Die Brüder und Kämpfer hatten sich versammelt, einige saßen, andere liefen umher, ein paar lehnten an den Wänden.

Als sie ihn bemerkten, verstummten sie.

Er hob die Hand zum Gruß. »Entschuldigt, dass ich schon wieder störe. Trez hat sich oben schlafen gelegt. Er ist euch sehr dankbar für eure Hilfe, er hat mich gebeten, euch das auszurichten.«

Die Brüder murmelten zur Antwort – aber irgendetwas stimmte nicht. Ganz und gar nicht.

»Was ist?«, fragte iAm vorsichtig.

Wrath ergriff das Wort. Er saß auf dem kunstvoll geschnitzten Thron hinter dem kunstvoll geschnitzten Tisch. »Kommst du einen Moment rein und machst die Tür hinter dir zu?«

Dann hatten sie also auf ihn gewartet.

»Äh, ja, kein Problem.«

Er schloss die Tür und verschränkte die Arme vor der Brust. »Sagt mir, was los ist, und redet nicht um den heißen Brei herum. Ich habe weder Geduld noch Kraft dafür.«

Wrath richtete die Panoramasonnenbrille auf ihn. »Wir haben einen Anruf erhalten, vor einer halben Stunde im Audienzhaus.«

»Okay.«

»Der Anrufer hat sich nicht namentlich vorgestellt, aber er war von der s'Hisbe. Um es kurz zu machen: Entweder liefere ich deinen Bruder bis morgen Mitternacht aus, oder die Königin erklärt uns den Krieg. Nicht nur mir und den Brüdern, sondern allen Vampiren.«

iAm schloss die Augen.

Er hätte es vorhersehen müssen. Natürlich.

Aber eigentlich hätte er zehn Minuten Pause nötig gehabt, ehe ihn das nächste Drama ereilte.

Er stieß den Atem aus und murmelte: »Ach du Scheiße …«

»Aber wir rücken ihn nicht raus.«

iAm riss die Augen auf. *»Was?«*

Wrath stemmte die mächtigen Arme auf den Tisch, beugte sich vor und bleckte die Fänge. »Ich reagiere nicht auf Drohungen. Wir sind bereit für einen Krieg, wenn es sein muss, aber was auch kommen mag, ich liefere diesen Kerl an *niemanden* aus. Ende.«

Ein tiefes Knurren ließ die Luft erzittern, und iAm sah sich um.

Er hatte kein einziges Mal geweint, seit Selena gestorben war, nicht einmal, als er hinter seinem Bruder auf den Scheiterhaufen zulief. Im Augenblick ihres Todes hatte es in seiner Brust die Sicherung rausgehauen, und alle Lichter waren erloschen.

Doch als er jetzt den entschlossenen, angriffslustigen Brüdern in die Augen blickte, rollten ihm Tränen übers Gesicht.

Es sah ganz so aus, als hätten er und sein Bruder nach all den Jahren ohne Zugehörigkeit einen Stamm gefunden.

Diese stolzen Krieger und ihre Frauen hatten zwei Waisen adoptiert, die niemanden hatten … und waren bereit, bis auf den Tod zu kämpfen, um sie zu schützen.

Er holte bebend Luft, sammelte sich und schüttelte den Kopf, obwohl Wrath ihn nicht sehen konnte. »Tut mir leid, aber das kann ich nicht zulassen …«

»Entschuldige?«, presste der König hervor. »Ich hoffe, du versuchst mir nicht zu erklären, wie ich meine Angelegenheiten zu regeln habe.«

»Aber Schatten können …« Er räusperte sich. Er wollte niemanden beleidigen. »Du weißt, wozu meine Leute fähig sind.«

Schatten hatten Tricks auf Lager, die normale Vampire nicht beherrschten.

Wrath lächelte blutrünstig. »Vielleicht kennst du meinen Verbündeten noch nicht?« Der König deutete auf Rehvenge. »Muss ich euch einander vorstellen?«

Die Amethystaugen von Rehvenge waren kalt. »Als Anführer meines Volkes stehen mir gewisse Mittel zur Verfügung – ich versichre dir, wir sind durchaus in der Lage, einem Angriff dieser Königin standzuhalten.«

Die *Symphathen,* dachte iAm. Gütiger Himmel …

Wrath blickte in die Runde. »Sie will Krieg? Den kann sie haben. Wenn sie versucht, sich an unserem Jungen zu vergreifen, garantiere ich: Im Vergleich zu dem, was ich ihr antun werde, ist eine Politik der verbrannten Erde ein verdammtes Sonntagspicknick.«

iAm stand da und blinzelte wie ein Idiot.

Ach du Scheiße.

Die Königin konnte einem fast leidtun.

36

Als sich iAm zwanzig Minuten später auf der Terrasse vor seiner Wohnung im Commodore materialisierte, hing die Nachricht, die Fritz für ihn an der Terrassentür hinterlassen hatte, noch immer dort. Er nahm sie ab, sah, dass das Kuvert geöffnet worden war, und steckte es ein.

Dann öffnete er die Tür, schaltete kraft seiner Gedanken ein paar Lampen an und blinzelte, bis sich seine Augen an das Licht gewöhnt hatten. Kalter Wind fegte in die Wohnung, bauschte die Vorhänge auf und warf sogar ein Zierkissen auf dem Sofa um. iAm ging rein und ließ die Schiebetür offen.

Drinnen zog er die Jacke aus und lief umher.

Er hatte ein schlechtes Gewissen. Ein sehr schlechtes sogar. Sollte er seinen Stamm gefunden haben, nur damit er jetzt für ihn und seinen Bruder in den Krieg zog? Das ging zu weit. Mit dieser Schuld konnte er nicht leben. Ja, sicher, die Brüder waren große Jungs, sie waren speziell ausgebildet und bis an die Zähne bewaffnet – und sie hatten die Unterstützung der *Symphathen.*

Trotzdem würden Leute sterben.

Das ließ sich nicht vermeiden in einem bewaffneten Konflikt.

Er musste eine Alternative finden. Schnell.

»iAm?«

Maichen. Er wirbelte herum. »Gütiger Himmel, du bist hier.«

Ohne ein Wort der Begrüßung ging er auf sie zu, zog sie an sich und drückte sie ganz fest. Selbst durch all die Stoffschichten spürte er ihren Körper, ihre Wärme, ihre Seele, und er bezog die Kraft daraus, die er brauchte.

Dann löste er sich von ihr, nahm ihr die Haube vom Kopf, umfasste ihr Gesicht und küsste sie. »Ich bin so froh.«

»iAm, was ist passiert?«

Er nahm ihre Hand. »Du musst mir zuhören, ganz genau. Ich möchte dich an einen sicheren Ort bringen.«

»iAm, ich kann nicht mit dir gehen.«

»Das Territorium wird zu gefährlich.«

Sie verstummte. Runzelte die Stirn. »Was redest du da?«

Scheiße, jetzt auch das noch: Wenn er die aussichtslose Situation mit der Königin nicht bereinigte, bestand Gefahr für *Maichen.* Am Ende wurde sie gar verletzt oder getötet. Niemand würde geschont werden, wenn es zum Krieg mit der s'Hisbe kam. Er hatte mit Wrath und Rehv gesprochen, sie waren beide bereit, die Schatten auf ihrem Terrain anzugreifen.

Morgen um Mitternacht.

»Es gibt Entwicklungen auf höchster Ebene. Der Palast wird nicht mehr sicher sein …«

»Wir werden angegriffen? Von wem?«

»Ich will nicht ins Detail gehen.«

Sie trat zurück. »Was ist los?«

In diesem Moment kam eine Gestalt aus dem Flur, eine riesenhafte Gestalt in schwarzer Robe.

»Sieh an, sieh an, was für eine Überraschung«, sagte s'Ex gedehnt. *»Prinzessin.«*

Nach einem Moment der Verwirrung sah iAm sich um, ob noch jemand weiteres durch die Schiebetür gekommen war. Nach den Ereignissen der letzten Zeit hätte es ihn nicht überrascht, wenn jetzt auch noch die Tochter der Königin in seiner Wohnung vorbeigeschaut hätte.

Es herrschte das totale Chaos.

»Habt Ihr Euch noch nicht ordentlich vorgestellt?«, erkundigte sich s'Ex. »Soll ich das übernehmen, Durchlaucht?«

iAm schüttelte den Kopf. Natürlich gab es noch eine andere Erklärung: Vielleicht hatte s'Ex den Verstand verloren. »Was redest du?«

»Du meinst, sie hat es dir noch nicht gesagt?«

iAm richtete den Blick auf *Maichen. »Was* gesagt? Sie ist eine Dienstmagd und hat sich um mich gekümmert.«

»Sie ist deinem Bruder versprochen.« Der Scharfrichter kam ins Wohnzimmer und umrundete sie beide. »Nach Palastgesetz muss ich dich jetzt töten, weil du ihr Gesicht gesehen hast.« s'Ex beugte sich auf ihn zu und senkte die Stimme. »Obwohl ich nach eurer Begrüßung den Eindruck habe, dass du vermutlich schon viel mehr von ihr gesehen hast. Oder irre ich mich? Vielleicht willst du mir erzählen, dass sie nur kommt, um deine Wäsche zu waschen?«

Kälte. Kälte überzog seinen Kopf, seine Schultern, breitete sich über seine Brust aus, hinunter bis zu seinen Füßen.

iAm wurde eiskalt.

s'Ex konnte vieles sein, aber eines war er selten … wütend. Doch jetzt war er stinksauer auf die Frau, die ihm gegenüberstand. Als trüge sie die Verantwortung dafür, dass sie alle in der Klemme steckten.

Wäre sie nur Magd gewesen, hätte es ihn nicht gekümmert. Dienerinnen besaßen keinen Wert außer den ihrer Leistung – s'Ex hätte sie zurück ins Territorium geschickt und bestrafen lassen, aber er wäre nicht so wütend gewesen.

iAm drehte sich nach *Maichen* um und sah ihr in die Augen. Vollkommen ruhig sagte er: »Dann frage ich dich jetzt – und überleg dir deine Antwort gut, denn ich werde dich nur einmal fragen –, wer bist du?«

Während er auf ihre Antwort wartete, fiel ihm ein, was sie einmal zu ihm gesagt hatte. Damals hatte er ihre Worte anders aufgefasst. Jetzt aber fürchtete er, dass sie die Wahrheit angedeutet hatte. Er hatte es nur nicht verstanden.

Wir beide sind gleich.

Nein, hatte sie gesagt, *leider sind wir das nicht.*

Prinzessin Catra vin SuLaneh etl MuLanen deh FonLerahn blickte iAm in die Augen. Seine Stimme hatte gelassen geklungen, doch das täuschte. Unter der Oberfläche brodelte es, während er selbst seine Schlüsse zog – und offensichtlich nur sehen wollte, ob sie den Mumm hatte, sich zu erkennen zu geben.

»Lass uns einen Moment allein«, sagte sie zu s'Ex.

»Das könnte Euch so passen, Prinzessin.«

»Du wirst diesen Raum verlassen und draußen warten« – sie deutete auf die offene Terrassentür –, »bis ich dich wieder rufe.«

In s'Ex' Augen blitzte Hass auf. »Markiert keine Stärke, die Ihr nicht besitzt.«

»Und ich rate dir, mich nicht auf die Probe zu stellen. Du wirst es bereuen – und nicht überleben.«

Sie sah ihn durchdringend an. s'Ex fletschte die Zähne, doch sie ließ sich nicht einschüchtern. Er war ein Killer und unglaublich stark, doch er lebte streng nach dem Regelwerk der s'Hisbe. Viele übersahen es, doch er hatte noch kein einziges Mal ohne Provokation getötet oder jemanden verletzt. Catra vermutete seit Langem, dass er sich ihrer Mutter nicht aus Liebe hingab, sondern um politisch stabilisierend zu wirken.

Die wenigsten errieten die wahre Rolle, die er hinter den Kulissen spielte – doch Catra wusste Bescheid, weil sie all die Jahre über gelauscht hatte.

Trotz seiner einflussreichen Position im Palast hatte er nie versucht, ihre Mutter zu stürzen oder auch nur zu schwächen.

Stattdessen hatte er die Bräuche erhalten. Sie geschützt. Gepflegt.

»Geh«, schnauzte sie ihn an.

Fluchend wandte s'Ex sich ab und zog sich zurück. An der Schiebetür murmelte er: »Du hast keine Ahnung, worauf du dich einlässt, iAm. Viel Spaß.«

Damit verließ er das Zimmer und schloss die Tür hinter sich. Und wartete, so wie sie es ihm befohlen hatte.

Sie schlug die Augen zu und suchte nach den richtigen Worten. Sie hatte den ganzen Tag über mit ihrem Gewissen gerungen und nicht geschlafen. Seit sie nun hier war, stand für sie fest: Sie hatte sich bis über beide Ohren in iAm verliebt.

Sie hätte es nie so weit kommen lassen dürfen. Sie wusste, dass es ein schrecklicher Fehler war.

Es war Zeit, es ihm zu sagen … bevor er sie berührte. Sonst würde sie wieder dahinschmelzen.

Sie räusperte sich. »Ich bin …«

»Ach was«, fiel iAm ihr ins Wort, »spar dir die Mühe. Die kleine Einlage mit s'Ex sagt alles.« Er begann umherzulaufen und fuhr sich mit den Händen über den Kopf. »Was hast du dir dabei gedacht …«

»Ich wollte es nicht.«

»Ach, komm schon, Prinzessin, bist du ausgerutscht und versehentlich auf meinem Schwanz gelandet? Wir wissen doch beide, dass es nicht so war.«

Sie sah ihn ermahnend an. »Ich verstehe diese Redewendung nicht, aber dein Ton erscheint mir etwas harsch …«

»Willst du mich verarschen?« Er warf die Hände in die Luft. »Du bist *versprochen,* und zwar meinem *Bruder.* Du hast mich nicht nur angelogen, du hast mich *gefickt!*«

Catra verschränkte die Arme und sah ihn wütend an. »Ganz so stimmt das aber auch nicht.«

»Dann lügst du nicht nur, sondern machst dir zusätzlich noch etwas vor? Na toll. Was willst du abstreiten? Dass du gelogen hast, oder dass wir gevögelt haben?«

»Wenn ich mich recht entsinne, habe ich mich nicht an dir vergangen. Denn so stellst du es dar.« Sie beugte sich vor. »Ich weiß noch genau, wie deine Stimme klang, als du meinen Namen sagtest.«

Er wich zurück. Blinzelte ein paarmal. Dann beugte auch er sich vor. »Aber das war gar nicht dein Name, oder? Soweit ich informiert war, habe ich mit einer Magd geschlafen, nicht mit der verdammten Thronerbin!«

»Aber du *hast* mit mir geschlafen!« Sie schlug sich auf die Brust. »Mit mir!«

»Blödsinn! Du glaubst doch nicht im Ernst, das hätte ich getan, hätte ich gewusst, wer du bist. Oder ist Durchlaucht so verblendet, dass dir das egal ist. Kapierst du nicht, dass es Konsequenzen hat, wenn man sich als jemand anderer ausgibt und sich vom falschen Bruder entjungfern lässt!«

»Ich hatte nicht geplant, dass es so weit kommt!«

»Das glaube ich«, erwiderte er verbittert.

»iAm …«

»Nein.« Er hob abwehrend die Hände. »Nein. Ich will

das nicht noch einmal durchkauen. Dazu habe ich weder Zeit noch Lust.«

»Ich wollte es dir sagen. Ich weiß, dass ich dich in eine schreckliche Situation gebracht habe …«

»Mein Bruder hat gerade seine *Shellan* verloren«, blaffte er. »*Das* ist ein Problem. Sie ist vor seinen Augen gestorben. Er hat den halben Tag und die ganze Nacht lang ihren Leichnam vorbereitet, um sie auf einen verdammten Scheiterhaufen zu legen und zuzusehen, wie sie verbrennt, bis nichts als kalte Asche blieb. *Das* sind Probleme. Aber Moment, es kommt noch besser! Als Sahnehäubchen erfahre ich gerade, dass deine wild gewordene Mutter die einzigen Leute angreifen will, die sich *je* um Trez und mich gekümmert haben, wenn er nicht bis morgen Mitternacht an ihrer Tür abgeliefert wird wie ein Expresspaket. Damit er mit dir vereinigt werden kann. Welch Ehre!« Catra riss die Augen auf, und er presste hervor: »Dass ich mit dir geschlafen habe, ist in Anbetracht all dessen so nebensächlich, dass es nichts zur Sache tut. So wichtig bist du nicht, Prinzessin.«

Sie würde nicht weinen.

Nein, würde sie nicht.

Auch wenn es ihr das Herz zerriss, sie würde nicht vor ihm zusammenbrechen. Sie trug die Schuld an der ganzen Misere, und abgesehen von ihrem privaten Unglück sah es nun aus, als drohte ihrem Volk Gefahr.

»Ich wollte leben«, hörte sie sich heiser sagen. »Nur dieses eine Mal. Ich hätte keine zweite Chance bekommen. Du … du warst meine einzige Möglichkeit. Ich wollte es dir heute sagen. Ich weiß, dass es nicht fair war. Es tut mir sehr leid.«

Sie wandte sich ab, ging zur Terrassentür und öffnete sie.

»Soll ich mich jetzt zu den Turteltauben gesellen?«, fragte s'Ex.

»Wusstest du, dass meine Mutter Wrath, Sohn des Wrath, den Krieg erklärt hat? Sie will den Gesalbten, um uns zu vereinigen?«

Der Scharfrichter erstarrte, und seine Robe flatterte im Wind. Er sah ihr in die Augen und schüttelte ernst den Kopf. »Wenn das stimmt, wäre es nicht ratsam.«

37

Tja, deshalb sollte man auch nicht in Vegas heiraten, wenn man sich erst vierundzwanzig Stunden kannte, dachte iAm.

Als sich die verdammte Thronanwärterin, die er bis eben noch für eine Dienstmagd gehalten hatte, an den Scharfrichter wandte, hätte er sich am liebsten die Kugel gegeben. iAm war es tatsächlich gelungen, die Frau zu entjungfern, mit der sich sein Bruder vereinigen sollte. Nur gut, dass es Trez vermutlich egal war.

Ein schwacher Trost.

So schön konnte das Leben sein.

Wenigstens musste er sich in nächster Zukunft keine Gedanken mehr um Frauen machen. Nach dieser Erfahrung würde er sich wieder auf die gute alte Handarbeit besinnen. Das Zölibat hatte sich bei ihm bewährt, er war bereit, wieder ganz darin aufzugehen.

s'Ex kam ins Wohnzimmer und schloss die Terrassentür. »Krieg? Was soll das heißen?«

iAm verdrehte die Augen. »Erzähl mir nicht, du wüsstest

nichts davon. Du bist der Vollstrecker der Königin. Der General ihrer Armee. Also verarsch mich nicht.«

»Ich versichere dir«, sagte s'Ex und streifte die Haube ab, »ich hätte ihr davon abgeraten. Wir sind fähige Krieger, vor allem meine Wachen, und wir verfügen über Waffen, von denen niemand weiß. Aber deswegen ist es noch lange nicht ratsam, die Wut von Wrath auf sich zu lenken. Sein Ruf eilt ihm über die Jahrhunderte voraus.«

iAm sah den Scharfrichter an. Unter anderen Umständen hätte er ihm geglaubt, aber nachdem ihn *Maichen* gerade derart getäuscht hatte – besser gesagt, die *Prinzessin* –, bildete er sich nicht mehr so viel auf seine Urteilskraft ein.

»Sie liefern meinen Bruder nicht an euch aus«, sagte er. Dann schielte er zur Prinzessin. »Außerdem bekommen sie Unterstützung von den *Symphathen*. Egal, was ihr anstellt, womit ihr droht oder wen ihr beugen wollt – Wrath und die Brüder geben Trez nicht auf.«

»Du sagst das, als ob ich ihn wollte.« Ihre Stimme wurde heiser. »Ich will ihn nicht. Kein Mann wird mich jemals wieder anrühren oder einen Platz in meinem Herzen finden.«

iAm zuckte die Schultern. »Das klingt rührend – hättest du nicht gerade bewiesen, wie gut du lügen kannst.«

Den Schmerz in ihrem Blick versuchte er zu ignorieren. Vielleicht war sie auch nur traurig, weil sie aufgeflogen war.

Himmel, was wäre gewesen, wenn sie sich mit seinem Bruder vereinigt hätte? Hätte sie erwartet, dass ihre kleinen Stelldicheins weitergingen …

Aufhören, sofort, befahl er seinem Kopf. Er hatte schon genug reale Probleme, da musste er sich nicht noch welche ausdenken.

»Wie hast du von der Kriegserklärung erfahren?«, fragte s'Ex.

iAm musterte ihn. »Es gab einen Anruf im Audienzhaus. Die Nummer ließ sich nicht zurückverfolgen, aber außer der s'Hisbe weiß niemand von der Sache mit meinem Bruder – oder dass ihre Königin in Trauer war. Der Anrufer war bestens informiert, und die Nummer vom Audienzhaus ist kein großes Geheimnis, die kann sich jeder besorgen.«

Interessant, dass er mal wieder von »ihnen« sprach.

Ja, er mutierte immer stärker vom Schatten zum Vampir, unabhängig von seiner DNA. Aber Wrath und die Bruderschaft hatten Trez und ihm eben auch Verpflegung und einen Unterschlupf, Freundschaft und Treue geboten.

Bei der s'Hisbe hatte es nur Ansprüche und Gefangenschaft gegeben.

»Du kannst ihnen ausrichten«, sagte iAm, »dass mein Bruder und ich nicht mehr bei den Vampiren wohnen. Wrath und die Brüder werden nicht erfahren, wo wir sind. Wir verschwinden, und ihr« – er bedachte die Prinzessin mit einem eiskalten Blick – »findet uns nie.«

Ja, die Enthüllung ihrer wahren Identität hatte auch ihr Gutes: Der einzige Grund, der ihm das Gehen erschwert hätte, seine einzige Bindung, war hinfällig.

Caldwell zu verlassen, Amerika den Rücken zu kehren, zu verschwinden, und zwar endgültig, war sicher das Beste für ihn.

Sie hatten genug Geld, um ein Jahrhundert durch die Welt zu reisen, selbst wenn sie keinen Penny mehr dazuverdienten. Und so traurig es war, den König und die Bruderschaft und den ganzen Haushalt zu verlassen – wenn sie dadurch einen Krieg verhindern konnten, war er dazu bereit.

Er und Trez waren raus.

Endgültig.

Als iAm zur Schiebetür ging, musste sich Catra mit aller Macht zurückhalten, ihm nicht nachzurennen. Dieser ganze Abend war ein einziger, nicht enden wollender Albtraum.

Er ging ohne einen Blick zurück.

Obwohl sie es ihm nicht verübeln konnte, hätte sie am liebsten geschrien.

Sie schloss die Augen, senkte den Kopf und atmete in ihre Hände.

»Erzählt mir nicht, Ihr habt Euch in ihn verliebt«, brummte s'Ex finster.

Sie zwang sich, die Hände sinken zu lassen, und sah den Scharfrichter an. »Wie bist du hierhergekommen? Du konntest mir nicht folgen. Ich habe aufgepasst.«

Er wandte den Blick ab. »Dieser Ort ist mir nicht unbekannt.«

»Du warst schon einmal hier?«

»Ihr seid nicht die Einzige, die sich von Zeit zu Zeit nach Freiheit sehnt. Die beiden Brüder schuldeten mir gewisse … sagen wir Gefälligkeiten.«

Als er verstummte, spürte sie seinen Schmerz. Tiefen Schmerz. Plötzlich fragte sie sich, ob er hier vielleicht im Stillen das Kind betrauert hatte, das ihm die Sterne entrissen hatten.

Sie betrachtete den stolzen Mann und fühlte sich ihm merkwürdig verbunden. Sie wäre nie darauf gekommen, dass er mit seinem Los unglücklich sein könnte, und vielleicht war er das auch gar nicht. Aber er hatte sein eigen Fleisch und Blut für die Tradition opfern müssen … und für ihre Mutter.

Dazu zwangen ihn die Sterne.

»Es tut mir leid«, flüsterte sie.

»Was?«

»Du weißt, was ich meine.«

Es kam selten vor, dass ein Kerl von seiner Statur einem Blick auswich, doch genau das geschah jetzt. »Ich weiß nicht, wovon Ihr sprecht.«

Catra wandte sich wieder ihrem eigentlichen Problem zu. Sie musste von hier verschwinden, aus mehreren Gründen, doch es fiel ihr nicht leicht. Sie wusste, dass sie nie zurückkommen würde, und dieser Ort barg so kostbare Erinnerungen. Obwohl sie iAm nur ein paar Nächte lang gekannt hatte, erschien es ihr wie … ein ganzes Leben.

Wenn sie jetzt ging, kehrte sie sich von dem einzigen Lichtblick ab, den es je für sie gegeben hatte.

»Lasst uns aufbrechen«, sagte s'Ex, als hätte er ihre Gedanken gelesen.

Wortlos zogen sie ihre Hauben auf und traten auf die Terrasse. Der Wind war so stark und kalt, dass es ihr den Atem raubte, und einen Moment lang konnte sie sich nicht konzentrieren. Doch dann dematerialisierte sie sich und war mit s'Ex unterwegs, auf dem Weg zum Territorium.

Im Wald hinter der Einfassungsmauer nahmen sie wieder Gestalt an. In ihrer Dienstmagdverkleidung hätte man Catra nicht durch den Haupteingang gelassen.

Doch irgendetwas stimmte nicht.

Mehrere Wachposten standen in einer Traube um den Hintereingang versammelt und redeten angeregt miteinander.

»Bleibt hier«, befahl s'Ex. »Keine Widerrede.«

»Aber sie wissen doch gar nicht, wer ich bin.«

»Es sei denn, man hat Euer Fehlen entdeckt.«

Sie war vorsichtig gewesen, dachte sie.

Doch ihre Mutter war ihr auch schon auf die Schliche gekommen.

s'Ex trat einen Schritt nach vorn. Blieb stehen. Drehte sich um und deutete nach links.

»Eine Viertelmeile weiter gibt es eine Geheimtür. Ich treffe Euch dort, sobald ich kann.«

Verwundert registrierte Catra ein plötzliches Beschützergefühl gegenüber s'Ex. Dabei konnte der Scharfrichter wahrhaftig auf sich selbst aufpassen.

Es sei denn natürlich, man erwischte ihn bei dem Versuch, sie zurück in den Palast zu schmuggeln. Dann wäre er in Todesgefahr.

»Ich bedaure, dass ich dich in diese Situation gebracht habe«, sagte sie.

»Bedauern ist ein Luxus, den wir uns nicht leisten können. Geht dort entlang. Ich bringe Euch schon irgendwie in Eure Zimmer.«

Damit stapfte er los. Er bemühte sich nicht, leise aufzutreten, und als Zweige unter seinen Füßen knackten, zogen die Wachen ihre Waffen.

»Ich bin es«, sagte s'Ex.

Dass niemand seine Waffe senkte, machte Catra Sorgen.

»Du wirst gesucht«, sagte einer der Wachleute misstrauisch. »Die Prinzessin ist verschwunden.«

»Ich weiß. Ich habe mich nach ihr umgesehen.«

»AnsLai hat nach dir gesucht«, fügte ein anderer hinzu.

»Dann gehe ich jetzt zu ihm und erstatte ihm Bericht.« Er senkte die Stimme zu einem bedrohlichen Ton. »Es sei denn, ihr wollt mir den Zugang verwehren.«

»Die Prinzessin ist nicht in ihren Gemächern«, wiederholte ein dritter.

Catra schluckte. Die Wachen hatten ihre Waffen noch immer nicht gesenkt.

»Hast du nicht gehört? Ich habe in den Wäldern nach ihr gesucht. Sie hat sich in letzter Zeit immer wieder als Dienstmagd verkleidet. Gut möglich, dass sie hier draußen herumspaziert.«

Unauffällig ließ s'Ex eine Hand hinter den Rücken wandern und in einem Schlitz in seiner Robe verschwinden. Als sie wieder zum Vorschein kam, hielt er das größte gezahnte Messer umfasst, das Catra je gesehen hatte.

Dabei sprach er ganz gelassen weiter: »Sie hat nichts zu essen, keinen Unterstand, keine Waffen. Sie kommt nicht allein zurecht. Was meint ihr denn, wo sie hingeht? Es ist viel wahrscheinlicher, dass sie sich im Territorium aufhält, oder sogar irgendwo im Palast.«

»Sie meinen, du hättest ihr bei der Flucht geholfen.«

»Wer sagt das?«

»AnsLai.«

Oh ja, der Hohepriester war die andere rechte Hand ihrer Mutter.

Sollte das ein versuchter Streich gegen den Scharfrichter sein?

»Und was meinst du, wer mir befohlen hat, nach der Prinzessin zu suchen?«, fragte s'Ex. »Wiegt der Befehl der Königin etwa weniger als der eines Priesters? Soll ich das bei deiner Herrscherin vorbringen? Denn das werde ich, zusammen mit euren Leichen.«

Augenblicklich entschärfte sich die Lage. Die Wachen steckten die Waffen ein, und s'Ex ließ sein Messer wieder unter der Robe verschwinden.

Im nächsten Moment war er im Palast.

Catra stand allein in der Dunkelheit und schlang die Arme um den Leib. Jetzt, da sie die kalte Nacht umschloss und ihr die Monstrosität der Geschehnisse allmählich dämmerte, hörte sie wieder iAms Stimme:

Mein Bruder hat gerade seine Shellan *verloren.*

Sie ist vor seinen Augen gestorben. Er hat den halben Tag und die ganze Nacht lang ihren Leichnam vorbereitet, um sie auf einen verdammten Scheiterhaufen zu betten und dann zuzusehen, wie sie verbrennt, bis nichts als kalte Asche blieb.

Und gerade erfahre ich, dass deine Mutter die einzigen Leute angreifen will, die sich je um Trez und mich gekümmert haben, wenn er nicht bis morgen Mitternacht an ihrer Tür abgeliefert wird.

So lange hatte sie im Verborgenen gelebt, war sie eine Randfigur im Machtgefüge der s'Hisbe gewesen. Als Thronerbin stand ihr gegenwärtig kein Einfluss zu.

Diese Zeit war vorbei.

Sie hatte die Traditionen der Schatten stets respektiert. Doch nachdem sie nun am eigenen Leib Liebeskummer und Verlust kennengelernt hatte, konnte es nicht so weitergehen.

iAms Schmerz und Wut hatten einen Wandel in ihr bewirkt. Sie hatte ihn verletzt, kompromittiert, belogen. Er hatte recht, sie war egoistisch gewesen.

Es musste eine Möglichkeit geben, dem Ganzen ein Ende zu setzen. Den Krieg zu verhindern. Trez und iAm Freiheit zu schenken. Und selbst …

Nun, wenn schon nicht frei zu sein, dann wenigstens nicht länger verantwortlich für das Leid von anderen – allein aufgrund eines Horoskops, das keinerlei Rücksicht auf persönliche Entscheidungen, persönliche Gefühle oder das persönliche Leben nahmen.

Sie ging links, so wie s'Ex sie angewiesen hatte, und versuchte möglichst lautlos voranzukommen und sich im Dickicht zu halten.

Sie war sich nicht sicher, wo diese Geheimtür sein sollte.

Und sie hatte keine Ahnung, was sie tun sollte, wenn s'Ex nicht erschien. Oder … wenn er es sich anders überlegte und sie entweder aus Eigeninteresse oder um zu überleben an ihre Mutter auslieferte.

Aber nachdem sie sich ihr Leben lang gefügt hatte, wollte sie diesmal nicht kampflos aufgeben.

38

Er musste planen.

iAm nahm auf dem Parkplatz hinter dem Sal's Gestalt an, in Gedanken ganz und gar mit seinen Fluchtplänen beschäftigt. Ein Blick auf die Uhr – zwölf Stunden, um alles zu arrangieren, bevor er und Trez abhauen konnten. Die Tickets würde er online kaufen. Der Wagen war betankt. Banken und Anwaltskanzleien öffneten um neun – obwohl er seine Angelegenheiten immer in Ordnung gehalten hatte, um jederzeit schnell an sein Geld zu kommen.

Das shAdoWs und das Iron Mask gingen an Xhex, wenn sie wollte. Wenn nicht, konnten Big Rob und Silent Tom übernehmen. Sie hatten sich die Clubs durch ihren unermüdlichen Einsatz verdient. Und das Sal's?

Das würde an seinen Küchenleiter Antonio diSenza gehen. Der Mann war kompetent und kannte sich in allen Bereichen aus. Außerdem würde er die restlichen Angestellten gut behandeln.

Für all diese Transaktionen hatte er Anwälte. Wenigstens war er schlau genug gewesen, sich schon vor Jahren eine Bevollmächtigung von Trez zu holen, sodass er alles unterschreiben konnte, ohne ihn zu belästigen.

Sein Bruder lag noch immer im Tiefschlaf. Fritz hatte ihm vor zehn Minuten eine Nachricht geschickt. iAm hatte vor, den armen Kerl so lange wie möglich schlafen zu lassen und ihm dann zu eröffnen, dass sie eine Weltreise antreten würden.

Wenn sein Zustand im Schlafzimmer irgendwelche Rückschlüsse zuließ, würde er nicht weiter dagegen ankämpfen. Er war so weggetreten, dass iAm ihn am offenen Herzen hätte operieren können, ohne ihn an eine Herz-Lungen-Maschine anzuschließen.

Früher oder später würden Erschöpfung und Schock nachlassen, dann wurde es sicher hart. Aber damit konnten sie sich befassen, wenn es so weit war. Schritt eins war, ihren Abgang aus Caldwell zu organisieren. Schritt zwei, Trez in Bewegung zu setzen. Und danach: unsichtbar zu bleiben.

Was die Brüder und den König betraf: Er würde sich per SMS verabschieden und sein Handy zurücklassen.

Schatten konnten Gedanken lesen, wenn es die Situation erforderte. Wenn Trez und er keine Spuren hinterließen, konnte Wrath der s'Hisbe glaubhaft versichern, dass er nichts mit ihrer Flucht zu tun hatte und auch nicht wusste, wo sie waren. AnsLai würde merken, dass er die Wahrheit sagte.

Auf diese Weise waren Bruderschaft und Vampire sicher.

Er ging an den Autos seiner Mitarbeiter vorbei. Zwei Jahre lang hatte er mit ihnen gearbeitet. Obwohl es Menschen waren, würden sie ihm fehlen. Nicht weil er so tiefe Beziehungen zu ihnen pflegte, sondern eher weil ihm dieser Teil seines Lebens gefallen hatte. Das Kochen, zu tun, als wäre man gestresst, die Herausforderungen.

Verglichen mit dem, was in Wahrheit auf seinen Schultern lastete, war diese Betätigung eine nette Ablenkung gewesen, so was wie ein Kinobesuch, wenn man eine Pause brauchte.

Außerdem konnte er im Sal's alles kitten, was schieflief.

Er öffnete die Hintertür und blieb stehen. Die dringlichen Stimmen, das Klappern, die Hitze, die Gerüche … einen Moment lang musste er blinzeln.

»Chef!«, rief jemand. »Sie sind zurück!«

Sofort kamen Angestellte auf ihn zu, klatschten ihn ab, redeten auf ihn ein, stellten ihm Fragen.

Oh, wie gerne würde ich bleiben, dachte er.

Und wie in so vielen Nächten schaltete er innerlich um, wandte sich von der Trez-Problematik ab und den Dingen zu, mit denen er sich gern die ganze Zeit befasst hätte. Es herrschte reger Betrieb nach Schließung, überall wurde geputzt. Das Restaurant war gut besucht gewesen, und dass ein Restaurantkritiker von *Food & Wine* an einem Tisch für vier gesessen hatte, wurde ihm wieder und wieder berichtet.

Er würde ihnen nichts vom Eigentümerwechsel erzählen. Er würde einfach alles in die Wege leiten und ihnen die Unterlagen schicken. Außerdem würde er die dabei anfallenden Steuern bezahlen, damit das Restaurant ohne Altlasten weiterlaufen konnte.

Er trat an den Herd, hob einen Deckel an und schnupperte. Dann griff er zum Oregano und gab noch eine Prise in die Marinara-Soße, die darin köchelte. »Habe ich dir nicht letzte Woche gesagt«, wandte er sich an den stellvertretenden Küchenleiter, »dass du auf Ausgewogenheit achten sollst.«

»Ja, Chef.«

Während er den Deckel schloss, dachte er an seinen Traum, einmal mit *Maichen* hierherzukommen. Wie romantisch er es sich ausgemalt hatte, sie nach Caldwell zu holen und an einem Montagabend hier mit ihr zu essen, wenn das Restaurant geschlossen hatte, an einem Tisch für zwei in der Küche.

Er hatte sogar schon das Menü geplant.

In gewisser Hinsicht ging es ihm wie Trez. Seine Geliebte war zwar nicht gestorben … doch die Frau, in die er sich verliebt hatte, existierte nicht mehr.

Das tat weh.

Vielleicht musste er seine To-do-Liste vor der Abreise um einen Punkt erweitern. Nachdem er in den zwei Clubs nach dem Rechten gesehen hatte, sollte er sich einen Drink genehmigen.

Jep. Irgendwann musste er zum Anwesen zurück. Wie konnte er die verbleibende Nacht besser verbringen als mit einer Flasche Bourbon? Es war vermutlich das letzte Mal für eine ganze Weile, dass er entspannen konnte.

Außerdem bekam er keinen Kater. Am Morgen wäre er frisch wie ein Apfel.

Das war der einzige Vorteil, den er je daran entdecken konnte, ein Schatten zu sein.

Eine Viertelmeile.

So weit sollte es bis zu dieser Tür sein, hatte s'Ex gesagt. Catra hatte keine Ahnung, was eine Viertelmeile war, aber sicher war es weit. Oder … nicht?

Sie huschte von Baum zu Baum, immer versteckt hinter den Stämmen – was vermutlich dumm war und nur bestätigte, was s'Ex zu den Wachen gesagt hatte: dass sie nicht allein zurechtkam. Schließlich konnte man genauso gut von hinten angegriffen werden, und ihr angestrengtes Lauschen half ihr auch nicht weiter, weil ihr hämmerndes Herz alles übertönte.

Besser wäre es gewesen, sich als Schatten durch die Dunkelheit zu bewegen, aber dafür war sie zu aufgewühlt – außerdem wollte sie keine Zeit vertrödeln, indem sie stehen blieb und versuchte, sich zu konzentrieren.

Wiiiii-huuuuuuu.

Der merkwürdige Schrei ging ihr durch Mark und Bein. Ängstlich blickte sie in die Richtung, aus der das Geräusch gekommen war. Einen Moment später trat eine Gestalt auf eine kleine Lichtung.

Ein Diener.

Ein außergewöhnlich gut gebauter Diener, zufällig genauso groß und kräftig wie s'Ex.

Wiiiii-huuuuuuu.

Er wiederholte seinen Schrei. Sie raffte ihre Robe und lief auf ihn zu. Als sie aus dem Unterholz trat, hoffte sie, dass er nach wie vor auf ihrer Seite stand.

»Entschuldigt die Verkleidung«, murmelte er unter seinem grauen *Farshi*. Aber da es sich bei Euch so oft bewährt hat …«

Sie war außer Atem, obwohl sie nur ein kleines Stück gerannt war. »Was ist hier los?«

»Ihr seid in Gefahr. Die Wachen suchen Euch überall. Eure Mutter weiß, dass Ihr nicht nur den Palast, sondern das Territorium verlassen habt, sie hat eine öffentliche Reinigung für Euch angeordnet.«

Catra schloss die Augen. Sie hatte diese schreckliche Prozedur schon miterlebt. Nachdem man den »zu Behandelnden« eine Säure injizierte, krümmten sie sich vor Schmerzen und übergaben sich nächtelang, bis sie sich von der angeblichen Unreinheit befreit hatten.

»Das überlebt Ihr nicht«, sagte s'Ex grimmig. »Ihr müsst zurück nach Caldwell, das ist Eure einzige Chance. Wir finden einen Unterschlupf für Euch …«

»Nein«, schnauzte sie.

»Versucht nicht, die Heldin zu spielen. Ihr könnt nur verlieren.«

»Wenn ich davonlaufe, werden sie Trez womöglich töten, weil sie keine Verwendung mehr für ihn haben. Das darf ich nicht zulassen.«

s'Ex schüttelte den Kopf. »Im Moment dürft Ihr nicht an Trez denken. Ihr seid tot, wenn Ihr Euch in die Nähe des Palastes wagt. Wenn Ihr flieht, habt Ihr wenigstens eine Chance.«

»Aber sie werden mich finden. Sie geben nicht auf, das weißt du.« Sie straffte die Schultern. »Es muss eine andere Lösung geben.«

»Nein, die gibt es nicht. Seht, ich helfe Euch. Ich tue, was ich kann …«

»Mach dir nichts vor. Du hast den Wachen erzählt, du hättest im Auftrag der Königin nach mir gesucht. Das war gelogen. Früher oder später erfährt sie davon – und sie wird herausfinden, dass du in der Nacht, in der ich verschwunden bin, das Territorium verlassen hast. Sie wird dir nicht glauben, dass du mir nicht zur Flucht verholfen hast. Sie wird dich entehren und wegen Verrats foltern und töten lassen.«

s'Ex erwiderte etwas, doch Catra hörte ihn nicht.

In ihrem Kopf überschlugen sich die Gedanken.

Völlig unvermittelt tauchten die Worte der Königin aus den Tiefen ihrer Erinnerung auf:

Ich kann eine andere Tochter haben, wenn ich will. Du bist ersetzbar wie alles andere in meiner Welt. Ich bin die Sonne, um die sich diese Galaxie dreht, vergiss das niemals. Ein Wink von mir reicht, um dein Schicksal zu ändern.

Schicksal. Verändern.

Eine schreckliche Ahnung schnürte ihr die Kehle zu. »s'Ex … du musst mich zur Sternkuppel bringen.«

»*Was?* Habt Ihr den Verstand verloren? Ihr dürft AnsLai und dem Meister der Astrologie nicht in die Arme laufen, Ihr müsst vor ihnen fliehen.«

Langsam schüttelte sie den Kopf. »Nein, sie sind mit der Trauer beschäftigt. Heute ist die letzte Nacht. Sie müssen bei ihr sein, um die Rituale abzuschließen.« Sie blickte zu ihm auf. »Ich würde allein gehen, aber ich muss mich vielleicht verteidigen – dazu brauche ich deine Hilfe.«

»Was hofft Ihr dort zu finden?«

»Bring mich einfach hin. *Bitte.*«

Er fluchte leise. »Im Palast wimmelt es von Wachen.«

»Ja.«

»Wir können nicht einfach ins Heiligtum Eurer Mutter spazieren.«

»Es ist einerlei, wie lange es braucht, und wenn es bis zum Morgen dauert ... solange du mich dorthin bringst.«

Eine Ewigkeit verstrich, während er auf sie herabblickte. »Ihr bringt uns ins Grab.«

Sie begegnete seinem Blick durch den Gitterschleier vor ihrem Gesicht. Dann schüttelte sie den Kopf und sagte: »Wir sind längst tot. Das weißt du genau.«

39

Als Trez aufwachte, waren sein Gesicht und das Kissen darunter nass. Er fuhr sich über die Wangen und betrachtete seine feucht glänzenden Finger im Lampenschein.

A-ha.

So fühlte es sich also danach an.

Er ließ den Arm aufs Bett fallen und starrte an die Zimmerdecke. Irgendwie erschien es ihm merkwürdig, dass er noch da war. Körperlich und mental.

War es in seinem Zimmer schon immer so still gewesen?

Wow, mit jedem Atemzug schmerzten seine Rippen, als wäre jede einzelne davon gebrochen. Zweifach.

Und dann die quälenden Bilder: Mit jedem Wimpernschlag blitzte eine andere Szene des verlorenen Kampfes vor seinem geistigen Auge auf. Er fragte sich, ob er diese Bilder auch im Schlaf gesehen hatte und deshalb verweint aufgewacht war.

Er wünschte, diese unaufhörliche Aufarbeitung würde ein Ende haben, doch gleichzeitig fürchtete er, dass damit das Vergessen einsetzte, gegen das er sich mit aller Macht stemmte.

Wie lange hatte er geschlafen?

Er blieb noch ein, zwei Minuten so liegen – oder waren es Stunden? Nächte? –, dann tastete er nach seinem Handy. Als er nach der Zeit sah, entdeckte er reihenweise SMS und verpasste Anrufe und Nachrichten auf der Mailbox, aber er hatte nicht die Kraft, sie alle durchzugehen.

Er legte das Handy zur Seite und stellte fest, dass er die Uhrzeit schon wieder vergessen hatte.

Wo war Selena jetzt?

»Bist du da oben?«, fragte er an die Decke gerichtet.

Was hatte sie gesehen? Gab es einen Schleier?

Schon komisch, diese Angst hatte er nicht erwartet, dabei hätte man sie vorhersehen können. Er würde mit der Ungewissheit leben müssen, ob es ihr nach dem Tod nun gut ging oder nicht.

So lange, bis er selber starb, nahm er an. Und wenn ihn dann nur ein endloses schwarzes Nichts erwartete? Dann existierte er nicht mehr und musste sich keine Sorgen mehr machen.

Was für ein aufbauender Gedanke.

Als er sich aufsetzte, tat ihm alles weh – als hätte sich der Kummer seiner Seele in seinem Fleisch manifestiert. Seine Muskeln waren steif, die Knochen schmerzten.

Das kam vom Vorbereitungsritual.

Vielleicht würde es in ein, zwei Tagen abklingen.

Er stand auf und ging zur Toilette. Putzte sich die Zähne. Horchte in seinen Bauch hinein.

Nein, nach Essen war ihm noch nicht zumute.

Ein Drink würde vielleicht nicht schaden.

Doch auch diese Gedanken erreichten ihn wie aus weiter Ferne, als würde man sie ihm vom anderen Ende eines Fußballfeldes aus zurufen.

Er ging ins Schlafzimmer zurück und trat vor den begehbaren Schrank. Als er die Türen öffnete und das Licht anging, zuckte er zusammen.

Er konnte sie noch immer riechen.

Zwei ihrer Roben hingen zwischen seinen Sachen.

Er trat in den Schrank, um sie zu berühren, doch dann zögerte er. Die wunde Stelle hinter seinem Brustbein erwachte schmerzvoll zu neuem Leben.

Es war wie ein Schnitt im Finger, dachte er, den man erst spürte, wenn man ihn abwinkelte – dann allerdings so richtig. Nur dass es in diesem Fall weit heftiger war.

Sah so seine Zukunft aus? Würde er seine Nächte und Tage bestreiten, indem er immer wieder auf Erinnerungen traf, die ihn zurück in die Tiefen seiner Trauer stießen?

»Ich weiß nicht, wie ich es anstellen soll«, sagte er zu ihrer Kleidung. »Ohne dich.«

Und damit meinte er nicht nur das Bekleiden.

Als die Antwort ausblieb – aber hey, hatte er wirklich erwartet, ihr Geist würde antworten? –, zog er die nächstbeste Hose und das nächstbeste Hemd heraus, schlüpfte hinein und verließ den Schrank. Dann stand er gute zehn Minuten in seinem Schlafzimmer und überlegte, ob er die Einrichtung zerschlagen sollte. Aber ihm fehlte die Kraft und Energie, und schließlich konnte er seine kochende Wut nicht aufrechterhalten.

Sein Blick streifte die Fensterscheibe, die Selena eingeworfen hatte. Sie war fantastisch gewesen in ihrer Wut, so lebendig, so …

Heilige Scheiße, es würde ihn noch in den Wahnsinn treiben.

Auf dem Weg zur Tür nahm er aus Gewohnheit das Handy mit, doch dann blieb er vor dem Ausgang stehen. Er war sich ziemlich sicher, dass er keine mitleidigen Blicke oder besorgten Fragen ertragen würde. Aber waren die Jalousien nicht noch unten?

Ganz genau.

Dann war das Letzte Mahl hoffentlich längst abgeräumt, und die *Doggen* zogen sich zu einer kurzen Ruhepause zurück, bevor das große Putzen in den Tagesstunden begann.

Hatte er eine Sieben auf dem Display gesehen?

Ja, sieben Uhr irgendwas am Morgen, wenn er sich recht entsann.

Er langte nach dem Messingknauf und fühlte sich zurückversetzt in die Klinik, als er nach der langen Zeit mit Selenas Leichnam das Untersuchungszimmer verlassen hatte: Wieder musste er eine Schwelle überschreiten, sich durch einen Durchgang zwängen.

Er drehte den Knauf, öffnete die Tür …

… und entdeckte iAm, der gegenüber auf dem Boden lag und schlief, eine verkorkte Flasche Bourbon im Arm wie ein treues Hundchen, die Stirn selbst im Schlaf gerunzelt, als müsste er sich mit irgendwelchen beschissenen Problemen auseinandersetzen.

Trez atmete tief durch.

Es war schön, dass iAm noch bei ihm war.

Trotzdem würde er ihn nicht wecken.

Seinen ersten Ausflug in die Welt wollte er lieber alleine bestreiten. Vorsichtig schlich er sich an seinem Bruder vorbei.

Am Fuß der Treppe musste er sich erneut einen Ruck geben, ehe er die Tür öffnen konnte. Er fragte sich, wie lang diese Gewohnheit anhalten würde.

»… ihr lichtscheuen Freaks.«

Verwundert schüttelte Trez den Kopf.

Lassiter, der gefallene Engel, stand in der Tür zum königlichen Arbeitszimmer, die Hände in die Hüften gestemmt, das blond-schwarze Haar nach hinten gekämmt und zu einem Zopf geflochten. »Ihr bringt mir besser etwas mehr Respekt entgegen, sonst erzähle ich euch nicht, was ich euch nach meinem kleinen Ausflug über das Territorium sagen kann.«

Aus dem Arbeitszimmer drang Gemurmel.

»Nein, Vishous«, sagte Lassiter. »Ich möchte, dass du dich entschuldigst.«

Es fühlte sich merkwürdig an: Wie eine Kameralinse, die ihren Fokus findet, schärften sich Trez' Sinne ganz unvermittelt, und ein Teil von ihm kehrte zurück.

»Ich warte.« Es folgte eine Pause. »In Ordnung, verziehen. Aber nächste Woche bekomme ich die Fernbedienung – tags *und* nachts.«

Es folgte kollektives Gemecker, und ein Glasuntersetzer flog am Engel vorbei in den Flur.

»Also, wenn ihr wieder fies werdet …«

Einem Instinkt folgend, dematerialisierte sich Trez – genau in dem Moment, als Lassiter mit seinem Gehabe aufhörte und misstrauisch in seine Richtung blickte.

Der Engel hatte seine Gegenwart gespürt.

Aber das würde nicht noch einmal passieren.

Trez glitt als Schatten über den Teppich und ins Arbeitszimmer, als Lassiter hineinging und die Türen schloss.

»Haben wir eine Karte?«, fragte der Engel in die Runde.

Trez hielt sich außer Reichweite der Anwesenden, um nicht bemerkt zu werden, und sammelte sich so weit wie möglich von George entfernt, der neben dem Thron lag. Zum Glück schlief der Blindenhund.

Die Bruderschaft drängte sich um den Schreibtisch, wo Butch eine große blau-grüne Karte ausbreitete.

»Hier«, sagte der Engel und deutete auf eine Stelle. »Hier ist es. Das ganze Areal ist von einer Mauer umgeben. Hütten befinden sich hier und hier. Der Palast … da.

Alles ist gut gesichert, und soweit ich sehen konnte, ziehen sie ihre Truppen zusammen.«

Truppen zusammenziehen?, dachte Trez.

»Wir müssen zuerst zuschlagen«, brummte Wrath. »Der erste Schlag ist entscheidend. Wir warten nicht, bis sie nach Caldwell kommen.«

Was zum *Henker* war hier los?

»... finden sie nicht. Niemand findet dieses Haus«, meinte V. »Aber okay, ich bleibe hier. Es gefällt mir nicht, aber jemand muss für alle Fälle hier sein.«

Lassiter sah den Bruder über den Schreibtisch hinweg an und bewies, dass er auch ernst sein konnte, wenn es drauf ankam. »Verstanden. Ich bleibe ebenfalls.«

Eine Sekunde lang blickten sich die beiden in die Augen. »Gut«, sagte V. »Das ist gut.«

»Wo steckt iAm?«, fragte Wrath.

»Als ich ihn das letzte Mal gesehen habe, wollte er nach oben, um nach Trez zu sehen und sich hinzulegen.«

»Wir müssen dafür sorgen, dass er Trez hier festhält. Sonst entführen sie den Schatten am Ende noch. Ich habe nichts gegen einen Kampf – verflucht, ich freue mich sogar darauf –, aber ich will nicht, dass sie den armen Kerl in die Finger bekommen. Über solche Komplikationen möchte ich mir nicht den Kopf zerbrechen müssen.«

Ach du Scheiße.

Das Ganze drehte sich um *ihn?*

Trez blieb bei den Brüdern und Kriegern in dem Arbeitszimmer mit der französischen Einrichtung, bis er alles Wesentliche erfahren hatte. Dann musste er verschwinden, bevor Rehvenge von einem Trip zur Kolonie im Norden zurückkam, wo er die *Symphathen* vorbereitet hatte.

Sein alter Freund, der Sündenfresser, hätte seine Anwesenheit bemerkt.

Er ging keine Risiken ein und glitt als Schatten unter der Flügeltür hindurch und weiter, die große Treppe hinunter, über das Bodenmosaik hinweg ... und durch die schmalen Spalten zwischen Tür und Rahmen in die Vorhalle und hinaus.

Draußen erhob sich die Sonne über einer Herbstlandschaft. Goldene und rosafarbene Strahlen trafen auf orange und rot gefärbte Blätter und die buschigen Zweige der dunkelgrünen Kiefern und Zedern.

Erst ein gutes Stück vom Haus entfernt nahm er wieder Gestalt an, obwohl ihn die Überwachungskameras sicher auch hier bemerken würden.

Doch zum Glück, wenn man es so nennen konnte, befassten sich die Brüder so intensiv mit der bevorstehenden Schlacht, dass sie es nicht mitbekommen würden. Und sollten ihn die *Doggen* sehen, würden sie sicher annehmen, dass er nur ein wenig Luft schnappte.

Er hatte keine Jacke angezogen und war froh darüber.

Die Kälte machte ihn noch wacher.

Obwohl er es seit einer Stunde wusste, konnte er es immer noch nicht fassen: Die Königin hatte Wrath den Krieg erklärt. Die Bruderschaft weigerte sich, ihn auszuliefern. Die Sündenfresser stellten sich auf die Seite der Vampire.

Unglaublich, wer sich alles seiner Sache annahm.

»Selena?«, sagte er und ließ den Kopf in den Nacken fallen, um in den Himmel zu blicken.

Es gab keine Sterne, weil Tag war.

Auch keine Wolken.

Nichts als endloses Blau.

Trez dachte an seinen ersten Fluchtversuch aus dem Palast und wie er letztlich all diese Wachen vor den Augen von s'Ex abgeschlachtet hatte. So viel vergossenes Blut.

Doch diese Wachen hatte er nicht gekannt.

Wenn schon das scheußlich gewesen war, wie viel schlimmer wäre es, wenn die Bruderschaft im Territorium einmarschierte? Sie würden siegen, vor allem mit Unterstützung der Sündenfresser … doch es würde Opfer fordern. Tote. Verletzte.

Es würde Leben zerstören.

Er drehte sich nach dem großen grauen Steinhaus um.

Von außen mochte es abweisend aussehen, doch drinnen steckte es voller Leben und Liebe, voll Familie.

Wenn es zu diesem Krieg kam, würden bald viele Bewohner dieses Anwesens seinen Kummer teilen, diese schreckliche Trauer, die er nicht einmal seinem ärgsten Feind wünschte.

Und schon gar nicht Leuten, die er liebte.

Dazu durfte es nicht kommen. Nicht, wenn er es verhindern konnte.

In dem Moment, in dem er seine Entscheidung traf, brach ein Sonnenstrahl durch die Wolken und ließ das Schieferdach in einem unglaublichen Licht erstrahlen.

Selena hatte ihm den Schwur abgenommen, weiterzuleben, wenn sie nicht mehr war, doch er hatte nur geschworen, weil sie ihn gezwungen hatte.

Im Grunde hatte er nicht daran geglaubt.

Doch jetzt dachte er an all das Leben, das er schützen konnte, an all diese Männer und Frauen und ihre Kinder.

»Besser kann ich es nicht, meine Königin«, sagte er in Richtung Himmel.

40

Es dauerte eine Ewigkeit, bis sie in der heiligen Sternkuppel waren.

Zumindest kam es Catra so vor. Andererseits erwartete sie auch hinter jeder Biegung und auf jeder Geraden, dass man sie angriff, gefangen nahm, in eine Zelle steckte.

s'Ex führte sie durch verborgene Kammern und Gänge, von deren Existenz sie bislang nichts geahnt hatte – und er erwies sich als unglaublich geschickt: trittsicher, gewandt, umsichtig und stets bereit zum Angriff.

Letztlich gelangten sie nicht nur in den Palast, sondern drangen bis in den geschützten Bereich ihrer Mutter vor, zu dem nur wenige Zutritt hatten und in dem die schärfsten Sicherheitskontrollen galten. Einen Vorteil hatten sie: Die Wachen suchten Catra vor allem draußen, weil sie die Zimmer der Königin bereits gründlich durchsucht hatten – und der Rest von s'Ex' Männern versammelte sich auf dem Innenhof, wo man sie auf den Krieg einschwor.

Es war eine finstere Angelegenheit.

Aber dafür kamen sie schnell und unbemerkt voran.

Ein Teil von ihr wollte nach ihrer Mutter sehen, ob sie auch wirklich noch mit den Trauerritualen beschäftigt war, damit sie nicht zufällig in der Sternkuppel auf sie stießen, doch es war zu riskant.

Sie hatten nur diese eine Chance, an die Aufzeichnungen zu kommen.

»Hier«, flüsterte s'Ex und blieb plötzlich stehen.

Catra machte ein verwundertes Gesicht hinter dem Schleier. »Aber der Eingang zur Kuppel liegt weiter vorne, oder nicht?«

»Nein, unser Eingang ist hier.«

Er befreite eine Hand aus dem voluminösen Ärmel und legte sie an die Mauer. Sofort glitt eine Tür auf und verschwand in einem Schlitz in der Wand.

Der Geruch von Räucherkerzen wehte Catra entgegen und verriet ihr, dass sie nahe am Ziel waren. Doch hinter dem Durchgang war es stockdunkel.

Ohne zu zögern ging sie hinein und spürte, wie s'Ex ihr folgte. Als sich die Tür wieder schloss, war es, als hätte man ihr die Augen verbunden.

Mit gedämpfter Stimme sagte s'Ex: »Streckt die Hand aus.«

Sie tat wie geheißen und stieß auf eine raue Fläche.

»Nach links«, befahl er. »Tastet Euch an der Wand entlang.«

Sie setzte sich in Bewegung und rannte schwungvoll gegen seine Brust. »Entschuldigung.«

Er drehte sie um. »Das andere Links.«

Sie stolperte vorwärts und konnte kaum atmen. Dieser Geheimgang verlief parallel zu dem Korridor, aus dem sie kamen, dachte sie, wie ein Schatten des offiziellen Wegs.

»Ich habe diese Gänge selbst geschaffen«, flüsterte s'Ex. »Ich kenne sie in- und auswendig.«

»Sehr klug von dir ...«

»Halt.«

Sie blieb stehen und ließ die Hand sinken. »Und jetzt?«

»Blickt nach rechts.«

Erst sah sie nichts als Schwarz, doch dann kristallisierten sich rot leuchtende Linien aus dem Dunklen, wie Risse in der Wand, als hätte eine Geisterhand magische Muster gemalt.

Fliesen, dachte sie staunend. Offenbar standen sie hinter einer gekachelten Trennwand.

Sie streckte die Hand danach aus und fuhr darüber.

»Ich gehe vor«, sagte er. »Kommt erst nach, wenn ich es sage.«

Catra ließ ihn vorbei und sah zu, wie einige der schwachen Linien breiter wurden, als er mit seiner riesigen Hand dagegendrückte …

Schließlich entstand ein gezackter Durchgang zwischen den Kacheln, aber ohne dass dabei etwas bröckelte oder brach. Es war eine getarnte Tür aus Fliesen.

Dahinter leuchtete ein seltsames, überirdisches Licht.

s'Ex trat in den kreisrunden Raum, das gezahnte Messer im Anschlag.

»Ihr könnt kommen«, zischte er.

Catra holte tief Luft und trat aus der Dunkelheit in das seltsame Licht.

Doch es steckte keine Zauberei dahinter, sondern ganz normales Kerzenlicht in einem Raum aus prächtigem rotem Marmor.

Moment, nein, kein Kerzenlicht. Es war die Sonne, die durch eine riesige gläserne Kuppel in der Decke fiel. Und nachts, dachte Catra, konnte man durch diese Glaskuppel die Sterne beobachten.

Leise schlichen sie über den roten Marmorboden. In der Mitte des Raums befand sich ein kreisrunder Ausschnitt im Boden, vielleicht für ein Podium, das in die

Höhe stieg, wie das im Eingang des Palastes? Möbel gab es keine, auch keine Wandbehänge, nichts, was die tiefe Konzentration beeinträchtigen hätte können.

Vor allem aber war niemand hier.

Drei Türen. Es gab drei Türen … eine öffnete sich vermutlich nach draußen, eine zum Privatgemach des Meisters der Astrologie. Und die dritte …

»Diese Tür führt ins Archiv«, erklärte s'Ex und deutete auf die letzte Tür.

Mit dem goldenen Rahmen und der Inschrift darüber war der heilige Ort nicht zu verfehlen, und Catra verspürte trotz ihrer Bedrängnis einen Hauch von Ehrfurcht.

Sie ging darauf zu, streckte die Hand aus …

»Nein. Ihr könnt diese Tür nicht öffnen.«

s'Ex legte seine Hand auf die richtige Stelle an der glatten Tür und …

Nichts.

Er versuchte es erneut. »Sie haben meinen Zugriff gesperrt. Vermutlich habe ich gerade Alarm ausgelöst.« Er wandte sich der Prinzessin zu. »Wir müssen verschwinden. Jetzt.«

»Nein! Ich muss etwas überprüfen …«

»Wir haben keine Zeit zum Streiten.« Er nahm ihre Hand und zerrte sie auf den Geheimgang zu. »Ich möchte nicht für Euren Tod verantwortlich sein.«

Sie stemmte sich gegen seine übermächtige Kraft und rief: »Ich glaube, meine Mutter hat Geburtsdokumente manipuliert!«

s'Ex erstarrte. »Was?«

Catra versuchte weiter, sich seinem Griff zu entwinden, doch es nützte nichts. Genauso gut hätte sie an einen Baum gefesselt sein können. »Ich kann mir nicht sicher sein, ehe ich es nicht mit eigenen Augen gesehen habe. Aber ich habe den Verdacht, dass sie Geburtsaufzeichnungen im eigenen Interesse abgeändert hat. Ich muss da rein, um mich zu vergewissern. *Bitte.*«

s'Ex riss sich die Kopfbedeckung herunter. Als er sie auf den roten Marmorboden fallen ließ, verengten sich seine Augen und blitzten grün auf.

»Wie sicher seid Ihr Euch?«, fragte er barsch.

»Ich würde mein Leben darauf verwetten. Und Eures.«

Wie er sich entschieden hatte, wurde deutlich, als er zur Tür blickte – und dann ohne großes Aufhebens mit zwei schnellen Schritten darauf zuging und sein gezahntes Messer in einen Spalt rammte, der ihr vorhin gar nicht aufgefallen war.

Aber vielleicht hatte er ihn auch eben erst geschaffen.

Dann umfasste er den Messergriff mit beiden Händen und lehnte sich dagegen. Es knackte, und schon war der Durchgang in das kleine goldene Zimmer frei.

»Beeilt Euch«, sagte er grimmig.

Catra verschwendete keine Zeit. Sie hüpfte über die Splitter und Brösel in das Archiv und schlitterte mit ausgestreckten Armen über den goldenen Boden, um das Gleichgewicht zu halten.

Zahlen. Es gab tausend goldene Schubladen mit Zahlen.

Die Geburtsurkunden waren nach Datum und nicht nach Namen sortiert.

Catra schloss die Augen und fluchte. Sie hatte keine Ahnung, wann Trez geboren worden war.

Doch, halt – oben rechts gab es zwei Schubladen, die nicht golden waren, sondern weiß.

Mit klopfendem Herzen ging sie auf die Zehenspitzen und zog die obere heraus. Die Lade war so lang wie ihr Arm, und sie musste das hintere Ende festhalten, damit nicht alles herausfiel.

Nein, sie waren abgedeckt.

Sie stellte sie auf den Boden und hob den Deckel ab.

Drinnen lagen vier zusammengerollte Blätter Pergament, mit Seidenbändern zusammengehalten und mit rotem Wachs versiegelt, in das der Stern der Königin geprägt war. Eine Beschriftung gab es nicht. Nur eine war ein wenig kleiner als die anderen.

Catra nahm die erste Rolle, die ihr in die Finger kam, brach das Siegel und breitete sie auf dem Boden aus. Das Pergament war so alt, dass es stellenweise brach und sich nicht glatt streichen lassen wollte. Catra musste es auf einer Seite unter die Schublade klemmen und die andere Seite mit den Knien festhalten, um das Schaubild zu betrachten.

Zahllose rote und goldene Tupfer waren schwarz beschriftet und mit heiligen Symbolen versehen. Als sie sich zurücklehnte, ergaben sie eine Konstellation.

Es war das Geburtshoroskop ihrer Mutter.

Sie ließ es los, sodass es sich wieder zusammenrollte, und legte es zur Seite. Das nächste war … ihr eigenes Horoskop, und auch dieses widersetzte sich, als sie es aufrollen wollte. Das dritte …

Das dritte Pergament entrollte sich von selbst, als sie das Band löste und das Siegel brach, und als sie sich darüberbeugte, roch es süßlich nach frischer Tinte und Farbe. Es war das Horoskop des Säuglings, und seine rituelle Tötung hatte man durch schwarze Sterne in den Ecken dargestellt – als Zeichen, dass man die Seele an den Himmel zurückgegeben hatte. So zumindest deutete sie es.

Traurig betrachtete sie das Dokument, dann legte sie es zur Seite.

Das vierte, kleinere Dokument musste Trez betreffen. Und tatsächlich, als sie es aufrollte, bestätigte es sich. Im Text hieß es, dass er ein Mann war und mit einem Zwillingsbruder auf die Welt gekommen war – die außergewöhnlichen Geburtsumstände hatten ursprünglich das Interesse auf Trez und iAm gelenkt. Zeitlebens hatte Catra von diesem Ereignis gehört, die Palastdienerschaft hatte immer wieder davon gesprochen.

Sein Horoskop war nicht so groß wie die anderen drei, weil er nicht königlicher Abstammung war, doch in den Ecken prangten goldene Sterne, die seinen Aufstieg an den Hof bekundeten.

Sie saß in der Hocke und studierte das Dokument.

Dann schüttelte sie den Kopf.

Sie war sich so sicher gewesen … doch hier schien alles in Ordnung.

»Keinen Schritt näher«, hörte sie s'Ex aus der Sternkuppel sagen. »Sonst muss ich euch töten, so leid es mir tut.«

Catra riss den Kopf herum und blickte durch die aufgebrochene Tür nach nebenan.

Drei Wachen in Schwarz hatten den Scharfrichter umstellt und ihre Messer gezückt.

Oh Sterne im Himmel, was hatte sie getan?

Es war ein schrecklicher Fehler gewesen, hier hochzukommen. Welch Arroganz, sich einzubilden, sie hätte ein Geheimnis aufgedeckt, das sie alle retten konnte.

Jetzt saßen sie in der Falle. Sie konnten nicht gewinnen gegen dieses Schwadron, das zweifellos das erste von vielen war.

Sie wollte nicht sterben.

Rasch bückte sie sich nach der langen, schweren Schublade. Es war die einzige Waffe, die sie hatte …

Aus irgendeinem Grund – und später würde sie sich fragen, was sie dazu veranlasst hatte – sah sie nach unten, als sich das Pergament von Trez zu seiner gewohnten Form zusammenrollte.

Der Boden war ganz sauber gewesen, als sie hereingekommen war, nirgends ein Staubkorn, eine Schramme, ein Kratzer.

Doch jetzt lagen kleine Krümel auf dem Marmor … Farbpartikel … dort wo sich das Pergament zusammengerollt hatte.

Stirnrunzelnd stellte sie die Schublade zur Seite und strich das Pergament noch einmal glatt.

Während aus dem Nebenraum Kampfgeräusche drangen, raschelnde Roben, lautes Grunzen und Stöhnen, beugte sie sich über das Horoskop.

In der Mitte gab es eine Stelle, an der die Farbe abgeplatzt war.

Und darunter …

Die Luft entwich zischend aus ihrem Mund, als sich ihr Brustkorb zusammenzog. Um sich zu vergewissern, dass sie es sich nicht einbildete, las sie noch einmal, was sie glaubte zu erkennen.

Dann schob sie den Fingernagel unter die aufgetragene Farbschicht.

»Gütiger Himmel …«, hauchte sie.

Sie richtete sich auf und ging zu den Schubladen mit den Geburtsaufzeichnungen der Untertanen. Sie überflog die Datierungen, bis sie die richtige gefunden hatte, zog sie heraus, stellte sie auf den Boden, und öffnete den Deckel.

Die Dokumente der Zivilisten wurden mit Bändern zusammengehalten, an denen kleine Etiketten hingen, und lagen ungeordnet übereinander, etwa zwanzig Stück davon. Atemlos und mit zitternden Händen wühlte sie in der Schublade herum.

Endlich fand sie die gesuchte Rolle und eilte zurück zu dem gefälschten Dokument.

Dann fixierte sie beide nebeneinander mit der Schublade und breitete sie aus.

Tatsächlich: Auch auf dem zweiten Dokument gab es eine ausgebesserte Stelle, die so sorgfältig übermalt worden war, dass man es seinerzeit nicht bemerken hätte können. Doch im Laufe der Jahre war die Farbe eingetrocknet und blätterte nun ab.

Catra kratzte sie ab und musste feststellen, dass Trez … gar nicht der Gesalbte war.

Er war als Zweiter auf die Welt gekommen, nicht zuerst. iAm war in Wirklichkeit der Geweihte.

Trotz der tödlichen Gefahr im Nebenraum beugte sie sich über die Dokumente und schlug die Hände vors Gesicht.

Warum hatte man die Geburtsreihenfolge vertauscht? Warum …

»Prinzessin«, rief s'Ex. »Wir müssen hier raus …«

»Sie hat die Geburtsurkunden vertauscht.«

»Was?«

Catra blickte über die Schulter und zuckte zusammen, als sie das viele Blut sah, das an den Ärmeln und der Robe des Scharfrichters klebte, in seinem Gesicht und an seinen Händen. Doch es war keine Zeit, die Fassung zu verlieren. »Die Königin hat die Geburtszeiten der Zwillinge vertauscht, von Trez und iAm. Aber ich verstehe nicht warum.« Sie deutete auf die ausgebesserten Stellen auf den Pergamentrollen. »Man kann es sehen. Die Geburtshoroskope für die Angehörigen der Königinnenfamilie werden nicht vom Trikundant, sondern vom Meister der Astrologie erstellt. Er muss es gewesen sein, und AnsLai muss ebenfalls davon gewusst haben. Aber zu welchem Zweck … Vorsicht! Hinter dir!«, schrie sie.

Eine Wache war hinter s'Ex erschienen und holte mit dem Messer aus. Doch der Scharfrichter wirbelte herum, das eigene Messer im Anschlag, und schlitzte ihm die Kehle auf. In Sekundenschnelle hatte er den Angreifer überwältigt. Rotes Blut quoll hervor.

Entsetzt von diesem grausigen Anblick spürte Catra, wie

ihr Verstand sich verabschiedete, so wie ein Zuschauer die Tribüne verlässt, wenn ihm der Kampf zu brutal wird.

Doch auch diesen Luxus konnte sie sich nicht leisten.

Sie rollte die Geburtshoroskope zusammen und steckte sie zusammen mit ihrem und dem ihrer Mutter in die Schublade. Das von dem Säugling lag noch am Boden – und fast hätte sie es zurückgelassen.

Im letzten Moment jedoch griff sie danach und begann, es einzurollen – und da spürte sie plötzlich einen merkwürdig kühlen Fleck. In der Mitte.

Warum sollte Pergament kühl sein?

Sie rollte es wieder aus … und ließ die Fingerspitzen darübergleiten. Eine Stelle in der Mitte fühlte sich etwas kälter an.

Weil man eine Farbschicht aufgetragen hatte, die noch nicht ganz trocken war.

Daher der süßliche Geruch.

Das Geburtshoroskop des Säuglings hatte man ebenfalls manipuliert.

»Wir haben keine Zeit mehr«, drängte s'Ex. »Wir …«

»Gib mir dein Messer.«

»Was?«

»Wisch es sauber, und gib es mir«, befahl sie und streckte die Hand danach aus.

41

Bevor Trez sich vor dem Anwesen der Bruderschaft dematerialisierte, nahm er sein Handy heraus. Er schickte seinem Bruder nur vier Worte.

Ich habe Frieden gefunden.

Dann lief er zurück zu den Eingangsstufen und legte das Handy auf den kalten Stein.

Im nächsten Moment war er verschwunden. Der Kampf war vorbei. Das ewige Ringen, das sein Leben bestimmt hatte, kam zum Abschluss.

Vor dem großen Tor zum Reich der s'Hisbe nahm er wieder Gestalt an.

Er wusste, dass Überwachungskameras ihn erfassten, als er darauf zuging, und er irrte sich nicht. Es war unnötig, sich am Empfang anzumelden wie bei den Menschen, es klickte einfach und zwischen den Flügeln des mächtigen Tores bildete sich ein Spalt.

Zum ersten Mal nach vielen Jahren setzte er wieder einen Fuß auf das Land seines Volkes und übertrat die Grenze, von der es kein Zurück mehr gab.

Die Wachen erkannten ihn überrascht, und binnen Kurzem war er von Männern in schwarzen Roben umstellt. Doch sie fassten ihn nicht an, denn seinen heiligen Körper zu berühren war ihnen nicht gestattet.

Es gab allerdings auch keinen Anlass, ihn zu überwältigen. Er war aus freien Stücken gekommen.

Doch er war eine Mogelpackung, er konnte der Tradition nicht gerecht werden.

Körperlich war er nicht mehr als ein Eunuch in der Lage, sich mit einer Frau zu vereinigen. Was das betraf, war er von der Hüfte abwärts tot. Sollte die Königin also Hoffnungen hegen, was den Fortbestand der Dynastie betraf, musste er sie enttäuschen.

Ihm war es egal. Sollten sie tun mit ihm, was sie wollten.

Er hatte mehr und mehr begriffen, dass Selena ihn mit sich fortgenommen hatte. Seine Seele hatte seinen Körper verlassen, genau wie ihre – nur musste sein Körper sich erst noch hinlegen und die Funktion einstellen.

Vielleicht würde das die Königin für ihn besorgen.

Wenn sie erfuhr, dass er den Akt nicht vollziehen konnte, würde sie ihn vermutlich töten lassen.

Wie dem auch sei.

Für ihn zählte allein, dass sein Bruder endlich von der Last befreit war, die er so lange tragen musste, und dass die Bruderschaft und ihre Familien sicher waren.

Einzig darauf kam es an.

Instinktiv entledigte er sich seiner Kleidung, während er auf den Palast zuschritt. Knöpfte sein Hemd auf und ließ es zu Boden fallen. Streifte die Schuhe ab. Stieg aus der Hose.

Als er und sein Geleit im kalten Herbstsonnenschein vor dem Palast ankamen, war er nackt.

AnsLai, der Hohepriester, erwartete ihn. Sein Haupt war zwar bedeckt, doch er trug kein Gitter vor dem Gesicht, sodass seine Zufriedenheit für alle sichtbar war.

»Welch weise Entscheidung«, sagte er und verbeugte sich vor Trez. »Ich bin erfreut über Eure Pflichtergebenheit, auch wenn die Einsicht reichlich spät erfolgt.«

Damit öffnete sich das große marmorverkleidete Tor und gab den Blick auf einen weißen Gang frei, der sich bis in die Unendlichkeit zu erstrecken schien.

Einen Moment lang dachte Trez an den Tunnel im Trainingszentrum, in dem er und Selena sich in den Armen gelegen waren.

Er hatte von ihrer gemeinsamen Unendlichkeit gesprochen, und er trug sie noch immer in sich.

Sie würde ihm erhalten bleiben, egal, was ihm hier bevorstand.

Die Wachen teilten sich vor ihm, und er bestieg barfuß die niedrigen Stufen.

Als er vor AnsLai stand, verbeugte sich der Hohepriester erneut. »Kommen wir nun zu Eurer Reinigung.«

»Versucht es hiermit, damit habt Ihr sicher mehr Glück.«

Anstatt Catra das gezahnte Messer zu geben, um das sie gebeten hatte, reichte ihr der Scharfrichter ein kleineres mit einer glatten Klinge.

Sie beugte sich über das Geburtshoroskop des Säuglings und machte sich ans Werk. Mit der Messerspitze suchte sie nach einem Riss oder Spalt in der aufgetragenen Farbe.

»Wir müssen das woanders machen, Prinzessin«, sagte s'Ex. »Wir brauchen … wartet hier.«

Sie nahm kaum wahr, als er ging, so sehr konzentrierte sie sich auf ihre knifflige Aufgabe. Wenn sie zu ungeduldig vorging und zu fest kratzte, würde man am Ende nichts mehr erkennen …

Schließlich löste sich die Farbe und ließ sich entfernen.

Zum Glück war die Tinte darunter tief in das Pergament eingezogen.

Sie studierte die Stelle und schloss die Augen.

Das Geburtshoroskop des kleinen Mädchens war ebenfalls verändert worden.

Nach dem Stand der Sterne wäre die Neugeborene die rechtmäßige Thronerbin gewesen. Als Catra nach und nach verstand, was das hieß, öffnete sie die Augen und sah über die Schulter. s'Ex kehrte ihr den Rücken zu und rang mit jemandem – oder vielmehr wand sich jemand in seinem Griff.

Als er sich umdrehte, stellte sie fest, dass es der Meister der Astrologie in seiner roten Robe war. Der Scharfrichter presste ihn so fest an seinen massigen Körper, dass Catra sein schwerfälliges Keuchen unter der Kopfbedeckung vernahm.

s'Ex riss sie ihm mit einem schnellen Ruck herunter. Ein ängstliches Gesicht kam zum Vorschein – und das Entsetzen wuchs, denn der Astrologe begriff sehr schnell, dass sein Blick auf eine Frau gerichtet war, die niemand ansehen durfte.

»Ja, ich muss Euch jetzt töten, da Ihr die Prinzessin gesehen habt«, sagte s'Ex. »Aber erst hätte ich noch ein paar Fragen an Euch.«

Catras Blick fiel auf die Geburtshoroskope. Was sie hier entdeckt hatte, müsste dem Berater ihrer Mutter noch weit größere Sorgen machen, dachte sie.

Sobald s'Ex davon erfuhr …

»Sollen wir ihm von Eurer Entdeckung erzählen?«, schlug s'Ex vor und zerrte den kleineren Mann mit sich. »Sollen wir ihn fragen, warum die Dokumente verändert wurden?«

Catra sah den Scharfrichter an.

Etwas in ihrem Blick schien ihre Gefühle zu verraten, denn s'Ex runzelte die Stirn. »Warum seht Ihr mich so an?«

Geistesabwesend registrierte sie, dass die graue Verkleidung des Scharfrichters noch mehr mit Blut besudelt war als zuvor. Er hatte nicht gezögert, sämtliche Angreifer zu töten, obwohl er sie persönlich ausgebildet hatte und sich ihnen verbunden fühlen musste.

Wenn sie ihm von ihrer letzten Entdeckung erzählte, würde nicht nur der Meister der Astrologie sterben, sondern zweifelsohne auch AnsLai und die Königin … Catras Mutter … die Herrscherin über die s'Hisbe.

Und Catra spürte …

Also, eigentlich spürte sie gar nichts.

Denn diese Frau war ihre Gebieterin, nicht ihre Mutter – und sie hatte sich aus eigenen Interessen über die Tradition hinweggesetzt.

Es war die einzige Erklärung, und sie passte zu ihrer Bemerkung in der rituellen Kammer.

Catra wandte sich an den Meister der Astrologie: »Diese Horoskope wurden gefälscht. Ich nehme an, das wart Ihr.«

Der Mann wandte den Kopf ab, um sie nicht anzusehen, aber s'Ex ließ es nicht zu. Er nahm das gezackte Messer zwischen die Zähne, packte sein Kinn und drehte seinen Kopf herum.

Dann sagte er durch die Klinge: »Die Prinzessin hat Euch eine Frage gestellt. Ich schlage vor, Ihr antwortet.«

Als nur ein Keuchen kam und keine Antwort, sah s'Ex sie an. »Schließt die Augen.«

Catra schüttelte den Kopf. »Tu, was du tun musst. Ich halte es schon aus.«

s'Ex fluchte, doch dann nahm er die Hand des Astrologen, die in einem Handschuh steckte, und presste sie zusammen. Der Gefolterte stöhnte auf … dann wand er sich und schrie, als Knochen brachen.

s'Ex nahm das Messer aus dem Mund und legte es ihm an die Kehle. »Jetzt beantwortet die Frage …«

»Ja! Ich habe die Horoskope verändert!«, rief der Astrologe. »Ich habe sie umgeschrieben! Ich wollte es nicht, aber die Königin hat mich gezwungen! Ich musste schwören, es niemandem zu verraten!«

»Weiß AnsLai davon?«, fragte Catra.

»Nein! Er weiß nichts! Niemand weiß es!«

Er schrie die Worte im Angesicht der Bedrohung heraus, aber auch, wie es schien, weil er nach all der Zeit sein Gewissen erleichtern konnte.

»Ich wollte es nicht!« Er begann zu weinen. »Es entweiht mein heiliges Amt, aber sie drohte damit, meine Familie auszulöschen – sie sagte, sie würde meine Gefährtin töten, meine Kinder … meine Eltern …«

»Warum wurden die Geburtszeiten von TrezLath und seinem Bruder vertauscht? Ich verstehe nicht, wozu das gut sein sollte.«

»Der wahre Gesalbte, der Zwilling, der zuerst das Licht der Welt erblickte, war kränklich. Man ging nicht davon aus, dass iAm die Nacht überleben würde, geschweige denn das Erwachsenenalter erreichen. Die Königin wollte einen dieser gesegneten Zwillinge für Euch, Euer Heiligkeit, daher befahl sie mir, das Horoskop zu ändern, damit die Wahl auf den starken und gesunden fiel. Das war der Grund.«

Catra holte tief Luft.

Während sich Schweigen breitmachte, wusste sie, dass ihre nächsten Worte zu großen Umwälzungen führen würden, und zwar zu gewaltsamen.

Sie richtete den Blick auf s'Ex. Der Scharfrichter war unnatürlich reglos, sein massiger Leib strahlte eine Gelassenheit aus, die Catra wie die Ruhe vor dem Sturm erschien.

Ganz ruhig sagte er: »Sprecht.«

Als wüsste er bereits Bescheid.

Catra wandte sich wieder dem Horoskop zu, rollte es zusammen und legte es zurück zu den anderen in die schwere Schublade. Dann stand sie auf und ging auf den Scharfrichter und den Astrologen zu.

»Gib mir das Messer«, bat sie s'Ex ein zweites Mal. Diesmal allerdings aus einem anderen Grund.

»Warum?«

»Weil wir ihn lebend brauchen.«

Sie erwartete Widerspruch, doch er drehte es wortlos herum und reichte es ihr mit dem Griff voraus.

Es war fast so schwer wie die Schublade.

»Jetzt lass ihn los. Du musst ihn loslassen«, sagte sie. »Er läuft nicht weg, weil ich es bin, die ihm das Leben retten kann. Lass ihn los, s'Ex. Das ist ein Befehl.«

Als der Scharfrichter den Astrologen freigab, fiel er zu Boden wie ein nasses Bündel Stoff. Doch er war schlau und zog sich ein paar Meter von s'Ex zurück.

Catra sah dem Scharfrichter in die Augen und sagte laut und deutlich: »Und jetzt, Meister der Astrologie, erklärt ihm, warum das Geburtshoroskop seiner Tochter umgeschrieben wurde.«

42

Das Telefon läutete.

Paradise setzte sich in dem großen Bett auf und blickte zum Schreibtisch, von wo das leise Klingeln kam.

Diesen Anruf zu beantworten wäre wenigstens etwas anderes, als in ihrer unterirdischen Suite herumzusitzen und sich den Kopf zu zerbrechen, was wohl bei Anbruch der Nacht geschehen würde.

Ihr Vater war rasend gewesen vor Wut, als sie sich trotz Kriegserklärung der s'Hisbe geweigert hatte, mit ihm nach Hause zu kommen. Aber ihr war es vorgekommen, als müsste sie auch in dieser verschärften Situation hart bleiben, denn nachzugeben wäre ein zu großer Rückschritt gewesen.

Sie hatte nicht einmal eingelenkt, als er sie daran erinnerte – nicht, dass es nötig gewesen wäre –, dass er bereits ihre *Mahmen* verloren hatte und nicht auch noch sie in ein kaltes Grab betten wollte.

Nach ihrem letzten und endgültigen »Nein« hatte er sie angesehen wie eine Fremde.

Vielleicht war sie das ja.

Dring.

Womöglich war es ihr Vater. Sie konnte sich nicht vorstellen, dass er schlafen konnte. Obwohl er vermutlich auf dem Handy angerufen hätte.

Sie schwang die Beine aus dem Bett und lief zum Telefon.

»Guten Morgen, wie kann ich behilflich sein?«

Es war eine Männerstimme, aber nicht ihr Vater. Wieder der Kerl von der s'Hisbe, der schon einmal angerufen und in seinem merkwürdigen Akzent mit Krieg gedroht hatte: *»Ich habe eine Nachricht für König Wrath, Sohn des Wrath. Die Königin möchte sich für die prompte Auslieferung des Gesalbten bedanken. Wraths Nachgiebigkeit zeichnet ihn als weisen Herrscher und Staatsmann aus. Es ist mir eine Freude, ihm zu versichern, dass es von unserer Seite zu keiner kriegerischen Handlung kommen wird und zwischen unseren Völkern wieder Einvernehmen herrscht.«*

Klick.

Paradise starrte auf das Telefon.

Hatte sie richtig gehört?

Sie drückte auf die Gabel, bis das Freizeichen ertönte, und wählte die Nummer ihres Vaters. Oder versuchte es zumindest. Sie zitterte so stark, dass sie sich mehrfach vertippte.

Als sie endlich durchkam, merkte sie, dass sie regelrecht außer Atem war.

»Hallo …«

»Vater!«, unterbrach sie ihn. »Vater, sie haben schon wieder angerufen …«

»Paradise! Ist alles in Ordnung bei dir?«

»Ja, ja, aber hör mir doch zu! Sie haben wieder angerufen, die s'Hisbe … sie sagten, Wrath hätte den …« Wie hatte er es formuliert? »… den Gesalbten ausgeliefert. Sie sagten, alles wäre gut – soll heißen, sie haben den Krieg wieder abgesagt.«

Blödsinnige Formulierung, dachte sie noch. Als wäre es um eine Geburtstagsfeier gegangen, die wegen Unwettern ausfiel.

»Aber was redest du da?«, fragte ihr Vater. »Wrath hatte nicht vor, Trez auszuliefern.«

»Er muss es sich anders überlegt haben.«

»Ich habe ihn zur Morgendämmerung gesprochen. Die Bruderschaft hat einen tagaktiven Kundschafter ausgeschickt, um sich das Territorium anzusehen. Ich verstehe das nicht … Ich rufe ihn sofort an.«

»Sagst du mir danach, was los ist?«

»Das werde ich.«

»Ich liebe dich«, platzte es aus ihr heraus.

»Oh, Paradise, ich liebe dich auch. Bleib im Keller.«

»Versprochen.«

Sie legte auf und sehnte sich plötzlich danach, sich auch noch persönlich bei ihm zu entschuldigen. Obwohl das vermutlich nur ihr inneres Kind war, das ein braves Mädchen sein wollte.

Egal, wie die Sache mit den Schatten ausging, sie durfte nicht klein beigeben.

Die Aussicht auf Krieg hatte sie daran erinnert, dass man nur ein Leben hatte.

Man sollte es nutzen.

s'Ex begegnete dem standhaften Blick der Prinzessin. Sie hatte klug gehandelt, indem sie ihm das Messer abgenommen und dem Astrologen Gelegenheit gegeben hatte, sich ein Stück weit von ihm zu entfernen, bevor sie ihre Frage gestellt hatte.

Aber er brauchte keine Erklärung. Er wusste auch so, warum sie das Horoskop geändert hatten.

Der Astrologe geriet ins Stottern. »Das Kind wäre die rechtmäßige Thronerbin gewesen, sie hätte Euch ersetzt, Prinzessin. Aber die Königin wollte keine Gemeine auf dem Thron. Sie wusste, dass dieses Kind vom Scharfrichter stammte. Sie hat mich gezwungen, die Geburtszeit um vier Minuten und zweiunddreißig Sekunden nach hinten zu verschieben – auf einen Zeitpunkt, zu dem der sechste Planet neben der Sonne in einer ungünstigen Position stand.«

Sofort hatte s'Ex wieder den wehklagenden Schrei seiner Tochter in den Ohren … dann drang er in seinen Blutstrom.

Seine Brust hob und senkte sich unter schweren Atemzügen.

Seine Fäuste ballten sich.

Sein Herz setzte einen Schlag aus … und begann dann im langsamen, gleichmäßigen Rhythmus des Killers wieder zu schlagen.

Die Prinzessin reichte ihm das Messer. In ihren Augen spiegelte sich Trauer, doch sie waren auch sehr klar. Mit bebender, aber bestimmter Stimme sagte sie:

»Tu, was du tun musst.«

Sie wusste, dass sie ihre Mutter zum Tode verurteilt hatte. Nachdem diese Täuschung ans Licht gekommen war, würde s'Ex nicht zögern, den Mord an seiner Tochter zu rächen.

Er nahm das gezahnte Messer entgegen – und richtete die Spitze auf sein Gesicht. Mit zwei schnellen Streichen kennzeichnete er seine eingefallenen Wangen.

Einen Streich für die Tochter, die er nie kennenlernen würde.

Einen Streich für das Vergehen, das er vergelten würde.

Er wandte sich dem Durchgang in der gefliesten Trennwand zu, doch bevor er ging, bohrte sich sein Blick noch einmal in den Meister der Astrologie. Als der in Todesangst zusammenschrumpfte, sagte s'Ex: »Wer erbt den Thron von der Königin, nachdem meine Tochter nicht mehr lebt?«

»S-s-s-s-ie.« Der Astrologe deutete auf die Prinzessin. »Sie ist die rechtmäßige Thronerbin. Ihr Geburtshoroskop wurde nicht geändert. Sie wäre die zweite in der Thronfolge nach deiner Tochter gewesen, mit ihrem Tod fällt der Anspruch zurück an sie …«

»Dem *Mord«*, fiel der Scharfrichter dem Astrologen ins Wort, »Ihr meint mit dem Mord an meiner Tochter.«

Er sah die Prinzessin an.

Doch sie schien dem eben Gesagten keine Beachtung zu schenken. Es machte den Eindruck, als hätte sie noch nicht einmal gehört, dass sie Königin werden würde. Stattdessen drückte sie die lange weiße Lade an ihre hellblaue Robe und hielt den Kopf gesenkt.

Tränen liefen über ihr Gesicht.

»Ihr müsst die Herrschaft übernehmen«, sagte s'Ex. »Ihr müsst das Ruder in die Hand nehmen und ordentlich regieren. Hört Ihr mich? Verliert Euch nicht in Trauer, macht Euch für Eure Aufgabe bereit.«

Sie blickte ihn an. »Sie war meine Schwester. Sie haben … meine Schwester getötet.«

s'Ex wankte. Ihre Worte trafen ihn unvorbereitet.

Plötzlich erkannte er, dass da jemand war, der seinen Kummer teilte, und er war auf merkwürdige Weise gerührt.

Er ging auf die Prinzessin zu, umfasste ihr Gesicht und hob es an. Dann wischte er ihr die Tränen fort und küsste sie auf die Stirn.

»Danke«, flüsterte er.

»Wofür?«

Er schüttelte nur den Kopf und trat zurück.

»Ihr.« Er deutete auf den Meister der Astrologie. »Ihr müsst Euch um sie kümmern. Ihr glaubt an Eure Traditionen, Ihr wolltet nie lügen? Beweist es, indem Ihr sie beschützt – in zehn Minuten ist sie Eure Königin.«

Sofort warf sich der Astrologe zu Boden und legte die Stirn auf den blutigen roten Marmor vor Catras Füßen. »Bei allem, was in den Sternen steht, unterwerfe ich mich Königin Catra vin SuLaneh etl MuLanen deh FonLerahn und werde ihr bis zu meinem letzten Atemzug dienen.«

s'Ex spürte, dass er es aufrichtig meinte, und wusste, dass die neue Königin in Sicherheit war. »Ihr habt zeremonielle Gewänder hier, oder nicht?«

Der Astrologe antwortete, ohne sich zu erheben. »Ja.«

»Kleidet sie an. In zwanzig Minuten liegt der Kopf ihrer Mutter am Fuße des Throns. Bringt Catra dorthin, um die Krönungszeremonie und den Machtwechsel zu vollziehen.«

»Und was ist mit dir?«, fragte Catra. »Wirst du auch dort sein? Bitte sag mir, dass du kommst.«

»Sorgt Euch um Euch selbst, meine Königin. Ihr seid um vieles wichtiger als alle anderen in diesem Raum oder diesem Palast oder dem ganzen Land.«

Damit drehte er sich um und verschwand im Geheimgang.

43

Das Reinigen und Warten der Waffen war eine heilige Pflicht für einen Krieger, ein Akt, mit dem er die Zusammengehörigkeit von Kämpfer und Handwerkszeug ehrte.

Rhage saß mit gebeugtem Kopf über der zweiten seiner bevorzugten Vierziger, und der süßliche Geruch von Laufreiniger war ihm so vertraut wie der Klang der eigenen Stimme.

Vom anderen Ende des Schlafzimmers schlug ihm Marys Anspannung entgegen. Doch sie sprach kein Wort.

»Ich werde vorsichtig sein«, sagte er und stellte die Sprühdose zurück in die Kiste mit dem Reinigungszeug. »Ich verspreche es … ich passe auf.«

Er schwor, obwohl er wusste, dass Vorsicht nur einer von mehreren Faktoren war, um im Kampf zu überleben. Auf die Umgebung zu achten, sich umzusehen, die Deckung der Brüder – all das half natürlich. Doch ein gewisser Anteil blieb immer dem Glück überlassen.

Oder dem Schicksal.

Wie man es nennen wollte.

»Ich weiß«, sagte sie gepresst.

Er wischte mit einem Ledertuch an einer Seite des Laufs herunter und an der anderen wieder hoch. »Aber sollte ich nicht … heimkommen …«

Er führte den Satz nicht zu Ende. Sie würde erraten, worum er sie bitten wollte.

»Ich finde dich«, sagte sie heiser. »Irgendwie werde ich dich finden.«

Er nickte – vermutlich hätte er zu ihr gehen sollen, aber er verkraftete ihre Nähe im Moment nicht. Er fühlte sich schon jetzt zu dünnhäutig, und da ihnen bei Anbruch der Nacht ein Krieg bevorstand, konnte er sich Gefühle nicht erlauben.

»Ich ertrage den Gedanken nicht, dass du verletzt werden könntest«, sagte sie, schnäuzte sich und tupfte ihre Augen. »Das macht mir fast mehr zu schaffen als das Sterben.«

Ja, vielleicht weil ihnen dieses Wunder zuteilgeworden war – das sich auszahlen würde, wenn der Tod versuchte, sie zu trennen.

Er dachte an Trez und fühlte sich elend.

Himmel … wie dieser Kerl auf den verdammten Scheiterhaufen geklettert war. Das Bild war wie eintätowiert in seinem Hirn.

Unvermittelt ließ er Pistole und Lappen auf die Knie sinken. »Ich bin ein Arschloch.«

Mary schniefte erneut. »Wovon redest du?«

Rhage zwang sich, weiterzuputzen, denn wenn er ihr jetzt in die Augen blickte, würde er es nicht aussprechen.

Scheiße, vielleicht sollte er das auch gar nicht – obwohl er ihr nichts verschweigen konnte.

»Ich, äh … ich finde es so schrecklich, was Trez und Selena passiert ist. Oder Tohr.«

Plötzlich musste er daran denken, wie er mit Manny in

dessen funkelnagelneuem Krankenfahrzeug gesessen war und von ihm verlangt hatte, die Auserwählte zu retten.

Als bräuchte er einem Arzt nur befehlen, sie zu heilen, und schon wäre das Problem behoben.

Dann sah er Layla vor sich, dick eingemummt im Garten, während die Flammen in den Himmel stoben. Die schwangere Layla, die Qhuinns Zwillinge im Bauch trug.

Sie hatte ausgesehen, als würde sie vor Trauer um ihre Schwester vergehen – sodass Rhage nicht der Einzige war, der sich Sorgen um ihre Schwangerschaft machte, um ihr Leben, ihre Kinder.

»Ich bin ein Arschloch«, flüsterte er.

»Sag mir, was los ist, Rhage.«

»Ich bin so froh, dass es nicht uns erwischt hat«, brachte er mühsam hervor. »So gern ich sie mag und sosehr ich ihre Trauer teile … ich bin so verdammt froh, dass ich dich nicht verloren habe …«

Tränen traten ihm in die Augen.

Und seine *Shellan* kam zu ihm.

Als sie ihm die Pistole abnahm und sie zur Seite legte, die Arme um ihn schlang und ihm gut zuredete, kam er sich noch mieser vor.

Es führte ihm nämlich umso deutlicher vor Augen, was Trez nie mehr haben würde …

Jemand klopfte laut an die Tür.

»Rhage«, bellte V aus dem Flur. »Trez hat sich der s'Hisbe ausgeliefert.«

Rhage richtete sich auf und wischte die Tränen fort. *»Was?«*

Er schob Mary zur Seite, stürzte zur Tür und riss sie auf. »Wovon redest du, verdammt?«

»Du hast richtig gehört – Lagebesprechung bei Wrath. *Sofort.*«

Als V schon wieder weiterlaufen wollte, hielt Rhage ihn am Arm zurück. »Bist du sicher?«

»Gerade kam der Anruf von den Schatten.«

»Weiß iAm schon Bescheid?«

V blieb stehen. Dann sah er zur Decke. »Scheiße.«

»Seid ihr sicher, dass Trez nicht im Haus ist?«

»Nein, er ist weg. Ich habe mir die Aufnahmen der Überwachungskameras angesehen. Vor ungefähr einer Stunde hat er sein Handy auf die Eingangsstufen gelegt und ist verschwunden.«

»Heilige … *Scheiße*. Okay, in Ordnung …« Obwohl er sich dessen nicht so sicher war. Vielleicht kam es doch nicht zum Krieg … aber was war mit den Schatten?

Ihren zwei Schatten?

»Lass mich das mit iAm übernehmen«, sagte er und sah sich nach Mary um.

»Soll ich mitkommen?«, fragte sie.

»Ja, bitte.«

Als iAm erwachte, blickte er auf zwei Paar Schuhe in Augenhöhe. Einmal Springerstiefel, groß wie Fernsehsessel, einmal Turnschuhe mit Klettverschlüssen.

Er hob den Kopf und sah zu Rhage und Mary auf. »Wie spät ist es?«

Mary kniete sich vor ihn, und das war der erste Hinweis darauf, dass sie keine guten Nachrichten brachten.

Aber Rhage sprach als Erstes: »iAm … wir haben Grund zu der Annahme, dass dein Bruder sich ausgeliefert hat.«

Die Worte erreichten sein Bewusstsein nur langsam und über Umwege und ergaben im ersten Moment überhaupt keinen Sinn.

»Entschuldige, was hast du gesagt?«

Als er sich aufsetzte, rollte die Flasche weg, die er im

Arm gehalten hatte, und kullerte gegen die Stiefel von Rhage.

»Wir haben eine Nachricht vom Territorium erhalten. Die Königin hat ihre Angriffspläne aufgegeben, weil Trez von sich aus zur s'Hisbe zurückgekehrt …«

»Nein!«

iAm sprang auf die Füße, stieß die beiden zur Seite und stürzte in das Zimmer seines Bruders. Das Bett war zerwühlt, die Schranktüren standen offen … aber nirgends ein Zeichen von Trez.

»Nein – nein, wir wollten doch abhauen!«, rief er aus. »Ich bereite gerade alles vor! Wir verschwinden!«

Er wirbelte herum. Rhage und Mary standen in der Tür.

Marys Ton war schneidend, als wüsste sie verdammt gut, dass sie sonst nicht zu ihm durchdringen würde: »Uns ist klar, dass du ihm folgen willst, iAm. Aber bevor du das tust …«

iAm steuerte auf den Ausgang zu, bereit, die beiden umzupflügen, wenn es sein musste, sosehr er ihre Besorgnis schätzte.

Aber Rhage packte ihn beim Arm und zog ihn zurück. »Lass dir von mir Waffen geben. Außerdem wird dich Lassiter begleiten. Ihm kann die Sonne nichts anhaben.«

iAm wollte schon widersprechen, doch dann siegte die Vernunft.

»Wir stehen immer noch hinter euch«, sagte der Bruder grimmig. »Du bist nicht allein.«

Einen Moment lang wusste iAm nicht so recht, was Rhage meinte – doch dann dämmerte es ihm: Scheiße, wenn er ins Territorium marschierte und Trez wieder rausholte … würde die Königin vermutlich die Vampire angreifen.

Dann wäre die Bruderschaft im Belagerungszustand.

»Warum hat er das getan?«, stöhnte iAm. »Oh, warum nur hat er es getan?«

Mary nahm seine Hand. »Er muss von der Kriegsdrohung erfahren haben. Wahrscheinlich hat er es irgendwie mitbekommen.«

iAm schloss die Augen. »Das muss ein Ende haben. Dieser ganze verdammte Mist muss aufhören.«

Denn mal angenommen, der Fluch hatte Trez letztendlich doch noch ereilt, dann würde er sich mit der einzigen Frau vereinigen, die iAm je geliebt hatte.

In dieser Beziehung hatten er und sein Bruder offensichtlich ein goldenes Händchen.

»Komm«, sagte Rhage. »Schnallen wir dir ein paar Waffen um. Lassiter wartet schon.«

Was danach geschah, nahm er wie durch einen Nebel wahr. Runter in den ersten Stock. Hüfthalfter, Schulterhalfter. Pistolen. Messer. Ein langer schwarzer Leder-Trenchcoat, um alles zu verbergen.

Dann in die Eingangshalle, wo der gefallene Engel wartete. Er war ähnlich ausgestattet und machte zur Abwechslung keine Witzchen.

Bevor sie aufbrachen, kam Rehvenge auf ihn zu und umarmte ihn. »Ich muss hierbleiben. Sollten die Schatten angreifen, befehlige ich die Sündenfresser, damit sie uns tagsüber verteidigen.«

Scheiße. Die Misere von ihm und seinem Bruder stürzte so viele Leute mit ins Unglück.

»Es tut mir so leid«, erklärte iAm und sah die Brüder an. Wrath. Den Rest des Haushalts. »Ich kann nicht glauben, dass es so weit gekommen ist.«

Rhage schüttelte den Kopf. »Wir sind für euch da. Unseren Leuten stehen wir bei, ohne Wenn und Aber.«

Damit war alles gesagt, und iAm und Lassiter traten durch die Vorhalle auf die Steinstufen.

Der gefallene Engel nahm seinen Arm. »Mach dich bereit.«

Stirnrunzelnd sah iAm den Kerl mit den blond-schwarzen Haaren an. »Wovon redest …«

Im nächsten Moment hatte ihn ein Sonnenstrahl aufgesogen und trug ihn fort, ohne dass er etwas dagegen tun hätte können …

… auf ein Zuhause zu, das er hasste, und ein Schicksal, gegen das er sich noch immer wehrte.

44

Die Juwelen waren kalt und schwer.

Catra hatte zunehmend Probleme mit dem Atmen, als sie der Meister der Astrologie lagenweise in Gewänder hüllte, die mit platingefassten Diamanten, Saphiren, Smaragden und Rubinen besetzt waren.

Aber vermutlich rührte ihre Atemnot auch daher, dass sie nach und nach die Tragweite der Ereignisse begriff.

Der letzte Bestandteil der königlichen Robe war ein hauchdünner Schleier, der wie ein Lufthauch über ihr Gesicht glitt.

»Fertig«, sagte der Astrologe.

Unter normalen Umständen hätte man die Robe in ihre Zimmer gebracht, wo sie ein Schwarm von Mägden gereinigt und für die Trägerin vorbereitet hätte. Aber die Umstände waren nicht normal.

War die Königin schon tot?

Auf welche Weise würde sie sterben?

Während ihr diese Fragen keine Ruhe ließen, versuchte sie …

»… wieder da! Er ist wieder da!«

Vom Gang her drangen Stimmen in die Stille der Kuppel. Alle riefen dasselbe.

Verwundert hob Catra ihre Röcke an und ging zur Tür. Bis ihr wieder einfiel, dass sie sie nicht öffnen konnte.

»Würdet Ihr diese Tür für mich öffnen?«

»Sofort, Euer Hoheit.«

Der Meister der Astrologie eilte ihr zu Hilfe, legte die Hand auf die entsprechende Stelle, und die Tür glitt folgsam zur Seite.

»… Gesalbte ist wieder da!«

Draußen herrschte heilloses Durcheinander. Die Schatten rannten umher und machten Freudensprünge, ein Fest brach aus. Einen Moment lang stand sie in der Tür und sah dem Treiben zu – bis ihr wieder einfiel, dass hinter ihr in der kreisrunden Sternkuppel ein Schlachtfeld lag.

»Kommt raus«, zischte sie an den Astrologen gewandt.

Als er auf den Gang trat, schloss sich die Tür automatisch, und jetzt wurde Catra von den Umherlaufenden bemerkt.

Alle erstarrten, ließen sich zu Boden fallen und murmelten Begrüßungsformeln. Offensichtlich hielt man sie für die Königin.

Während ihr dies bewusst wurde, kam ihr noch ein anderer Gedanke. »Reinigung …« Sie drehte sich um und zwang sich, leise zu sprechen. »Gütige Sterne, sie werden ihn der Reinigungsprozedur unterziehen – schnell, wir müssen zum Hohepriester!«

Der Astrologe stellte keine Fragen. Er folgte ihr wortlos, als sie durch den Palast eilte. Glücklicherweise fielen alle Entgegenkommenden auf die Knie, vom Laufburschen bis zum Höfling, sodass sie gut durch die verstopften Gänge vorankamen.

AnsLais geweihte Kammer lag ganz in der Nähe des

Zeremoniensaals. Als Catra die Hand an die Wand legen wollte, duckte sich der Astrologe an ihr vorbei und drückte die seine auf die richtige Stelle.

Die Tür glitt zur Seite und gab den Blick frei auf einen großen nackten Mann, der ausgestreckt auf einem schwarzen Marmorblock lag, die Arme seitlich angelegt, die Füße dicht nebeneinander.

Dahinter stand AnsLai an einer Feuerstelle, die geöffneten Hände nach oben gestreckt, und flüsterte eine Beschwörung.

»Halt!«, rief Catra. »Ich befehle Euch, hört auf!«

Der Hohepriester drehte sich um – und fiel sogleich auf die Knie. »Euer Hoheit, ich dachte, Ihr wärt noch im Zeremoniensaal.«

Catra eilte auf den Mann zu, der mit geschlossenen Augen auf dem Marmorblock lag. »Sagt mir, dass Ihr ihn noch nicht gereinigt …«

»Ich habe ihm die Lösung soeben injiziert …«

»Oh nein, nein, nein«, sagte sie. »Nein!«

»Wo liegt das Problem, Euer Hoheit?«, fragte der Hohepriester und richtete sich auf. »Er hat sich jahrzehntelang außerhalb des Territoriums aufgehalten. Er ist zu unrein, um sich mit Eurer Tochter zu vereinigen …«

»Er ist nicht der Gesalbte.«

Bei diesen Worten drehte der Mann auf dem Marmorblock langsam den Kopf in ihre Richtung.

Und so machte Catra nach all den Jahren schließlich Bekanntschaft mit TrezLath.

»Es tut mir so leid«, sagte sie, beugte sich über ihn und umfasste seine Hand. »Ich habe es nicht rechtzeitig geschafft – es tut mir so leid …«

Trez lag auf dem Stein und spürte ein Brennen im Unterarm, wo man ihm mit einer überraschend modernen Nadel aus der Menschenwelt die Lösung injiziert hatte.

Irgendwie hatte er Schilfrohr oder eine handgemachte Metallspritze erwartet, nachdem es sich um ein altes Ritual handelte.

Doch er hatte sich geirrt. Tatsächlich war es die gleiche Art von Spritze, die auch bei Selena zum Einsatz gekommen war.

Die Säure begann augenblicklich zu wirken, und wie das Gift eines Schlangenbisses, das keine Zeit verschwendete, sich in seinem Körper auszubreiten, sich zu verstärken, ihn zu überwältigen.

Geschwächt, wie er war, aufgrund von Kummer und Erschöpfung, bestand durchaus die Chance, dass er die Prozedur nicht überlebte.

Also richtete er den Blick zur Decke. Schon seltsam, er hatte immer gedacht, man wäre bei diesem Ritual gefesselt. Merkwürdig, wie sich die Dinge fügten. Jetzt hieß er den Schmerz willkommen – denn vielleicht war er sein Weg zu Selena. Gerüchten zufolge konnten Selbstmörder nicht in den Schleier eintreten, aber wenn man getötet wurde?

Dann traf einen keine Schuld.

Natürlich hatte die Sache einen Haken: Wie sollten sie sich im Jenseits finden, wo sie doch unterschiedlichen Glaubensrichtungen angehörten? Vorausgesetzt, es gab überhaupt ein Jenseits.

Aber wenn Glaube irgendeine Macht besaß, dann würde er daran glauben, dass es ihnen gelang.

Ein schöner Abschlussgedanke.

Vage nahm er wahr, dass noch zwei weitere Personen in den Raum gekommen waren. Eine davon schillerte in allen Farben des Regenbogens.

Die Königin.

Sie redete auf AnsLai ein, nachdem dieser sich tief verbeugt hatte. Dann richtete er sich wieder auf und wirkte beunruhigt … fast panisch.

Die Königin kam auf Trez zu, die Frau, die er sein Leben lang gehasst hatte. Träge überlegte er, ob er versuchen sollte, ihr an die Gurgel zu springen.

Doch dazu fehlte ihm die Kraft. Besonders, als sich der Schmerz nun verstärkte.

Er wollte sich eigentlich gar nicht bewegen, doch er begann sich zu winden. Sein Körper versuchte, sich dem Gift zu widersetzen.

Mit einem Mal explodierte der Schmerz unter seiner Haut, und sein Fleisch stand in Flammen.

Als Letztes sah er noch, wie weitere Leute in den Raum gerannt kamen. Sie ließen sich nicht zu Boden fallen, sondern blickten die Königin verwirrt an.

Der Meister der Astrologie richtete das Wort an die Versammelten.

Und im nächsten Moment knieten sie dann doch vor ihr nieder.

Aber wen interessierte das, dachte Trez.

Ihn nicht. Ihn interessierte gar nichts mehr, nicht einmal der unerträgliche Schmerz.

45

Der gefallene Engel brachte sie ins Territorium.

Das war gar nicht schlecht, dachte iAm, als er wieder Gestalt annahm. Da sein Bruder sich in den Fängen der Königin befand, hätte er sich vermutlich nicht genug konzentrieren können, um sich zu dematerialisieren.

»Ab hier übernehme ich«, sagte iAm.

»Ich decke dir den Rücken.«

iAm nickte dankbar und schritt auf den Vordereingang der s'Hisbe zu. Unter der Ausrüstung, mit der ihn die Bruderschaft ausgestattet hatte, befanden sich auch mehrere Pfund Plastiksprengstoff. Er musste nur ein, zwei Ladungen davorlegen, und …

Als wollte das Tor selbst verhindern, Schaden zu nehmen, öffneten sich die riesigen Flügel vor ihnen.

Aber nicht, weil zufällig gerade jemand es von drinnen passieren wollte.

Vor ihnen stand s'Ex, groß und stolz, der perfekte Wächter über das Reich der Königin.

Wobei … irgendetwas stimmte nicht. Der Scharfrichter

trug einen *Farshi,* die Dienerrobe, die er iAm schon einmal geliehen hatte, und sie triefte vor Blut.

Außerdem hielt er einen rot befleckten gezackten Dolch in der Hand, so lang wie sein Unterarm.

»Wir haben nicht viel Zeit. Kommt«, drängte er.

Unter normalen Umständen hätte iAm gezögert, sich einer derart finsteren Gestalt anzuschließen, doch er hatte s'Ex bereits einmal vertraut – und es war offensichtlich, dass es eine Revolte am Hof gab.

Im Laufschritt folgten er und Lassiter dem Scharfrichter zum Palast. s'Ex verschaffte ihnen durch eine versteckte Tür Einlass und führte sie durch leere Gänge.

Keine Diener. Keine Höflinge.

Und s'Ex schien völlig unbesorgt, dass man sie aufhalten könnte, befragen … bedrohen.

Entweder hatte er den Verstand verloren, oder …

»Was ist hier los?«, fragte iAm.

»Du bist der Gesalbte, nicht dein Bruder.«

iAm blieb so abrupt stehen, dass Lassiter ausweichen musste, um ihn nicht umzurennen. *»Was?«*

»Keine Zeit. Dein Bruder wird gerade gereinigt – er steht an der Schwelle zum Tod. Wenn du dich von ihm verabschieden willst, musst du dich beeilen.«

Als iAm nur dastand, als hätte man ihm den Stecker gezogen, packten Lassiter und s'Ex ihn kurzerhand unter den Armen und zerrten ihn mit sich.

Eine Sekunde später kam iAm wieder zu sich, entwand sich ihrem Griff und lief selbstständig weiter. »Das ist unmöglich«, rief er über ihre donnernden Schritte.

»Die Königin hat die Geburtsdokumente umgeschrieben. Du bist in Wirklichkeit der Gesalbte, aber man nahm an, du würdest nicht lang überleben. Deshalb hat man lieber auf Trez gesetzt – die Königin und deine Eltern.«

Sie kamen in den Thronsaal, und iAms Schritte gerieten erneut ins Stocken.

Vorne auf dem Podium setzten sie soeben die Krone der Schattenkönigin auf das dunkle Haar seiner *Maichen* … der Prinzessin … wer immer sie war.

Und an die zweitausend Schatten sanken auf die Knie und beugten ergeben die Köpfe.

»Sie hat den Betrug aufgedeckt«, sagte s'Ex. »Sie hat all das herausgefunden – obwohl es sie fast das Leben gekostet hätte.«

»Wo ist die alte Königin?«

»Zu Füßen der Tochter.«

Da erst entdeckte iAm den abgetrennten Kopf, der seitlich vom Thron mit schwarzen Augen blicklos in die Menge starrte.

»Ich glaube an das Schicksal«, sagte der Scharfrichter. »Ich glaube an die Sterne. Auf diese Weise war es vorherbestimmt.«

iAm schüttelte den Kopf. Das Ganze war zu viel für ihn, außerdem interessierte es ihn nicht sonderlich. Trez dagegen … »Mein Bruder …«

»Hier entlang.«

iAm verschlug es den Atem, als er Trez endlich sah. Sein Bruder, sein eigen Fleisch und Blut, lag auf einem Marmorblock und krümmte sich vor Schmerzen.

Sein erster Gedanke war, dass er ihn an Selena erinnerte, an die Art, wie sie sich verkrampft hatte.

Er lief auf ihn zu, ohne den Leuten Beachtung zu schenken, die um seinen Bruder herumstanden. Er packte seine Hand und fiel auf die Knie. »Trez … Trez …?«

Doch er konnte ihn nicht erreichen. Er lebte, aber er war fort, nicht in diesem Raum, als wäre sein Körper vorübergehend nicht bewohnt.

»Nein«, hörte er sich sagen. »Nicht jetzt ... Trez, du bist frei ... bleib bei mir, wir sind frei ...«

Gut, nur im Ansatz, wo er doch nun selbst der Gesalbte war. Aber darüber konnte er sich später den Kopf zerbrechen.

»Lass mich nicht allein, Trez.«

»... Gegengift. Wir müssen abwarten.«

iAm blickte auf. AnsLai stand auf der anderen Seite des Marmorblocks. »Was?«

»Ich habe ihm das Gegengift verabreicht ... sobald ich davon erfahren habe.« Der Hohepriester schielte zu s'Ex. »Aber es war vielleicht zu spät. Sein Zustand war geschwächt.«

iAm begann zu reden, zu faseln über ... verdammt, er hatte keine Ahnung was.

Mehr konnte er nicht tun.

Hilflos musste er zusehen, wie sein Bruder mit Armen und Beinen ruderte und sich unter Schmerzen wand, die er sich nicht einmal ansatzweise ausmalen konnte. Er war machtlos.

»... Euch sehen?«, erkundigte sich AnsLai einige Zeit später.

»Was?«, fragte iAm heiser. Anscheinend hatte er nicht aufgehört zu reden.

»Eure Eltern. Sie haben gehört, dass Ihr beide im Territorium seid, und würden Euch gern ...«

iAm bleckte die Fänge und sah den besorgten Priester wütend an. »Richte ihnen aus, dass sie nie mehr versuchen sollen, in unsere Nähe zu kommen, wenn ihnen ihr Leben lieb ist. Hast du verstanden? Sag ihnen, dass ich sie nur deshalb nicht auf der Stelle ermorde, weil ich zu sehr mit Trez beschäftigt bin.«

Der Hohepriester erblasste. »Gewiss. Aber sicher doch.«

iAm wandte sich wieder seinem Bruder zu.

Und redete weiter sinnlos auf ihn ein. Genau wie Trez es bei Selena getan hatte, als sie gestorben war.

Bald darauf spürte er, wie eine Frau in den Raum kam. Er erkannte sie am Widerhall seines Blutes, doch er blickte sich nicht nach ihr um.

Er war zu sehr damit beschäftigt, Trez auf dieser Erde festzuhalten, während sein Bruder zweifelsohne versuchte, sich ins Jenseits zu verdrücken.

46

Trez' Wunsch ging in Erfüllung.

Als er an der Reinigung starb, erfuhr er, dass es tatsächlich einen Schleier gab und dass Leute unterschiedlicher Traditionen und Glaubensausrichtungen alle an denselben Ort kamen. Irgendwann wurde der Schmerz unerträglich, und sein Körper gab auf. Die plötzliche Abwesenheit sämtlicher Empfindungen traf ihn unvorbereitet, doch er hieß die Taubheit willkommen.

Und kurz darauf das Gefühl zu schweben.

Er flog … bis er sich in einer weiten Landschaft wiederfand, einer weißen Nebellandschaft, die ihm, als er darin herumlief, das Gefühl gab, schwerelos und doch geerdet zu sein.

Bald tauchte eine Tür vor ihm auf. Eine Tür mit einem Knauf, und instinktiv wusste er, dass es kein Zurück mehr gab, wenn er sie durchschritt.

Da erblickte er Selena.

Ihr Gesicht und ihre Konturen erschienen nicht auf der Tür, sondern wie ein Relief in sie eingearbeitet.

Die Freude war überwältigend. Auch bei ihr. Sie strahlte ihn an, und ihr Blick kam einer Liebkosung gleich, die er am ganzen Leib spürte.

Sie war gesund. Sie war bei Kräften. Sie war ganz.

»Meine Königin!«, rief er und streckte die Arme nach ihr aus.

Doch sie hob abwehrend die Hände. »Es ist noch zu früh für dich, Trez.«

Er zuckte zusammen. »Nein, ich muss zu dir – wir sind füreinander bestimmt …«

»Nein. Du hast noch nicht abgeschlossen auf der Erde. Auf dich warten Aufgaben und Bekanntschaften. Deine Reise ist noch nicht zu Ende.«

»Verdammt, und wie sie das ist!« Ja, genau, fluchend ins Jenseits, so musste man die Sache angehen. »Du bist tot, und ich will bei dir sein.«

»Ich werde da sein und auf dich warten.« Ihr Lächeln wärmte ihn aufs Neue. »Es ist wundervoll hier – ich konnte hierhergelangen, weil du mich erlöst hast. Ich bin davongeflogen und war frei. Ich werde auf dich warten, bis deine Reise beendet ist.«

»Nein«, stöhnte er. »Schick mich nicht zurück.«

»Dazu habe ich nicht die Macht. Aber du. Du musst dich dazu entschließen weiterzuleben – denk an iAm. Du musst dich für all die Jahre revanchieren, die er für dich da war. Es wäre ungerecht, wenn du ihn jetzt allein ließest. Er wird niemals Frieden finden, dabei hat er ihn so sehr verdient.«

Tja. Das war vermutlich das einzige Argument, mit dem sie zu ihm durchdringen konnte.

Mist.

»Aber was ist mit uns?«, stöhnte er, auch wenn es egoistisch war. Kindisch. »Was ist mit mir … ohne dich bin ich nichts.«

»Ich werde im Nachthimmel zu dir kommen. Halte nach mir Ausschau.«

»Ich möchte dich berühren …«

»Entscheide richtig, Trez. Du musst dich richtig entscheiden. Du liebst ihn schon dein ganzes Leben, und du schuldest ihm so viel.«

»Aber ich liebe dich«, protestierte Trez heiser und begann zu weinen.

»Und ich liebe dich – bis in alle Ewigkeit.« Ihr Lächeln durchdrang ihn. »Für immer und ewig, erinnerst du dich? Ich bin hier und warte, auf dich und wen du sonst noch lieben magst. Denn das ist die andere Seite. Einfach nur Liebe.«

»Verlass mich nicht. Bitte, nein, verlass mich nicht noch einmal …«

»Das tue ich nicht. Wir sind getrennt, aber wir haben einander nicht verloren. Trauere nicht um mich, mein Geliebter. Ich bin nicht tot …«

»Selena!«

iAm fuhr hoch, als er den Schrei vernahm. Scheiße, was war er für ein lausiger Retter? Er war tatsächlich eingeschlafen, während er die Hand von Trez hielt.

»Trez?« Es grenzte an ein Wunder. Er kam nach vierundzwanzig Stunden wieder zu sich. Aber er weinte. Tränen quollen aus seinen Augen und rollten ihm über die Wangen.

»Trez? Bist du zurück?« iAm sprang auf die Füße und beugte sich über ihn. »Trez?«

Die eingesunkenen schwarzen Augen begegneten seinem Blick und wirkten verwirrt.

»Trez?«, flüsterte iAm. Mit einem Mal hatte er Angst, dass die giftige Säure das Hirn seines Bruders zerfressen haben könnte. »Bist du …«

Da schlang Trez seine langen Arme um iAm und riss ihn an sich.

Und hielt ihn in den Armen.

Und sprach.

»Ich bin da, ich bin da, ich bin da … ich bin bei dir …«

Erst verstand iAm nicht richtig, doch dann …

»Ich lass dich nicht allein«, flüsterte Trez heiser. »Ich bin bei dir und lass dich nicht allein.«

Oh … verflucht.

Wie oft hatte iAm das im Laufe ihres Lebens zu Trez gesagt – und durch Taten bestätigt. In durchwachten Tagen voller Sorge, in Jahren, in denen er gebetet hatte, dass sie irgendwie die nächste Nacht überstanden.

iAms Knie knickten ein, und er fiel auf die vernarbte Brust seines Bruders.

Er hatte sich oft gefragt, wie es wohl wäre, frei zu sein von der Sorge um seinen Bruder, und es sich in den unterschiedlichsten Farben ausgemalt.

Aber nichts kam an die Wirklichkeit heran.

47

Es ging auf Mittag zu, als Mary das Haus der Bruderschaft verließ … und die Schatten zurückkehrten.

Rhage hatte seine *Shellan* gerade zu Havers geschickt, nachdem er ihr versichert hatte, dass es ihm wirklich wieder gut ging, als sich das Überwachungssystem der Haustür meldete.

Er entschuldigte sich beim Rest der unruhigen Brüder im Billardzimmer und schaffte es noch vor Fritz zum Monitor. Als er die zwei dunklen Gesichter sah, stieß er einen Freudenschrei aus.

»Wer ist es?«, fragte Butch.

»iAm und Trez!«

Er entriegelte die Tür und empfing sie in der Eingangshalle. Sie sahen mitgenommen aus, abgezehrt und ausgelaugt, wie Schatten ihrer selbst.

Ha-ha-ha.

Aber sie lebten. Sie waren zusammen. Ihr Anblick war eine derartige Erleichterung, dass Rhage gleich wieder ein bisschen freier atmen konnte.

»Hey«, sagte er und umarmte den ersten, dann den zweiten Schatten.

Die Stimme von Trez klang belegt, aber einigermaßen gefestigt. »Hey, hallo, danke für alles.«

»Vielen Dank für …«

»Trez, Kumpel, schön, dich zu sehen …«

»Oh Mann, was für eine Geschichte …«

»iAm, willkommen daheim …«

Und so ging es weiter. Die Brüder und ihre *Shellans* kamen aus dem Billardzimmer und begrüßten die Schatten wie Kriegsheimkehrer.

Beziehungsweise Fast-Kriegsheimkehrer.

»Hey, ihr kommt gerade rechtzeitig zur Steve-Wilkos-Show!«

Alle verstummten und sahen sich um. Lassiter stand im Durchgang zum Billardzimmer, mit nacktem Oberkörper, schwarzer Lederhose, silberner Lamé-Baseballkappe mit »I'm Horny«-Aufschrift und zwei überdimensionalen Plüsch-Ungetümen an den Füßen, die zusammengesetzt einen Dalmatiner ergaben.

Der Engel war vor zwölf Stunden heimgekehrt und hatte berichtet, die beiden Brüder seien in Sicherheit, doch es wäre unklar, ob Trez durchkam. Ausnahmsweise war der Idiot so niedergeschlagen und verzweifelt, dass er sich durch nichts aufheitern ließ.

Das Schweigen hielt noch immer an. Trez starrte Lassiter an … dann prustete er los.

Der arme Kerl lachte so heftig, dass er die Arme um den Bauch schlingen musste und sich die Tränen aus den Augen wischte.

Als die anderen in sein Lachen einfielen, legte er den Kopf in den Nacken, blickte zur Decke und sagte: »Danke, meine Königin. Das habe ich gebraucht.«

Dann ging er auf Lassiter zu und umarmte ihn. Während er leise und ernst auf ihn einredete, senkte der Engel den Blick.

Wie es aussah, kamen auch ihm die Tränen.

Doch dann stieß er Trez von sich und sagte: »Jetzt aber Pfoten weg von meinem Arsch, ich bin nicht so eine, wie du denkst.«

Und das gab den Ton für den Rest des Tages an. Wie ein Verband um eine Wunde schloss sich die Gemeinschaft um die beiden Schatten, zog sie ins Billardzimmer, versorgte sie mit Essen und Getränken.

Es war klar, dass Trez auch in diesem ausgelassenen Moment seine tiefe Trauer nicht vergaß. Er trug eine merkwürdige graue Robe, und seine Haut hatte fast die gleiche Farbe wie der Stoff. Doch er schien entschlossen zu sein, am Treiben teilzuhaben.

iAm hingegen schwankte, als hätte er nach langer Fahrt auf rauer See zum ersten Mal wieder festen Boden unter den Füßen. Immer wieder suchte er Halt … am Pooltisch, am Sofa, am Tresen.

Alkohol lehnte er ab. Trank lieber Cola.

Rhage war wirklich glücklich, dass die beiden unversehrt heimgekehrt waren, dennoch kam er nicht recht in Partystimmung. Er schrieb es dem Überfall auf die *Lesser* zu, an dem sich auch Assail und die zwei Cousins beteiligen würden.

Womöglich stand ihnen eine historische Schlacht bevor.

Außerdem ging ihm Xcors Bande nicht aus dem Kopf. Selbst wenn es der Bruderschaft gelang, sämtliche Lesser abzuschlachten, und Omega erst einmal eine neue Armee aufbauen musste, blieb das Problem mit Xcor und seinen Jungs.

In Wahrheit fühlte er sich noch immer nicht gut.

Und irgendwann fiel ihm auf, dass er nicht der Einzige war.

Layla hielt sich abseits, eine Hand auf dem Bauch. Ihr Blick war nach vorne gerichtet, schien aber nichts wahrzunehmen.

»Alles okay bei dir?«, sprach er sie an. »Brauchst du Doc Jane?«

Layla hörte ihn nicht, und er beugte sich zu ihr hinunter. »Layla?«

Sie fuhr zusammen, und er legte ihr die Hand auf die Schulter, als sie murmelte: »Entschuldigt, was?«

»Ist alles in Ordnung?«

»Oh, ja.« Sie lächelte ihn auf die gleiche Weise an, wie er Mary angelächelt hatte. »Alles gut.«

Er wollte ihr schon sagen, dass er sie durchschaute, doch das hätte er selbst auch nicht gut gefunden.

»Soll ich Qhuinn holen?«

Qhuinn und Blay unterhielten sich gerade mit iAm und nickten … dann zogen sie erschrockene Gesichter, als könnten sie die Geschichte nicht glauben.

»Nein, nein, ist nicht nötig.«

Rhage sah sie an und kam sich plötzlich wieder ganz mies vor. Sie hatte vor wenigen Tagen ihre Schwester verloren.

Natürlich sah sie ein bisschen aus wie Trez.

Hilflos stand er neben ihr und wünschte, er könnte irgendetwas für sie tun. Aber wie sollte er ihr Halt geben, wo doch bei ihm selbst gerade alles ins Rutschen geriet.

Äußerlich schien alles bestens, wie immer.

Doch er war nicht mehr derselbe und wusste nicht warum.

Und das …

… machte ihm Angst.

Auf der anderen Seite der Stadt lag Paradise auf ihrem Bett im Tudorhaus ihres Vaters und starrte an die Wand.

Eigentlich hätte sie glücklich sein sollen. Laut ihrem Vater war die Bedrohung durch die s'Hisbe gebannt, und es drohte keine Gefahr … trotzdem war sie beunruhigt.

Natürlich war sie zu ihrem Vater heimgekehrt.

In unsicheren Zeiten war es einfach zu gefährlich, nicht beim Vater zu wohnen. Selbst wenn man gerade auf dem Unabhängigkeitstrip war. Es war ein bitterer Rückschritt.

Wenigstens hatte sie ihren Job noch …

Leise klopfte es an ihre Tür.

»Herein«, sagte sie.

Es war ihr Vater. Er trug seinen dunkelblauen Bademantel mit dem aufgestickten Familienwappen und dem Gürtel, der bis zum Saum hing.

»Du bist noch auf?«

»Ich konnte nicht schlafen.«

»Es passiert so viel.«

»Ja.« Er zögerte und sah sich in ihrem Zimmer um, als müsste er sich neu damit bekannt machen. »Darf ich reinkommen?«

»Natürlich. Dies ist dein Haus.«

»Unser Zuhause«, verbesserte er sie sanft.

Als er nur bis zum Rand des Gobelinteppichs kam, runzelte sie die Stirn. »Geht es dir nicht gut?«

Er öffnete den Mund. Schloss ihn wieder. Versuchte es erneut.

Scheiterte.

Sie schwang die Beine aus dem Bett und setzte sich auf. »Vater?«

Endlich kam er zu ihr, und da sah sie, dass er etwas in der Hand hielt. Ein Blatt Papier.

Statt zu antworten, reichte er es ihr.

»Was ist das?«, fragte sie.

Sie blickte darauf und runzelte die Stirn.

»Aber … Gütige Jungfrau der Schrift«, hauchte sie. »Gütige …«

Es war die Bewerbung zum Trainingsprogramm der Bruderschaft, und er hatte sie eigenhändig ausgefüllt.

Für sie.

»Vater!« Sie sprang auf und fiel ihm um den Hals. »Danke! Danke!«

Er hielt sie in den Armen. »Es ist einfach sicherer«, sagte er heiser. »Ich wollte nur … du hast recht. Du musst dich wehren können. Die Vorstellung, dass du irgendwann schutzlos …« Er löste sich von ihr. »Du hast recht. Du musst lernen, dich zu verteidigen.«

Bei diesem Gedanken ging ihm ganz offensichtlich der Arsch auf Grundeis, um es mit Peyton zu sagen – aber eben deshalb war diese Geste so bedeutend. Trotz seiner Angst ließ er sie teilnehmen.

»Danke«, sagte sie. »Ich werde vorsichtig sein! Ich verspreche es!«

Vorausgesetzt, sie wurde zugelassen. Mist, sie musste augenblicklich anfangen zu trainieren, wenn sie den Eignungstest bestehen wollte.

»Ehrenwort«, gelobte sie. »Ich passe auf.«

»Dafür werde ich beten«, seufzte er. »Jede Nacht.«

»Ich liebe dich, Vater!«

Er schloss die Augen, als säße er in einer Achterbahn, die ihm ein gutes Stück zu wild war. »Und dir, meine geliebte Paradise, gehört mein ganzes Herz.«

48

Königin Catra vin SuLaneh etl MuLanen deh FonLerahn saß allein in ihren Gemächern. Es herrschte Stille, dafür hatte sie gesorgt, indem sie alle Diener weggeschickt hatte.

Sie würde sich nicht in den Gemächern der alten Königin einrichten.

Nein, die ließ sie in eine Kinderkrippe für das Palastpersonal umwandeln. Auf diese Weise konnten die Kleinen nah bei ihren Eltern sein, und die Diener mussten ihre Söhne und Töchter nicht mehr bei Verwandten unterbringen oder in der kalten, düsteren Einrichtung bei den ärmlichen Hütten lassen.

Doch das war nicht ihr erster Erlass gewesen.

Nein. Nachdem sie die Herrschaft über ihr Volk angenommen hatte, hatte sie als Erstes den Fluch über den Gesalbten aufgehoben.

Sie hatte iAm die Freiheit geschenkt.

Nicht dass er davon wusste. Dafür aber alle Angehörigen der s'Hisbe, also musste er sich keine Sorgen machen, sie oder das Territorium jemals wiederzusehen.

Jeder Atemzug tat weh.

Gütige Sterne im Himmel, so viel Unheil war entstanden durch die Gier einer einzigen Person.

Doch fortan würde sie dafür sorgen, dass niemand mehr so kapriziös und nachlässig behandelt wurde, gemeinsam mit s'Ex, den sie auf die Position eines Königs erhoben hatte – obwohl sie sich selbstredend nicht vereinigen würden.

Und da sie keine Kinder haben würde, stand auch nicht zu befürchten, dass sie potenziell böse Gene weitervererben könnte.

Denn da iAm nun aus dem Rennen war, stellte sie sich auf ein enthaltsames Leben ein. Wer käme schließlich sonst infrage? Er war der Mann für sie – das hatten sogar die Sterne prognostiziert.

Dass er sie nicht wollte, lag wohl daran, dass ihr Schicksal lange noch nicht seines war, ganz gleich, was die Gefühle sagten …

Die Tür glitt auf, und der Geruch von Essen wehte herein. Catra blickte verwundert auf die alte Uhr neben ihrer Frisierkommode. Sie saß hier schon seit Stunden.

»Ich habe keinen Hunger«, sagte sie zu dem Diener, ohne sich umzusehen. »Aber danke.«

Als der Diener nicht verschwinden wollte, musterte sie den Kerl in seinem *Farshi.*

»Danke«, wiederholte sie matt. »Ich habe noch keinen Hunger. Bitte bring das zurück in die Küche – halt, nein, biete es den anderen Dienern und Dienerinnen an.«

Statt sich zu verbeugen und sich zurückzuziehen, kam der Diener weiter ins Zimmer, und die Tür glitt hinter ihm zu.

Dann ließ er sich langsam auf die Knie sinken, stellte das Tablett vor sich ab und beugte sich zu Boden.

Da bemerkte sie den Widerhall ihres Blutes in seinen Adern.

Oder täuschte sie sich?

Moment … war das wirklich …

»iAm?«, flüsterte sie heiser. »iAm, bist du das?«

Der vermeintliche Diener richtete sich auf und nahm die Kopfbedeckung ab. Catra schlug die Hände vors Gesicht und betete, dass sie nicht eingeschlafen war und das alles nur träumte.

Denn aus seinen Augen, diesen mandelförmigen, wunderschönen schwarzen Augen strahlte ihr Liebe entgegen.

»So«, sagte er mit seiner wundervollen Stimme. »Wie ich höre, bin ich meinen Job los.«

»Wie bitte, was?«

»s'Ex hat angerufen. Sagte mir, meine Stelle wurde gestrichen. Schätze, ich bin nicht länger der Gesalbte, wie?«

iAm stand auf und kam auf sie zu. Seine Robe wallte um den massigen Leib, sein Duft war dunkel und herb.

Als er vor ihr stand, ging er erneut in die Knie.

»Darauf möchtest du verzichten?«, fragte er gedehnt und deutete auf sich selbst. »Wirklich?«

Sie schloss die Augen und wandte sich von ihm ab. Der Schmerz war einfach zu groß. »Bitte … quäle mich nicht.«

Er umfasste ihre Hände. »Sieh mich an. Komm schon, sieh mich an … *Maichen.*«

Als er sie bei dem Namen nannte, mit dem sie sich ihm vorgestellt hatte, schlug sie die Augen auf. Sie sah ihn kaum durch den Schleier von Tränen, und er wischte mit den Knöcheln über ihre Wangen.

»Du hast meinen Bruder gerettet«, sagte er.

»Das habe ich nicht. Ich kam zu spät.«

»Er hat überlebt.«

»Er wäre um ein Haar gestorben. Dieser ganze Albtraum … hätte ihn beinahe umgebracht.«

»Das lag nicht an dir, du warst die Lösung, die ich mir immer erhofft habe.«

»Ich habe dich belogen.«

»Und ich vergebe dir.«

»Wie das?«, krächzte sie.

Er beugte sich zu ihr und strich mit den Lippen über ihren Mund. »Es fällt mir nicht schwer, dir zu vergeben. Du hast dein Leben riskiert, um die Wahrheit ans Licht zu bringen. Du hast die Lügen entlarvt und dadurch alles verändert. Ihr seid die Rettung, auf die ich mein Leben lang gehofft habe, Euer Hoheit.«

Sie schüttelte den Kopf. »Nenn mich nicht so. Bitte. Ich wollte *Maichen* genannt werden, weil ich nicht daran glaube, dass ich besser bin als andere. In uns allen schlägt ein Herz. Wenn wir uns nicht verschließen, sind wir alle gleich.«

»Siehst du«, flüsterte er. »Du wirst von Mal zu Mal schöner.«

Lange sah sie ihn an. Dann streckte sie eine zitternde Hand nach ihm aus und berührte sein Gesicht. Er drückte die Lippen auf ihre Fingerspitzen.

»Es ist kein Traum«, sagte er. »Keine Angst. Du wachst nicht auf, und es ist vorbei. Das hier ist der Anfang für dich und mich.«

»Ich liebe dich«, sagte sie mit rauer Stimme. »Ich will nur dich und keinen anderen.«

iAm lächelte und schob sich zwischen ihre Beine, bis sich ihre Körper berührten. »So geht es mir auch, meine *Maichen.* Ich liebe dich, ich liebe dich … ich liebe dich …«

Als er sie küsste, konnte sie es kaum glauben. Dass er zurückgekommen war. Dass sie nach der Trennung wieder vereint sein, ein Ganzes bilden sollten. Sie lehnte sich zurück und fragte: »Ist das auch wirklich wahr?«

Er zuckte die Schultern und lächelte. »Natürlich. Schließlich stand es so in den Sternen …«

Damit küsste er sie erneut.

Und sie erwiderte den Kuss.

49

Die Sternschnuppen erschienen exakt um Mitternacht.

Trez war aus dem warmen Haus der Bruderschaft getreten, über den Hof gelaufen und ein Stück die Auffahrt hinuntergegangen, bis er nicht mehr im Licht der Außenbeleuchtung stand und den Himmel klar sah.

Vor einem Hintergrund aus tiefem, samtigem Schwarz und hellweißen Sternen zog sich ein Funkeln und Blitzen über den Himmel, wie Goldstaub, der aus einer offenen Hand rieselte.

Er lächelte traurig. »Danke, meine Königin. Das habe ich gebraucht.«

Er sah dem Schauspiel zu und fühlte sich gleichzeitig einsam und zutiefst verbunden im Angesicht der Weite, die sich über ihm spannte.

Wer je das Bedürfnis verspürte, die Unendlichkeit von Zeit und Existenz zu erleben, musste nur den Blick in den Nachthimmel richten und fühlen, wie geliebte Verstorbene von dort herabblickten. Es war die große Dualität von Einheit und Trennung.

Ganz wie Selena es ihm am Tor zum Schleier erklärt hatte.

Er sehnte sich so sehr nach ihr, dass er auch heute wieder mit verquollenem Gesicht auf feuchtem Kissen aufgewacht war. Dennoch stand er nun hier, aufrecht und bereit, irgendwie herauszufinden, wie er weiteratmen konnte, während die Frau, der jeder seiner Atemzüge galt, auf der anderen Seite war.

»Ich gehe jetzt«, sagte er. »Kommst du mit mir …«

Er zuckte zusammen und drehte sich um.

Er wusste, dass niemand hinter ihm stand, dennoch hätte er schwören können, dass sich eine sanfte Hand auf seine Schulter gelegt hatte.

Er hoffte inständig, dass es der Geist seiner *Shellan* war. Andernfalls war er dabei, den Verstand zu verlieren.

Er schloss die Augen. Es dauerte eine Weile, bis er sich konzentrieren konnte … dann war er fort, aufgelöst in seine Moleküle in der kalten, klaren Herbstluft.

Vor Sal's Restaurant nahm er wieder Gestalt an.

Er hätte durch die Hintertür hineingehen können, aber das wollte er heute nicht. Heute war eine große Nacht, eine Art Wiedereintritt für ihn. Also würde er den Haupteingang nehmen.

Er stellte sich vor die Glastür, gab die Kombination auf einem Tastenfeld an der Wand ein und trat ein. Das vertraute Dekor aus der Ratpack-Ära, die beflockte rot-schwarze Tapete, alles war ihm so vertraut. Er war schon tausend Mal hier gewesen, und doch schien ihm alles wie neu.

Er ging weiter, ein paar Stufen hinauf, vorbei am Empfangspult, an den Speisesälen und in die Bar im hinteren Teil. Rechter Hand führte eine Schwingtür in die Küche, und er streifte im Gehen die Lederjacke ab und warf sie auf den Tresen.

Montag war Ruhetag.

Auch seine Clubs hatten geschlossen.

Aber ab morgen war er wieder dort. Denn … naja, einfach so.

Wenn die Brüder ihn nicht brauchten.

Hatte er wirklich geglaubt, bei Rehvenge in der Schuld zu stehen? Es war nichts im Vergleich zu dem, was er gegenüber der Bruderschaft der Black Dagger und ihrem König empfand.

Für sie würde er alles tun. Jederzeit.

Vor dem Eingang zur Küche zögerte er. Die Flügel der Tür hatten kreisrunde Plexiglasfenster, damit die Kellner nicht ineinanderprallten, wenn sie sich mit Tabletts entgegenkamen.

Er legte die Hand auf den rechten Flügel …

… und ging endlich hindurch.

Augenblicklich drang ihm der Duft der berühmten Marinara-Soße seines Bruders in die Nase – und zum ersten Mal seit Selenas Tod verspürte er so etwas Ähnliches wie Appetit.

iAm stand am Herd und rührte in einem riesigen Topf. Der Kochlöffel war so lang wie sein Arm. »… richtige Menge Oregano. Das ist entscheidend.«

Links von ihm, am Ende der Edelstahl-Arbeitsfläche, war ein kleiner Tisch gedeckt mit Leinentuch, Untersetzern und Blumenvase. An diesem Tisch saß die Königin der Schatten, Kopf und Haare unbedeckt, und sah iAm mit ihrem hübschen, freundlichen Gesicht an. Dabei stand so viel Liebe und Hingabe in ihren Augen, dass sie Trez auf der Stelle sympathisch war.

Sie bemerkte ihn noch vor iAm, dem einst so schweigsamen, doch jetzt offensichtlich recht redseligen Bruder.

Sie errötete und wirkte plötzlich angespannt und ernst.

iAm wirbelte herum. »Oh, hallo, Bruder, du hast es geschafft.«

»Äh, ja.« Trez vergrub die Hände in den Taschen seiner Jeans.

»Gut, äh, schön.« iAm kam auf ihn zu und schloss ihn in die Arme, obwohl es ungewöhnlich für sie war. »Ja … also, ja. Danke, dass du gekommen bist.«

»Danke für die Einladung.«

Sie blickten beide auf die Königin. Die stand nun langsam auf und strich ihre schimmernde Robe glatt.

Diamanten. Sie war mit einem feinen Netz aus Diamanten überzogen.

Einen Moment lang wurde er von Panik ergriffen. Die Juwelen in ihrer Metallfassung versetzten ihn zurück ins …

Nein, dachte er. Er brauchte keine Angst mehr zu haben. Die Zeiten hatten sich geändert.

Es war vorbei. Der Albtraum war wirklich und wahrhaftig vorbei, und darauf musste er vertrauen, denn diese Frau würde bald zu seiner Familie gehören.

Es stand außer Frage, dass sich die beiden so bald wie möglich vereinigen würden.

Den Bindungsduft roch man selbst aus all den italienischen Gewürzen heraus.

Trez löste sich von seinem Bruder und ging auf die hochgewachsene schlanke Frau zu.

Es fühlte sich wahrhaft grotesk an, aber verdammt, er sank auf die Knie und legte sich ihr zu Füßen.

»Oh, bitte nicht. Ich bin …«

Als er aufsah, war sie ebenfalls in die Knie gegangen.

»Bitte«, sagte sie. »Sag *Maichen* zu mir. So nennt mich auch iAm.«

Maichen? Im Sinne von Magd?, wunderte sich Trez.

Tja. Jetzt hatte er noch einen Grund mehr, sie zu mögen.

Er streckte ihr die Hand entgegen und sagte: »Hallo, ich bin iAms Bruder … Trez.«

Sie lächelte. Dann lachte sie … und ergriff seine Hand. »Hallo. Ich bin iAms … wie sagt man gleich?«

»*Shellan*. Also, zukünftige«, sagte iAm heiser, der jetzt neben ihnen stand. »Aber hier in Caldwell wird man ›Frau‹ zu dir sagen.«

Sie straffte die Schultern und versuchte es erneut. »Hallo. Ich bin iAms *Shellan* … *Maichen.*«

Trez erwiderte ihr Lächeln. »Freut mich, dich kennenzulernen … *Maichen.*«

Zwei Stunden später saßen sie immer noch zu dritt um den kleinen Tisch. Nach anfänglicher Beklommenheit waren alle erstaunt, wie einfach es war. Aber *Maichen* erwies sich, obwohl sie Königin war, als unkompliziert, witzig und warmherzig.

Und Mann, war sie in iAm verliebt. Sie konnte kaum den Blick von ihm abwenden, und jedes Mal, wenn er sie ansah, errötete sie.

Verrückt, aber hätte Trez eine Gefährtin für seinen Bruder aussuchen können, hätte er sie gewählt.

»Noch mehr Cannelloni?«, fragte iAm und stand mit seinem Teller auf. »Ich nehme noch eine Portion.«

»Nein danke«, sagte *Maichen*. »Ich bin so satt, ich befürchte, diese Robe reißt bald.«

»Ich wünschte, du hättest meine Königin kennengelernt«, sagte Trez plötzlich zu ihr.

Als beide erstarrten, schüttelte Trez den Kopf. »Nein, keine Sorge. Ich … ich musste es nur loswerden. Ich glaube, Selena wäre von dir begeistert gewesen.«

Maichen schielte zu iAm. Dann sah sie Trez an und berührte seine Hand. »Ich weiß, dass ich sie geliebt hätte. iAm hat den ganzen Nachmittag von ihr erzählt.«

»Ist das wahr?«, fragte Trez und sah seinen Bruder an. »Das hast du?«

iAm kam mit ein paar Cannelloni zurück. »Ja, ich wollte, dass *Maichen* weiß, wer ihre Schwägerin war.«

Jetzt begannen Trez' Augen zu brennen.

Scheiße.

Er sah zum Herd und räusperte sich ein paarmal. »Das ist schön. Ich meine, einfach … sehr schön. Danke.«

Als er wieder in der Lage war, sie anzusehen, blickten die beiden einander an, als wären sie unendlich dankbar, einander zu haben, als wüssten sie genau, was für ein Glück sie hatten … als hätten sie vor, jede Nacht wertzuschätzen, die ihnen zusammen vergönnt war.

Er wünschte ihnen noch Hunderttausend mehr davon.

Trez betrachtete die beiden und musste seiner Königin recht geben. Wäre er bei ihr im Schleier geblieben, hätte iAm niemals diesen Augenblick erlebt. Dann wäre er nie mit dieser Frau zusammengekommen und hätte jetzt nicht Aussicht auf all die Jahre, die vor ihm lagen.

Selena hatte hundert Prozent recht gehabt.

Sosehr es schmerzte, ohne sie zu sein, auch wenn er sich sicher noch viele Nächte quälen würde … zu sehen, wie glücklich und verliebt sein Bruder war, erfüllte ihn mit tiefem Frieden.

Irgendwie war er sich inmitten der großen Unendlichkeit und trotz seiner Trauer sicher, genau am rechten Ort zu sein.

Schätzungsweise war es Schicksal.

Als iAm sich vorbeugte und seine *Maichen* küsste, legte Trez den Kopf in den Nacken und flüsterte: *Danke, meine Königin. Das haben wir gebraucht.*

J. R. Wards große neue Serie

BLACK DAGGER LEGACY

Kuss der Dämmerung

Leseprobe

1

Audienzhaus des Königs, Caldwell, NY

Manche Abschlussfeiern fanden in ganz privatem Rahmen statt.

Manche dieser wichtigen Meilensteine zu Beginn eines neuen Lebenskapitels brauchten weder Hut noch Talar, und erst recht kein Orchester, das den typischen »Pomp and Circumstance«-Marsch der Menschen spielte. Es gab keine Bühne zu betreten, kein Diplom, das man sich an die Wand hängen konnte. Und auch keine Zeugen.

Manche dieser einschneidenden Momente zeichneten sich dadurch aus, dass sie ganz unspektakulär und überhaupt nicht besonders waren. Wie zum Beispiel, wenn jemand den Finger nach einem Dell-Computermonitor ausstreckte, um den kleinen blauen Knopf in der rechten unteren Ecke des Bildschirms zu drücken. Eine völlig alltägliche Handlung, die viele Male pro Woche, pro Monat, pro Jahr ausgeführt wurde – und doch symbolisierte sie in diesem speziellen Fall eine einschneidende Trennung zwischen Vorher und Nachher.

Paradise, Tochter des Abalone, oberster Berater von Wrath, Sohn des Wrath, Vater des Wrath, König aller Vampire, lehnte sich in ihrem Schreibtischstuhl zurück und starrte auf den nun schwarzen Bildschirm vor sich. Wow. Die Nacht, auf die sie so lange gewartet hatte, stand fast vor der Tür.

Während der vergangenen acht Wochen war die Zeit größtenteils im Schneckentempo vorangekrochen, um in den letzten Nächten dann plötzlich einen Zahn zuzulegen und auf Turbomodus zu schalten. Nachdem Paradise endlose Stunden des Wartens bis zum Aufgehen des Mondes ertragen hatte, verspürte sie auf einmal das Bedürfnis, das Tempo wieder zu drosseln.

Ihr erster Job gehörte nun der Vergangenheit an.

Nach einem letzten Kontrollblick über den Schreibtisch stellte sie das Bürotelefon ein paar Zentimeter weiter nach rechts, um es dann auf seine ursprüngliche Position zurückzuschieben. Sie rückte den Buntglasschirm der Tiffany-Lampe gerade. Vergewisserte sich, dass die blauen Stifte im einen und die roten ordentlich im anderen Behälter steckten. Strich mit der Hand über die staubfreie Schreibunterlage und die Oberkante des Monitors.

Das Wartezimmer war leer, die seidenbezogenen Stühle nicht besetzt. Alle Zeitschriften lagen ordentlich gestapelt auf den Beistelltischen, und die von den *Doggen* vorhin für die Wartenden servierten Getränke waren wieder weggeräumt.

Der letzte Zivilist war vor ungefähr einer halben Stunde gegangen. Bis zur Morgendämmerung blieben noch etwa zwei Stunden. Alles in allem ein normales Ende einer Nacht harter Arbeit, der Zeitpunkt, an dem ihr Vater und sie üblicherweise nach Hause zurückkehren würden, um eine Mahlzeit einzunehmen, sich respektvoll zu unterhalten und Pläne zu schmieden.

Paradise beugte sich vor und spähte durch den Torbogen des Empfangszimmers hindurch. Auf der anderen Seite der Eingangshalle war die große Flügeltür geschlossen, die in den ehemaligen offiziellen Speisesaal des Anwesens führte.

Ja, eine ganz gewöhnliche Nacht, abgesehen von dem höchst ungewöhnlichen Treffen, das in diesem Raum gerade stattfand. Direkt nachdem der letzte Termin gegangen war, hatte man ihren Vater ins Audienzzimmer gerufen und diese Tür fest verschlossen.

Abalone war nun mit dem König sowie zwei Mitgliedern der Bruderschaft der Black Dagger dort drin.

»Tut mir das nicht an«, murmelte sie. »Nehmt mir das nicht weg.«

Paradise stand auf und ging im Zimmer umher, wobei sie die Zeitschriften erneut gerade rückte, die Dekokissen aufschüttelte und schließlich vor dem Ölgemälde eines französischen Königs stehen blieb.

Auf dem Weg zurück zum Torbogen konnte sie den Blick nicht von der geschlossenen Holztür des Speisesaals abwenden, während sie dem lauten Pochen ihres Herzens lauschte.

Sie hob die Hände und studierte die Schwielen in ihren Handflächen. Sie stammten nicht von ihrer Arbeit hier für ihren Vater und die Bruderschaft während der vergangenen paar Monate, wo sie die Termine organisiert und über die verschiedenen Angelegenheiten, Entscheidungen und Konsequenzen Protokoll geführt hatte. Nein, zum ersten Mal in ihrem Leben war sie im Fitnessstudio gewesen. Hatte Gewichte gestemmt. War auf Laufbändern gejoggt. Hatte sich auf dem Stairmaster gequält. Klimmzüge, Liegestützen, Crunches. Rudermaschine.

Bis dato hatte sie nicht einmal gewusst, was eine Rudermaschine war.

Und alles als Vorbereitung auf morgen Nacht.

Vorausgesetzt, diese Gruppe von Männern im Audienzzimmer des Königs nahm ihr das nicht weg.

Morgen, um Mitternacht, sollte sie eine ihr unbekannte Anzahl anderer Vampire und Vampirinnen an einem geheimen Ort treffen, wo sie versuchen würden, sich für das Trainingsprogramm der Bruderschaft der Black Dagger zu qualifizieren.

Es war ein guter Plan. Etwas, das sie sich in den Kopf gesetzt hatte, eine Chance, unabhängig zu werden, es mal ordentlich krachen zu lassen und sich selbst zu beweisen, dass sie mehr war als ihr Stammbaum. Das Problem dabei war, dass sich Adelstöchter der *Glymera*, wenn sie noch dazu aus einer der Gründerfamilien stammten, nicht zu Kriegerinnen ausbilden ließen. Sie hantierten nicht mit Schusswaffen oder Messern. Sie lernten nicht, zu kämpfen oder sich zu verteidigen. Sie wussten nicht einmal, was ein *Lesser* war.

Sie hatten mit Soldaten absolut nichts zu tun.

Töchter wie Paradise wurden in der Kunst des Stickens, in klassischer Musik und Gesang ausgebildet. Man brachte ihnen gute Manieren bei und wie man einen riesigen Haushalt voller *Doggen* führt. Man erwartete von ihnen, dass sie mit dem komplizierten Kalender gesellschaftlicher Ereignisse und den Festivitätenzyklen vertraut waren, sich mit der damit verbundenen Kleiderordnung und ähnlichem auseinandersetzten und den Unterschied zwischen Van Cleef & Arpels, Boucheron und Cartier kannten. Sie wurden sicher verwahrt, gehegt und behütet, wie man das mit kostbaren Dingen eben so tat.

Das einzig Gefährliche, das man ihnen gestattete, war sich fortzupflanzen. Und zwar mit einem *Hellren*, der von der Familie auserwählt wurde, um die Reinheit der Blutlinie zu sichern.

Es war ein Wunder, dass ihr Vater ihr das mit dem Trainingsprogramm nicht strikt verboten hatte.

Als sie ihm die Ausschreibung das erste Mal gezeigt hatte, war er natürlich dagegen gewesen – aber dann hatte er es sich anders überlegt und ihr erlaubt, sich zumindest dafür zu bewerben. Die Überfälle vor ein paar Jahren, bei denen so viele Vampire durch die Gesellschaft der *Lesser* getötet worden waren, hatten schließlich gezeigt, was für ein gefährlicher Ort Caldwell, New York, sein konnte. Außerdem hatte Paradise ihm versichert, dass sie nicht in den Krieg ziehen und kämpfen wollte. Sie wollte bloß lernen, sich selbst zu verteidigen.

Sobald sie es ihm als Investition in ihre persönliche Sicherheit verkauft hatte, hatte ihr Vater seine Meinung geändert.

In Wahrheit wollte sie einfach nur etwas haben, das ihr gehörte. Eine Identität, die einer anderen Quelle entstammte als ihrem Geburtsrecht.

Außerdem hatte Peyton behauptet, dass sie es nicht schaffen würde.

Weil sie eine Frau war.

Bullshit.

Paradise warf wieder einen Blick auf die geschlossenen Flügeltüren. »Kommt schon …«

Auf ihrer unruhigen Wanderung gelangte sie schließlich hinaus in die Empfangshalle, aber sie wollte den Männern bei ihrem Treffen nicht zu nahe kommen, als könne das Unglück bringen.

Himmel noch mal, was redeten denn die da drin so lange?

Normalerweise brach der König direkt nach der letzten Audienz der Nacht auf. Wenn er und die Bruderschaft irgendwelche privaten Angelegenheiten oder Dinge bezüglich des Krieges zu klären hatten, dann taten sie das in der Residenz der Hohen Familie, einem Ort, der so geheim war, dass nicht einmal ihr Vater dorthin eingeladen wurde.

Also musste es hier tatsächlich um sie gehen.

Paradise kehrte an ihren Schreibtisch zurück und rechnete nach, wie viele Stunden sie wohl dort gesessen hatte. Sie hatte den Job zwar nur ein paar Monate gemacht, aber die Arbeit gefiel ihr – bis zu einem gewissen Punkt. In ihrer Abwesenheit, vorausgesetzt sie wurde tatsächlich in das Trainingsprogramm aufgenommen, würde eine Cousine sie vertreten. Die vergangenen sieben Nächte hatte Paradise damit verbracht, das Mädchen einzulernen und ihm die Abläufe zu erklären, um sicherzugehen, dass der Wechsel reibungslos verlief.

Sie lehnte sich in ihrem Stuhl zurück, zog die mittlere Schublade auf und nahm ihre Bewerbung heraus, als könnte ihr diese irgendwie Sicherheit geben, dass es noch klappen würde.

Mit den Unterlagen in der Hand überlegte sie, wer morgen wohl sonst noch zur Einführungsveranstaltung kommen würde … und musste prompt an den Kerl denken, der hier im Audienzhaus aufgetaucht war und um eine ausgedruckte Version der Bewerbungsunterlagen gebeten hatte.

Groß, breite Schultern, tiefe Stimme. Eine Syracuse-

Baseballkappe auf dem Kopf und mit Jeans, die von echter Arbeit abgewetzt zu sein schienen.

Die Gemeinde der Vampire war nicht gerade groß, aber ihn hatte sie zuvor noch nie gesehen. Vielleicht war er Zivilist? Auch das war eine weitere Änderung in den Statuten des Trainingsprogramms. Bisher durften sich nämlich lediglich männliche Vampire aus der *Glymera* der Bruderschaft anschließen.

Er hatte ihr zwar seinen Namen genannt, sich aber geweigert, ihr die Hand zu geben.

Craeg. Das war alles, was sie wusste.

Unhöflich war er aber nicht gewesen. Um genau zu sein, hatte er sie in ihrer Bewerbung bestärkt.

Er war außerdem auf eine Art ... faszinierend gewesen, die Paradise geschockt hatte. Und zwar so faszinierend, dass sie wochenlang darauf gewartet hatte, ob er seine Unterlagen persönlich abgeben würde. Hatte er aber nicht. Vielleicht hatte er das Ding eingescannt und per Mail geschickt.

Oder er hatte beschlossen, sich gar nicht erst für das Programm zu bewerben.

Es schien verrückt, enttäuscht darüber zu sein, dass sie ihn vielleicht nie wiedersehen würde.

Als sich ihr Handy meldete, zuckte sie zusammen und zog es aus der Tasche. Peyton. Schon wieder.

Sie würde ihn bei der Einführungsveranstaltung morgen Nacht sehen – und das wäre noch früh genug. Nach diesem Streit wegen ihrer Bewerbung hatte sie sich von ihm zurückgezogen.

Andererseits, falls die Bruderschaft da drin mit ihrem Vater ein Machtwort sprach? Dann konnte sie sich ihren Ärger über den Kerl sparen. Aber es hieß doch ausdrücklich, dass Frauen sich ebenfalls bewerben durften!

Paradise war nur leider keine »normale« Frau.

Verdammt, sie hatte keine Ahnung, was sie tun sollte, falls ihr Vater seine Erlaubnis zurückzog. Die Bruderschaft konnte ihr doch aber nicht im allerletzten Moment einen Platz verweigern.

Oder etwa doch?

Am anderen Ende der Stadt lehnte sich Marissa, *Shellan* von Butch O'Neal alias Dhestroyer, Mitglied der Bruderschaft der Black Dagger, in ihrem Bürostuhl im Refugium zurück. Als das Ding dabei ein Knarzen von sich gab, tippte sie ungeduldig mit dem Kugelschreiber auf die OfficeMax-Schreibtischunterlage und schob den Telefonhörer ans andere Ohr.

Den geschwätzigen Redestrom unterbrechend, sagte sie: »Ich weiß die Einladung durchaus zu schätzen, aber ich kann leider …«

Die Frau am anderen Ende ließ sich jedoch nicht aus dem Konzept bringen, sondern plapperte einfach unbeirrt weiter, wobei ihr vornehm näselnder Tonfall die gesamte Bandbreite der Datenübertragung einzunehmen schien – so dass es an ein Wunder grenzte, dass nicht der gesamte Stadtteil einem Stromausfall zum Opfer fiel. »… und da könnt Ihr sicher verstehen, weshalb wir Eure Hilfe benötigen. Es handelt sich um den ersten festlichen Ball seit den Überfällen. Als *Shellan* eines Mitglieds der Bruderschaft und Angehörige einer Gründerfamilie wärt Ihr die perfekte Vorsitzende für dieses Ereignis …«

Marissa versuchte ein zweites Mal, mit ihrem Nein dem Redefluss Einhalt zu gebieten: »Ich weiß nicht, ob Ihr Euch dessen bewusst seid, aber als Leiterin des Refugiums arbeite ich Vollzeit und …«

»… und Euer Bruder meinte, Ihr wärt eine gute Wahl.«

Marissa verstummte.

Ihr erster Gedanke war, dass es höchst unwahrscheinlich war, dass Havers, der Arzt der Vampirspezies und Marissas nächster Angehöriger, sie für irgendetwas anderes als einen frühen Tod vorschlug, zumal sie völlig mit ihm zerstritten war. Ihr zweiter Gedanke war eher eine Rechnung: Wie lange war es her, seit sie das letzte Mal mit ihm gesprochen hatte? Zwei Jahre? Drei? Seit er sie damals aus dem Haus geworfen hatte, ungefähr fünf Minuten vor Tagesanbruch, weil er herausgefunden hatte, dass sie sich für einen Menschen interessierte.

Der sich dann als Wraths Cousin und die Verkörperung der *Zerstörer*-Legende entpuppt hatte.

Na, was sagst du jetzt, ging es ihr durch den Kopf.

»Deshalb *müsst* Ihr einfach den Vorsitz für das Event übernehmen«, schloss die Dame. Als wäre damit alles geklärt.

»Ich bitte vielmals um Verzeihung.« Marissa räusperte sich. »Aber mein Bruder hat keinerlei Befugnis, meinen Namen für irgendein Amt vorzuschlagen, da wir schon seit geraumer Zeit keinen Kontakt mehr haben.«

Als daraufhin eine geballte Ladung Schweigen aus dem Hörer drang, kam Marissa zu dem Schluss, dass sie die schmutzige Wäsche ihrer Familie bereits vor zehn Minuten hätte waschen sollen: Angehörige der *Glymera* hatten einen strengen Verhaltenskodex zu befolgen, und offen über das ungeheure Zerwürfnis in ihrer Familie zu sprechen, gehörte – obwohl ohnehin jeder davon wusste – zu den Dingen, die man einfach nicht tat.

Da war es schon wesentlich angebrachter, dass andere sich hinter vorgehaltener Hand das Maul darüber zerrissen.

Leider erholte sich die Dame am anderen Ende schnell und änderte ihre Taktik. »Wie dem auch sei, es ist von großer Wichtigkeit für alle Mitglieder unseres Volkes, die Feste wieder aufleben zu lassen …«

Ein Klopfen an der Bürotür zog Marissas Aufmerksamkeit auf sich. »Ja, bitte?«

Woraufhin die Anruferin erfreut zwitscherte: »Wunderbar! Ihr könnt zu mir nach Hause in mein Anwesen …«

»Nein, nein. Hier ist jemand, der zu mir will.« Dann sagte sie lauter: »Herein.«

Beim Anblick von Marys Gesichtsausdruck fluchte sie innerlich. Keine guten Nachrichten. Rhages *Shellan* war der Inbegriff von Professionalität, und wenn sie so eine Miene machte, dann gab es wirklich ein Problem.

War das etwa *Blut* auf ihrer Bluse?

Marissa wandte sich wieder dem Telefon zu und ließ nun sämtliche Zugeständnisse an die Höflichkeit fallen. »Meine Antwort lautet Nein. Mein Beruf nimmt meine gesamte Zeit in Anspruch. Außerdem solltet Ihr die Aufgabe am besten selbst übernehmen, wenn Ihr so begeistert davon seid. Auf Wiederhören.«

Sie legte auf und erhob sich. »Was ist passiert?«

Lesen Sie weiter in:
J.R. Ward: KUSS DER DÄMMERUNG

Entdecken Sie die magische Welt von ...

… J. R. Ward

FALLEN ANGELS

Sieben Schlachten um sieben Seelen. Die gefallenen Engel kämpfen um das Schicksal der Welt. Und ein Unentschieden ist nicht möglich …

Erster Band: **Die Ankunft**
Seit Anbeginn der Zeit herrscht Krieg zwischen den Mächten des Lichts und der Finsternis. Nun wurde Jim Heron, ein gefallener Engel, dafür auserwählt, den Kampf ein für alle Mal zu entscheiden. Sein Auftrag: Er soll die Seelen von sieben Menschen erlösen. Sein Problem: Ein weiblicher Dämon macht ihm dabei die Hölle heiß …

Zweiter Band: **Der Dämon**
Im ewigen Kampf zwischen den Mächten des Himmels und der Hölle steht eine neue Seele auf dem Spiel: Der gefallene Engel Jim Heron soll Ex-Elitesoldat Isaac Rothe vor einem heimtückischen Dämon retten, doch eine sexy Rechtsanwältin kommt ihm dabei in die Quere …

Dritter Band: **Der Rebell**

Im Kampf zwischen Licht und Dunkelheit steht Ex-Engel Jim Heron vor der größten Herausforderung seines Lebens: Die Seele von Detective Thomas DelVecchio droht der Verdammnis anheimzufallen, und Jim ist der Einzige, der ihm jetzt noch helfen kann. Dass die superheiße Polizistin Sophia Reilly ein Auge auf seinen Schützling geworfen hat, macht Jims Aufgabe nicht gerade einfacher …

Vierter Band: **Die Begierde**

Ex-Soldat Matthias hat eine düstere Vergangenheit – an die er sich allerdings nicht mehr erinnern kann. Als er sich in die hübsche Journalistin Mels verliebt, scheint sein Leben eine Wendung zum Positiven zu nehmen. Hätte es nicht Dämonin Devina auf seine Seele abgesehen. Der Einzige, der Matthias jetzt noch helfen kann, ist Jim Heron …

Fünfter Band: **Die Versuchung**

Nach einer schmerzhaften Trennung beschließt die Kunstprofessorin Cait Douglass, ihr Leben radikal zu ändern. Dass sich ausgerechnet jetzt zwei superheiße Typen für sie interessieren, kommt ihr da gerade recht. Sie ahnt nicht, dass die Entscheidung, für wen ihr Herz schlägt, wahrlich eine über Leben und Tod ist …

Sechster Band: **Die letzte Schlacht**

Im Ringen um das Schicksal der Welt wurde die letzte Runde eingeläutet. Nun wird sich entscheiden, ob die Menschheit im ewigen Licht leben oder in die dunklen Tiefen der Hölle hinabgestürzt werden wird. Doch die Chancen, den Kampf zu gewinnen, stehen schlecht für den raubeinigen Engel Jim Heron, denn dieses Mal hat es die Dämonin Devina auf seine einzig wahre Liebe abgesehen …

BLACK DAGGER

Sie sind eine der geheimnisvollsten Bruderschaften, die je gegründet wurde: die Gemeinschaft der BLACK DAGGER. Und sie schweben in tödlicher Gefahr: Denn die BLACK DAGGER sind die letzten Vampire auf Erden, und nach jahrhundertelanger Jagd sind ihnen ihre Feinde gefährlich nahe gekommen. Doch Wrath, der ruhelose, attraktive Anführer der BLACK DAGGER, weiß sich mit allen Mitteln zu wehren …

Erster Band: **Nachtjagd**
Wrath, der Anführer der BLACK DAGGER, verliebt sich in die Halbvampirin Elisabeth und begreift erst durch sie seine Verantwortung als König der Vampire.

Zweiter Band: **Blutopfer**
Bei seinem Rachefeldzug gegen die finsteren Vampirjäger der *Lesser* muss Wrath sich seinem Zorn und seiner Leidenschaft für Elisabeth stellen – die nicht nur für ihn zur Gefahr werden könnte.

Dritter Band: **Ewige Liebe**
Der Vampirkrieger Rhage ist unter den BLACK DAGGER für seinen ungezügelten Hunger bekannt: Er ist der wildeste Kämpfer – und der leidenschaftlichste Liebhaber. In beidem wird er herausgefordert …

Vierter Band: **Bruderkrieg**
Als Rhage Mary kennenlernt, weiß er sofort, dass sie die eine Frau für ihn ist. Nichts kann ihn aufhalten – doch Mary ist ein Mensch. Und sie ist todkrank …

Fünfter Band: **Mondspur**
Zsadist, der wohl mysteriöseste und gefährlichste Krieger der BLACK DAGGER, muss die schöne Vampirin Bella retten, die in die Hände der *Lesser* geraten ist.

Sechster Band: **Dunkles Erwachen**
Zsadists Rachedurst kennt keine Grenzen mehr. In seinem Zorn verfällt er zusehends dem Wahnsinn. Bella, die schöne Aristokratin, ist nun seine einzige Rettung.

Siebter Band: **Menschenkind**
Der Mensch und Ex-Cop Butch hat ausgerechnet an die Vampiraristokratin Marissa sein Herz verloren. Für sie – und aufgrund einer dunklen Prophezeiung – setzt er alles daran, selbst zum Vampir zu werden.

Achter Band: **Vampirherz**

Als Butch, der Mensch, sich im Kampf für einen Vampir opfert, bleibt er zunächst tot liegen. Die Bruderschaft der BLACK DAGGER bittet Marissa um Hilfe. Doch ist ihre Liebe stark genug, um Butch zurückzuholen?

Neunter Band: **Seelenjäger**

In diesem Band wird die Geschichte des Vampirkriegers Vishous erzählt. Seine Vergangenheit hat ihn zu der atemberaubend schönen Ärztin Jane geführt. Nur ist sie ein Mensch, und ihre gemeinsame Zukunft birgt ungeahnte Gefahren …

Zehnter Band: **Todesfluch**

Vishous musste Jane gehen lassen und ihr Gedächtnis löschen. Doch bevor er seine Hochzeit mit der Auserwählten Cormia vollziehen kann, wird Jane von den *Lessern* ins Visier genommen und Vishous vor eine schwere Entscheidung gestellt …

Elfter Band: **Blutlinien**

Vampirkrieger Phury hat es nach Jahrhunderten des Zölibats auf sich genommen, der Primal der Vampire zu werden. Hin- und hergerissen zwischen Pflicht und der Leidenschaft zu Bella, der Frau seines Zwillingsbruders, bringt er sich in immer größere Gefahr …

Zwölfter Band: **Vampirträume**

Während Phury noch zögert, seine Rolle als Primal zu erfüllen, lebt sich Cormia im Anwesen der Bruderschaft immer besser ein. Doch die Beziehung der beiden ist von Zweifeln und Missverständnissen geprägt, und Phury glaubt kaum daran, seiner Aufgabe gewachsen zu sein.

Sonderband: **Die Bruderschaft der BLACK DAGGER**

In zahllosen Interviews, Diskussionsbeiträgen und Hintergrundinformationen gewährt J. R. Ward ihren Lesern einen einzigartigen Blick hinter die Kulissen ihrer Mystery-Erfolgsserie. Eine exklusive BLACK DAGGER-Kurzgeschichte rundet diesen einzigartigen Materialienband ab.

Dreizehnter Band: **Racheengel**

Der *Symphath* Rehvenge lernt in Havers' Klinik die Krankenschwester und Vampirin Ehlena kennen und fühlt sich sofort zu ihr hingezogen. Doch er verheimlicht ihr seine Vergangenheit und seine Geschäfte, und Ehlena gerät dadurch in große Gefahr …

Vierzehnter Band: **Blinder König**

Die Beziehung zwischen Rehvenge und Ehlena wird jäh zerstört, denn Rehvs Geheimnis steht kurz vor der Enthüllung, was seine Todfeinde auf den Plan ruft – und die Tapferkeit Ehlenas auf die Probe stellt, da von ihr verlangt wird, ihn und seinesgleichen auszuliefern …

Fünfzehnter Band: **Vampirseele**

Der junge Vampir John Matthew ist in Leidenschaft zu der mysteriösen Xhex entbrannt, doch diese verbirgt ein Geheimnis, das die Bruderschaft der BLACK DAGGER in tödliche Gefahr bringt …

Sechzehnter Band: **Mondschwur**

Xhex wendet sich von John ab, um ihn zu schützen. Doch als der Kampf gegen das Böse ihr alles abfordert, erkennt sie, dass man dem Schicksal der Liebe nicht entkommen kann …

Siebzehnter Band: **Vampirschwur**

Jahrhundertelang war die ebenso schöne wie unerschrockene Vampirin Payne auf der Anderen Seite gefangen. Als sie mit ihrer Bestimmung bricht und ins Diesseits kommt, verliebt sie sich in den Arzt Dr. Manuel Manello – doch der ist ein Mensch …

Achtzehnter Band: **Nachtseele**

Schweren Herzens hat sich Payne von Manuel getrennt, um ihn zu schützen. Doch dann gerät Payne im Kampf gegen die Vampirjäger in tödliche Gefahr. Manuel ist der Einzige, der ihr jetzt noch helfen kann …

Neunzehnter Band: **Liebesmond**

Seit dem Tod seiner geliebten *Shellan* Wellsie ist der mächtige Krieger Tohr nur noch ein Schatten seiner selbst – und ausgerechnet jetzt braucht ihn die Bruderschaft am dringendsten, denn ein gefährlicher Feind hat es auf den Thron ihres Königs abgesehen. Doch als die schöne No'One auftaucht, schöpft Tohr neue Hoffnung …

Zwanzigster Band: **Schattentraum**

Die Beziehung zu No'One hat Tohr neue Lebensfreude geschenkt, und doch kann er Wellsie nicht vergessen. Und während die Bruderschaft in den Straßen Caldwells ihre härteste Schlacht schlägt, ist Tohrs Herz entzweigerissen: Wem gehört seine Liebe – Wellsie oder No'One?

Einundzwanzigster Band: **Seelenprinz**
Der mächtige Vampirkrieger Blay ist seit einem Jahr mit dem attraktiven Saxton zusammen. Doch eigentlich liebt Blay seinen besten Freund Qhuinn, der gerade dabei ist, mit der Auserwählten Layla eine Familie zu gründen …

Zweiundzwanzigster Band: **Sohn der Dunkelheit**
Die beiden Vampirkrieger Blay und Qhuinn sind füreinander bestimmt, doch sie können ihre Gefühle nicht zulassen. Erst als die BLACK DAGGER in Gefahr geraten, begreifen Blay und Qhuinn, was wahrer Mut bedeutet: sich auf die Liebe einzulassen …

Dreiundzwanzigster Band: **Nachtherz**
Die schöne Vampirin Beth wusste schon immer, dass es schwierig sein würde, mit Wrath, dem König aller Vampire, verbunden zu sein. Aber ihre Liebe zu ihm war stärker, doch nun droht Beths größter Wunsch genau diese Liebe zu zerstören …

Vierundzwanzigster Band: **Königsblut**
Die Herrschaft und das Leben des mächtigen Vampirkönigs Wrath sind in Gefahr. Und ausgerechnet seine große Liebe Beth wird im Kampf gegen seine Widersacher zu seiner Achillesferse …

Fünfundzwanzigster Band: **Gefangenes Herz**
Trez Latimers Schicksal ist seit seiner Geburt vorherbestimmt: Der künftigen Königin der Schatten als Liebessklave zu dienen. Um frei zu sein, floh er einst aus dem Reich der Schatten und lebt seither in Caldwell – immer auf der Flucht vor den Häschern der Königin. Erst als er der schönen Auserwählten Selena begegnet, schöpft Trez neue Hoffnung …

Sechsundzwanzigster Band: **Entfesseltes Herz**
Für seinen Bruder Trez würde iAm Latimer alles tun. Um ihn vor der Königin zu schützen hat iAm seine Heimat und ein Leben in Sicherheit aufgegeben – und die Liebe: mit mehr als dreihundert Jahren ist er immer noch Jungfrau. Doch dann begegnet er einer geheimnisvollen Frau, die sein Schicksal und das seines Bruders für immer verändern könnte …